S・J・ローザン

11月の深夜，私立探偵のわたしビル・スミスを冷たい夜気の中へ連れ出したのは，少年をひとり保護したという警察からの電話だった。少年の名はゲイリー，15歳——わたしの甥だ。なぜニューヨークへ来たのか話さぬまま，甥はわたしの前から姿を消す。手がかりを求めて，甥の一家が暮らす町ワレンズタウンを訪れたわたしは，フットボールの盛んな町の歪んだ体質が引き起こした事件に，否応なく直面することになる……。明かされる醜聞と自らの過去に対峙するビル，そしてリディア。MWA最優秀長編賞を受賞した，私立探偵小説シリーズの白眉。

登場人物

ビル・スミス……………………………私立探偵。わたし
リディア・チン…………………………私立探偵
ゲイリー・ラッセル……………………ビルの甥。十年生
ヘレン・ラッセル………………………ゲイリーの母。ビルの妹
スコット・ラッセル……………………ゲイリーの父
ヴィクトリア（トリー）・ウェズリー……ゲイリーのガールフレンド
モーガン・リード………………………ゲイリーの友人
ランディ・マクファーソン……………ゲイリーの友人。十二年生
ポール・ニーバー………………………ゲイリーの友人。十二年生
ステイシー・フィリップス……………学校新聞の編集長。十二年生
ケイト・マイナー………………………十二年生
トム・ハムリン…………………………ハムリンズの経営者
ライダー…………………………………フットボールチームのコーチ
アル・マクファーソン…………………ランディの父親。弁護士

ベサニー（ベス）・ヴィクター……………二十三年前の事件の被害者
ジャレッド・ベルトラン…………………二十三年前の事件の容疑者
ニック（ニッキー）・ダルトン…………ジャレッドの友人
ライナス・ウォン…………………………リディアの親戚。十五歳
ルイージ・ベレス…………………………スキップトレーサー
ジム・サリバン……………………………ワレンズタウン署の刑事
ジョン・ルトーノー………………………ワレンズタウン署の署長
ジョー・マクフォール……………………プレーンデール署の署長

冬そして夜

S・J・ローザン
直良和美訳

創元推理文庫

WINTER AND NIGHT

by

S. J. Rozan

冬そして夜

献辞

彼らに拍手喝采を

MVP
エージェントのスティーヴ・アクセルロッドに
編集者のキース・カーラ

オールスターズ
スティーヴ・ブライアー、ヒラリー・ブラウン、
モンティ・フリーマン、マックス・ルーディン、
ジム・ラッセル、エイミー・シャッツ

コーチ
ベッツィー・ハーディング、ロイヤル・ヒューバー、
バーバラ・マーティン、ジェイミー・スコット、
キース・スナイダー

トレーナー
キム・ドハーティ、コーリー・ドヴィアック、
パット・ピッチャーレリ、マンハッタン・スポーツ・メディシン

チームメート
ネヴァー・トゥー・レイト・バスケットボール、
SKWレーザー・ビームズ

常に師である　デイヴィッド・デュバル
車に関してぴか一　カール・スタイン
ホーム・チーム　デボラ・ピーターズ、ナンシー・エニス
ニューオーリンズ
にトレードされた　ヘレン・ヘスター
驚異の捕球　ピーター・クワイハーノ
高い目標を掲げた　ＤＬとＧＰ

「さあ、お帰りなさい、子どもたちよ、日は沈み、
夜露が降りる。
おまえたちの春とおまえたちの昼は、遊びのうちに
おまえたちの冬と夜は、虚偽のなかで空費される」

——ウィリアム・ブレイク

「乳母の歌」(松島正一訳)

1

電話が鳴ったのは、夢を見ている最中だった。

夢のなかで、わたしはひとけのない、見知らぬ薄暗い通路にいた。前方で、威勢のいいかけ声や歓声が上がった。光のなかで、いくつもの人影が確たる目的を持って、流れるように動く。背筋の凍るような恐怖が暗がりを伝って追ってきた。前方の群衆に警告を発した。蚊の鳴くような声しか出てこなかったが、人々はそれを聞きつけて動きを止めた。しかし、わたしの話す言語を彼らは解さず、こちらに背を向けて試合を再開する。通路が上り傾斜になった。足が鉛のように重い。群衆のいるところを目指して、必死に足を動かし、もう一度口を開いたが、声が出なかった。目の前でドアがぴしゃりと閉じ、前に進みたい思いを胸に、わたしは迫りくる恐怖とともにひとり闇に残された。

その夢を電話の音が破った。しばらくしてようやく、寝ぼけ眼で受話器を探り当てた。「スミスだ」今度も声が小さくて、届かないのだろうか。不安で胸が高鳴った。

しかし、答えが返ってきた。「ビル・スミス？　住所はレイト・ストリート四七番地。職業は私立探偵。間違いないか？」

わたしは目をこすって時計を見た。二時半になろうとしている。空咳をした。「ああ、そうだ。そっちこそ、いったい誰なんだ？」ベッドの脇をまさぐって煙草を探した。

「こんな時間に申し訳ない。ミッドタウン・サウス署の刑事、バート・ヘイグストロムだ。目は覚めたかね？」

マッチを見つけて一服し、咳き込んだ。ようやく、覚醒した。「ああ。うん。なにがあったんです？」

「少年を捕まえたんだ。十四、五歳ってとこかな。あんたの知り合いだと言っている」

「名前は？」

「言わないんだ。身分証明書の類《たぐい》は持っていない。三十二丁目で、制服警官ふたりが乗ったパトロールカーの一ブロック先で、酔っ払いの衣服を探っていたんだ」

「ずいぶん間抜けだな」

「というより、世間ずれしていないのさ。図体はでかいが、幼い。そういう子がライカーズ刑務所に入れられたらどうなるのかを、話してやったんだ」

「十四歳なら、ライカーズ送りにはできない」

「彼はそんなこと知らないいさ。ここに連れてきてからずっと、だんまりを決め込んでいたんだ。

ライカーズ刑務所の話を二時間ほどしてやったら、ようやくあんたの名前を出した。署まで足を運んで、手助けしてもらえないかな」

赤く光る煙草の先端から煙が渦を巻いて上り、闇に呑まれた。眠っているあいだに、十一月の夜気で部屋は冷え込んでいた。

「いいだろう」わたしは毛布を撥ねのけた。「行くよ。ニューヨーク市警《NYPD》のために夜中の二時に起き出したと、ファイルに書き加えてくれないか」

「あんたのファイルを読ませてもらったが、その程度で覚えをめでたくしようってのは無理だね」

タクシーに乗って北に向かうあいだ、わたしには知る術《すべ》もないさまざまな物語の断片が窓の外に展開しては消えていった。けたたましく笑いながら歩く、どちらも長身痩軀の白人と黒人のふたり連れ。ダウンタウンを静かに流す、社名もなにもついていないあちこちがへこんだトラック。出入りする人影がないのに、開閉する地下室のドア。わたしは紙コップに入った焦げくさいコーヒーを飲みながら、風に吹かれて舞う側溝のなかの落ち葉や紙屑を眺めた。タクシーの運転手はアフリカ人で、カーラジオがやわらかな響きを持つちんぷんかんぷんな言葉を間断なく流していた。運転手がときおり笑い声を漏らすところをみると、おもしろおかしい話なのだろう。ミッドタウン・サウス署の縁が欠けた石段の前でタクシーを降りた。灼熱のアフリカの村で育ち、長じて深夜のニューヨークでタクシーを運転するのはどんな気持ちがするのだろうと考えていたせいもあって、多めにチップを渡した。

なかに入ると、受付の警官の指示に従い、白々と光る蛍光灯を浴びて傷だらけのビニールタイルの床を進み、二階に上がって刑事部屋に入った。スチールデスクの前で、ひとりが電話にかじりつき、ひとりはタイプを打っている。突き当たりに、うんともすんとも言わない電子レンジのボタンを手当たり次第に押している男がいた。

「くっそー、腹が立つな」男は淡々と言って、またボタンを次々に押す。「駄目だ」

「また壊したのか？」タイプを打っていた禿げ頭の黒人が、顔も上げずに言った。

「ヘイグストロム刑事は？」わたしは戸口で声をかけた。

電子レンジの前の男が振り返った。「おれだ。スミスかい？」

わたしはうなずいた。ヘイグストロム刑事はよれたスーツを着た、身なりにかまわない大男だった。薄くなりかけた頭髪は、明らかに切り揃える必要がある。「こいつの操作方法を知ってるか？」

「〝急速〟ボタンを試してみたら？」

タイプを打っている刑事が鼻で笑った。

「ま、いいか」ヘイグストロムは電子レンジの前を離れ、緩慢な足取りでやってきた。「どのみち、ブリトーは医者に禁止されているしな。こっちだ」

彼は廊下に出て角を折れ、すえた臭いのする小部屋に案内した。室内は薄暗く、無人だった。隣室との境に設けたマジックミラーから、ぼんやりと光が射している。隣室のテーブルにはコーラの缶が二個、フリトスの空袋、リングディング（チョコレートでコーティングした菓子）の包装紙が散乱し、そこに大柄な少年が腕を投げ出して、突っ伏していた。

ヘイグストロムがスピーカーのスイッチを入れた。「体を起こしなさい」

少年がびくっとして頭をもたげ、まばたきしてきょろきょろする。短く刈った黒っぽい髪、ジーンズにスニーカー、うしろ身頃になにやら文字が刺繍されている、えび茶と白のヴァーシティジャンパー（スタジアムジャンパー。スポーツ競技のヴァーシティ（代表チーム）選手が着用できる）。衣服はどれも薄汚れていた。少年は汚い手で顔を撫で、目を細くしてマジックミラーを見つめた。そこに映っているのは、彼自身とその背後にあるものきりで、ほかのすべては隠されてしまう。

ヘイグストロムはスピーカーのスイッチを切った。「知っている子かね？」

「ああ」

ヘイグストロムは待った。「で？」

「ゲイリー・ラッセル」わたしは言った。「十五歳。数年前に聞いたときの住所は、サラソタだ。ここでなにをしているんだろう？」

「それを教えてもらいたいんだ」

「見当もつかないよ」

「あの子との関係は？」

ゲイリーは折りたたみ椅子の上で、不安げにもじもじした。左手の甲がすりむけ、ジャンパーの袖が裂けている。顔に泥がこびりついているが、目の下のくまや疲労でくすんだ肌が見て取れた。身動きをした拍子にフリトスの袋が床に落ちると、ごく自然に手を伸ばして行儀よく袋を拾う。最後にまともな食事を取ったのは、いつなのだろう。

「妹の息子だ」わたしは答えた。

小部屋は暑くて息苦しく、戸外のさわやかな夜気とは大違いだった。わたしはジャンパーのジッパーを下げ、煙草を出した。ヘイグストロムは咎めなかった。

「妹の息子だってのに、どこに住んでいるのか知らないのか?」ヘイグストロムはわたしに、わたしはゲイリーに視線を据えていた。

「妹とは疎遠なんだ」

ヘイグストロムは、少しして視線をはずした。「話をしてみるか?」

わたしはうなずいた。ヘイグストロムは廊下に出て、数フィート先のドアを指差した。そしてすぐに室内に引っ込んだので、ゲイリーにはドアを開けたわたしの姿しか見えなかったはずだ。

なかに入っていくと、ゲイリーは椅子が倒れるほどの勢いであわてて立ち上がった。「やあ」両手を握り締めては開き、ゲイリーは言った。「元気だった、ビルおじさん?」

並びつかれそうなほど、背が高くなっている。瞳が青く、肌にはいまだ男になりきらない子供のやわらかさが残っているほかはわたしにそっくりで、つい昔の自分を思い出した。若き日のわたしを映したさまざまな鏡、いろいろな家、見聞きしたことを。もう一度やり直せと、彼に忠告したくなった。しかし、それはゲイリーではなく、わたし自身の問題だ。明らかに、彼はまた別の問題を抱えている。

わたしは椅子を引き出し、先ほど倒れた椅子に向かって顎をしゃくった。ゲイリーは椅子を起こして座り、うなだれた。

「元気だよ、ゲイリー。夜の夜中に起き出して、警察にいる甥っ子に会いにくるくらいだ」

「あの……」ゲイリーは唾を呑んだ。「ごめんなさい」

「なんでここにいるんだ、ゲイリー」

ゲイリーは肩をすくめた。「酔っ払いから盗もうとしたって言われて」

わたしは手を振って室内を示した。「警察に、という意味ではない。その話はあとにしよう。なんでニューヨークにいる」

ゲイリーは泥だらけの爪をほじくって、再び肩をすくめた。

「家族もニューヨークか？」

「ううん」消え入るような声で答える。

「うちの人は、おまえがニューヨークにいることを知っているのか？」

「ううん」ゲイリーはいきなり顔を上げた。「ここを出たいんだ、ビルおじさん」

わたしは煙草を吸った。「警察に連れてこられると、誰でもたいがいそう言う。家出したのか？」

「そういうわけじゃないよ」

「だけど、ヘレンやスコットはおまえのいどころを知らないんだろう？」

ゲイリーはうなずいた。

「いまもサラソタに住んでいるのか?」

ゲイリーはかぶりを振った。

「じゃあ、どこなんだ?」

返事はなかった。

「調べればわかるんだよ、ゲイリー」

ゲイリーは身を乗り出した。青い瞳がうるんでいる。傍目にも明らかなほど自制して、涙をこらえた——男の子は泣いちゃいけない。「お願いだ、ビルおじさん。すごくだいじなことなんだ」

「どうしてほしいんだね?」

「ここから出して。あの酔っ払いに怪我をさせたりしなかったし、なにも盗んでいないんだ」

「ほんとうに?」

ゲイリーは唇の片隅をわずかに上げて、両手を広げた。「だってなにも持っていなかったんだもの」

「なぜ、ここに来た」

「しなければならないことがあるんだ」

「どんなことだい?」

「だいじなこと」

「というと？」

　ゲイリーはテーブルに視線を落とし、黙りこくった。

　わたしも黙って、煙草を吸い終えた。ゲイリーは一度、期待を込めて顔を上げた。まるで、もう機嫌を直してくれただろうか、キャッチボールをしてくれるだろうかと窺う幼子のような目つきだった。だが、わたしの目を見ると、すぐさま視線を落とした。

　わたしは無言で煙草をもみ消して立ち上がり、ドアを開けた。隣室でこちらの会話に耳を澄ましていたヘイグストロムが、同時に廊下に出た。

　刑事部屋のデスクに戻ると、ヘイグストロムはＰＢＡ（警察官互助組合）のロゴのついた紺のマグカップふたつにコーヒーを入れて運んできた。「あんたについて調べさせてもらった」

　わたしはコーヒーを飲んだ。

「ニューヨーク州での前科は逮捕が五回、そのうち有罪判決、軽罪がそれぞれ一度、あとは公務執行妨害」

「最後のやつについて聞きたいかい？」

「いや、けっこう。相手は翌年、過度の暴力行使によって免職処分になったような警官だ。十二年前には、ネブラスカ州で軽罪を犯して六ヶ月の刑期を勤めているな」と、首を振る。「ネブラスカとはね。いったいどこだ？」

「中部だ」

「妹さんはいまもサラソタに住んでいると思うか？」

「ゲイリーは否定しているが、可能性はある。父親の名はスコット・ラッセル、母親はヘレンだ。一風変わった名前の通りに住んでいた。たしか……リトルジョン。リトルジョン・トレイルだ」

ヘイグストロムはわたしの顔に当てた視線を動かさずに、デスクの電話の受話器を上げてフロリダ州の番号案内にかけた。わたしはコーヒーに専念した。しばらくして、彼は受話器を置いた。「サラソタのどの地域にも、ラッセル姓のヘレン、スコット、ゲイリーはいない」

「引っ越しを繰り返しているんだ」

「どこか心当たりは?」

わたしは首を横に振った。「あいにくだが、ない」

「実の妹なんだろう?」

わたしは返事をしなかった。

「あきれたもんだ」ヘイグストロムは言った。「おれと兄貴は犬猿の仲だが、住所くらいは知ってるぜ」彼はコーヒーを飲み干した。「あんたから家族に連絡がいくのを、なんで心配しないんだろうって、不思議でならなかったんだ」

それに対する答えは持ち合わせていなかったので、わたしは黙ってコーヒーを飲んだ。

「六分署のマイク・ドハーティ警部補を知っているな」ヘイグストロムは言った。「彼がよろしくって言っていた。友人なんだって?」

「ああ」

「NYPDにかなり大勢友人がいるようだな。六回も逮捕されているというのに」

「五回だ」

「ま、それはともかくとして。あんた、マグワイア警部のとこにいた子だろ?」

わたしはもう一本煙草を出して火をつけ、ヘイグストロムがくず籠から拾い上げたコーラの空き缶にマッチを捨てた。それから彼と視線を合わせた。「そうだ」

「おれは警部に会う機会がなかった。レオポルドは会っているよ」ヘイグストロムは、さっきからずっとタイプを打っている男のほうに頭を振った。レオポルドは顔を上げて無言でわたしを観察し、仕事に戻った。

「要するに、あんたは信用できると聞いたと言いたいんだよ、スミス」

わたしはコーヒーを飲み干した。「いままで、誰もそんなことは言ってくれなかったな」

レオポルドが鼻で笑った。電話を終えてポスト紙を読んでいた刑事が、つかの間スポーツ面から顔を上げた。

「あの少年はあんたの甥っ子で、十五歳なんだね?」

「そうだ」

「いったん正規の手続きを踏んでしまうと、そこから抜け出すにはえらく時間がかかるんだ」

それは百も承知だったので、わたしはうなずいた。

「警察があんたの妹を見つけたとしても、児童福祉サービスが両親の保護者としての適性を調べる。現住所のある地区の未成年保護機関に、福祉サービスが連絡を入れる。調査も行なわれる。そのあいだ彼は、ニューヨーク州スポフォードの施設で保護される。たとえ両親のもとに帰す許可が出ても、保護機関による定期的な観察が始まる。あの子に兄弟姉妹は？」

「妹がふたりいる」

「両親は――子供たちを虐待しているのかね？　それで、疎遠にしているのか？」

ヘイグストロムはまったく口調を変えずに質問し、コーヒーをすすって答えを待った。

「違う」

「間違いないな、スミス」

「ああ」

「だったら、彼はなぜ家出をした」

「あんたもさっき聞いただろう。しなければならない、だいじなことがある、家出をしたわけではないと言っている」

「おれがあの年頃のとき、〝だいじなこと〟といえば、まず女の子だったな。あとはフットボールの試合とか」

「ゲイリーにとっても同じかもしれない」

「薬物は？」

「しばらく会っていなかったんだ。でも、使っているようには見えない」

「同感だ」

ヘイグストロムは、露骨にこちらを観察した。わたしは煙草を消し、吸殻をコーラの缶に押し込んだ。刑事が新聞をめくる。もうひとりは、ひたすらタイプを打つ。どこかで電話が鳴った。

「引き受ける気があるのなら、あの子を釈放しよう」

「わかった」

「書類はまだ作っていない。酔っ払いからなにも盗んでいないと主張していただろう？　たしかに、そのとおりなんだ。獲物の選び方も知らないほどウブだし、未成年だという点を除けば、拘束しておく理由はない。三十二丁目の酔っ払いだぜ、まったく。あんたに両親のいどころを話すかな？」

「さあ、どうだろうな。でも、突き止めるよ」

わたしはゲイリーをタクシーに乗せて、ダウンタウンの我が家へ連れ帰った。ひとけがほとんど絶えた街を走る車中で、ゲイリーは不安そうに幾度もわたしを横目で見た。ほとんど口を利こうとしない彼に、わたしもあえて話しかけずにおいた。タクシーが左に折れて大通りから細い道に入ると、ゲイリーがビニールシートの上で大きな体をよじって、こちらを向いた。

「ビルおじさん、マグワイア警部って誰？」

わたしは窓の外の見慣れた街路に目をやった。「デイヴ・マグワイア。ＮＹＰＤの警部だった。叔父だよ」

「じゃあ、母さんの叔父ってこと？」

わたしはうなずいた。

「母さんに叔父がいたなんて、初めて聞いた。あそこにいた警官はみんな、その叔父さんを尊敬しているみたいだった」

「ああ、そのとおりだ」わたしは可能な限り短く答えたが、ゲイリーは話題を変えようとしなかった。

「ビルおじさんのことをマグワイア警部のとこにいた子って、言っているのを聞いたんだ。どういう意味？」

わたしはゲイリーに顔を向けてすぐに窓のほうに戻し、煙草を吸いたいと切に願った。「ちょうどおまえくらいの年のとき、ぼくはデイヴのところへ転がり込んだんだ。その後数年は、しょっちゅう問題を起こし、そのたびにデイヴは助けてくれた。NYPDで冗談の種になったくらいだ。笑う気になれなかったのは、デイヴひとりだ」

身に覚えのあるゲイリーは、しみじみとうなずいた。少しして、「おじさんは？」と訊いた。

「笑う気になったか？　いや、ならなかった」

ゲイリーはしばらく沈黙した。タクシーがわたしの住んでいるブロックに入ると、言った。

「叔父さんのところに転がり込んだってことは、両親とは住まなかったんだね？」

「そうだ」

「母さんもおじさんといっしょだったの？」

タクシーが停車した。「いいや」

わたしは運賃を払って表玄関の鍵を開け、ゲイリーを先に立てて三階の我が家への階段を上った。この時刻、街路には人っ子ひとりいない。ショーティーズさえもが閉まっていて、街は寝静まっていた。

上階に着くとゲイリーを浴室に連れていき、ジーンズとTシャツを与えた。タクシーが停車してようやく、倉庫や工場の並んだ地域にわたしの自宅があることを知ると、彼はまだ残っている子供らしさを発揮して、目を丸くして少しのあいだ周囲を見まわしていた。酒場の上階にあるわたしのアパートメントにも、そしてとくにピアノに目を丸くしたが、なにも言わなかったので説明はしなかった。

わたしはコーヒーを淹れ、冷蔵庫にあった卵四個を全部使ってスクランブルエッグを作った。浴室から出てきたゲイリーは、泥や埃が落ちて急に幼く見えた。筋肉質の体型で脚が長く、貸し与えた服が少しだぶついているが、大きすぎるというほどでもない。肩幅が広く、ウェイトリフティングで鍛えたらしき二の腕に、筋肉がくっきり浮き出していた。

リビングルームを横切るゲイリーを観察した。目の下のくまが、痛々しいほどに濃さを増している。手の甲には浴室にあった絆創膏が貼ってある。顎にあざができていた。

「あれっ」ゲイリーはスクランブルエッグとバタートーストの匂いに、顔を輝かせた。「ビルおじさんに料理ができるなんて、知らなかった」

「座りなさい。コーヒーは？」

ゲイリーは首を横に振った。「ううん。コーチに怒られるから」

わたしは自分のカップにコーヒーを注いだ。「フットボールか？」

「うん」ゲイリーは腰を下ろし、卵の半分を皿に盛った。

「ポジションは？」

「ワイドレシーバー」早くも口いっぱいに頰張って言う。それから「まだ先発させてもらえないんだ」と正直に打ち明けた。「十年生《ソフォモア》だし、新入りだもの。今度の学校は、フットボールにすごく熱心なんだ」

わたしは彼のたくましい肩、筋肉の盛り上がった腕を眺めた。「来年は先発させてもらえるよ」

「うん、たぶん。引っ越さなければ」あまり確信を持ってはいけない、一からやり直す羽目になった経験はこれまでに何度もあったし、これからもあるのだと、自分に言い聞かせるような口調だった。わたしにも経験がある。

「おじさんもフットボールをやった？」ゲイリーはトーストに手を伸ばしながら訊いた。

「いいや」

ゲイリーはいかにも意外そうに顔を上げた。フットボールの経験がないアメリカ人の大男など、彼にとってはおそらく異端者なのだろう。

「九歳のときに一家でアメリカをあとにして、十五になるまで帰ってこなかったんだ」わたしは言った。「母さんから聞いているだろう？」

「うん、もちろん」さりげない口調だったが、返事をする前にわずかに間が空いた。ヘレンとわたしがともに過ごした時代についてどの程度聞かされているのだろうと、疑問が湧く。

「アメリカ以外の国では、サッカーが主流で」わたしは言った。「フットボールはそれほど盛んではないんだよ。サッカーは少しやったし、帰国してからはバスケットボール、それにトラック競技もやった」

「トラック競技はかっこいいよね」慣れ親しんだ話題になって、ゲイリーはほっとしたらしい。

「ぼくも春はトラック競技をやる。おじさんはどんな種目?」

「長距離走だ。瞬発力はないけれど、持久力はあるんだ」

「トラック競技はかっこいいよね」ゲイリーは繰り返した。「リレーは別だけど――だってあれはチーム競技なのに、ほんとうのチームとはいえない。そうでしょう?」

「だから好きだったんだ」わたしは牛乳の一クォートパックと飲みかけのコーヒーをテーブルへ持っていった。「それも食べてしまっていいよ」と、皿の上の卵を指差した。「遠慮するな」

「ほんとうに?」

「朝の四時に飯を食う気にはなれないのさ。夕飯を食ってないんだろう?」

ゲイリーは夕飯どころか、一週間くらい食べていなかったような勢いでむさぼった。もっとも十五歳とあっては、二時間でも同じかもしれない。口を動かす合間に言った。「ありがとう、ビルおじさん。あそこから出してくれて」

「身に覚えがあるんだ」

「そうだったね」ゲイリーはにやりとしかけて、笑みを消した。禁句でも口にしたかのように、赤くなってトーストを頬張った。「どうして、会いにきてくれなかったの？」と、やぶから棒に訊く。

「住所がわからなければ、会いにいけない」

牛乳をコップに注いで「おじさんと母さんは……」

ゲイリーは言葉を濁し、わたしもその先を代わりに続けることはしなかった。「そういうこともあるんだよ、ゲイリー」

そのあと、ゲイリーが卵を全部とトーストを四枚、牛乳をコップ二杯、バナナを一本平らげるのを待った。

「気分はよくなったかい？」食欲が収まった頃合を見計らって、わたしは訊いた。

ゲイリーは椅子に深く座りなおし、初めて笑顔を見せた。「まだ、なにかある？」

「本気か？　探せばツナ缶があると思うけど」

「ううん、冗談だよ。お腹がいっぱいだ。ご馳走さま、ビルおじさん。おいしかったよ」

「そうか、じゃあ話してもらおう。どんな事情があるんだ、ゲイリー」

ゲイリーの笑みが消えた。首を横に振った。「話すわけにいかないんだ」

「ふざけるな、ゲイリー。おまえみたいな子が理由もなくニューヨークへ来て酔っ払い相手に盗みを働こうとするはずがない。家で揉め事でもあったのか？」

「ううん。父さんや母さんとって意味？」

「あるいはジェニファーかポーラと」

「ふたりとも、ほんの子供だよ」と、いささか戸惑ったように答えた。子供には、都合の悪いことなど起こるはずがないとでも言いたそうだ。

「だったら、おまえ自身がトラブルを起こしたのか?」わたしは追及した。「薬物か? ガールフレンドを妊娠させたのか?」

ゲイリーは目を見開いた。「冗談じゃないよ、おじさん」心底ショックを受けたようだった。

「じゃあ、スコットか?」

「父さん?」くすんだ顔に血の色が広がった。「なにを言いたいの?」

「ヘイグストロムには否定しておいた。家出の原因は、虐待ではないと。だが、スコットのような父親とひとつ屋根の下で暮らすのは、容易ではない」

ゲイリーには質問の意味を理解できない様子はなく、また言葉に詰まったりもしなかった。肩が上下し、手がぴくぴく動く。まるで主人に代わって、ふだん使い慣れた言語でわたしに何事かを伝えようとしているかのようだ。「そうじゃないんだ、ビルおじさん」そう言って、両手を広げ、再び合わせた。「さっきも話したように、しなければならないことがあるんだ。父さんは口うるさいっていうか、そういうときもあるよ。でも、まあ話がわかるほうさ」両手がまだ動いているので、わたしは待った。「きっと」ゲイリーは言った。「今度のことだって、褒めてくれる。詳しく知れば」

「だったら電話をして、教えてやればいい」

案の定、ゲイリーは肩をすくめただけだった。

「スコットはヘレンに対しても、口うるさいんだろう？　おまえの妹たちにも。我慢できなくなっても、不思議はない」

「ぼくは――」ゲイリーは視線を合わせようとせずに、首を横に振った。「そういうことじゃないんだ。違うんだよ」

「では、どういうことなんだ」

「話すわけにはいかないんだ」

「いい加減にしろ、ゲイリー」わたしはコーヒーを置いた。「いつ家を出た」

「おととい」

「母さんが心配しているぞ」

「書き置きを残してきたよ」

書き置き。「なんて書いたんだ？」

「しなければならないことがある、できるだけ早く帰る。心配しないでって」

「おおいに役に立ったろうな」ゲイリーの目を見たとたん、皮肉な口調を後悔したが、あとの祭りだった。「家に連絡しよう、ゲイリー」

ゲイリーは首を横に振った。「駄目だ」

「どうして？」

返答はない。

「いま、どこに住んでいる？」

「ビルおじさん。頼むよ、ビルおじさん」ゲイリーは警察にいたときと同じ目をして、テーブルに身を乗り出した。「お金を少し貸してよ。しなければならないことをやりにいかせて。必ず返すから。ほんとうにすぐ返す。お願いだから――」

「金を持たずに家を出てきたのか？」

ゲイリーは目を逸らした。「ここに着いたときは、まだ少し残っていた。でも、あいつらが……」

わたしはゲイリーのすりむけた手の甲やあざを眺めた。「脅し取られたのか」

「三人もいたんだ」と、間髪を容れずに強調する。「ひとりだったら――」

「ああいう連中は汚い手を使うものなんだ、ゲイリー」

「うん」ゲイリーはしょんぼりして言った。「うん、よくわかったよ。ねえ、ビルおじさん」

わたしは待った。しかし、彼はこう言っただけだった。「お願い」

「駄目だ。あきらめろ。事情もわからずに貸すわけにはいかない」

ゲイリーはしょんぼりして肩をすくめた。

「ゲイリー？」と声をかけると、目を上げた。「ぼくに娘がいたことは知っているな？」

ゲイリーはうなずいた。「いたけど……死んだんでしょう？」

「そうだ。九歳のときに事故で。生きていれば、いまのおまえより少し年上だ」わたしはカップを覗き込み、コーヒーを飲んだ。「アニーというんだ。娘のことは、誰にも話さないようにしている」

「そう……そうだよね」

「どうしておまえにその話をするのか、わかるか？」

「うん。でも……」

「どうしてだと思う？」

「つまりだいじなことを話すから、ぼくも話せってことなんでしょう？　だけど、話すわけにいかないんだ」

「そういう意味もある。だがそれよりも、子供というものをどれほどだいじに思っているかを理解してもらいたいんだ」わたしはおだやかに続けた。「力になれるかもしれないよ」

ゲイリーは、砂漠で水を発見した旅人のように目を輝かせた。だが、瞬時にその輝きは消えた。まるで、水が単なる蜃気楼で、事態は相変わらず改善していないと悟ったように。

　果たして、答えは返ってこなかった。

「いいだろう」わたしは立ち上がった。「長いあいだ眠っていないんだろう。おまえの家族を捜し出すことのできる人を知っているが、こんな時刻に叩き起こすわけにもいかない。奥の寝室を使いなさい。ぼくは寝ずの番をする。ここは三階だし、警報装置もついている。逃げようなんて、考えるだけ無駄だぞ。とにかく少し眠るんだ」

「でも――」

「眠るか、ここでいっしょに座っているかのどっちかだ。さもなければ、きちんと事情を説明しろ。口答えは許さない」

ゲイリーは進退きわまり、絶望的な目でわたしの顔を探り、解決策を見出そうとした。しかし、欲しているものを見つけることができずに、肩を落とした。「わかった」それは男ではなく、少年の声だった。「寝室はどこ?」

わたしは長いあいだ使われていなかった奥の寝室に、ゲイリーを連れていった。シーツを持ってきて、ベッドを整える手伝いをしようとした。「大丈夫。自分でできるよ」と言い、ひとりになりたいような様子を見せたので、わたしは寝室を出ていきかけた。

「ビルおじさん?」と、声をかけられてわたしは振り返った。「ありがとう。ごめんね」寝室のドアが閉まった。

わたしは皿を洗い、牛乳を冷蔵庫に戻した。洗濯物籠にきちんと入れてあるゲイリーの衣類を調べ、ソファに置いてあったジャンパー――背中に〝ウォリアーズ〟とアーチ形の縫い取りがある――を手に取った。ゲイリーの住所を知る手がかりを服のラベルか、紙切れから得ようと考えていたのだが、収穫はなかった。居間に戻り、音量を絞ってCDをかけた。グールドの演奏するバッハ。複雑な構成の曲に完璧な解釈を与えていた。靴を脱ぎ捨て煙草をくわえ、ソファに横になって思案した。何時になれば、スキップトレーサー（行方をくらました債務者の捜索人）のベレスを起こしても許されるだろうか。ゲイリーにとってそれほどだいじで、決して打ち明けられないこととはなんだろう。妹はいまどこに住んでいて、ゲイリーの言うようにすべてうまくいっているのだろうか。

ガシャンとガラスが割れる音に続いて、警報がけたたましく鳴り出した。ソファから飛び降りて奥の寝室へ駆けつけたが、遅かった。ドアを開けると、ガラスの破片が飛び散り、窓枠には枕が置かれ、椅子が床に転がっていた。賢い子だ。掛け金をいじくって、窓を開ける前に警報が鳴ることを恐れ、窓ガラスを割って飛び散ったガラス片の上に枕を置き、窓枠にぶら下がって路地へ飛び降りたのだ。影も形もない。

階段を駆け下り、ブロックを半周して路地の出口へまわったが、やはりなんの役にも立たなかった。ゲイリーの名を叫んで、二ブロックほど走った。犬が吠え、よその家の戸口にへたり込んだ酔っ払いが顔を上げて物乞いをした。ほかには物音も人影もない。しまいにわたしは立ち止まり、見知らぬ場所にいる人のように、ぼんやりと突っ立ってあたりを見まわした。それから踵《きびす》を返して路地へ戻った。窓の下に散乱したガラス片に、街灯が反射していた。血痕はなく、胸を撫で下ろした。腰を伸ばして窓を見上げた。部屋の照明が無人の路地に射し、警報がまだ鳴っている。

ごめんね――ドアを閉める前にゲイリーの言った言葉を、いまさらのように思い出した。

2

わたしは部屋に戻って警報を止め、CDのスイッチも切ってベレスに電話をした。時刻などにかまっている場合ではなかった。

「緊急の用じゃなかったら、ぶっ飛ばすぞ」開口一番、ベレスは言った。

「ビル・スミスだ。人を捜してもらいたい」

「えーっ、本気かよ？」ベレスはうめいた。「まいったな、いますぐ？」

「そうだ」

「おいおい、勘弁して――」

「パンツをはいてコンピューターの前に座るだけだろう、ルイージ。頼むよ、緊急なんだ」

「どうしてパンツが必要なんだよ？　わかった、しょうがないな、話してみろ」

「ラッセルという一家だ。父親はスコット、四十代。母はヘレン、三十九。子供が三人。ゲイリー、十五歳、ジェニファー、十一歳、ポーラ、九歳。一番最近の住所は、フロリダ州サラソタ、リトルジョン・トレイル一八二」

「それはいつ頃？」

「三年前だ。もっと最近まで住んでいたかもしれない。そこを引き払った時期は不明だ」

「父親の職業は？」

「陸運業。管理職だ。サラソタでは運送会社を運営していた」

「自分の会社？」

「いいや」

「母親は仕事をしているのか？」

「最後に聞いたときは、していなかった」

「ほかに情報は？」

「サラソタの前はカンザスシティ。その前はメリーランドのどこか。ゲイリーはフットボールをやる。〝ウォリアーズ〟と入ったヴァーシティジャンパーを残していった」

「色は？」ベレスが口を挟んだ。

「えび茶と白」

「あとは？」

「母親の旧姓はスミス」続けて、彼女の生年月日を教えた。

「おいおい、もしかして――」

「そのもしかしてなんだ。だから早ければ早いほど助かる。いいかい？」

ベレスはなにか言いたそうにためらったが、こう言っただけだった。「あのさ、この一家は身を潜めていたいとか、そういう意図があるのか？」

「いや、それはないと思う」

「よかった。なら、簡単だ」

電話を切った。ルイージ・ベレスはカールした髪とぼさぼさの顎ひげの持ち主で、マッチ棒のように細い。母親はイタリア人で、父親はプエルトリコ人だ。人捜しにかけては猟犬並みに鼻が利き、肉食獣の貪欲さをもって人々が残した記録をたどり、その行方を突き止める。アパートメントを出ることはほとんどない。「あのさあ、いいワインなんて、ケツに火がついたみたいに駆けずりまわってちゃ造れないんだぜ」と、かつて言ってのけた。「生身の人間ってのは、どうもわけがわからなくて苦手なんだよな」

わたしは煙草を吸い、ベレスの報告を待った。手持ち無沙汰だったので、奥の寝室を片づけた。転がっていた椅子が無性に腹立たしく、乱暴に起こしたところでふと我に返った。深呼吸をして、八つ当たりをしてもなんの役にも立たないと、自らを戒める。リディアに連絡しようかと、一度ならず考えた。なんといっても相棒だし、わたしは助けを必要としている。しかし、電話はしなかった。いま彼女にできることといえば、わたしに落ち度はなかったと慰めるくらいだろうし、慰めなど聞きたい気分ではなかった。

寝室を出てドアを閉めた。あらためてコーヒーを淹れていると、電話が鳴った。二度目の呼び出し音が鳴る前に受話器を取った。「スミスだ」

「偉大なるルイージ・ベレスだ」

「見つけたのか?」

「陸運局からね。あそこのデータベースは宝の山なんだ」

「教えてくれ」

「ニュージャージー州ワレンズタウン、ホーソーンサークル五六二」

「ワレンズタウン？」

「高級住宅地だよ。立派な家に大きな木とか、なんたらかんたら。フットボールの盛んな町で、ワレンズタウン・ウォリアーズは地区チャンピオンになっている。新聞に載ったんじゃないかな」

「ふうん、そうかい。電話番号は？」

「九七三‐四二四‐三七七二」

「間違いないんだろうな」

「そんな言い草はないだろう？」ベレスは自尊心を傷つけられたらしい。「天才の人捜し法を教えてやろう。最初に、ヘレン・ラッセルを見つけた。免許証は三年ごとに更新されている。転々としていたって、運転しないわけにはいかない。次に――」

「ルイージ――」

「あんたの教えてくれた生年月日と照合した。それからスコット・ラッセル――」

「ルイージ！」わたしが大声で言うと、ベレスは黙った。「訊いたりして悪かった。小切手は郵送する」

わたしはワレンズタウン高校フットボールチームの話題に乗らなかったし、時間のあるときなら興味を引かれたであろう、人捜しの方法に耳を傾けようともしなかった。ベレスは深いため息をついた。依頼人としてのわたしに、そして人間性を探究する学徒としてのわたしに失望して。「今回はいつもの倍にしてくれよ。まだ六時にもなってないんだから」

たしかに六時前だったが、カップにコーヒーを注ぎ、煙草に火をつけて、ベレスの教えてくれた番号にかけた。

「もしもし？」女の細く高い声が答えた。めったに会話を交わさなかった妹の声を、言葉で描写しようとしてもできなかっただろう。だが、いつどこで聞いても妹の声だとわかるのだと、そのとき悟った。

「もしもし？」と、再び呼びかけてきた。不安と警戒心をにじませた早口には、眠気など微塵も含まれていなかった。電話で起こされた寝起きの声ではない。ゲイリーの家出以来、一睡もしていないのではないだろうか。

「ビルだ」

思いがけない名前を聞いて、妹は息を呑んだ。「ビル？　いったいどうして——？」

「ゲイリーがうちに来たんだ」

「ゲイリーが？　ああ、よかった」安堵に満ちた声を聞いて、わたしは胸が痛んだ。「よかった！　ゲイリーと代わって」

言わなければならないことを言った。「ここにいたことはいたんだが、いなくなった」

少し沈黙したあと、彼女は小さな声で訊いた。「いなくなった？　どこへ行ったの？」

そこで、一部始終を話した。ミッドタウン・サウス署、無言のタクシー道中、割れた窓。

「ゲイリーはなぜニューヨークに来たんだ、ヘレン？　あの子は、なにをしようとしているんだ？」

「わたし……わたしにはわからない。ゲイリーは——」言葉を切って、受話器から口を離して言った。「兄さんよ」受話器を手で塞いだとみえ、音が途絶えた。わたしは煙草を吸って待った。

やがて、男の怒声が鼓膜を打った。「おい、スミス！　いったい、どういうことだ？　ゲイリーがおまえに会いにいった？　どうしてだ？」

わたしは冷静な口調を保った。「会いにきたわけではない。警察に捕まってさんざん怖い話を聞かされたものだから、請け出してもらいたくて、ぼくの名前を挙げたんだ」

「捕まった？」歯ぎしりしているような声だった。「捕まったとは、どういうことだ？　よりによって、おれの息子が」

「ゲイリーはなぜニューヨークに来たんだ、スコット？」

「知るもんか！　おれは——」

「ゲイリーは、事情を知ったらあんたが褒めると言っていた」

「褒める？　冗談じゃない。あんなバカ息子、首根っこをへし折ってくれる！　警察に捕まったとは、どういう意味だ！　いま、どこにいる？　またいなくなったと、ヘレンが言ったが——どういうことなんだ？　なぜ、すぐに電話をくれなかった」

「ゲイリーが、そっちのいどころを教えてくれなかったんだ」

「おまえは探偵だろうが！」スコットは激昂した。「それなのに、おれたちを見つけることができなかったのか？　息子はどこにいる、スミス」

何日も息子の行方が知れなかったのだ。そう考えて、スコットの口調につられないように努めた。「ニューヨークに来た目的を果たすために、窓を割って三階から飛び降りたんだ。冷静になってくれ。協力してその目的というのを突き止めようじゃないか。そうすれば、ゲイリーが見つかるかもしれない」

「うるさい、バカ野郎！　くそったれ！　なにが、冷静にだ！　あんな小僧っ子を引き留めておくこともできなかったのか？　窓から飛び降りるのを、指をくわえて眺めていたのか？　能なしめ！」

こちらも怒りが募ってきた。「スコット」声が尖った。「ゲイリーがニューヨークにいる理由を、ぜひとも知りたい。NYPDに動いてもらって、それから――」

「動いてもらう？　まだ通報していないのか？　なにをやっているんだ？　あの子の死体が川に浮かぶまで、待つつもりか？」

とたんに、ヘレンが小さく悲鳴を上げた。だが、スコットはかまわず続けた。「スミス、息子になにかあったら――」

わたしの声はいまや冷ややかになり、肩にも力が入った。「書き置きにはなんと書いてあった？」

「書き置き？　父さん、母さん、バイバイ。すぐ戻るよ、ってな調子さ。くそったれめが。へレンはすっかりまいってしまって、月曜からこっち泣き暮らしている。あいつを連れ帰って、ぶっ殺してやる。くそっ、おまえのところへ行ったってのに！」

「スコット、これから――」

「うるさい！　なにもしなくてけっこうだ。警察にはこっちで連絡する。ニューヨークに行って、自分で息子を見つける。おまえは引っ込んでろ。よけいな手出しはするな。ゲイリーが頼っていったのに、おまえはなにひとつしてやらなかった。まったく、おまえらしいよ。とにかく、引っ込んでろ！」

受話器が叩きつけられ、物言わぬプラスチックの物体が空しく手のなかに残った。受話器を置いて、電話を見つめた。それを壁に向かって投げつけないためには、最大限の忍耐を要した。煙草の火を消したが、すぐに次の一本をくわえてリディアに電話をした。「ぼくだ」

「あらまあ」リディアは言った。「いくらわたしでも、まだ早いと思う時刻よ。あなたにとっては、夜の続きなんじゃない？」

「ある意味ではね。じつは、力を貸してもらいたいんだ」

わたしの沈んだ声を聞いて、彼女の声も軽やかさを失った。「どうしたの？　大丈夫？」

「こっちに来られるかい？」

「家にいるの？」

「うん」

「二十分後でどう？」

「いいよ」

「大丈夫なの？」リディアは重ねて訊いた。

「あとで詳しく話す」つまりは、大丈夫ではないということだ。もっとも、彼女はとうに察している。

待つあいだにミッドタウン・サウス署に電話を入れ、勤務終了間際のヘイグストロムをつかまえた。「さっきの少年に」わたしは言った。「逃げられた」

「なんだって？」ヘイグストロムは警戒するように言った。「どういう意味だ」

「クソいまいましい窓から飛び降りたんだよ。家族と連絡を取る前に。どこかに行ってしまった」

「だからって、どうしておれに当たるんだ。あんたの甥っ子だろう」

わたしはうなじをさすった。「ああ。すまない。あの子を見つけたいんだ」

「署の連中に話しておくよ」ヘイグストロムは疲れた声で言った。無事に片づいたはずの案件がまずい結果になっても驚かない、警官ならではの口調だ。

「ゲイリーが連れてこられたときに、写真は？」

「いや、撮っていない。さっきも話したように、調書は取らなかったからね。見逃してやるつもりだったんだよ。今回は見逃してやろう、ゲイリー。おまえの伯父に電話しよう、伯父さんがちゃんと面倒を見てくれるよ——」「写真を持っていないのか？」

わたしは答えなかった。

「いいだろう」ヘイグストロムは言った。「背格好をみんなに教えておこう。それが精一杯だ」わたしはゲイリーの服装を教えた。「ジーンズに青のTシャツ。ジャンパーは、ここに置いていった」

「おやおや。こんな寒空だってのに」

わたしは階下でリディアを待った。街灯と、黒々と建ち並ぶビルディングのうしろで、空が白み始めた。道を隔てた貨物集積場に、トラックがバックで入っていく。運転手が飛び降りて、待っていた係員に書類を渡す。勤務を終えた運転手は、積荷の責任から解放された。今度は一日が始まったばかりの貨物集積場の係員が、責任を引き継ぐ。

一ブロック先に、歩道をジョギングしてくるリディアが見えた。わたしはそちらへ向かった。

「まさかずっと走ってきたんじゃないだろうね」わたしは顔をうつむけて、彼女の頬にキスをした。つややかな髪からフリージアが香り立った。

「今朝は道場へ行くつもりだったのよ。だから、代わりにジョギング。少なくとも、そんなやり方じゃ駄目だって、誰にも怒鳴られずにすんだわ。寒くないの?」と、わたしのむき出しの腕に触れた。

「さあ、行こう」わたしはリディアと家へ向かった。階段を上り始めたとき、貨物集積場の係員はトラックの荷を下ろしていた。運転手の姿はなかった。

部屋に戻ると、彼女に茶を淹れようとヤカンを火にかけた。「朝食は?」

「いいえ、けっこうよ。まだ早いもの。なにがあったの、ビル?」

不意に疲労を覚えて、わたしはソファにへたり込んだ。リディアが隣に来てソファの腕に腰を乗せ、つと手を伸ばしてうなじを揉んでくれた。コーヒーテーブルの煙草を取ろうと身を乗り出すと、彼女は手を止めた。

「行方不明の子がいる」わたしはマッチの火を消した。「その子を捜し出したい」

「そう」リディアは言い、話がそれで全部でないことは承知しているといわんばかりの態度で、続きを待つ。

「名前はゲイリー・ラッセル。十五歳。月曜に家を出た。いまはニューヨークにいる」彼女は相変わらず待っていた。「妹の息子なんだ」

ヤカンの笛が鳴った。わたしは立ち上がって、火を止めた。リディアはわたしの動きを目で追った。

「妹？　あなたの妹の息子？」

わたしは戸棚を開けたが、彼女がどんな種類の茶を飲みたいのかがわからないことに気づいた。「妹のヘレンだ。一歳下だよ」

「妹さんがいるなんて、ぜんぜん知らなかった」リディアはおもむろに言った。「どうして話してくれなかったの？」それから立ち上がってこちらに来ると、彼女自身が三週間前に戸棚にしまった雲南茶を取り出し、引き出しを開けて茶漉《こ》しを出す。自分がまったくの役立たずに思え、わたしはソファに戻った。

「ぼくが十五のとき、妹は十三歳で家出をした」

リディアはわたしのほうを向いた。「十三で？　どうして？」

わたしは肩をすくめた。「家庭でいろいろ問題があったんだ」

リディアはわたしをじっと見た。「あなたが叔父さんのデイヴのところに身を寄せた頃よね。十五歳というと」

「その直前に、ヘレンは家出をしたんだ」わたしはいますべてを打ち明けようという気持ちにはなれなかった。「そして、二度と戻ってこなかった。たまに電話はしてきた。生きていると知らせる程度に。でも、いどころをつかめるほど頻繁ではなかった」

「たいへんだったのね。ご両親はどうしたの？」

「誰も妹を見つけることはできなかった」答えをはぐらかしたことに気づかれないといいがと、わたしは願った。「その後の十年のほとんどを、ヘレンは男とくっついたり別れたりを繰り返しながら放浪した。いまの夫のスコットと結婚して、ようやく腰を落ち着け、ゲイリーが生まれると連絡してきた。そこで会いにいった――当時、彼らはアトランタに住んでいた――下の女の子ふたりが生まれたときもね。だが、スコットは――」わたしは煙草を力まかせにもみ消した。「くそっ。ぼくはスコットが嫌いだし、彼もぼくを嫌っている。それに、ヘレンとぼくは――」わたしは顔を上げた。リディアは立ったまま、茶を飲んでいた。「話さなかったのは、妹が二十六年も関係を断っていたからだ。ぼくの人生の一部ではなかったからだ」

リディアは、〝たわ言だ〟と言うこともできたろう。〝もっと深い事情があるんでしょう、話してちょうだい。うわべを繕《つくろ》った話は聞きたくないわ〟と要求することも。わたしがそれを拒否したら、帰ってしまってもよかった。

　だが彼女はそうしないで、再びわたしの横に座った。茶を飲むあいだ、しばし沈黙が落ちた。

「ゲイリーはいまニューヨークにいて、いどころがわからないのね？」ほかの事件のときと同じように、リディアは与えられた情報を確認して、残りを待ち受けた。わたしは温もりと確実な存在感を伝えてくる彼女のほうを向いた。突如、手に手を取って永久にここを去り、片田舎にあるわたしの山小屋か中国、あるいはニュージーランドの農場かどこかで人生をやり直したくなった。あまりに突飛な衝動に、思わず声を上げて笑うところだった。

　リディアはわたしの視線を受け止め、茶をすすって待った。

　わたしは言った。「そう、ゲイリーは行方不明なんだ」

　ヘレンとスコットに電話をしたことも含めて、一部始終を語った。ゲイリーのジャンパーを見せ、彼女を奥の寝室に案内した。ドアを開けたとたん、夜のあいだに無人の寝室を満たしていた冷気が流れ出て、ほかの部屋に広がっていく。

「あきれた」リディアは窓から路地を見下ろした。街灯はもう消えていた。夜が明けたのだ。

「たいしたもんね」

「ゲイリーはフットボール選手なんだ。大柄でたくましい。いきなり飛び降りたりしないで、窓枠を乗り越えてぶら下がり、それから飛び降りた。窓ガラスを割る前に、じっくり考えて計画を練ったんだろう」

　リディアが窓から身を乗り出してなにか言ったが、聞き取れなかった。

「なんて言ったんだい?」わたしは訊いた。

彼女は頭を引っ込めた。「スリル満点だったでしょうねって、言ったのよ。窓ガラスを割り、そんなふうにつかまっていてから飛び降りる。かなりのスリルよ。あなたに捕まるかもしれないという心配があっても。トラブルを抱えていても」

「そんなものかな。まあ、きみはスポーツが得意だから」

寝室のドアを閉めて居間に戻り、リディアは言った。「あなたも十五歳だったときがあるでしょう」

たしかにそうだ、とわたしは思った。十五の頃は、スリルを求めていろいろなことをやった。窓から飛び降りるよりもはるかにバカげたこと、家出よりもさらに悪いことを。おまけにそうした質《たち》の悪い、無鉄砲な行為の裏には、ゲイリーと違って理由などなにもなかった。

「家出ではないと言っているのは、ほんとうかしら?」リディアが訊いた。わたしはソファに戻って、煙草に火をつけた。リディアは大きな肘掛け椅子に腰を下ろし、足を尻の下に敷いた。

「あなたの義理の弟さんって、あまり好人物ではないみたいね」

「最低のクズ野郎さ。誰だって逃げ出したくなる。でも、ゲイリーはそれを否定している。しなければならない、だいじなことがあると言っていた」わたしは煙草の空箱をテーブルに放った。「きみが十五のとき、なにがだいじだった?」

リディアは眉を寄せて考え込んだ。「男の子ね。それに夜遊び。あとは、兄たちのお節介を振り切ったり、いい成績を取ったりすることかな」茶を飲んで、告白した。「でも、一番だいじだったのはかっこいいと思われること」

わたしは思わず頬をゆるめた。「かっこよくないきみなんて、想像もつかないよ」

「わたしは完璧にかっこいいわよ、もちろん」と、リディアは澄まして言った。「正確には、こちらがかっこいいと思っている人たちに、かっこいいと思われたかったという意味」

「で、成功した？」

「満足するほどには一度として」

「ワレンズタウンへ行ってみる」わたしは言った。「ゲイリーがニューヨークへ来た理由に心当たりのある人が、きっといるはずだ。両親が駄目なら、友人に当たってみる」

「わたしもいっしょに行ってほしい？」

「いや、きみにはここでゲイリー捜しに取りかかってもらいたい」

「干草の山に埋もれた針を探すのね。わたしの得意分野だわ」

わたしは少しのあいだリディアを見つめ、立ってデスクへ行くと、一番下の引き出しを開けた。奥のほうに入れておいた封筒から古い写真の束を取り出した。ぱらぱらとめくり、制服姿の男がふたりでおどけている一枚を抜いてリディアに渡した。「左側だ」

リディアは写真とわたしを見比べた。「これ、あなたね」

「十七歳で、海軍にいたときのものだよ。ゲイリーはそっくりなんだ。ただし、瞳は青だけど」

リディアが帰ったあと、わたしはシャワーを浴びてひげを剃り、車を取りにいった。リディアは写真を拡大してコピーを作り、あちこちで配るとともに、ほかの分署にファックスしてもらうために、ミッドタウン・サウス署にも持っていく。ゲイリーは、やるべきことをするための金が必要だと言っていた。貸してくれという頼みを、わたしは聞かなかった。再び酔っ払いの衣服をまさぐって、警察に捕まることも考えられる。

あるいは、もっと愚かな行為に走ることも。

「義理の弟さんは?」と、リディアは写真をポケットにしまい、帰りがけに訊いた。「ゲイリーを捜しに、ニューヨークへ来るんでしょう?」

「たぶんね」わたしは答えた。「それに、こっちの知らないことを知っていて、ゲイリーを捜し出すかもしれない。だから、無駄骨になるかもしれないんだ。でも、なにもしないでじっとしている気にはなれないんだ」


ニューヨークを出ていく道路は空いていて、駐車場を出て十分後にはトンネルを抜け、ガーデン・ステートハイウエイを西に走っていた。ワレンズタウンはニュージャージー州に入って一時間ほど行ったところに位置し、労働人口の四分の三がニューヨークへ通勤し、残り四分の一が絵葉書のように美しい小さな町の機能を維持している、裕福な高級ベッドタウンだった。

スコットが言葉どおりにニューヨークへ向かい、ハイウェイのどこかですれ違っていたとすれば、ヘレンと話しやすくはなる。たとえ、彼がいたとしても、プロの探偵としては家出をした子供の家族にまず事情を聞く必要があった。

昔へレンが家出をしたときには功を奏しはしなかった。だが、あのときはほかの理由があった。

ニュージャージーに入って最初の三十分は、抜けるような青空と遠くの秋の丘を背景に、ガソリンスタンドや、けばけばしいファストフード店、地味な会員制量販店などの商業施設ばかりが続いた。やがて別の道に入ると、丘がぐっと間近に迫ってきた。十一月半ばのいま、早朝の太陽を受けて葉を深紅や黄金に輝かせている木もあれば、すっかり裸になってしまった木もある。

グールドの演奏するバッハのインベンションを持ち込んで、出発するときにCDプレーヤーに入れたのだが、ろくに聴かないうちにスイッチを切ってしまった。無理強いされているような印象を、初めて持ったのだ。いままでは、どの小曲も各声部が対等に秀逸さと自制を発揮していると感じていた。しかし、今朝感じたのは、強制と挑発的なまでの傲岸さだった。そこに苛立ちを覚え、スイッチを切ったのだ。

ワレンズタウンと表示された出口は街路樹が影を落とす道に続いていた。裏庭を柵で囲い、ポーチを備えた古い家、灌木《かんぼく》の植わった広い芝生の庭のある新しいスキップフロアの家などが道に沿って並んでいる。やがて、手入れの行き届いた公園を中心にしてレンガ造りの二階建ての商店が連なるダウンタウンに入り、車を停めて道を尋ねた。メインストリートに横断幕が掲げられている。〝土曜日はハムリンズの試合。バスは十時出発〟。なぜバスが出るのか理解できなかったし、どんな競技の試合であるのかも見当がつかなかった。秋も深まり、フットボールのシーズンは当然終わっているはずだし、バスケットボールにはまだ早い。

運転を続け、教えられた新興住宅地を見つけた。どことなくコロニアル風の住宅が、単調さを避けながらも運転のしやすさを考慮してカーヴさせた道路に沿って並んでいる。そのなかの一軒の前で車を停めた。薄いグレーの板張り、灰青色のよろい戸という構えのその家は、細部を除けば周囲の家とほとんど変わらない。両側に菊が咲き乱れたコンクリートの私道が玄関に続き、石段の下段に目鼻をくりぬいたハロウィーンのかぼちゃが二個いまだに鎮座して、一個は歪んだにやにや笑いを、もう片方はせせら笑いを浮かべていた。

呼び鈴を押すと、内部で二音階のチャイムが響き、犬が吠える。やがて、ドアが開いた。少女が目をぱちくりさせて目の前に立っていた。茶色い髪に眼鏡、ジーンズ、ポケモンの絵がついた青のTシャツ。片手で、こちらを睨んでうなる黒のドーベルマンの首輪をつかんでいる。

少女は礼儀作法を思い出して言った。「はい？」

「やあ、ジェニファー」わたしは言った。「覚えていないだろうけれど、ぼくは伯父のビルだ。お母さんはいる？」

少女は困惑顔になった。「え、ええ」振り返って、声を上げた。「ママ！　ビルおじさんよ」

訪問客を見ようと、コーデュロイのパンツと花模様のタートルネックシャツを着た小柄な少女が駆けてきた。つかの間、そこには三人きりだった。一瞬遅れて、妹のヘレンが髪をかき上げ、階段を下りてきた。青い瞳は心もとなげで、笑みのかけらも浮かんでいない。

「ビル」ヘレンは娘たちのうしろで立ち止まった。ふたりの少女は母親とわたしを見比べた。

ヘレンはジーンズに、秋の木の葉を首まわりに刺繍した白のタートルネックという格好だった。小柄で頬骨が高く、色白だ。繊細で美しい。娘ふたりも、それを受け継いでいる。わたしの身内は、男が大柄だ。ゲイリー、父、ヘレンの夫のスコット。それに、わたしも。

ヘレンはなにか言いかけたものの、心を決めかねた様子で口を閉じ、結局こう言った。「ここでなにをしているの？」

「入ってもかまわないか？」わたしは返事に迷って、尋ねた。

「ええ」ヘレンは少し間を置いて言い、ドアの脇に寄った。「ええ、もちろんよ」

そこでヘレンの横をすり抜け、レインコートやゴム長靴の並んだ玄関ホールに入った。片隅に子供用の雪かきシャベルが立てかけられ、来客や友人用の空間がたっぷりある傘立てに、大小の傘が何本か差してあった。奥からメープルシロップの甘い香りが漂ってくる。朝食は、肌寒い秋の朝にふさわしいパンケーキだったのだろう。

「さあ、学校に行く支度をしてらっしゃい」ヘレンは娘たちに言った。宿題や教科書よりもこちらの様子が気になるらしく、ふたりはちらちらとうしろを振り返っては、スキップをして離れていった。

ヘレンはわたしを居間に案内した。ばら色のカーペットを敷いた室内には陽射しが燦々《さんさん》と降り注ぎ、使い込んだ座り心地のよさそうな布張りの椅子やソファが置かれ、スレートの暖炉は来《き》たるべき寒い夜に備えていつでも使えるようになっている。炉棚にはさまざまな家族写真が並んでいた。三人の子供たちが赤ん坊のときのもの、ハロウィーンの衣装を着たもの、クリスマスツリーの前で玩具や破いた包み紙、ほどいたリボンに囲まれて床に座っているもの。一枚には、フットボールのユニフォーム姿でヘルメットを小脇に抱え、満面に笑みを浮かべているゲイリーが写っていた。頬骨になすりつけた黒い油脂が、昨夜彼の目の下にできていたくまを連想させた。

スコットの両親とおぼしき、わたしの知らない人物が写っているものもある。それから母の小さなスナップショットもあった。いまはガラスの下に納められているが、折り皺だらけでよれよれになっていた。写真の母は現在のヘレンよりも若く、つばの広い帽子をかぶってにっこり微笑んでいた。ヘレンが二十六年前に家出をしたときに持っていったものだろう。

「ここでなにをしているの？」ヘレンはあらためて尋ねた。玄関でのときと同様、ほんとうに訊きたいわけではないような印象を受けた。

わたしは彼女の質問を無視して、言った。「ゲイリーを見つけたいんだ。あの子がニューヨークへ行った理由を知りたい」

ヘレンは躊躇した。「手出しをするなと、スコットに言われたはずよ。スコットが見つけるわ」

「彼にできるかな？」

ヘレンは答えずに目を逸らした。

「ほかのことは全部忘れるんだ。ぼくは探偵だ。これが仕事なんだ。ゲイリーはトラブルを抱えているんだよ、ヘレン」

ヘレンは怒りのこもった視線を向けた。「ゲイリーはいい子よ」

「いい子でも、トラブルは起こす」

わたしはヘレンに考える時間を与えた。窓の外の音、子供の声が周囲を包んだが、ふたりのあいだに落ちた沈黙に分け入ることはなかった。

「ママ？」玄関ホールに通じる広い戸口で、遠慮がちな声がした。ジェニファーとポーラがバックパックを背負い、スニーカーの紐をきちんと結んで立っていた。ジェニファーが言った。「もう行かなくちゃ」

ヘレンはわたしを見た。「学校へ送っていく時間だわ」

「いっしょに行くよ」

ヘレンはうなずいて犬に引き綱をつけ、玄関ホールにかけてあったジャケットを取った。全員で連れ立って外に出て、私道に停めてあるワレンズタウン・ウォリアーズのステッカーをバンパーに貼ったシェヴィー・ブレイザーの横を通り、新興住宅地のカーヴした道を歩いて、町の古い区域に入った。こちらの道路は直線的で、年経《ふ》りた大木が枝を広げて朝のまぶしい陽射しをさえぎっていた。ヘレンの家の界隈の樹木はどれもまだ若く、日陰を作るほど大きく育ってはいない。

「スクールバスで行かせてもいいんだけど」落ち葉を蹴散らす娘たちと歩きながら、ヘレンは言った。「こうして送っていくのが好きなの」

彼女がそのことを話した理由は、わからない。彼女自身にもわかっていないようだった。

3

その後しばらく会話はなく、わたしも強いて言葉をかけなかった。生徒やその母親とすれ違うたびにヘレンは挨拶を交わし、スクールバスの窓から少女たちがジェニファーとポーラに声をかける。スコット一家がこの町に来て子供たちが学校に行くようになってから、ほんのふた月ほどだ。だが、幼ければ幼いほど容易に新しい友を作り、新しい場所に馴染んでいく。わたしも身に覚えがある。再びそこを離れる辛さも。

妹とその娘たちとともに、あたかも何度もそうしてきたかのように、黙々と郊外の道を歩んだ。ときおり、こちらを窺うジェニファーの黒い瞳を感じたが、素知らぬふりをした。わたしが彼女の兄に似ていることが気になるのだろうか、ふたりともゲイリーの不在をどう説明されているのだろうかと、内心でいぶかった。

角をひとつ曲がると、学校が見えてきた。大きな窓のついたレンガ造りの細長い低層建築が広い芝生の奥に複数寄り集まり、正面の開け放たれたガラスドアの上部に〝ワレンズタウン小学校〟と真鍮の文字が嵌めこまれていた。校舎に続く小道の両側に、赤ワイン色に紅葉したカエデの若木が立ち並び、明るい陽射しと子供の声があふれていた。小道の脇の芝生にバックパックや、ジャンパーが放り出され、〝ジュニア・ウォリアーズ〟と刺繍された、ゲイリーと同じえび茶と白のジャンパーの小型版も交じっていた。その向こうで子供たちがフットボールをして遊んでいる。

道路を渡ると同時にジェニファーとポーラは犬の頭を撫で、わたしには行儀よく「さよなら」を言い、ヘレンには手を振って、友だちを探して歩道を駆けていった。ヘレンはわたしと取り残された。彼女は大きなガラスドアを入っていく娘たちのうしろ姿を見送った。わたしも。その姿が見えなくなってしまうと、ヘレンは否応もなくこちらを向かざるをえなくなった。

「スコットはニューヨークへ行ったわ」

「ゲイリーが行った理由に、あいつは心当たりがあるのか?」わたしは訊いた。「どこか、いそうなところは?」

ヘレンは歩道に視線を落とし、首を横に振った。「いいえ、まったく見当がつかないの。こんなの、あの子らしくないわ」

「どうだったら、ゲイリーらしいんだい?」

「いい子なのよ」と、それがゲイリーを守るまじないの文句であるかのように、繰り返す。

わたしは周囲を見まわし、郊外の静かな道路や、この町に属する人々の子弟を庇護するレンガの低層建築を眺めた。「とにかく」わたしは慎重に言葉を選んだ。「ゲイリーを捜し出して、無事に家に帰したいんだ。ぼくの目的は、それだけだ」

ヘレンは、初めて見るものであるかのように、わたしの顔をまじまじと見た。ともに生活していた頃の面影は、いまのわたしにどれほど残っているのだろうか。ヘレンはそれを探し求めているのだろうか。

ヘレンは迷いを振り切るように、いきなり早口でしゃべり始めた。

「スコットなのよ。兄さんが刑務所暮らしをしたことがあるから。こういう仕事をしているから。それに……」

「どうでもいいよ、そんなこと。それとこれとは関係がない」たしかにゲイリーの件とは関係がないが、どのみちさえぎっていただろう。それ以上は聞きたくないし、嘘をつかれるのもごめんだった。

わたしは煙草を一本、箱から振り出した。

「まだ吸っているのね」ヘレンが言った。

わたしは火をつけ、マッチを歩道に捨てた。「ゲイリーがニューヨークに行った理由に見当がつかないのなら、あまり望みはない。ぼくのほうが、まだましだ。少なくとも方法を知っているんだから。ゲイリーの写真が欲しい。それから、ゲイリーの友人の名前も」

「友だちには、警察がもう話を聞いたわ」

「ぼくなら、警察とは違う質問ができる。お願いだ」昨夜助けを求めたゲイリーとよく似た口調だと、わたしは思った。

学校の前の歩道にたたずんで、ヘレンは長いあいだわたしを見つめた。わたしは視線を逸らして、カエデに挟まれた小道を通って校舎へ向かう生徒たちを眺めた。ぐずぐずしていた最後のひとりもようやく校舎に入り、正面入口が閉じられて授業開始のベルが鳴った。そのとき、前触れもなくヘレンは目をうるませ、涙を拭って言った。「ああ、どうしよう。わかったわ、兄さん。お願い。ほんとうに見つけられる？」

ヘレンと連れ立って学校を通り過ぎ、黄色の落ち葉が足元で舞うなかを、オークの大木が影を落とす商店街へ向かった。大半の店が、ゲイリーのジャンパーと同じ色、つまりスクールカラーのえび茶と白を使った、〝頑張れ、ウォリアーズ！〟のポスターをウィンドウに貼り出している。

パーキングメーターに犬をつないでベーカリーに入り、コーヒーを前にして、どの依頼人にもする質問をヘレンにした。ゲイリーに最近ふだんと違う様子はなかった？　沈んでいるとか、気がかりなことがあるようだとか。いいえ、なかったわ。新しい学校が気に入っていたし、代表《ヴァーシティ》チームに選ばれたので、大喜びだった。これからの学校生活やフットボールの試合を、楽しみにしていたのよ。成績もいいし、試合に出るといいプレーをしていたわ。もちろん、たまに出してもらう程度だけど。まだ十年生《ソフォモア》だし、新入りだもの。

隠し事をしている様子は？　なにかおかしいと感じた点は？　いいえ、まったくなかったわ。薬物はどうだろうと、さりげない口調を心がけて訊いた。使っているのではないかと、少しでも疑ったことは？　いいえ、それはぜったいにないわ、とヘレンはむきになることもなく、きっぱりと答えた。ゲイリーが母親に隠し事をしていたとしても、彼女はわたしに対してなにも隠していないとそれで確信した。

ワレンズタウンには、どのくらい前から？　六月からよ。学期が終わってすぐ、サラソタから越してきたの。スコットはこの町で育ったのよ。でも、高校卒業後に町を出て、一度も戻らなかったの。"一度も戻らなかった"のところで、彼女の頬がじわじわと染まった。そして、ことさらにわたしを避けて、テーブルや窓の外に視線を向けた。出ていったきり一度も戻らなかった人々については、ふたりとも嫌になるほどよく知っている。もっとも、互いにまったく逆の立場から事実を見ているわけだが。

わたしは無言でコーヒーを飲んだ。濃くて香り高く、そして素朴な味がする。またそれを給仕しているのも、ほとんどの客をよく知り、名前で呼びかける、にこやかで素朴な女性たちだ。ヘレンはシナモンロールをつまんで続けた。勤めている会社がもっと大きな会社に買収されるとスコットは昇進して、転勤先を三つ挙げられたの。そこで、ニューアーク支店を選んだのよ。ワレンズタウンは子育てには最高の場所だし、そろそろ戻る潮時だと言って。そこで、家族揃って引っ越してきたの。

ここが気に入った？ そう尋ねたものの、訊いた理由はわからない。調査中の件には無関係な質問だ。しかし、ヘレンはほかの質問に対するのと同様に答えた。彼女は、わたしを自分にとって必要な専門家ととらえ、すべてを一任していた。バルブの修理について配管工に議論を吹っかけたり、医師の処方箋に疑問を呈したりしないタイプなのだろう。一家を挙げて引っ越しを繰り返すことについても、スコットと口論するなどもってのほか、だからわたしの繰り出す質問に疑義を挟んだりもしない。肩が凝っていた。煙草が吸いたかった。立ち上がってコーヒーのおかわりを持ってきて、それを紛らした。ヘレンはほとんど口をつけていなかったので、おかわりを断った。

ええ、この町が好きよ。ずっと住んでいたいわ。席に戻ったわたしに、ヘレンは言った。しかたなく、行動したい欲求をこらえて、じりじりしながら耳を傾けた。ひとところに落ち着いたほうが、子供たちにとってもいいと思うの。もちろん、スコットの仕事次第よ。スコットの仕事がうまくいって、給料が上がるように、引っ越しを繰り返してきたのよ。彼は順調に出世しているし、誇りには思っているわ。夫が育ったところに住むなんて、家族にルーツができたみたいですてきでしょう。それに、なんとなくほっとするの。兄さんに理解できる？　いろいろな土地に住むのも悪くはないし、おもしろかったりもするけど。わたしたち、それはさんざん経験したわよね。

そう言ったとき、ヘレンは初めて小さな笑みを見せた。わたしは反射的に笑みを──依頼人になにかを請け合うときに見せる笑みを返した。ヘレンは視線を泳がせて目を逸らした。わたしの笑みのせいか、あるいは彼女自身が笑みを浮かべたためかどうかは、わからない。

「ゲイリーの友人の名前が知りたいんだ、ヘレン」わたしはポケットからメモ帳とペンを取り出した。「警察がもう話を聞いた人も含めて、思いつく限り全部。ゲイリーが興味を示していた女の子はいる？」

ヘレンはとうに冷めてしまったコーヒーをすすった。「夏休みのあいだにしばらくつき合っていた子がいたけれど、新学期が始まる前に終わっちゃったみたい。本格的なデートをするには幼すぎたけれど、アイスクリームを食べにいったりとかしていたわね」

「名前は？」

ヘレンは眉を寄せて考え込んだ。「ヴィクトリア」と、ようやく言った。「古風ですてきな名前だわ。みんな、トリーと呼んでいた」

「姓は？」

「覚えていない。あまり長くはつき合っていなかったもの」

「そうか。ほかには？」

ヘレンは遠くを見つめた。「ゲイリーはどこに引っ越しても、学校が始まるとすぐに友だちができるのよ。とりわけ、スポーツのシーズンが始まると。でも、わたしはなかなか顔や名前を覚えられなくて」と、弁解するように言った。「モーガン・リードという、背の高い子がいるわ。たしか、クォーターバックだと思う。それに、ランディ・マクファーソン。ゲイリーと同じポジションだけど、十二年生《シニア》だからいつも先発メンバーになるの。あとは近所に住んでいる、ポール・ニーバー」この名前は、前者ふたりに比べると自信のなさそうな言い方をした。

「ゲイリーより年上で、フットボールはやらないわ。新学期が始まってからは見かけなくなったけれど、夏休み中は親しくしていて、いっしょにスケートボードをしたりしていた。うちで夕飯を食べていくこともあったのよ。母親があまり料理をしないみたい」よき母は子供のために料理をするべきだと言いたげな、非難がましい響きがあった。「だけど、今週は町にいない子もいるわよ、言うまでもなく」

「いない？」

「高校のキャンプウィークだもの。フットボールチームの十二年生は全員参加しているわ。それに高校が休みだから、フットボールに関係のない子は家族で旅行に行ったりとか」

「キャンプウィーク？」

「ワレンズタウンでは、高校の新学期がよそよりも一週間早く、労働記念日の前に始まるの。そして、フットボールチームがプレーオフに進出すると、シーズン後に十二年生を合宿に送り出すの。いわば、ご褒美ね。大学でのプレーに備えて力をつけさせるのよ」

「ご褒美？　シーズン後の合宿が？」

ヘレンはきょとんとした。「どうしたの？　なにか変？」

わたしは肩をすくめた。「ぼくはフットボールの経験がない。だけど、フットボール選手というのは、シーズン終了直後にはかなり消耗しているものなんだ。合宿はたいてい夏に行なう」

「そうなの？　知らなかった」声をうわずらせ、紙ナプキンをもみくちゃにする。まるで自分の無知を恐れているかのようだ。

「合宿のために休校になるのかい？」わたしは、彼女が確実に答えを知っている質問をした。

「そうよ。そうすれば、合宿に参加しても授業を欠席しないですむし、あとで補習を受ける必要もないでしょう」

「プレーオフに進出できなかったら？」

「みんな学校に行って、特別講習を一週間受けるのよ」

なるほど。プレーオフに進出できれば、選手は合宿、ほかの生徒は授業が休み。しくじれば、全員が学校に行く。でも、プレッシャーはかからない仕組みだ。

「ユニークなところだね、ワレンズタウンって」

「スコットもいつもそう言っていたわ」ヘレンは、わたしの口調に気づかなかったのか、あるいは意に介さなかったのか、同意した。

「合宿はどこで？」

彼女は小首を傾げた。「ハムリンズ・スポーツ・キャンプ」あまり自信のない口ぶりだ。「ロングアイランドのどこかよ。今度の土曜日に、ヴァーシティの十年生、十一年生《ジュニア》にジュニア《J》ヴァーシティ《V》（いわゆる二軍）の選手を何人か加えたチームが出かけていって、合宿中の選手と試合をするの。ゲイリーはすごく楽しみにしていたわ」唇を嚙んで、再び目を逸らした。「なぜ、知りたいの？」かすかな希望が声に交じった。「だいじなことなの？」

「わからない。でも、ニューヨークはここのロングアイランドとの中間だ。ゲイリーはそこに向かったのかもしれない」

「どうして？」

「見当もつかないよ。それに、その点は警察がとっくに確認しているだろうな」

「そうね、ランディに話を聞いたとしたら、合宿所でだったはずよ。たしか、聞いたと言っていたと思うけど。それとも、モーガンだったかしら」ヘレンは顔を上げた。青い瞳に切羽詰まった表情がほの見え、それは真夜中にわたしのアパートメントで、ゲイリーが見せたものと似通っていた。「思い出せないのよ。警察がなんて話していたのか――」

「いいんだよ」彼女の声が震えているのを聞きつけて、思わず歯ぎしりをしたくなった。「覚えていなくても、大丈夫だ。警察と直接話をするし、会う必要のある人間は自分で捜し出す」わたしは札入れから名刺を出して、新しい依頼人に会ったときにはいつもそうするように、ヘレンに渡した。「オフィスと携帯の電話番号が載っている。ゲイリーの部屋を見たい。そのあと、少なくとも数時間は町にいる。なにかわかったら知らせるよ」

ヘレンは名刺を手に取って、そこに書かれた一言一句が重要このうえないもので、またいまにも消えてしまうのではあるまいかとばかりに、食い入るように見つめた。いまの彼女には、たしかに重要なのだろう。もっとも、携帯電話の番号のほかには、彼女にとって新しい情報などないのだが。

すがすがしい秋の大気のなかを無言で歩いて、ヘレンの家に戻った。ヘレンについて二階に上がると、彼女はゲイリーの部屋を示した。わたしは戸口のすぐ内側に立ち、かつて教わった方法に従って室内を観察した。すぐ目の前から始めて、視線を前後に動かして次第にその範囲を広げていく。そこが新しさを失って慣れ親しんだ場所であるかのように思えてきて初めて、なかに入るのだ。

室内は整頓されていたが、その年頃の少年にしては潔癖にすぎるというほどではなかった。縞模様のベッドスプレッドの掛かった、そこそこに整えられたベッド。書棚にはぎっしりと本が詰まり、残りはデスクや床に積んである。本を調べた。積み重ねた教科書。書棚にはミステリ、SF、ゲイリーが幼い頃に愛読した騎士や海賊の童話。最上段はほとんどがフットボール関連の本だった。トレーニング法、ルールブック、有名選手の伝記。書棚の上に、トロフィーが多数並んでいた。こちらもほとんどがフットボール関連だが、野球やトラック競技のものも交じっていた。学内選手権、夏季リーグ、地区大会優勝。ベッドの頭のところの壁に、ニューヨーク・ジェッツのポスターが貼ってある。頬に黒い油脂をなすりつけたチーム全員が、ヘルメットを小脇に抱えて三列に並び、にこりともしない真剣な面持ちで睨んでいた。

「ゲイリーは以前からジェッツのファンだった?」わたしはヘレンに訊いた。「それともここに越してきてから?」

「フロリダではドルフィンズのファンだったわ。カンザスシティに住んでいたときは、そこの地元チーム」

「チーフスだね」

「そうそう、チーフス。とても全部は覚えていられないわ」弁解するように肩をすくめた。「そうやって、ゲイリーは新しい土地に馴染んでいくみたい。兄さんがどこへ行っても現地の言葉を覚えたようにね」

わたしはびっくりして、妹のほうを振り返った。一瞬、言葉に詰まった。「覚えていたのか?」

「もちろんよ。わたしも真似したかったけれど、できなかった。兄さんみたいに、頭がよくなかったから」

わたしは首を横に振った。「年が上だっただけだよ」

「そうかしら。まあどうせ、父さんが嫌がったしね」

双方が押し黙った。静かな郊外の景色が窓の外に広がる、新築間もない家の明るい部屋で、わたしたちは顔を見合わせた。なんてこったと、わたしは内心で呪った。二十年以上も前に終わっていることなのに。

「親父は、ぼくが現地の言葉を話すのが気に食わなかったわけじゃない」わたしは話題を変えようとしなかった。「ぼくがつき合う連中が気に入らなかったんだ」

「そうじゃないわ」ヘレンはあらぬほうを見つめていた視線を、わたしに戻した。「父さんは、兄さんがアメリカ人でいたくないんだと思って、怒ったのよ。兄さんは、それを理解しようとしなかった。父さんの言葉に耳を傾けようとしなかった」

思わず、顔がこわばった。デスクに向き直り、ポケットから煙草を出した。消してと言われるのと、なにも言わずに立っていられるのとでは、どちらが嫌だろう。自分でもわからなかったので、煙草を箱に戻し、ゲイリーの書いたもの――代数問題、イロクォイ族についてのメモなどに目を通し始めた。うしろに立っているヘレンを常に意識しながら。

「ビル――」

「これを起動させる方法は、わかる?」わたしはデスクのコンピューターのスイッチを入れた。

ヘレンはすぐには答えなかった。ややあって低い声で言った。「パスワードが必要だけれど、わたしは知らないわ」

静かにたたずむヘレンの前で、わたしは単純なパスワードをいくつか試みた。ゲイリーの名前や生年月日、彼の妹の名前。どれもはずれだったが、もともとあまり期待していなかった。彼の年頃なら、わたしの聞いたこともないロック・バンドのヒット曲、あるいは憧れのNFLレシーバーの名前のほうが、それらしい。ジェッツ、ドルフィンズ、チーフスと入力し、しまいにあきらめた。

「コンピューターに詳しいやつを寄越すよ。ゲイリーはメールアドレスを持っている?」

「彼専用のは、持っていないわ」ヘレンは、抑揚のない物静かな口調で答えた。おそらく、警察の質問に対してもこんな調子で受け答えをしたのだろう。「居間のコンピューターがインターネットに接続しているの。子供たちは、使いたいときにはいつでも使えるけれど、アカウントは家族共用よ。スコットは、あの子たちの年では親の監督なしでインターネットにアクセスするべきではないという意見なの。いろいろとよくない話を聞くから」

「警察はそっちを調べた?」

「刑事のひとりがね。でも、なにも見つからなかったそうよ。学校で必要な情報とか、スポーツ・サイトがいくつかあったくらいで」

「NFLドットコムとか?」

「ええ、そう」

「誰かを寄越したら、一応、見せてやってくれるかい」

「それは……誰かを寄越すなんて、大丈夫かしら」

「どうして？」

「スコットが嫌がるわ」

「ニューヨークにいるんだろう」

「ぜったいに、わかっちゃうわ」

これまでにヘレンがうまく隠し通せたのは、スコットにとってどうでもいいことだけのようだ。

「ゲイリーを見つける役に立つのなら、スコットがなにを知ったところでかまわないじゃないか」

返事はなかった。わたしはそれを自分の都合のいいように解釈した。その件はひとまず措いておいて、地元警察の担当刑事の名前を聞き出した。

書き置きを見せてもらったが、ゲイリーの言葉どおりの内容だった。——しなければならない、だいじなことがあるんだ。できるだけ早く戻るから、心配しないで。わたしはもうしばらく室内に留まって、ゲイリーの生活を物語る写真やノート、CD、本、衣服などを調べたが、彼の行き先や〝しなければならないこと〟についての手がかりはなかった。戸口にじっと立っている妹のほうを向いた。

「スコットが原因か？」わたしはおだやかに尋ねた。

「どういう意味？」

「スコットから逃げたくて、ゲイリーは家出したんじゃないのか？」

ヘレンの顔に血が昇った。「なんで、逃げる必要があるの?」

「あいつは最低の男だ」

「やめてよ。兄さんに対してだけ、態度が悪いのよ。子供たちを愛しているわ。わたしのことも」それから言い足した。「家族をだいじにしているわ」

「ゲイリーは、顎に青あざを作っていた」

「そうなの?」愛する息子を心配して、顔を曇らせた。そこでわたしの言葉の意味を悟った。

「スコットがやったと思っているのね?」背筋を伸ばして小さな顎を突き出し、即座に夫の弁護をする構えを見せた。あまりにも素早い反応だ。それに、この姿勢は記憶に残っている。ちらりと心に浮かんだ人物は、ヘレンではないけれど。

「スコットは子供たちに暴力を振るわないと、胸を張って言えるのか」おだやかな口調を保ったが、それは紛れもなく挑戦だった。

「振るわないわ」ヘレンも同じ口調で答えた。「子供が小さい頃は、お尻を叩いたりもしたわ。わたしも。厳しくしつけたのよ。善悪の判断ができることを、スコットはとても重要視しているの。だけど、兄さんの言うような意味のことは――いいえ、断じてないわ」

わたしの言葉が意味するところは、ふたりともじゅうぶん承知している。わたしは妹に目をやった。彼女の息子の部屋で。彼が生きてきた十五年間で、六度目か八度目、あるいは十度目だかに自分の部屋らしくしようと努めている部屋で。幼い頃、ヘレンはわたしに決して嘘をつかなかった。だが、ふたりが幼かったときから長い月日が経っている。

ヘレンは道路際に立って、車で走り去るわたしを見送った。バックミラーにその姿が映っていたが、やがてカーヴした道を進むうちによその家があいだに立ちはだかった。彼女は手を振らなかった。しかし、背を向けもしなかった。


　町に向かって車を走らせ、町長室、町役場、ワレンズタウン警察署の入っている、どっしりしたレンガ造りの建物の裏にある駐車場に車を停めた。

「ビル・スミスという者です」と、受付の警官に告げた。旧式の丸い天井灯が受付カウンターの真鍮の横木に鈍く反射していた。うしろの壁には、ワレンズタウン・ウォリアーズの三角旗が〝ノーとひと言〟(ナンシー・レーガンの麻薬撲滅キャンペーン)と〝犯罪防止のための十ヶ条〟のポスターに挟まれている。「ニューヨークから来た私立探偵なんだ。サリバン刑事に面会したい」

「どんなご用件でしょう?」警官は若くて筋肉が隆々とし、愛想がよく、屈託がなかった。名刺を引っくり返して裏も眺め、なにも書かれていないことを確認して顔を上げた。

「ゲイリー・ラッセルの件で」

　警官はきょとんとした。

「家出少年だよ。月曜から家に戻っていない」

「ああ、あの件ですか。越してきたばかりの子でしょう。すみません、思い出しました」警官はにっこりした。ゲイリーとあまり変わらない年頃のように見えた。「サリバン刑事は会議中なんです」彼にとって、会議とはおとなに課せられた罰のひとつであるらしく、将来は避けて通りたいような口ぶりだった。

「あとどのくらいかかるのかな」

「一時間か、二時間だと思いますけど」

「じゃあ、あとでまた寄るとしよう。しばらく町をぶらぶらしている。車はグレーのアキュラだ」わたしは車のナンバーを教えた。「携帯電話の番号は名刺に載っている。どこからか文句でも出たら、よろしく」

「つまり、調査をするんですか？　ゲイリー・ラッセルの」

「うん。なにか情報でも？」

「いや、ただ——」彼はまたにっこりした。「私立探偵なんて、初めて会ったから」

わたしは数多の警官に会っている。そこで、握手をして署を出た。

ヘレンはわかっている限りのゲイリーの友人の住所を教えてくれた。彼らに当たる前に担当刑事と話をしたほうが好都合だが、順序が逆でもかまわない。運転しながら、リディアに電話をした。

「なにかわかった？」

「いいえ、まだよ。あちこちで写真を配って、青少年のためのホットラインや保護センターの人たちに訊いてまわっているところ。これからタイムズ・スクェアとイースト・ヴィレッジで、若い人たちに直接当たってみるわ」

「いいね。もうひとつ頼みがある。ロングアイランドにハムリンズだかそんな名前のスポーツ施設があって、ワレンズタウン高校のヴァーシティが今週はそこで合宿をしているんだ。ひょっとしたら、ゲイリーはそこへ向かったのかもしれない」

「なんのために？」

「わからない。でも、確認してくれないか？」

「いいわよ。そっちはどんな具合？」どんなときでも、またどんな事件でも彼女がする質問だが、今回は裏に別の意味が隠されていた。

話せば長くなるだろうし、そもそもわたし自身にも答えがわからない状態だ。「まだ、ぜんぜんだ。なにかわかったら、知らせる」

短い沈黙。それから「了解。気をつけてね」

「きみも」ふと思い当たった。「そうそう、リディア。気をつけるといえば、スコットがニューヨークへ行ったらしい。どこかでかち合うかもしれないよ」

「用心しろって意味ね。とにかく、気をつけて」リディアは重ねて言い、電話を切った。

十一月の明るい陽射しを浴びながら静かな並木道を歩き、古い住宅街の一角にある、黄色の外壁に白のよろい戸がついた家の前に立った。生垣は手入れが行き届き、短く刈った芝生に赤い落ち葉が散っている。玄関に出てきたのは、わたしと同年配のショートヘアの女だった。名刺を渡して子息に会いたい旨を告げると、彼女は快い顔をしなかった。

「どんなご用でしょう」

「行方不明の少年がいるんです、ミセス・リード。ゲイリー・ラッセルという子です。家族に頼まれて捜しているんですが、モーガンに少し訊きたいことがあって」

「警察がもう来ましたよ。モーガンはなにも知らないわ」

「ええ、それは承知です。あまり時間は取らせませんから」

しまいに、息子を案ずる母親の情を察して、同席を条件にすると許可してくれた。十五歳の少年が母親を前にして秘密を打ち明けるなど、七月に雪を期待するも同然だ。だが、別に秘密を打ち明けてくれなくてもかまわなかった。母親の前で言いにくいことがあるようなら、あとで聞き出す方法はいくらでもある。

ミセス・リードは階段の下で、二階にいる息子を呼んだ。二度呼ぶと、「なんだよお!」と上から声が降ってきた。もう一度呼ばれ、長身のたくましい少年が階段のてっぺんに姿を現した。くの字になった階段の踊り場まで駆け下り、残りはいちいち段を踏む手間を省いて手すりをつかんでひょいと飛び越え、わたしの一フィート手前に着地した。埃でも払うかのように、ぱんぱんと手を打ち合わせる。

「モーガンったら、もう」ミセス・リードは明らかに何度も言ったことのある口調で言った。

「手すりがそこだけ、ぐらぐらになってしまったのよ」

「あ、そう」モーガンは、わたしを値踏みするように見た。長身、大きな手、ウェイトリフティングで鍛えた筋肉が盛り上がった長い腕。ただ立っているだけでも、天賦の運動神経に恵まれた者が無意識のうちに醸し出す優雅さと自信が窺えた。いついかなるところに置かれてもその場に溶け込み、常に立場を確保することができると確信しているのだ。

「こちらはミスター・スミスよ、モーガン。ゲイリー・ラッセルのことで、話を聞きたいんですって」

モーガンは母親をじろっと睨んだ。なんでこんなやつを家に入れたんだよ、と言いたげだ。こちらに向かって顎を突き出し、肩をそびやかした。「サリバンにもう話したよ」それから、「見かけない顔だな」と、モーガン・リードの知らないワレンズタウンの警官はもぐりだとばかりにつけ加えた。わたしも十五の頃はブルックリン界隈の警官をひとり残らず知っていた。そのほとんどに逮捕されたことがあったから。

「警官ではなく、探偵なんだ。ニューヨークの」

「私立探偵ってこと？」

「そうだ」

モーガンはふふんと笑った。おとなって、やっぱりバカだと内心で思っているのが、透けて見えた。母親とわたしを見比べる。調子を合わせたほうが、さっさとすみそうだと判断したらしい。「あ、そう」そう言って、わたしの前を横切って居間に入り、ソファにどさりと腰を下ろした。下はカーゴパンツ、上はTシャツに格子模様のシャツを重ね、眉をひそめる母親をことさら無視して、ナイキのスニーカーを履いた足をコーヒーテーブルに乗せる。『スポーツイラストレイテッド』を取ってぱらぱらとめくり、わたしが口を切るのを待った。

わたしは肘掛け椅子を選んだ。相手が大のおとななら、煙草に火をつけ、やはりテーブルに足を乗せて対抗するところだが、そうもいかない。

「ゲイリー・ラッセルは月曜に家出をした」わたしは言った。「じつは昨晩、ニューヨークで彼に会ってね。そのとき、やらなければならないだいじなことがあると言っていたんだ。どういう意味だか、わかるかい?」

「あいつに会ったんなら、なんで訊かなかったんだよ?」

「教えてくれなかったんだ」

「さあ、ぜんぜんわからないな」モーガンは雑誌をめくった。「あいつのことをそんなによく知っているわけじゃないし」

「フットボールチームの仲間なんだろう?」

「うん」フットボールが話題になったので興味を引かれ、モーガンは雑誌から顔を上げた。「だけど、あいつは新入りだもの」

〝新入り〟。それはワレンズタウンでは、なにかと問題があることのようだ。しかし、多くの地で新入りになったわたしの経験からすると、なにもワレンズタウンに限ったことではない。

「きみがゲイリーに最後に会ったとき、なにか思い悩んでいる様子はなかった?」

「ぜんぜん」

「いつだった?」

「なにが?」

「最後に会ったのは」

モーガンは答える前にほんのわずかためらった。誓ってもいい。だが、彼は肩をすくめて言った。「覚えていないよ。月曜の練習だったかな」

「いまだに練習？　シーズンは終わったはずだが」

彼はいまだに息はあるかと訊かれでもしたように、わたしを見た。「練習は毎日午後三時。今週の土曜はハムリンズの試合だろ。ゲイリーが来ないと、コーチがケツから煙出して怒りまくるだろうな」

「モーガン、言葉に気をつけて」母親が注意した。モーガンが目玉をくるりとまわす。

興味を引きつけるために、フットボールに話題を戻した。「ハムリンズでシーズン後の試合か。大きな試合なのかい？」

「うん」モーガンは目を輝かせた。「ヴァーシティの十一年生と十年生、それにJVのコーチが選んだ選手を合わせてチームを作るんだ。でもって、ハムリンズへ行って、合宿中の十二年生と試合をするんだ」

「向こうには一チームを作れるだけの十二年生がいるのか？」

「もちろん、うちの高校だけじゃ足りないさ」周知の事実のように言った。「ハムリンズのシニア合宿って……つまり、オールスターみたいなもんなんだ。プレーオフに進出した学校はたいがい、十二年生をハムリンズの合宿に送り込む。でもって、ワレンズタウン高校が出かけていって、対戦する」

「ほかの高校からは？」

「来ないよ」

「どうして?」

モーガンはぽかんとした。一度も疑問に思ったことがないらしい。まあ、無理もない。十五であれば、既成の仕組みを鵜呑みにしてしまうものだ。

「オールスターの十二年生が」わたしは言った。「一週間合宿するんだろう。勝てる見込みがあるのかい?」

「マジで訊いてんの?」くだらない質問だ。でも、おとななんて、そんなもんだ。モーガンの顔にはそう書いてあった。「去年のチームに比べてどれだけ少ない点差で負けるかが、だいじなんだ」

「というと、何点?」

「三十二点以下」

「見込みは?」

「おおありだよ。ぼくが先発のクォーターバックなんだ」その事実がすべてを説明するかのように言った。

「幸運を祈るよ。ところでゲイリーだが、いまは別として、きちんと来ていた?」

「練習にってこと?」

「練習や、試合、授業に。彼は当てにできる子だったのかな」

「うん、まあ。パスをする相手を探していると、いつだっていい位置にいるからね」とつけ加え、彼にとってもっとも重要な〝当てにできる〟を定義した。

「ありがとう、モーガン。あとひとつ。ゲイリーにはほかにどんな友人がいた？　女の子はどうだろう。興味を示していた子はいるかな？」

モーガンはまた肩をすくめた。

「ねえ、モーガン、ゲイリーがトリー・ウェズリーにデートを申し込んだって、話していなかった？」母親が口を挟んだ。

「なに言ってんだよ！」モーガンの頬が濃く染まった。怒りか、あるいはほかに原因があるのか、判断はつかない。「彼女はイモじゃないか。あれは、あいつがほかの子をまだ知らなかったからだよ」

「ほかの女の子を知らなかったという意味？」わたしは訊いた。

「女にしろ、男にしろって意味」その意味するところは明らかだった。ゲイリーはまだ中心となる少年たちを知らなかった。誰がかっこよく、誰がかっこ悪いかを知らなかった。誰にデートを申し込むべきか、誰を避けるべきかを知らなかった。

トリーの名は、ヘレンから聞いていた。そこにウェズリーと内心でつけ足して、モーガンに訊いた。「それで、友人は？」

「知らない」

モーガンをじっと見つめると、彼は再び雑誌に戻った。わたしはヘレンにもらったリストを確認した。「ゲイリーの母親は、ランディ・マクファーソンを挙げた」

「ああ」モーガンは投げやりに答えた。「ランディは十二年生で、先発選手なんだ。でも、ゲイリーと仲よくしているよ。ふたりともレシーバーだから、話が合うんじゃないの」

「ランディは今週は合宿だね」

「うん」

わたしはもう一度リストを確認した。「ポール・ニーバーは？」

「げーっ、あんなやつ！」モーガンは首を振って笑った。

母親が警告した。「言葉に気をつけなさいよ」

「あいつって、どうしようもない変人《フリーク》なんだ」母親の警告をてんから無視して言った。「あんなのとつき合うのは、ほかの変人だけさ」

「ゲイリーの友人ではないのかい？　いっしょにスケートボードをしていたそうだけど」

モーガンは憐れむような目をした――こいつ、どうしてこんなにバカなんだろう？「フットボール選手は、スケートボードなんかしない」と、説明する。「ライダーコーチが、そんなものをやって怪我するなんて、バカだって言うんだ。どうせ怪我をするんなら、ディフェンスの隙間に突入するのを邪魔するくそったれに、一発かましたときにしろって」

「もう、モーガンったら」母親は嘆いたものの、コーチの言葉を引用しただけとあって、モーガンを責めるわけにはいかなかった。

「そうか。ほかにゲイリーについて思い出せることは？」

モーガンは首を横に振った。

「ありがとう。名刺を渡しておくから、なにか思い出したら頼むよ」

モーガンは名刺を受け取って眺め、けらけらと笑った。「私立探偵か。たいしたもんだな、おっさん」

「モーガン！」

「ごめん」モーガンは母親をあっさりあしらって立ち上がった。「じゃあね」と、わたしのこともあっさりあしらう。階段の手すりをつかんで一段おきに駆け上がっていった。二階のドアが開いて、バタンと閉まった。

ミセス・リードにトリー・ウェズリーの住所を教えてもらった。「でも、あの人たち、お留守のはずですよ」わたしは礼を述べ、ミセス・リードを家事と息子のもとに戻した。車に戻ってウェズリー家に電話をかけたが、留守番電話になっていたのでメッセージを残した。ワレンズタウン署にかけたが、サリバン刑事はまだ会議中だった。リディアの電話も留守番電話になっていた。妹にかけた。ヘレンは電話が一回鳴っただけで出た。前で待っていたのかもしれない。

「ビルだ。なにか知らせは？」

「ないわ」電話に出たときは熱のこもった早口だったが、そのひと言はまたもや重苦しくなっていた。

「スコットから電話はない？」

「どこからも、ぜんぜん。兄さんのほうで、なにかわかった？」

「トリーの姓がわかった。ウェズリーだ。聞き覚えがあるかい？」

「ええ、たぶん」まるでわたしがわき道に逸れていて、そのことにうんざりしているような口調だった。「それだけ？」

「いまのところは。ゲイリーの友人に当たっている最中なんだ。また連絡する」

双方ともそそくさと電話を切った。

ポール・ニーバーの家にかけた。変人なら、私立探偵の電話に出るかもしれない。

ポールは出なかったが、母親が出た。わたしは自己紹介をして用件を告げた。

「ごめんなさいね」母親は心のこもった口調で言った。「ポールは留守なんですよ」

「連絡を取りたいんですが」

「あいにくね。金曜に学校が終わってからキャンプに出かけたんですよ」

「キャンプに？　どこです？」

「ベア・マウンテン」

「どのキャンプ場かご存知ですか」

「ポールはキャンプ場は使わないんですよ」母親はおだやかに正した。「森の奥にいつも行く場所が何ヶ所かあるんですよ。現代社会のストレスから解放されようとしているんです」

誰だって解放されたい。しかし、なんといってもティーンエージャーだ。「携帯電話は？」

「ええ、もちろん持っていきましたけど、出ないでしょうね。近代技術に依存することを嫌っていますから」

彼を責めることはできない。彼がポーラーフリースとリップストップナイロンを置いていかなかったことは、賭けてもいいけれど。

「番号を教えていただけますか」

「ポールにどんなご用かしら」

「ポールの友人が家出をしましてね。家族に依頼されて捜しているという次第です。ポールがなにか手がかりをくれないかと思って」

「誰が家出をしたの?」

「ゲイリー・ラッセルです」

「ゲイリー――まあ、通りの先に越してきた子ね。あの子はポールより年下なんですよ。新学期が始まってからは遊びにこなくなったわ」

「ふたりは友人ではないんですか?」

「わたしは子供に干渉しないようにしているんですよ。友だちについてあれこれ訊いたりしないの。でも、たしかに最近はゲイリーを見ていないわね」

それはそうだろう。「ポールの携帯の番号をお願いします」わたしは再度頼んだ。

「そうねえ――まあ、いいでしょう。誰とは話をしていい、誰とはいけないなんて、子供に指図したくないんですよ。監視しているみたいですもの」番号を教えてくれたので、書き留めた。

「ありがとうございます。ポールから連絡があったら、こちらに電話をくれるように伝えてもらえませんか。いつ戻る予定なんです?」

「日曜よ。学校が月曜に始まるから」

ポール・ニーバーの携帯にかけたが、応答はなかった。一応メッセージを入れておいたが、現代社会のストレスから解放されたい少年にとって、携帯電話のメッセージをチェックするのは、あまりにも二十一世紀的に過ぎる行為なのかもしれない。

うまくいかないもんだ、と平穏な郊外の道端に停めた車のなかで、わたしはぼやいた。なにをやってもうまくいかない。車を発進させて、数ブロック先のウェズリー家に向かった。家に誰もいなければ名刺を残し、高校に行ってみよう。フットボールのコーチ、アシスタントコーチ、教師のなかにゲイリーについて教えてくれる人がいるかもしれない。ゲイリーがほんとうはどんな性格なのか、なにがゲイリーにとってだいじなのかを。

やがて、ワレンズタウンの高級住宅街に入ると、広々とした庭の奥に建てられ、玄関の前で私道がカーヴしているような家が増えてきた。ウェズリー家は、赤の粘土瓦の屋根、濃いチョコレート色の窓枠に大きな玄関ドアという、どことなくスペイン風の建築だった。私道に停められたRAV4のうしろに車を置いて玄関まで歩き、呼び鈴を押した。反応はない。モーガンの母親が話していたとおり、留守にしているようだ。もう一度呼び鈴を押し、名刺を出して置く場所を探した。メールボックスは私道を戻った道路際、玄関ドアには郵便受けがない。玄関脇の側窓の格子に挟むことにした。けれども窓ガラスの向こうに見えた光景に、名刺を持つ手が止まった。

目も当てられない光景だった。側窓は玄関ホールに面し、内扉が大きく開け放たれているために、見えないはずの内部が丸見えになっていた。打ち砕かれた額縁のガラスが階段に散乱し、昼日中のいまも点いたままの廊下の照明にきらきらと光っている。二階の部屋のものと思われる無残に壊れた家具が、踊り場に転がっていた。側窓を通して左右を確認し、ポーチの石段を下りて、灌木《かんぼく》をかき分けながら家の横手の窓へ向かった。

そこからは居間が見えた。やはり惨憺《さんたん》たる有様だ。直立している家具は皆無。布地を引き裂かれて詰め物が飛び出した椅子、投げ出されたクッション、ひっくり返ったサイドテーブル。油絵は一枚だけが壁に残り、あとはすべて額をねじ曲げられ、キャンバスを破かれて床に落ちていた。カーペットや炉棚を始めとしてものが置けそうな場所はどこもビールの缶で埋められ、潰れて、あるいは原形のままで、立ち、倒れているさまは、激戦のあとの占領軍さながらだった。

家を一周して、残りの窓も覗いた。台所、ダイニングルーム、書斎。どこも例外ではなかった。携帯電話で警察に通報した。

「ビル・スミスです」と、先ほどの若い警官に告げた。

「あ、どうも。サリバン刑事の手が空きましたよ。いま話しますか」

「ああ。でも、電話ではまずいんだ。彼でもいいし、とにかく誰かをこっちに寄越してもらいたい」わたしはウェズリー家の住所を告げた。

「どうして？　なにかあったんですか？」

「どうやら、盛大なパーティーがあったと見える」

4

ポーチの階段に座って煙草を吸っていると、警察が到着した。カーヴした私道を進む青と白の警察車両のドアには、ワレンズタウン警察の金色の紋章が輝いている。わたしのアキュラの横に停車すると、男が長身を折り曲げるようにして助手席から降り、帽子をきちんとかぶり直してわたしを迎えた。

「ジム・サリバンです」男は手を差し出した。「ミスター・スミス？」

「ええ」

「どうかしたんですか？」

「まあ、とにかく見て」

大理石の砂利を踏みしめて私道を歩き、家に向かった。「さっき、署にいらしたそうですね。ゲイリー・ラッセルの件で」サリバンは言った。海兵隊出身なのだろう。日焼けのしみついた荒れた肌、短髪、ぴんと伸ばした背筋。わたしより一インチほど上背があり、年は少し下、精悍な面立ち、いまでもジムで鍛錬しているらしい引き締まった体軀。わたしの知っている警官はみな、刑事に昇進するや否や待ってましたとばかりに私服を着用したものだが、サリバンは運転席にいた制服警官と同じく、ネイビーブルーのズボン、同色のネクタイ、非の打ちどころのない真っ白なシャツ、肩章のついた丈の短い上着を着用していた。

「その子を捜している最中なんだ」わたしは言った。「で、トリー・ウェズリーに会いにきた。ゲイリーの友人だと聞いたものでね」

がさごそと灌木《かんぼく》をかき分けて、居間の窓にたどり着いた。「おやおや」サリバンは言った。運転していた警官も傍《かたわ》らに来て、「わぉ」と声を上げた。

サリバンは笑い声を漏らした。「バークは新人なんですよ。初めてなんだろ、バーク?」

「はい、そうです」

「初めてって?」わたしは訊いた。

わたしもこの町の〝新人〟だ。サリバンはそれを察したらしい。「親のいぬ間の乱痴気騒ぎ《ペアレンツ・アー・アウェイ・パーティー》。PAAPって呼ばれていて、この町の伝統ですよ。両親が子供を置いて家を空ける。子供は友人を数人招《よ》んで、土曜の夜にささやかなパーティーを計画する。やがて噂が噂を呼び、ワレンズタウンの大半の子が押しかける。で、あげくにたいがいこんなもんです」

「こんなもん?」わたしは言った。「破壊の限りを尽くしているじゃないか」

「こんなもんです。一年に二、三件あるかな。これほどひどくないのも、もっとひどいのも。一昨年なんて、家一軒丸焼けですよ」

「それをこの町では伝統と呼ぶのかい?」

彼は肩をすくめて窓のなかを覗き、振り返った。「なかに入ろうとしましたか?」

「いいや」

サリバンの眉が跳ね上がった。「あなた、探偵でしょう。なのに、好奇心が起きなかったんですか」

「むろん、興味津々だ。だが、関わりのないことだからね。ぼくはゲイリー・ラッセルを捜している。家のなかにいるところを警察に見つかって、言い訳に四苦八苦する羽目になりたくなかった」

サリバンは小さく笑った。「それは自覚している以上に賢明な行動だったんですよ。町の人はこういうことに関して、やたら敏感なんです。とりわけ、よそ者がからむとね」

「どういう意味だい？」

彼は再び肩をすくめた。「二十年ほど前かな。こういう乱痴気騒ぎの果てに少女が、殴る蹴るの暴行を受けて強姦される事件が起きたんです。犯人の少年は、数日後に拳銃自殺」

「そんな過去があるのなら、敏感になるのも無理はない」

サリバンはわたしを見やった。「なぜ敏感かというと、その前にフットボールチームのキャプテンが逮捕され、全国的に報道されていたんですよ。捜査責任者は辞任に追い込まれた」バークに声をかけた。「さあ、行くぞ。なかに入れるかどうか、確認しよう。ガスが出しっぱなしの恐れもある」サリバンは玄関ポーチに戻ってドアの取っ手を試したが、鍵がかかっていた。

わたしは、失せろと言われないのをいいことに、家の裏へまわる彼らについていった。

「ゲイリー・ラッセルについて訊きたいんだが」わたしは言った。

「どういう関係なんです？」サリバンは尋ねた。バークが居間のフランス窓の取っ手をガタガタと動かす。ガラスが一枚割れていたが、内側の鍵には手の届かない位置だった。そこで歩き続けた。「家族に依頼されたんですか？」

「厳密には違う。ゲイリーは甥っ子なんだ」

家を一周して、バークは片端から窓を試した。サリバンは言った。「ほう。母親のお兄さんですか？」

「そうだ」

「こういう業界に兄がいるとは、両親はひと言も言わなかったな。いつ頼まれたんです？」

「頼まれたわけではない」

「でもこうして、ここにいる」

「ゲイリーは、昨夜ニューヨークで警察に捕まった。そのとき初めて、あの子の家出を知ったんだ」

「なんで、捕まったんです？」

「酔っ払いのポケットを物色したんだ。だが、逮捕を見送って引き渡してくれた。ところが、逃げられてしまってね」

「そりゃあ、まずったな」

「まったくだよ」

サリバンは同情を込めて唇を結んだ。「まあ、昨晩は無事だったとは、両親に言ってやれますね。面目丸潰れだろうけれど」

わたしは返事の代わりに、煙草を出して火をつけ、マッチを振り消した。「どうして、警察が乗り出したんだい？　言っちゃ悪いが、どこの警察もティーンエージャーの家出には力を注がない」

「あなたの義理の弟さんは、この町の出身だ。うちの署長とは、いっしょにフットボールをやった仲なんですよ。ゲイリーが帰宅しなかった翌日、署長に連絡を入れたんです」

「同じ釜の飯を食った仲ってわけか」

サリバンはわたしを見ただけだった。

「サリバン刑事！」バークが灌木のうしろで声を上げた。「裏口のドアが開いています」

「よし、なかに入れ」

「サリバン刑事」わたしの声に、サリバンが振り返った。「トリー・ウェズリーがひとりで留守番をしていて、パーティーが乱痴気騒ぎに発展したのだとすると、彼女はいまどこにいると思う？」

サリバンはわたしを見つめた。「たしかに、町で見かけないな。やはり家出をしたんでしょうかね」

「自分のせいで家がこんなになってしまったら、家出をしても不思議はない」

「同感ですよ」サリバンはあいづちを打った。「彼女はゲイリー・ラッセルと親しかったんですか？」

きれいに剪定してある植え込みの横を通り、サリバンとわたしはバークに続いて屋内に入った。

「どうなんだろうな。夏のあいだ、ふたりはしばらくつき合っていたようだと、妹は話していた。モーガン・リードという少年にも話を聞いた」

サリバンは鼻を鳴らした。「あの悪ガキか。モーガン・リードはチンピラ目指して修行中の身でね」

「修行仲間は？」

「高学年の生徒たちですよ。十二年生《シニア》に十一年生《ジュニア》。始末に負えない不良がけっこういてね。ただ今週は平和なもんだ。十二年生がハムリンズで合宿中だから」

「フットボール選手ばかりなのかい？　始末に負えない不良というのは」

「この町では、金曜の夜の試合に勝てるなら、あとの日はなにをしても許される。モーガン・リードは、トリー・ウェズリーとゲイリー・ラッセルが恋人どうしだと言ったんですか」

「〝だった〟。ふたりの仲はずっと前に終わったそうだ」

「ずっと前？　ラッセル家が越してきたのは、半年かそこら前ですよ」

「モーガンによれば、ゲイリーが彼女に興味を持ったのは、もっとかっこいい子たちを知る前だったそうだ」

「ふん、かっこいい子ね」サリバンは台所の椅子の残骸をまたいだ。「これはそいつらの仕業だろうな」

みなであたりを見まわした。「うへえ」バークが言った。「鼻が曲がりそうだ」

悪臭が漂っていた。ガス栓は閉まっていたが、何日も放置されていたビールやポテトチップ、ピザが、煙草やマリファナの吸殻と交じり合い、斜めに射し込む秋の陽射しで熱せられていた。予期せぬご馳走にありついた大量のハエが、淀んだ空気のなかをぶんぶんと飛び交う。

サリバンはシャツのポケットからキャメルの箱を出した。わたしは煙草を差し出して、火を貸した。彼はバークにも一本勧めた。

「煙草は吸わないんです」

「臭いをごまかすためだよ」とサリバンに説明されても、バークは首を横に振った。

「両親はどこにいるんだろう」サリバンは言った。

「近所の人が知っているんじゃないか」

「近所の人か。こういう高級住宅地でなければ、家どうしがもっと近接しているから、近所の人が乱痴気騒ぎに気づいて、こんなにひどくならないうちに誰かが通報しているはずですよ」

まったくひどい有様だった。脚が折れた優雅なダイニングチェアが、表面を何ヶ所も深くえぐられたつややかなマホガニー製のダイニングテーブルの周囲に転がっていた。ダイニングルームの一角には、皿投げコンテストでもしたかのように、陶器のかけらが散らばっている。居間のパールグレーのカーペットの一角は、大量のビールでいまだに濡れていた。不意に一匹の猫が階段のてっぺんに現れて、ニャーと鳴いた。爪先立ちでガラス片を避けて階段を下り、サリバンの脚に体をこすりつける。サリバンは中腰になって、猫の頭を撫でた。「いつから餌をもらっていないんだ、おまえ?」

「二階を見てきましょうか？」バークが訊いた。

「まあ、どっちでもいいけど」

バークはその返事に不満そうな顔をしたものの、義務を果たすべく階段を上っていった。サリバンは台所に戻った。ラジエーターの下にあった、猫用のプラスチックの水入れを見つけて水を入れ、戸棚から缶詰の餌を出す。電動缶切りの音がすると、猫は竜巻のように走りまわった。

サリバンが缶を床に置くと、猫は顔を突っ込んでむさぼり食った。サリバンはテラコッタのタイルの上に散らばっていた紙をより分け始めた。もとは大理石のカウンターに置いてあったり、磁石で冷蔵庫に留められたりしていたのだろう。「両親が連絡先を残していそうなもんだが」と、くわえ煙草で表も裏も確かめて、不要なものを左手に移していく。

彼が紙を拾い集め、猫が餌を食い、わたしが煙草を吸っていると、二階でバークが呼んだ。

「サリバン刑事！　たいへんだ、ジム、来てください」

サリバンはわたしと顔を見合わせ、紙を床に放り出して立ち上がり、煙草を流しに捨てた。サリバンと階段を駆け上がっていくと、蒼白になったバークがてっぺんで待っていた。家具調度の残骸を避けて、廊下を進んだ。二階も階下と同じ惨状を呈していた。悪臭は階下よりも強く、バークに導かれて寝室に向かうとともに、いっそう強くなった。デスクの残骸をまたいで室内に入ると、サリバンが近辺でトリー・ウェズリーを見かけていない理由が明らかになった。今後、彼女はどこにいるのだろうといぶかる人は、もういない。

サリバンとわたしは芝生にたたずみ、救急車が到着し、やがて鑑識課員が引き揚げていく様子を眺めた。金色の葉をまとった幾本もの大木が、昼の陽射しを浴びている。私道の出口に配置された警官が、近隣の人、ジョギングをしていた人、犬を散歩させていた人などを追い払おうと努めていた。わたしは求められればサリバンにもほかの関係者にも探偵免許を見せ、供述もした。また、こちらから質問もした。そして、いまはただ眺めている。

「妹さんに会う必要があるな」サリバンが言った。

「そうだね。同席させてくれないか」

「お断りする。あなたが事情をすべて知ったうえで、隠蔽工作のために訪れたとも考えられる」

わたしはあっけに取られた。「だとしたら、なぜ警察に通報したんだい？」

サリバンは考え込んだ。「間抜けだからでしょうかね」

「間抜けであることは認めるが、その疑惑はお門違いだ。トリー・ウェズリーになにが起きたのかを知っている可能性は、ゲイリーのみならずパーティーに来た全員にある。おまけに、ワレンズタウンの若者の大半がパーティーに来ているんだろう」

「家出をしたのは、ゲイリーひとりだ」

「家出ではないと、ゲイリーは言っていた。だいじなことをするためにニューヨークへ来たと話していた」

「ええ。たとえば、家出のようなだいじなことをね」

「もしそうなら、家出して三日も経つのに、なぜニューヨークに留まっているんだね？」

サリバンは思案顔でうなずいたが、質問には答えなかった。

「そもそも、ゲイリーがここに来たとは限らない」

「むろん、それは確認しますよ」手術用の手袋を嵌めた警官が、ゴミを詰めた袋を運び出し、証拠品として鑑識課のヴァンの後部に入れた。同じような袋十余りが研究所に送られ、指紋の採取が行なわれる。研究所長にとっては、悪夢以外の何物でもない。

「ほかの子についてもね」サリバンは言った。「モーガン・リードから始めようかな。パーティーの出席者全員を、突き止めます」

さわやかなそよ風が、木々の葉を揺らした。

「捜査に協力したい」わたしは言った。「きみたちはトリー・ウェズリーになにが起きたのかを突き止めたいのだし、こっちはゲイリーを捜しているんだから」

「同じものを追っているのかもしれませんよ」

「そうは思わない」と反論したものの、そうかもしれないなと思わないでもなかった。

サリバンは、しばし黙り込んだ。「駄目だな」

「なにが駄目なんだ？」

彼はこちらに向き直って、淡々と言った。「じゃあ、はっきり言いましょう。トリー・ウェズリーは自然死ではない疑いがある。パーティーに来た何者かによって殺され、それがゲイリーである可能性は否定できない」首を横に振った。「嫌疑が完全に晴れるまで、ゲイリーは容疑者だ。あなたは彼の伯父だ。手を引いてニューヨークに戻り、捜査の邪魔をしないでください」

「手を引くと思うのか？」

サリバンは再び芝生に目を戻した。「この州の探偵許可は？」

「これまでのところ、探偵許可のいるようなことはしていない。そこらを車で走りまわって、質問をしているだけだ」

「拳銃は？」

「持っていない」わたしはジャンパーの前を開いた。そこにはなにもない。ニュージャージー州の拳銃携帯許可は受けていないので、いつもはショルダーホルスターに入れて携帯する三八口径は自宅に置いてきた。車のダッシュボードの裏に二二口径がテープで貼りつけてあるが、それについて訊かれた覚えはない。

「町を出てください」

「サリバン刑事——」

彼は首を横に振った。「あなたはゲイリーの伯父だ。あなたが先にゲイリーを見つけたら、警察は彼に質問ひとつできなくなる」

「そうとは限らない」

サリバンは横目でちらりとわたしを眺め、それには答えなかった。「あなたは家出少年を、警察は殺人犯を捜している。両者が同一人物であろうとなかろうと、警察の捜査が優先されるべきだ」

「ゲイリーにしか、興味はないよ」

「気の毒ですが」と、サリバンは真実味のある口調で言った。「あなたは難しい立場にあるんですよ」

「ゲイリーはもっと難しい立場に置かれている」

「警察が必ず捜し出します」

風が勢いよく吹きつけた。びくともしない幹の周囲を、木の葉や影が躍る。サリバンがポケットから煙草を出した。わたしは煙草の火を貸そうとしたが、彼はライターで火をつけた。

「断ったっていいわけだ」わたしは言った。「町を出ることを。法を破らなければ――」

「逮捕しますよ」サリバンは静かに言って、煙を吐き出した。「無罪放免になるとしても、数日は留置場でおとなしくしていてもらえる。それくらいあれば、捜査にはじゅうぶんだ」

わたしは思案した。隣町へ行き、ワレンズタウンの若者全員に電話で話を聞くこともできる。サリバンの管轄区域を出てしまえば、そう簡単に脅しを実行できはしない。だが、口に出して言う必要はない。お互い、やりたいようにすればいいのだ。わたしは煙草を一服して、砂利の上に捨てた。ここにいても、埒が明かない。サリバンに話しかけた。「ゲイリーを見つけたら、連絡をくれないか」

彼はうなずいた。「身柄を確保したあとでよければ」

「あと、もうひとつ。妹と話がしたい」

「さっきも言ったでしょう。駄目です」

「同席させてくれと頼んでいるのではない。警察の用がすんでからでいい。彼女は妹なんだよ、サリバン。息子の行方がわからないうえに、殺人の容疑がかかっていると聞かされるんだ。町に留まって、あとで会いたい」

かなりもっともらしい言い分だろう。妹と長年会っていなかったという事実は、伏せておいた。

サリバンはわたしをじっと見つめた。「そうしたら、出ていきますか？」

「きみの考えは見当はずれだと思うが、出ていくと約束する」

「いいでしょう。妹さんとの用がすんだら、連絡します。どこにいます？」

「まだ決めていない。とにかく、きみの邪魔はしない」

車に乗り込み、苦労しいしいヴァンや警察車両のあいだをすり抜け、近所の人の話によると、両親からの十六歳の誕生日プレゼントだったトリー・ウェズリーのＲＡＶ４を避けて私道を下った。出口のところにたむろしている野次馬が道を空け、窓から覗き込んだ。しばらく走って車を停めた。燦々《さんさん》と陽の降り注ぐ道端は、数ブロック先で若い命が失われたとは信じられないほどに平穏だ。妹に電話をした。

「どこからか知らせはあったかい？」さっきと同じように、一度鳴っただけで電話に出た妹に訊いた。「スコットからは？」

「いいえ。そっちは——」

「じつは、まずいことになったんだ。ゲイリーになにかあったわけではないけれど、おまえのところに警察が話を聞きにくる」

「どういうことなの？」

「さっきトリー・ウェズリーという少女の話をしてくれただろう。その子が死んだんだ」

沈黙。ややあって「死んだ？　わたしにはさっぱり——」

「ゲイリーが家出をしたのは、それが原因ではないかと警察は疑っている」

「疑っている——つまり、ゲイリーがなにか事情を知っているということ？　そんなの、どうかしているわ。死んだって、どういうことなの？　なにがあったの？」

「サリバン刑事がそっちに向かっている。詳しいことは、彼から聞くといい」

「兄さんは、いまどこにいるの？」

「同席したいと頼んだが、断られた。ゲイリーが関わっているとしたら、ぼくも怪しいというわけだ」

「関わっている——なにに？」

なにに？　勘弁してくれよ。わたしは煙草をくわえて火をつけた。「とにかく、サリバン刑事が来たら質問に答えるんだ」

「なにがなんだか、さっぱりわけがわからないわ」と小さな声。

「びっくりしないようにと思って、電話したんだ。まだ、町にいる。あとで電話するよ」

電話を切って煙草をふかし、若い低木にわらを巻きつけて冬支度をしている庭師を眺めた。車が一台、ゆっくり通り過ぎて角を曲がった。再び電話を出して、リディアにかけた。

「ハイ！」彼女は言った。「なにかあったの？　元気がないわね」街で聞き込みをしていると見え、その声にクラクションやサイレンの音が交じった。

「まいったよ」わたしは一部始終を語り、なにを発見したのか教えた。

「たいへんだったわね。彼女の死因は？」

「司法解剖をしないと、わからない。彼女はベッドの上にいた。全裸で」わたしはつけ加えた。

「まあ！」リディアはわたしの先を越して、当然な疑問を口にした。「警察はゲイリーを疑っているの？」

「サリバンが言うように、家出をしたのはゲイリーだけだ」

「そんなことってあるかしら。人殺しができるような子なの？」

わたしはゲイリーの疲れた目、自分とそっくりな面立ちを思い浮かべた。「わからない」

「これからどうなるの？」

「昨夜の件を話して、ヘイグストロムの電話番号を教えたから、こっちの警察がゲイリーの写真をニューヨークへファックスする」

「となると、写真が三枚になるわけね。すでに、二枚が出まわっているのよ」

「スコットが配ったんだね」

「まだ会ってはいないけれど、写真を渡されているところが一ヶ所あったのよ。あなたではなく」リディアはつけ加えた。「ゲイリー本人の写真。それを複写して、もう一枚といっしょに配っているの」

「これで状況が変わったね。警察はゲイリーを家出人ではなく、容疑者として追っている。もっと熱を入れて捜すだろう」

しばし、沈黙が落ちるままにした。わたしは平和そのものに見えながら、少女が命を落とし、一軒の家に破壊の限りが尽くされた町にたたずんで。リディアは決して眠らない街で、忙しく動きまわって。

そしてゲイリーはどこかでひとり、怯え、逃げ惑い、なにかだいじなことをしようとしている。

「ビル？」リディアに話しかけられ、前半部分を聞き逃していたことにわたしは気づいた。

「あのね、こう言ったのよ。合宿所について聞きたい？」

「うん、すまない」電話の接続が悪くて聞き逃したなどと言い訳はしなかった。接続になんら問題はないのだから。

「ハムリンズ・インスティチュート・オブ・アメリカンスポーツ。所在地は、ロングアイランドのプレーンデール。〝競技を通じて人格を形成し、真の男を育成する〟そうよ」リディアの口調はそうして育成された男に対する彼女の見解を如実に示していた。

「評判は？」

「こうしたことが好きな人にはいいみたいよ。開設して十五年になるわ。親は子供を週末や夏休みに通わせる。学校によっては、チーム全員を夏の合宿に参加させたりもするわ。いまはシニア合宿というものの真っ最中」

「ああ、そいつは聞いた。チームがプレーオフに進出すると、十二年生はハムリンズで合宿をして、大学でのプレーに備える」

「そのとおりよ。半ダースほどの学校から参加しているわ。でも、十二年生ばかりよ。ゲイリーは十年生《ソフォモア》でしょう」

「一縷の望みを抱いていたんだ。ゲイリーに会った人は、いなかった？」

「責任者のトム・ハムリンに訊いてみたの。彼はゲイリーを見かけていないし、来る理由もないだろうと言っていた。土曜日なら別だけど」と、つけ足す。「試合があるのよ。ワレンズタウンの下級生チームが来て、十二年生と対戦するの」

「ああ、そいつも聞いた。ところで、合宿しているなかにゲイリーの友人が少なくともひとりいるんだ。名前はランディ・マクファーソン。レシーバーだ。彼に話を聞いてみてくれないか」

「つまり、調査を続けるということね」

「そうだ。手を引けと命じたのはぼくに対してであって、きみにではない」

「それはわたしのことをサリバンに話すのを、忘れたから？」

「うん、ついうっかりした」

5

通話を終えてリディアの声が聞こえなくなると、樹木が影を落とす郊外の道が、やけに静かに感じられた。庭師が去った芝生で、一羽のモリツグミが枝から枝へ、木から木へと飛び移っていた。落ち着く場所が見つからないのか、止まるたびにさえずっては移動する。今年の秋はいまのところ暖かい。南に渡らずに金色の葉をまとった枝に守られて春まで過ごすつもりなのだろうか。それともなすべきことを心得ていて、そのための英気を養っているのだろうか。

わたしはしばらく座って、ただぼんやり眺めていた。それからエンジンをかけ、町を目指した。腹ぺこだった。

ギャラクシー・ダイナーはワレンズタウン中心部の角地という格好の場所にあった。L字形をした店内の一部から、表通りの人の行き来や裏の駐車場に車を置く人を見ることができる。わたしは表通りに面したテーブルを選び、コーヒーとターキーサンドイッチを頼んだ。先にコーヒーが運ばれてきた。コーヒーを飲んで信号が変わるのを眺め、頭を空《から》にしようと努めた。

ウェイターはよく気がつき、最初の一杯を飲み終える前にコーヒーポットを持って戻ってきた。注いでもらっていると、十七歳くらいの小柄な少女が、向かいの席に身を滑り込ませた。ルーズフィットのジーンズ、グレーのフードつきスウェット。腰を下ろしながらスウェットを脱いだ下は、袖が白、身頃がピンクの長袖Tシャツ。「わたしもコーヒー」少女はにっこりしてウェイターに告げた。ウェイターも笑みを返して、カップを取りにいった。

「こんにちは」少女はテーブルに身を乗り出して、笑顔をこちらに向けた。「ステイシー・フィリップスです。ワレンズタウン・ニュース——高校の学校新聞よ——の編集長で、トライタウン・ガゼットにも高校での出来事を書いています。ガゼットはグリーンメドウで発行されているけれど、ワレンズタウンや近辺の町についての記事も載せているの」

「すてきな仕事のようだね」わたしは言った。少女の髪はふんわりと顎まで垂れ、片方の耳たぶに六個、もう片方には八個の金のピアスがずらりと並んでいた。

「ええ、大好き」顔じゅうをくしゃくしゃにして笑う。「ニューヨークから来た探偵さんでしょう？　ゲイリー・ラッセルの伯父さんで、彼を捜している。サリバン刑事がトリー・ウェズリーを——彼女を発見したときに居合わせていた」笑みが薄れた。視線を泳がせて、彼女のコーヒーとわたしのサンドイッチを運んでくるウェイターを目に留め、これさいわいとばかりにそちらを見つめた。

「そのとおりだよ」わたしは言った。

彼女はミルクと砂糖に手を伸ばした。ぽっちゃりした小さな手、短く切った爪に薄いピンクのマニキュア。「その話を聞かせて」コーヒーに砂糖をスプーン四杯加え、カップの縁までミルクを注ぐ。

「悪いけど、断る」

「そんなぁ。もう報道されていて、秘密でもなんでもないのに」

「サリバン刑事に訊けば？」わたしはサンドイッチに塩を振ってかぶりついた。

「三時に記者会見が開かれるんです。たぶんサリバン刑事じゃなくてルトーノー署長が発表するんじゃないかな。どうせ、この小さくも美しい町の秩序は、完璧に保たれておりますとかなんとかって、いつものやつ《スタッフ》」おとな相手でなければ別の表現を使ったのだろう、〝やつ〟と口にする前にわずかにためらった。

「警察署長としては当然だろう。みんなを安心させるのも、仕事のうちだ」

「署長はこの町で育ったんです。だから、本気でそう思っているみたい。記者会見には行きますよ。でも、その前にインタビューしたかったの」

「ぼくのことはどうやって？」

「トレバーに訊いたんです」彼女はわたしのきょとんとした顔を見て、説明を加えた。「私道で野次馬を追い払っていた警官。彼は前にわたしの姉とつき合っていたの」

「では、ここは？」

「あとを尾けたんです。トレバーは記者会見のことは教えてくれたけれど、ウェズリー家にはぜったいに近寄らせてくれないもの。わたしが記者だと知っているのに、いつもこんな調子。〝おいおい、任務だからしょうがないだろ〟」最後のところは、胴間声の警官を真似して言った。

「そこで、帰っていくあなたを尾行したんです。ジリス・ストリートで車を停めて電話をしていたでしょう。あのあたりはどこも一方通行だから、あなたの車を追い越してリンデンの角で待っていたの。どの車もあそこに出てくるから」

わたしはターキーサンドイッチを頬張り、静かな街路と庭師を思い返した。「グリーンのカローラ?」

「正解」

「してやられたな」

「じゃあ、ご褒美をください。事件の話をして」

「どうやって嗅ぎつけたんだい?」

「車に警察無線傍受用の無線機を積んでいるんです」四分の一ほど減ったコーヒーに、ミルクをなみなみと注ぎ、砂糖も加える。「ガゼットの警察担当記者、スチュアート・アーリーも積んでいるわ。そのうちあなたのことを嗅ぎつけるから、先に特ダネをものにしたいんです」

「これはどっちかというと、きみより彼の分野なんじゃないか?」

「トリーはワレンズタウン高校の生徒だもの。だから、わたしの分野でもある」再びにっこりした。「情報を交換しませんか。ゲイリー捜しに役に立つようなことを教えてあげられるかもしれない」

「トリー・ウェズリーと知り合いだったの?」そう訊かずにはいられなかった。

ステイシー・フィリップスはふっくらした丸顔を曇らせた。暗雲を振り払うかのように、首を振る。「知り合いというほどではなかったわ。彼女は十年生《ソフォモア》だもの。学校で見かける程度」

「トリー・ウェズリーは、亡くなったんだよ。空想や物語ではなく、現実に起きたことだ」

「わたしは新聞記者です」ステイシーは、わたしの目をまっすぐ見た。「現実に起きたことを書くのが、仕事だわ」

わたしはコーヒーを飲み、目の前にいる少女を眺めた。彼女の人生は始まったばかりだ。そして、人生を終えてしまった少女について話してくれとせがんでいる。

「トリーは」わたしは言った。「ゲイリー・ラッセルと親しかった?」

「えっ、いいんですか、探偵さん? わたしが話したら、話さないわけにいかなくなるんですよ」

ウェイターがコーヒーポットを持ってきて、ふたつのカップに注ぎ足した。「なにか食べるかい?」わたしは尋ねた。

「いいえ、けっこうです。でも、ミルクをもう少しお願い」残り少なくなったミルクを全部カップに注ぎ入れ、笑顔とともに空の容器をウェイターに渡した。

「手を引いて町を出なければ逮捕すると、サリバンに言われてね」

「まさか」

「ほんとうさ」

「ふうん? サリバンにそんなことができるの?」

「できるとも」

「だったら」と、ステイシーは店内を見まわした。「ここは町の外とは言えないんじゃないかな」

「少しばかり猶予をもらったんだ。一時間くらいは大丈夫。そのあと出ていくよ」

「それ、記事にしましょうか。警察権の濫用だもの。新聞に出れば、サリバンは引き下がるかも」

「ありがたいけど、けっこうだ。しかし、ぼくが記者に話をしたことを知ったら、サリバンは快く思わないだろう」

「困ります?」

わたしはその点を秤にかけた。手を引いて町を出ろと命令したのは、サリバンが職務に忠実であろうとしたためだ。それでもなおかつ、ゲイリーを発見したら知らせると約束し、ヘレンに会うためにしばらく留まりたいという要望も聞き入れ、できる限りの便宜を図ってくれた。彼を怒らせてしまうと、もう便宜は図ってもらえない。いっぽう、ステイシー・フィリップスなら、おとなにはない切り口でゲイリーの生活を描写してくれそうだ。それにどのみち、サリバンの好意はこれ以上望めないかもしれない。

「いや、かまわない」わたしは言った。

「わたしも」

「きみは困るんじゃないか」わたしは警告した。

「どうして?　あなたと話をしてはいけないと、サリバンに言われた覚えはないわ」

「この町は、外聞の悪い記事についてすごく敏感だと聞いたが」

「昔のことがあるから?　あきれた。あんなの、わたしが生まれる前に起きたんですよ。いつになったら、忘れるのかしら」

「永久に忘れないだろうな」

「ふうん。外聞が悪くなるのが嫌なら、記事になるようなことをしなければいいんだわ」

反論の余地はない。「今後、きみは記者会見から締め出されるかもしれない」

「それって、たぶん違法なんじゃないかな。それに、サリバンはどうせ洟《はな》も引っかけないわ。わたしを子供扱いしているんです。ほかの人もみんな」と、にっこりした。「おかげで、いい記事が取れるんだ」

「いいだろう。ウェズリー家の様子を教える。ただし、ゲイリーの母親が依頼人で、ゲイリーは甥っ子だ。だから、そっちの件についてはあまり詳しく話すわけにはいかない。きみには、ゲイリー自身や友人について、知っていることを話してもらいたい。いいね？」

「了解」

わたしはウェズリー家の光景を語った。食品や家具の残骸、大量のハエ、猫、死体のあった場所と位置。死後数日を経た遺体の詳細や臭いについては触れなかった。トリー・ウェズリーの死因は司法解剖の結果を待たなければ断定できないが、遺体にはあざがあり、全裸だった。サリバンもしくは署長が、記者会見である程度明らかにするとしても、被害者と同じ十代の少女に、町の食堂の陽の降り注ぐ席で話す必要はない。

ステイシー・フィリップスはスパイラルのメモ帳を出し、ぽっちゃりした掌に載せてメモを取った。口を挟まず、たまに書く手を止めることもあるが、動転していたとしても表には出さなかった。

語り終えてコーヒーを飲んでいると、メモを見直していたステイシーが、ふと思いついたように顔を上げた。「気持ち悪い部分が抜けているわ」

「え？」

「きょうは水曜日でしょう。トリーが土曜の晩に死んで、ずっとそのままだったのなら……」

「きっと、聞かなければよかったと思うよ」

「平気よ。お願い。スチュアート・アーリーも、いま話してくれたような事実なら、残らず知ることができる。お願い。現場の様子が手に取るようにわかる情報が欲しいんです。署名記事にしてもらう、唯一の途《みち》だもの」

「被害者はきみの知っている人なんだよ」

「おまけに、わたしは子供だし？」

「まあ、そんなところだ」

「お願い」

彼女の瞳はわたしと同じ茶色で、強い光を湛えていた。誰を、なぜ守ろうとしているんだ、スミス？　心から欲しているものを手に入れるために、あえて耐えようとする気構えがこの子にあるのなら、妨げる権利がおまえにあるのか？

「いいだろう」わたしは遺体の取っていた姿勢、膨張、ハエについて話した。サリバンがパチンと音を立ててラテックスの手袋を嵌め、その手を遺体とシーツのあいだに這わせた様子も、ゴム製の袋に入れられた少女の遺体の思いがけない重さのことも。

　ステイシー・フィリップスは一度も顔を上げずに、ひたすらペンを走らせた。

　話が終わると、ふたりとも押し黙ってコーヒーを飲んだ。しばらくしてステイシーは大きく息をつき、いかにも新聞記者らしく質問した。「なぜ、ウェズリー家に行ったんですか」

「ゲイリーがトリーとつき合っていたと、妹が言っていたから」

「それは事実なんですか?」

「わからない。こっちがきみに教えてもらいたい」

「ふうん、今度はわたしの番?」

「ぼくの話は、これで全部だ。警察無線を傍受したんだから、あとは知っているだろう」

　ステイシーはうなずいた。「ええ、まあ」ラメ入りのボールペンを置き、どうやらほっとした様子だ。「わかりました。でも、あとで質問を思いついたら電話してもいいですか」

「答えると保証はできない」

「電話がかかってこなければ、答えてくれなくていいわ」

「そりゃ、そうだ」名刺を渡すと彼女はちらっと目を通し、ジーンズのポケットにしまった。それから自分の名刺を出して差し出す。もらっておいても損はない。わたしもそれをしまった。

「さてと。ゲイリー・ラッセルはトリー・ウェズリーとつき合っていたのかい?」

「んー、どうなんだろう。つき合っていたとしたら、意外だけど」

「どうして?」

「だって、トリーはかっこよくない――よくなかったもの」色白の肌を赤く染めたが、すぐに立ち直った。

「ゲイリーはかっこいい?」

「もちろん。運動部員《ジョック》だもの」

「運動部員なら、かっこいいのかい?」

「この町で? 本気で訊いているんですか」

「町のことをよく知らないんだ」

「運動部員が町を支配しているの」ステイシー・フィリップスは言った。「完全に。〝ワレンズタウン・ウォリアーズの本拠地、ワレンズタウン〟。町に入るときに見たはずよ。どこを通っても。たとえ、落下傘で降りたとしても。だって、学校の屋上にもでかでかと書いてあるもの」

「ほんとうに?」

「もちろんよ。嘘じゃないわ。ここは彼らの天下で、わたしたちその他大勢は住まわせてもらってるの」

「きみも? きみはかっこよくない部類?」

「わたしが? かっこいいわけないでしょう。学校新聞に記事を書くなんて」

「かっこよくないのに、どうしてやっているんだい?」

ステイシーはじろっと睨んだ。だが、茶化されたのではないと判断したらしく、コーヒーを飲んで答えた。「来年は、大学へ行ってジャーナリズムを専攻したいんです。コロンビア大学が第一希望。町には、ニューヨークへ行ったことのない子だっているくらい。あのドンくさいバスに乗れば、簡単に行けるのに」首を横に振った。「この町って、最悪。ほんと、腐ってる。運動部員でなければ、かっこよくなれないんだから、努力しても無駄。嫌なら、出ていくしかないの」

ただし、と思った。越してきたばかりでは、そうもいかない。その場合は、仲間に〝入る〟ことが、重要課題になるのだろう。

「では、運動部員だからゲイリー・ラッセルはかっこいいということ？　越してきたばかりでも？」

「ええ。正確には六月くらいに転校してきたばかりの頃は、そうじゃなかった。誰も彼のことを知らなかったから。トリー・ウェズリーとつき合っていたとしたら、その頃なんじゃないかな。うん、たぶんつき合っていたんだと思う。あの頃はポール・ニーバーとも親しくしていたもの。ポールは十二年生《シニア》で、わたしと同じクラスだから、知っているんです」

「かっこいい子は、彼とは親しくしないんだね」

「やだぁ、とんでもない。ポールってすごい変人《フリーク》で、話をするとなるとわたしだって引いちゃうくらい。いい記事を書くために、誰とでも話をするように努めている、このわたしがですよ」真顔になって言った。

「トリー・ウェズリーは？　やはり、変人？」〝変人〟の定義がいまひとつはっきりしないが、いまは措いておくことにした。

ステイシーは首を横に振った。「トリーはね、頑張りすぎたからかっこよくなれなかったの」

「頑張ってはいけないのかい?」

「ええ、ぜったいに駄目。そういうのって、犬が恐怖心を嗅ぎ取るみたいに、みんなが嗅ぎつけちゃう。最悪って思われるだけ」

沈黙が落ち、ステイシーと顔を見合わせた。わたしはトリー・ウェズリーと彼女の悩みを思った。ステイシーはなにを思っているのか、窓のほうを向いて甘く薄いコーヒーを飲んだ。

「ゲイリーについてだけど」信号が何度か変わり、そのたびに車が停まったり、発進したりを繰り返したあとで、わたしは言った。「かっこいいと認められるようになったのは、いつ?」

「フットボールチームの入部テストのとき」ステイシーはこちらに視線を戻した。「八月の初め。ゲイリーは誰よりも上手だった。クォーターバックがパスをしようとすると、必ずディフェンスの手薄なところで待っていた。そして、受けると誰よりもヤード数を稼いだんです。十二年生よりもたくさん。一度もボールを落とさなかった。コーチがパント・リターン(攻撃側の選手が蹴ったボールをダイレクトに捕球し、前進すること)をやらせたら、倍とかもっと。わたしだって、かっこいいと思ったくらい」

「きみも見ていたんだ」

「ええ、ガゼットの取材で。ワレンズタウン高校のフットボール部の入部テスト。一大ニュースだもの」

「もしかして、それは皮肉?」

ステイシーは肩をすくめた。「つまらない記事だけど、署名を入れてもらえるんです。大学受験のときに点数が稼げるもの」

「では、それ以来ゲイリーはかっこいいと認められるようになったんだね」

「かなりね。大物ぶってるランディ・マクファーソンなんか、もうゲイリーの保護者気取り」

ステイシーは野太い声を出し、眉を寄せてもったいぶった顔をこしらえた。「〝なかなかみどころがあるけど、まだネンネだもんな。誰かが手本を示してやらなくちゃ〟」ふつうの声に戻した。「ほんとうのところは、ゲイリーのほうが優秀なんじゃないかって不安になったみたい」

「ランディ・マクファーソンか。十二年生のワイドレシーバーだろう？」

「ええ。知っていたの？」

「探偵だからね。ランディの魂胆はなんだろう？　のちのちゲイリーの栄誉のおこぼれにあずかりたいのかな」

ステイシーは小首を傾げた。「わっ、すてき。それ、記事に使っていいですか？」

「そうやって皮肉な物言いをするのは、記者として考えものだな」

「ごめんなさい」ステイシーはにやっとした。「ま、とにかくそういうことじゃないかと思います。ゲイリーはすべてを自分から学んだって、あとで主張できるようにしておきたいんじゃないかしら」

「ランディ・マクファーソンが大物ぶるのには、理由があるのかい？」

「十二年生。それに、運動部員。いくつかの大学から勧誘されているくらいの実力。しかも、お金持ち。おまけに、父親が超大物。高校時代からずっとね。ラインバッカーで、ウォリアーズの花形選手だったんです。町長だとかいろいろいるけれど、町を実際に動かしているのはランディの父親なの」

「じゃあ、大物ぶるのも無理はないね。ランディはいまハムリンズで合宿中だろう？」

「へえぇ、ほんとにいろいろ知っているんだ」ステイシーは目を丸くした。

「出し抜かれるのが嫌なんだ」

「わたしをバカにしているんですね」

「記者をバカにするものではない。知らないうちに言ってもいないことを報道されて、世間から葬られてしまう」

「ええ、わたしにもできるわ」

「キャンプウィークなんて」わたしは言った。「初めて聞いたよ。ぼくが学生の頃は、試合や見学旅行に行ったら、欠席した分を当人が埋め合わせをしたもんだ」

「なんといっても、ワレンズタウンだもの。ここでは八月の終わりに新学期が始まって、キャンプウィークのあいだは休校になるんです。そうすれば、ウォリアーズの十二年生が欠席した授業の埋め合わせをしなくていいから」

「それだけの理由で？」

「もっとだいじな理由なんてあります？」ステイシーは、とぼけて目を大きく見開いた。

「しかも、秋にだよ。シーズン終了直後だ」

「〝このような合宿はほかのどこにもない。従って、選手の真摯な姿勢、限界を超えて頑張る根性、燃えるような情熱が大学のスカウトに必ずや強い印象を与えるであろう〟」

「それはきみの記事?」

「冗談でしょう」ステイシーは憤慨した。「ハムリンズのパンフレットに書いてあったんです」

「失敬。それで――」言いかけた矢先に、ジャンパーのなかで携帯電話が鳴った。「失礼」わたしはステイシーに断って、電話に出た。「スミスだ」

「サリバンです。妹さんとの話が終わりました。いつでも、家に行ってけっこうです」

「なにかわかったかい?」

「ゲイリーのことで?　いいえ。あなたの義理の弟さんとは話しましたけどね」

「もう戻っていたのか」

「まだですが、携帯電話を持っていったんで、妹さんに電話してもらったんです」

「彼にツキは?」

「まったく、なし。彼はあなたにあまり好意を持っていないようですね」

「そうなんだ」

「これといった理由があるんですか」

「おそらく」

サリバンは待ったが、わたしが答えないので質問した。「なぜ彼がニューヨークへ行ったと教えてくれなかったんです?」

「教えたら、なにか違いがあったとでも?」

「もしかしたら」

「あるわけないさ。彼には当てなどないんだから、見つけられる道理がない」

「われわれの知らない情報を握っているかもしれない」

「それはないだろう。たとえ握っているとしても、三日間も警察に伏せていたんだ、いまさら打ち明けるわけがない。それに、情報がありながら三日間も手をこまねいていたとは、考えられない」

「そうですね、本人もなにも知らないと主張している」サリバンは認めた。「ニューヨークへは、ゲイリーが目撃されたので行った。つまり、あなたが目撃したからだそうです。そして、あなたについて興味深い言葉を並べ始めた。ところが、わたしが彼の自宅の居間にいて、奥さんと話をしている理由を説明すると、その言葉をそっくりそのままわたしが頂戴した」

「きみのことも嫌っているんだろうか」

「あなたを町から追い出した点だけは、お気に召したようだった。もっとも、町に戻ってからあなたのケツをどやす機会を奪われたと気づくと、やはり気に食わないという結論に達したようです」

「人生はままならないものさ。で、いつ戻ってくるって?」

「ゲイリーを見つけたら」サリバンは淡々と答えた。「あなたは、いまどこにいるんです?」

「ギャラクシー・ダイナーで昼飯の最中だ。ゲイリーがパーティーに来たことは確認できたのか？」

「これからモーガン・リードの話を聞いてきます。あなたは妹さんに会って、町を出る。いいですね」

「コーヒーを飲み終わったら会いにいく」

「あなたのためを思って言っているんですよ。義理の弟さんが戻ってきたときに町にいたくないでしょう」

「義弟は戻ってこないで、ニューヨークでぼくに出くわして、ケツをどやすかもしれない。そうしたら、きみの心遣いも無になるというものだ」

「なるようになれ、ですよ」サリバンは言った。

わたしは携帯電話を閉じてポケットにしまった。「失礼」ともう一度、ステイシー・フィリップスに詫びた。彼女は礼儀はどこへやら、窓の外や店内、あるいは爪に視線を向けたりはせず、爛々と目を光らせて、電話中のわたしを見つめていた。

「サリバン刑事だったんでしょう？」

「まさに新聞記者だな。じつに鼻が利く」

彼女はしかめ面をこしらえた。「やっぱりサリバンだったんですね。ゲイリーがパーティーに来たことが、確認できたんですか」

「さっき断ったとおり、ゲイリーの話はしない。きみに話してもらいたいんだ」

「そうでしたっけ。誰があなたのケツをどやすの？」

「誰にもそんな真似はさせない。もう少し訊きたいことがある。それがすんだら、行かなくては」

「ジム・サリバンにケツをどやされるから？」

ウェイターがすっかり要領を呑み込んで、コーヒーポットだけではなくなみなみとミルクの入った容器もいっしょに持ってきた。

「自分のケツは自分で守る」わたしはステイシーに言った。

彼女はにんまりした。「未成年を相手に、そういう言葉遣いは許されないんだけどな」

「きみがもっと汚い言葉を知っていることは疑問の余地がない。ぼくの聞いたことのない言葉も」

「教えてあげましょうか。共通の言語を知っていると、便利だから」

「また今度頼む」わたしはコーヒーを飲んだ。「ワレンズタウンについて話してくれないか。運動部員だけが、かっこいいのかい？」

ステイシーは例によってミルクと砂糖をたっぷり注いで、うなずいた。「疑問の余地なく」

「かっこよくないのは？」

「残りの全員。程度の差はあるけれど。変人《フリークス》とヤク中《ジャンキー》が一番下。それから、頭でっかち《ブレイニアクス》、オタク《ギークス》、そしてゲージツ家《アーツィー》とエコマニア《トゥリー・ハガーズ》——このふたつはだいたい同じくらい——カウボーイ、運動部員《ジョックス》って順」

「頭でっかちというのは、勉強のできる子？」

「あと、生徒会とかそういう方面で活動する人。でも、チェスクラブなんかに入っているとオタク」

「きみみたいなのは、ゲージツ家？」

ステイシーはうなずいた。「演劇部やバンドをやっている人も」

「カウボーイは？」

「飲酒やマリファナ、それに喧嘩やいじめをする人たち。運動部員と大差ないけれど、運動部には入っていない。だからカウボーイは悪さをしているところを見つかると、居残りとか停学とかの罰を与えられるんです」

「運動部員も、やはり悪さをするんだ」

「運動部員は、なんでもやりたい放題よ」

「でも、罰は受けない」

ステイシーはことさら目を丸くした。「そうしたら、誰が金曜の夜の試合に出るの？」

「なるほど」わたしはコーヒーを飲んだ。「女子の運動部員もいるんだろう？」

「ええ、一応は。ヴァーシティチームだとかもあるし。わたしはソフトボール部でキャッチャー。でも、かっこいいことにはならない。そんな部なんか存在しないって感じ」と、肩をすくめる。

「じゃあ、変人は？　どういうのが変人？」

ステイシーは唇をすぼめた。「いてもいなくてもいい子。変人は変人どうしでつき合っているけれど、仲がいいわけではないの。つき合う相手が欲しいだけ」

「ワレンズタウンの大半に近い子がトリー・ウェズリーのパーティーに来ただろうと、サリバン刑事は言っていた。きみは？」

ステイシーは首を横に振って、カップに目を落とした。

「でも、パーティーがあるとは、知っていたんだね？」

彼女は肩をすくめた。「両親が家を留守にすることくらいは」

「つまり、パーティーのあとに聞いたのではなく、事前に知っていたわけだ。トリーが、ええと――PAAPを計画していることを」

「さっきも話したように、トリーはかっこいいと認められたかったんです。トリーは、運動部員のパーティーに一度も招いてもらえなかった。パーティーを開いて、かっこいい子の仲間入りをしたかったのよ」

「事前に知っていたのに、きみはどうして誰にも話さなかったんだい？」

ステイシーは顔を上げた。「誰にどう話せばよかったの？　ろくに知りもしない十年生が、土曜の夜にパーティーを開くって？」

「サリバンによると、この種のパーティーはたいがいああした結果に終わるらしい。だったら、少なくとも警察には知らせておくべきだったんじゃないか」

「その気があれば、警察にはわかったはずだわ」

ウェイターが来て皿を片づけ、コーヒーを注いだ。今回は砂糖の小袋をぎっしり詰めた容器ーを持ってきて、残り少なくなったテーブルのそれと交換した。わたしはもうしばらくステイシー・フィリップスと話した。彼女もサリバンと同じく、ワレンズタウンのかっこいい連中全員が土曜の夜にトリー・ウェズリーの家を訪れたに違いないという意見だった。かっこいい連中の名前をいくつか教えてもくれたが、町を出なくてはならないとあっては、有効に利用できるかどうかは疑問だ。

「ゲイリー・ラッセルは、パーティーに行かないと」ステイシーは言った。ウェイターが勘定書きをテーブルに置く。「かっこいいと認められるチャンスがものすごく遠のくことになったわ。臆病だと思われて。とりわけ」とつけ加えた。「十二年生がハムリンズに出発する前夜だし。ランディはいつもより張り切っていただろうし、子分にしきたりを教えるいい機会だもの」

しきたり――高校に向かって車を走らせながら、それについて考えた。人は、とくに新入りの場合は、しきたりを学ぶために計り知れないほどの時間を費やすものだ。

いっしょに駐車場に出たステイシーは――彼女はジャーナリストとしての中立性を保ちたいと主張して、頑としてコーヒー代を払わせようとしなかった――グリーンのカローラで去っていった。彼女はどんな記事を書くのだろう。十七歳の少女の目に、地元で起きたこの事件は、どう映るのだろう。

そのあと、電話を二本かけた。最初はモーガン・リード。

本人がふてくされた声で「もしもし」と答える。

「ビル・スミスだ。警察は引き揚げたかい？」

「なんだよ、なんの用なんだよ」憤った声が鼓膜を打った。「警察にちくっただろ」

「バカバカしい。サリバン刑事はウェズリー家の様子をひと目見るなり、きみの名前を挙げたんだ」

「勝手にほざけ」

「電話を切るな、モーガン。家に押しかけていくぞ。土曜の晩、ゲイリー・ラッセルがトリー・ウェズリーのパーティーに行ったかどうかを教えてくれればいいんだ」

「ちぇっ、くそっ。あんなかったるいパーティー、行かなきゃよかった」

「でも、行ったんだろう？」質問という形式を取ってはいたが、そうでないことはふたりとも承知だった。

「まったく、笑わせるよ。サリバンにも言ったんだけど、あんまりつまんないから、すぐに家に帰ったんだ。行き違いで来るやつもいっぱいいた。ゲイリーには会っていないから、来たかどうかは知らない。そんなこと、どうだっていいじゃん」

「むろん、きみがトリー・ウェズリーを殺したのかと、訊かれたんだろうね？」

「うるせえっ！」

「彼女が死んだことは、知っていたのか？」

「とんでもない」口調から勢いが消えた。「知ってたら、誰かに話すに決まってるじゃないか」

建前はそうだろう。だがそれも、実際にそんな立場に置かれ、おまけに自分と親しい人物が関わっていて、誰かに話せばその人が窮地に陥ると悟るまでだ。ステイシー・フィリップスの車が出たあとの空間に別の車が滑り込んだ。しかたがない、いまのところは措いておくとしよう。「彼女を殺した犯人を、知っているのか」

「死んでることさえ知らなかったのに、なんでわかるんだよ」ふてぶてしさが戻っていた。愚かなおとなに、またもや勝ったというわけだ。

「ゲイリー・ラッセルがニューヨークへ行ったのは、トリー・ウェズリーのところで起きたことと関係があると思うかい？」

「さあね。あいつがニューヨークに行った理由なんて、さっぱり見当がつかない。ぜんぜん興味ないしさ」

「真に受けることはできないな。きみはクォーターバックで、ゲイリーはきみのレシーバーだ。ぼくはフットボールの経験がないが、そういう選手どうしが固く結ばれていたことは覚えている」

「ゲイリーは新入りだよ」モーガンはにべもなく言った。「それに、ふたりとも先発メンバーに入っていないんだ」要するに、先発メンバーになって初めて、固いきずなが築かれ、生涯記憶に残るような最高の友情が生まれると言いたいらしい。

「わかった」わたしは言って、つけ加えた。生意気であっても相手は十五歳の少年だし、彼にとっては重要なことだから。「練習を頑張っておいで」

「練習には出られないんだよ！」と、あまりの不公平さに怒りを爆発させ、ふてくされていた真の理由を明らかにした。「サリバンのクソ野郎が来てパーティーのことをばらしたから、お袋がかんかんなんだ。外出禁止なんだ！」

わたしはリディアに電話をした。

「合宿している部員のなかに、トリーが死んだことや、パーティーでなにが起きたのかを知っている子が必ずいる。もしかしたら、彼女を殺した犯人も」ステイシー・フィリップスについて話した。「チーム全員がパーティーに行ったに違いないと、彼女は言うんだ。ゲイリーも含めて。モーガン・リードも、ついさっき同じようなことを言っていた。ゲイリーのしようとしていることは、パーティーで起きたことと関係があるはずだ」

「あなたに頼まれたランディ・マクファーソンに話を聞こうとしたのよ。そうしたら、どうなったと思う？ 電話を取り次いでくれないの」

「練習中だったから？」

「練習中でなくても、いっさい禁止。合宿中は緊急と認めた電話以外は、取り次がないんですって」

「信じられない」

「ほんと、変わっているわよね。でも、男だから、フットボールだから、ってことなんでしょうね。〝真の男を育成する〟」

「きょうはあちこちで皮肉を聞かされる日だ」

「フットボールがからむと、つい皮肉を言いたくなるのよ。それで、どうしたらいいのかしら」

「皮肉についてては、打つ手がなさそうだ。だから、なにもしなくていい。合宿中の連中については、現地へ行ってみてくれないか。事情が事情だから、話をさせてくれるだろう。サリバンも間もなくそっちに向かうだろうが、地元警察の了解を取る必要がある。彼が到着する前に、なにか聞き出せるかもしれない」

リディアは警告するような響きを持たせて言った。「これはいまや殺人事件の捜査なのよ、ビル」

「それを忘れているとでも？」

「覚えていても、無視しかねないから」

一台のムスタングが猛スピードで駐車場をあとにし、道路を走る車にぶつかりそうになって急ブレーキをかけた。

「すまない」わたしは瞼《まぶた》を揉んだ。「きみの言うとおりだ。これ以上続けたくないのなら――」

「もちろん、続けるわ」リディアはじれったそうに言った。「ただ、慎重を期してもらいたいのよ。ほかの事件のときと同じように」

電話を切った。強引に車の流れに割り込んだムスタングが、赤信号で停車を余儀なくされていたずらにエンジンを轟かせていた。

もう一度ヘレンと会い、なおかつサリバンに留置場の客として迎えられる前に町を出なくてはならない。だが、もう一ヶ所試したいところがあった。運がよければ、サリバンに気づかれないうちに用をすませてしまえるだろう。

6

ワレンズタウン高校は、町はずれにあった。広い階段が正面入口に続き、両側に突き出した教室棟の大きな窓に日光が照り返っていた。うしろには講堂、図書館、体育館などの別棟が顔を覗かせている。どれも黄色のレンガ造りで、午後の陽射しを浴びて堂々と輝いていた。

手持ち無沙汰な様子で時間を潰している生徒たちの横を通って、階段を上った。校舎内にもぱらぱらと人がいて、がらんとした廊下を歩いたり、ロッカーを開けて教科書を出し入れしたりしていた。キャンプウィークのさなかでもいつもと同じ活動をしている、頭でっかち、オタク、ゲージツ家たちだろう。道順を尋ねて教えてもらい、ようやく体育館にたどり着いた。大きな学校だ。転校してきたばかりの十五歳が、誰もが先を急ぐ朝の雑踏のなか、道順がわからなくて困惑し、右往左往する気持ちを慮《おもんぱか》った。

体育館のつややかな床を、高い窓から射し込む日光が照らしている。夜間練習や金曜の夜の試合の際に煌々と点される、金網で囲った大きな天井照明は消えていた。無人の体育館に入ってたたずんだ。わたしの足音とスイングドアの揺れる音が、こだまして消えていく。遠い昔の思い出が押し寄せてきた。海軍に入隊する前の二年間を過ごした、ブルックリンの高校でのバスケットボール。ボールが太平洋に落ちないように、甲板にネットを張ってプレーした船上バスケットボール。大学の校内試合。公園での草野球ならぬ、草バスケットボール。最後の一滴までエネルギーを絞り出し、叫び、汗を滴《したた》らせ、あえぎ、走りまわった。わたしはシュートが得意だった。だが、いま鮮やかに思い出すのは、試合を決めたシュートやそのときの観客の歓声ではない。いままでは記憶の底に埋もれていたが、また別の種類のはるかにすばらしいスリルをもたらしたプレーだ。ノールックパス（相手のほうを見ないで出すパス）、つけ入る隙を与えないディフェンスの壁、アリウープ（バスケット近くへの高いパスを空中で受け取り、直接シュートするプレー）を可能にする完璧なタイミングのパス。パスを受けたり、ディフェンスに助けられたりしたチームメートが親指を突き出し、わたしを指す。チーム全員が互いに信頼し、耐え抜いた。自分の居場所である煌々と照らされた硬い木の床に立つために、長く辛い練習を楽しみにし、コーチやトレーナーの罵詈雑言を聞き流して指示に従い、耐えがたい痛みを氷で冷やして無視した。

　その記憶を振り払った。ここには誰もいない。スイングドアを押し開いて、こだまするドアの音を聞きながら体育館を出た。

　廊下を歩いていくうちに、壁一面に設けられた〝スポーツの殿堂〟に行き当たった。競技別の写真に校内記録保持者、郡チャンピオン、シーズンMVPなどの銘板が添えられている。ほとんどが男子だ。バスケットボールやテニスのユニフォームを着た女生徒の写真もわずかにあるが、観音開きのドアから離れた隅のほうに押しやられていた。ドアの外には広々とした屋外競技場が、燦々《さんさん》と陽を浴びていた。

外に出て、競技場へ向かった。えび茶のジャージ姿の少年たちが列を作って柔軟体操や跳躍運動を行なっている。柔軟体操の指揮を執っているのは、赤のジャージを着た金髪の少年だ。クォーターバックだろう。命令を下し、尊敬を集める機会を得て、張り切って号令をかけ、仲間とともに励んでいる。

シーズン終了直後ともなれば選手たちはかなり消耗しているから、この時期の練習は来《きた》るべき試合に余力を残しておくために、たいていは通常の半分のスピードで行なわれる。とくにこの場合は、エキシビション試合のようにある意味リラックスして、ふざけ合っていてもおかしくない。つまるところ、ワレンズタウン高校においてもシーズンは終了しているのだ。ここにいるヴァーシティの下級生とJVの有望株は、負けて当然の試合に備えているに過ぎない。ところが、ショートパンツやスウェットパンツ姿で、ジャージの下にはぶ厚い肩パッドだけの軽い装備であっても、リラックスとはほど遠い雰囲気だ。花形選手を発掘し、見込みのない選手を淘汰する、八月のシーズン前のような熱気がある。

十八歳以上であれば間違いなく肉離れを起こすであろう、死に物狂いの様子を眺めているうちに、夏の練習と同じ意味を持っているのだと合点がいった。今週末の試合で、ワレンズタウンは今年のヒーローに別れを告げ、来年のヒーローに目星をつける。誰もがそのひとりになることを目指して、励んでいるのだ。

ワレンズタウン高校のえび茶のスウェットを着た、えらの張ったあまり背の高くない男が長長とホイッスルを吹いた。ウォームアップが終了し、選手たちが一列になって競技場を横に走る短距離全力疾走を始めた。パッドを差し引いても、みな長身で肩幅があり、堂々たる体格だ。腕にもふくらはぎにも筋肉が盛り上がっている。ホイッスルが鳴ると同時に全力疾走し、体をふたつに折って息を整える。次のホイッスルで、向きを変えて全力疾走。ひとりが追い抜きざまに、仲間の肩を叩いた。叩かれたほうは速度を上げ、ふたり同時にゴールになだれ込んだ。彼らは若く、努力すれば報われ、そして必要なときに引き出すことのできる余力もある。午後の陽を浴びて緑の競技場を走る姿は、美しかった。

スウェットを着た男は全員をくまなく観察していた。渋い顔をして、怠け者、落ちこぼれ、愚か者はいないかと目を光らせている。

わたしはその傍《かたわ》らへ歩み寄った。「ライダーコーチですか?」

男は振り向きもせずにうなずいた。「ああ」

わたしより十五ほど年上、皺の刻まれた赤ら顔、まばらになった薄茶の髪。「ビル・スミスです。ニューヨークの探偵で、ゲイリー・ラッセルを捜しています」

わたしは待った。トリー・ウェズリーの死亡が伝わっていれば、わたしの名前もサリバンの命令も伝わっているはずだ。さっさと失せろと突っぱねるだろう。だが、彼は競技場に向かってうなずいて、「ラッセルか。練習に出ることになっていた」とだけ言った。

わたしも競技場に目をやり、今度は腹筋運動に精を出している部員たちを眺めた。「ここにいるのは、十年生《ソフォモア》と十一年生《ジュニア》ですね？」

「ラッセルとリードを除いた全員だ。ラッセルは家出なんかしやがるし、リードは母親に外出禁止を食らった。みんなが勝手放題をしていたら、どうやってフットボールチームを作れってんだ」

その質問に対する答えを持ち合わせていないし、そもそも答えなどあるのだろうか。「ゲイリー・ラッセルを見つけたいんです。どんなことでもけっこうですから、彼について教えてもらえませんか。最近、悩んでいたような様子は？」

「悩んでいたとしても、フットボールに関係がないことは聞かないようにしている」ライダーはホイッスルを吹き、腹筋運動を終わらせた。ひと息入れる暇も与えずに、三十秒置いて再び吹く。全員がヘルメットの紐を締めた。ひとつのグループがエンドゾーンのほうへ走っていって、ランニングプレーを開始。そちらの指導に当たる男もまた、ライダーと同じくえび茶のワレンズタウンのスウェットを着ていた。こちらに残った連中は七人とふたりの組を作り、スレッドマシンを使った練習に入る。アシスタントコーチの「ダウン！　セット！」の号令とホイッスルに合わせ、スレッドを架空の敵に見立てて突進し、体当たりを食らわせる。しばらく見守っていたライダーが、一歩前に出た。

「ゲルソン！」破れ鐘《がね》のような声を張り上げた。ギャラクシー・ダイナーで、コーヒーカップが共鳴して震えているかもしれない。「なんだ、そりゃあ？　妹に教わったのか？　ままごとしたいんなら、妹と遊んでこい！　でかいケツ持ち上げて、一周しろ。そしたら、今度は根性を入れて体当たりしろ!」近くにいた立派な体格の少年がグループを離れ、土埃を上げてトラックを走り出す。ホイッスルが鳴って、いっそう激しい体当たりが始まった。

「ゲイリー・ラッセルですが」わたしは言った。「練習中だ」

ライダーが初めてこちらを向いた。

「行方がわからないんですよ。十五歳の子が」

「それがどうした? 家出したんだろ。母親が心配しないように、書き置きまで残して。そんなマザコン坊や《マミーズ・ボーイ》どもの面倒まで見られるもんか! どうしろと言うんだ?」

「あなたはコーチだ。コーチというのは、指導している子をよく理解しているものだ」

「ラッセルは新入りだ。理解もへったくれもあるもんか。だいたいさっきも話したように、フットボールに関係がなければ、聞く耳を持たないんだ。シーズン中は、ヴァーシティは金曜の試合、JVは土曜の午後の試合のことだけを考えてりゃいいんだ。ラッセルが戻ってきたとしても、プレーさせてやるかどうかとなると、こりゃあ疑問だわな」

ふたり組が、息を合わせてスレッドに体当たりした。七人組はオフェンスライン（攻撃する際にクォーターバックを守ったり、ランニングバックの走る道をこじ開けたりする役割）とディフェンスライン（強い壁を作って相手の攻撃を止める役割）、ふたり組はバック（クォーターバックから渡されたボールを抱えて走る選手）とレシーバー。ふたり組の本来の役目は、体当たりではない。こうした形の練習で、あまり多くは期待されないのがふつうだ。しかし、ふたりを見ていたライダーは、顔をしかめた。

「成績は?」わたしはライダーに訊いた。「ガールフレンドは?」

「成績？　そんなもんが気になるなら本の虫になって、初めからフットボールはせんよ。女の子のことを考えるのは、止めようがない」ライダーは鼻で笑った。「とくにこの学校じゃあな。ワレンズタウン高校の女生徒ときたら、色気づいたアバズレばかりさ」苦々しい口調に、わたしは驚いた。週末になにが起きたのかを、ライダーはまだ知らないのだろうか。

「コーチ」わたしは言った。「まだご存知ないのかもしれないが、土曜の夜に乱痴気騒ぎがあったんですよ。トリー・ウェズリーという子の家で。サリバン刑事が今朝、死んでいる彼女を発見した」

ライダーは競技場に目を戻して言った。「ああ、そうだってな」

「トリーをご存知でしたか」

沈黙。ややあって冷ややかな笑いを浮かべて言った。「トリー・ウェズリーか。典型的なワレンズタウン高校の女生徒だ」

競技場の隅で赤のシャツを着たクォーターバックが、矢継ぎ早にレシーバーへのパスを出していた。次々にカットされている。ライダーはすたすたとそちらに向かった。

「デイヴィス！」と声を張り上げる。クォーターバックは気をつけの姿勢を取った。「デイヴィス、リードが土曜の試合に出られなかったら、おまえしかいないんだぞ。くそったれハムリンに率いられた十二年生《シニア》に、こてんぱんにやられてもいいのか？」

少年はかぶりを振った。「いいえ、コーチ」

「だったら、もっとうまくなれ！　相手は十二年生だぞ、デイヴィス！　レシーバーをよく見ろ！　レシーバーにいてもらいたいところじゃなくて、いるところに投げろ」

わたしはライダーのあとを追って傍らに行った。デイヴィスがパスを投げ、ライダーが小声で毒づく。しかし、デイヴィスに対する小言は一段落したようなので、聞き込みを再開した。

「サリバン刑事の見解では、部員のほとんどがトリー・ウェズリーの家に行っている。十二年生も含めたほとんど全員が」

「十二年生が日曜の朝に合宿に出発するから、土曜はヴァーシティ全員に門限は十時と言い渡してあった。ヴァーシティに門限があるときは、ＪＶもそれに倣《なら》う」

「ワレンズタウンでは、門限破りはありえないとでも？」

ライダーは目を細くして、顔を振り向けた。「みんな、いい子なんだ――ええと、スミスだっけ？　みんな、いい子さ、スミス。元気いっぱいの男の子なんだよ。見てみろ。ワレンズタウンの名に恥じないように、あんなに頑張っているんだ。たまには羽目をはずして息抜きしなくちゃ。そのくらい、かまわんさ。金曜の夜に試合ができさえすれば」

「かまわない？　家一軒が徹底的に荒らされたうえに、少女が死んだんですよ、ライダーコーチ」

「部員とは関係がない」

「裏づけがあるんですか？　彼らから話を聞いたんですか？」

「いいや、そんなことはしていない。どうせ、練習が終わったらサリバンが来て、あの子たちの頭から試合のことなんか吹っ飛ばしちまう。あいつになにもかも台無しにされる前に、いくらかでも教え込んでおきたいんだ」

わたしは奥歯を嚙みしめて、ゲイリーの件に集中しろと自分に言い聞かせた。ライダーに逆らうな。こいつはサリバンにまかせておけ。

「パーティーで起きたことが、ゲイリー・ラッセルの家出を引き起こしたのかもしれない」わたしは言った。競技場を一周してきたゲルソンがトラックを出て、ポジションにつく。ホイッスルを待つあいだも、胸が大きく波打っている。号令とともに新たな闘志を持ってスレッドに体当たりしたが、足を踏ん張り、肩を突き出すタイミングがやはりずれていた。体格に恵まれている割には、筋力がないようだ。わたしは言った。「このなかに、事情を知っている子がいるのではないかと思うんですよ」

「ふうん」ライダーは言った。

「チーム内でゲイリーと親しかったのは?」

「さあね」

「ランディ・マクファーソンと仲がいいと聞きましたが」

「だとしても、知らないな」

「ライダーコーチ、なにが気に入らないんです? あなたの協力が必要なんだ。行方不明の少年を捜し出したいんだ」

ライダーは険しい顔を向けた。「いいかね、スミス、わたしはこの学校で三十三年間コーチをしている。生徒なんて入ってきたと思ったら、あっという間に卒業だ。そのあいだに最善を尽くして、真の男を作り上げる。ときには、そこにいるゲルソンみたいな絶望的な腑抜けもいる。だが、みんないい子さ。あんたみたいな連中は面倒を起こしたいだけなんだ。この子たちにかまうな」

「三十三年間？　では、あのときもここで教えていたんですね。例の強姦と自殺が起きたとき」〝敏感〟という言葉をサリバンは使っていた。町の人は敏感なのだ。「だから、話をしたくないんですか。こちらがよそ者だし、あの事件とあまりに似通っているから」

ライダーは前に進み出て、ホイッスルを二度、短く吹いた。たちどころに全員が練習を止め、その場でジョギングを始めた。ライダーが振り返った。

「さっさと失せろ」

命令を下しながら、自分に従順な部員たちのほうへと歩み去った。

わたしは校舎の外をまわって車に戻った。あーあ、よくやるよ、スミス。重い口を開かせようというときに、一番触れてほしくない話題を持ち出すとは、最悪の最たるものだ。

車のドアを開錠していると、携帯電話が鳴った。ドアに寄りかかり、降り注ぐ陽射しを浴びて電話に出た。

「もしもし」

「こん畜生」スコットが、言葉の端々に怒りをにじませて、ぶっきらぼうに言った。「おまえ、どういうつもりなんだ」

「ほかの連中にも、警察に密告するような私立探偵が張りついているというのか？　家族を密

「いまの時点では、パーティーに行った全員が容疑者だ」

われずにすんだんだ」

えはそこでゲイリーを捜していたそうじゃないか。あんなところにいなければ、ゲイリーは疑

「あんな下っ端に用はない。署長に電話して聞いたんだ。彼女の遺体が発見されたとき、おま

「サリバンが？」

「警察がそう言ったんだ」

「誤解だ」

「はっ、たいした手助けだよ。ゲイリーに殺人の疑いがかかっているのは、おまえのせいだ」

二度と顔を合わせる必要はない。いまは、手助けさせてくれ」

ポケットの煙草を出した。「ぼくに我慢がならないのは、承知だ。ゲイリーが見つかったら、

「おい、スコット、しばらくわだかまりを捨てたらどうだ」わたしは電話を左手に持ち替えて、

「うるさい！　自分でどうにかできる」

「いくらかでも目途がついたのか？」

「ニューヨークに決まっているだろうが、ボンクラ！　手を出すなと言っただろう」

「ワレンズタウン。高校にいる。そっちは？」

「いまどこだ」

「あんたの息子を捜している」

告するのは、おまえにとって初めてではない。だが、これはおれの家族だ。さっさとワレンズタウンを出ていけ。二度と女房に近寄るな」

顔が熱くなった。「ヘレンはぼくの妹だ」

「女房はおまえを兄だとは思っていない。だからこそ疎遠にしているんじゃないか。おまえとは口も利きたくないんだよ。うちの連中は、おまえなんかにうろうろされたくないんだ」

「昨夜ゲイリーが警察で言ったのは、ぼくの名だ」わたしは言った。「あんたではなく」

「なんだと！」スコットは激昂した。「くそったれ！　覚えてろ。あとで吠え面かくなよ」

校舎の陰から少年が三人出てきて、ふざけ合いながら駐車場に入ってきた。スコットにもう少し言ってやりたかったが、電話を下ろして接続を切った。いつの間にか、壊れそうなほどに電話を握り締めていた。呼び出し音をオフにしてポケットに収めた。彼の町、悩み、人生からわたしを追い出そうとしている義弟をニューヨークに残して。

煙草を吸いながら運転して、町を突っ切った。吸い終えるなりもう一本欲しくなったが、やめておいた。スコットなど知ったことか。彼の非難、脅し、怒りなど無視しよう。ヘレンの家の前で車を停め、叩きつけるようにしてドアを閉め、玄関へ向かった。ベルを鳴らす前に、ヘレンがドアを開けた。

「スコットがかんかんなのよ」ヘレンは口を開くなり言った。

わたしはうなずいた。「電話があった」

「わたしが兄さんの番号を教えたの。わたし――」

「いいさ。かまわないよ。サリバンが来たんだろう？」

「ええ」小さな声で答えてうつむき、それ以上言おうとしない。スコットとのやり取りに加えて、さらにむしゃくしゃさせられた。

「それで、どうだったんだ、ヘレン」

ヘレンがたじろいだので、大声を出していたことに気づき、声を落とした。「ゲイリーはパーティーに行ったのか？」

「わからない」ヘレンの声はわたしのそれに反比例するように、小さくなっていく。「あの日は門限があったのよ。だから――スコットもわたしも、てっきり二階の寝室で寝ているとばかり思っていた」

「こっそり抜け出したのか？」

「あの子らしくないわ」

「いつまでそんなことを言ってるんだ！　どうであればゲイリーらしいんだ？　わからないんだろう？」

「怒鳴らないでよ！」ヘレンは顔を紅潮させ、小さな顎を突き出した。「兄さんにわたしの息子のなにがわかるの？　わたしたちのことなんか、なにひとつ知らないくせに！」

「誰がそう仕向けたんだ？」わたしは静かに訊いた。

沈黙が落ちた。犬が開け放したドアのところへ来てヘレンのうしろに立ち、彼女の手に頭をこすりつけた。ヘレンが犬の耳を掻く。犬はヘレンの陰からわたしを窺い、パタパタと尾を振った。

「そんなこと、どうでもいいわ」ヘレンは言った。「もう、どうでもいいのよ。帰って」

「ぼくのしたことは」わたしの声は、突如ヘレンと同じく小さくなった。「ぼくがゲイリーと同じ年のときになぜあんなことをしたのか、おまえにもよくわかっているはずだ」

「そんなこと、どうでもいいわ」ヘレンは繰り返した。どうでもよくはなかったが、わたしは無言で踵《きびす》を返して立ち去った。

7

わたしは町の東方にあるハイウェイを目指した。ワレンズタウンを追い出されるのは、いっこうにかまわない。トリー・ウェズリー殺しの犯人を捜しているのであれば、また別だったろうが。いや、結局は捜しているのかもしれないが、角度を変えて調査したかった。あちらこちらで嗅ぎまわってサリバンに一歩先んじ、捜査から締め出されないようにしたかった。それは単なる口実かもしれない。昨夜、助けを求めたのがゲイリーではなく、ありきたりの事件であっても嗅ぎまわったろう。妹のまなざしに込められていた感情や、わたしが見ていないと思って肩を落とした様子とは関係がない。そう思い込みたかったのだろうか。

プレーヤーに入れたままだったバッハのCDを、もう一度試した。やはり今朝と同じように苛立ちを覚えるばかりだ。スイッチを切った。

携帯電話を出して、短縮番号リストの一番初めの番号を押した。

「リディア・チン、チン・リン・ワンジュです」リディアは常に違わず、英語と中国語の両方で答えた。誰がかけてくるか、わかったものではないからだ。

「ぼくだ。成果はあった?」

「いいえ。合宿所へ向かっているところよ。あなたは?」

「ぼくも向かっている。でも、きみのほうが早く着きそうだな」

「いつもそうじゃない？」

「それに、そうでなかったとしても勝負には勝つ」わたしはライダーコーチや、スコットとのやり取りについて語った。

「すてきな人たちね」が、リディアの感想だった。

「ほんと、甲乙つけがたいよ。ところで、きみの従兄弟、なんていう名前だっけ。ほら、コンピューターハッキングをやって逮捕されて、退学処分になった子」

「あら、どういうつもり？　身内に犯罪者がいることを指摘するなんて」

「彼らを愛しているから。たしか、ウォンだっけ？」

「ライナス・ウォン。実際は、母の又従兄弟の義理の兄の息子」

リディアは返事を待ったが、わたしは複雑な縁戚関係に打ちのめされていた。

「断っておくけれど、退学ではなく停学よ」リディアは言った。

「一学期間丸々だと記憶しているが」

「それから、起訴は取り下げ」リディアは続けた。「罪がないと認められて」

「それを言うなら、〝無罪〟だよ。罪のない人間なんて、ひとりもいない。第一、起訴が取り下げになったのなら、なにも認められていないということだ」

「そう厳しいことを言わないで。ごくふつうの頭脳明晰で、好奇心の旺盛な高校生なんだから。法を犯すつもりはなかったのよ」

「なるほどね。引き受けてくれるかな?」

「なにを?」

「コンピューターハッキング」

「もちろんよ」

リディアはライナス・ウォンの携帯電話の番号を教えてくれた。さっそくかけて、リディアとの関係を説明した。

「ああ、うん、リディアはぼくの叔母かなにかになるみたいだよ」と、ライナスは言った。

「彼女、スゴいよね」

「いま、どこにいるんだい?」やかましい音楽と甲高い電子音が入り交じり、声が聞き取りにくい。

「チャイナタウンのゲームセンター。ちょって待って。これでどう?」

外に出たのだろう、電子音やブザーの代わりに往来の騒音が交じり、声が鮮明になった。わたしは用件を話した。

「あとでいい?」

「いますぐだ」

「えーっ、勝ってるのに」

「向こうでなにか発見したら、もっと儲けさせてやるよ」

礼金を交渉した。ごくふつうの頭脳明晰で好奇心の旺盛な高校生の割には、ライナスは自分の持っている技術の市場価値をしっかり認識していた。

「どうやって行けばいいの？」

「レンタカーで。請求書はこっちにまわしてくれ」

「あのね」彼はため息をついて、単純明白な事実を説明した。「ぼくは十五なんだ。ハーツは二十五歳になってないと貸してくれない」

「おっと、そうか」わたしは思案した。「じゃあ、ハイヤーだ」

「ストレッチ・リムジンでもいい？」

「調子に乗るな」

「うん。スゴい！」

わたしは道順を教えた。「いいか、ライナス。母親には了解を取ってあるが、万が一父親に出くわしたら、ぼくに寄越されたとだけ言って、さっさと退散するんだ」

「ふうん、父親は嫌がるの？」

「激怒する」

「スゴい！」ライナス・ウォンは繰り返した。

わたしはジョージ・ワシントン・ブリッジを渡ってブロンクスを抜け、ロングアイランドを目指した。ラッシュアワーが始まっていた。遅々として進まない車に、歯を食いしばって耐えた。周囲の車のほとんどは、ひとりしか乗っていない。家路につき、我が町、我が家を目指す人々だ。みんなどんなところに住んでいるのだろう。明るい秋の陽射しに照り返る、ワレンズタウンの静かな街路に落ちる葉、少年を真の男に仕立てようとするフットボールコーチ、少女が死亡したパーティーを思った。

六車線のハイウェイの両側を、アパート群、低層の巨大ショッピングモールが過ぎていく。二戸建て住宅が軒を連ね、各家が刈り込んだ生垣あるいは金網のフェンス、低いレンガ塀で猫の額ほどの芝生を区切って領有権を主張しているところもあった。やがて、隣家とは接しているものの私道で隔てられた家が増え、街路樹も目立つようになった。プレーンデールでハイウェイを降りたあたりは、家も大きく、樹木が年経《ふ》りていた。三階、四階建ての住居、古ぼけたショッピングモール、明るい照明に照らされた新しいガソリンスタンド、殺風景な無地の壁に囲まれたタイヤの量販店などを通り過ぎ、リディアに教えられた、ハムリンズ・インスティチュート・オブ・アメリカンスポーツに行き着いた。

広大な敷地だ。もっとも、買い手が殺到するような不動産ではない。短い草が生い茂った何エーカーもの平原に、複数の競技場と練習場が造られて、左のほうに延々と続いている。昔はジャガイモ畑、さらにそれ以前は牧草地だったのだろう。右にある道路に沿って、家具のディスカウント店、トランスミッション修理工場、小規模な食料品店が並んでいた。トランスミッションが修理不能と告げられたときにやけ酒を呷ることができるように、小さな酒場も点在している。かなたのロングアイランド海峡に続く平原を、雑木林が途中で断ち切っていた。ハムリンズ・インスティチュートの門に掲げられた大きな看板には、リディアが言ったように〝ハムリンズは競技を通じ人格を形成し、真の男を育成する〟と記され、秋のプログラムの日程と春のプログラムについての問い合わせ先が添えられていた。

ハンドルを左に切った。私道の片側は駐車場、もう片方は金網フェンスに囲まれた野球グラウンド。シーズンが終わったいま、冬が過ぎて春が来るまでかえりみられない野球場の少々たわんだ観覧席が、わびしげだ。進んでいくと、コンクリートブロックでできた、兵舎のような横長の平屋二棟と、こぢんまりした駐車場を正面に設けた四角い建物に突き当たった。うしろにそびえているのは、体育館だろう。どれもみな黄色のペンキがこってり塗られていて、今後二十年は塗り替える心配をしなくてもよさそうだ。建物のひとつに隣接して、アスファルト敷きのバスケットボールコートが設けられている。スチール製の穴あきボードにリングを取りつけたゴールポストが四本。一本はネットを欠き、アスファルト上のラインも薄れている。元来屋内競技であるバスケットボールを真剣に練習するためではなく、娯楽用のコートらしい。

そもそもハムリンズは真剣を旨にしているようだと、駐車しながら思った。大声、どすんどすんと響く音、ホイッスルが聞こえてくる。建物の裏に行ってみると、道路や町から隠すようにしてハムリンズが後生だいじに抱え込んでいるものが目の前にあった。フットボールの競技場だ。

少年たちが二チームに分かれ、そのなかでさらにグループを作って、フィールドとトラックとで練習をしていた。青のジャージとワレンズタウンのえび茶のジャージが大半を占めるなかに、ほかの学校や町の色がわずかに交じっている。みなヘルメットとパッドをつけた、試合用のフル装備だ。競技場に付属した更衣室のドアに、〝私心を捨て、チームにすべてを〟と大書した札が掛かっていた。

小さなフォーメーションを作って、幾通りもの攻撃パターンを繰り返すグループがいる。ホイッスルを吹き、大声で号令をかけているのは、うしろ身頃にハムリンズと記されたネイビーブルーのジャンパーを着た男たちだ。エンドゾーンでは、青のジャージの少年とえび茶のジャージの少年がひとりずつ、代わる代わるゴールポストに向かってボールを蹴っていた。ひとりが蹴ったボールを、もうひとりが捕球してコーチのところへ駆けていく。コーチがボールをセットする。さっき蹴ったほうが走り出し、ボールを待ち構える。捕球に失敗するとホイッスルが鳴り、罰としてフィールドを横に突っ切る全力疾走。青のジャージの少年は、捕球があまりうまくなかった。罰走をする彼を見ているうちに、いつしかキッカーのことを考えていた。試合ではまったく捕球をする必要のないキッカーのことを。

フィールドを挟んだ反対側では、クォーターバック候補が互いに高く長いパスを投げ合っていた。受け手は足を動かさずに伸び上がって捕球する。ボールがレシーバーの立っている場所へ正確に届かないと、投げたほうが罰走を課せられる。

少年たちはあえぎ、コーチはホイッスルを吹いて大声で指導しと、誰もが集中して全力で励んでいた。わたしはトラックの端にたたずんでいる私服姿のおとなのグループのほうへ向かった。ほとんどが男性で白人ばかりのそのグループのなかにいれば、ネオンサインのように目立つであろうリディアの姿はなかった。

わたしも一団に交じった。すぐそばで一列縦隊になった少年たちが、狭い間隔で並べたオレンジ色のカラーコーンのあいだをジグザグに走っていく。傍《かたわ》らの男がわたしに一瞥をくれて、競技場に目を戻した。「どれが息子さん？」

「どれでもありませんよ」

男は横目でちらりと見た。「ワレンズタウンの人じゃないんですか？」

「ええ。もうひとつのチームは、どこから来ているんです？」

「ウェストベリー。ほら、あれがうちの息子」男はわたしが競争相手の父兄ではないと知って安心したらしく、青のジャージ姿の大柄な少年を指差した。彼のいる集団は、えび茶のジャージのラインに向かってブロックを繰り返していた。晩秋の午後の長い陽射しが、倦まずに激突を繰り返す彼らのヘルメットで光った。

「立派な体格ですね」パッドをつけているせいもあるが、それにしてもほとんど全員が大男だった。「それに上手だ」

「ここに来れば、下手な子はうまく、上手な子はもっとうまくなる。わたしはフランク・エドワーズ」男は握手の手を差し出した。「息子さんのための下見かな？」

「推薦しますか？」

「うちの息子たちは、長年ここに来ていましてね。やる気を引き出してくれるんだ。おかげで、フランキーはヴァーシティに入ることができた。下の息子はホッケー。郡の十二歳以下の部で、最優秀ゴールキーパーとして表彰されたんですよ」男は胸を張った。

「おめでとう」

「おたくの息子さんはどんなスポーツを？」

「甥っ子だけど、フットボールをやっています。ワイドレシーバー」

わたしはエドワーズの横で練習を眺めた。ワレンズタウン側が二列になって準備する。列の後方に立ったアシスタントコーチが叫ぶ。「ダウン。セット！」センターがスナップ（攻撃を開始する際に、地面に置かれたボールを味方選手に渡すこと）したボールをコーチが受け取り、クォーターバックの動きを模してうしろに下がった。敵が味方のラインを突破するか、あるいは味方が磐石の守りを見せるかを試しているのだ。

さまざまな動きを取り混ぜる守備側に対し、攻撃側は動きを読んで対抗措置を試みる。オフェンスラインは迅速で力強く、スピンムーヴやスウィムムーヴを用い、心身ともに駆使してタックル（最前列のポジション）やエンド（最前列の両端に位置する選手）の阻止に努めた。しかし、ディフェンスラインはよく鍛えられ、統制が取れていた。ディフェンスラインが仕掛けたスタント（ディフェンスラインがオフェンスライン間のギャップに突入すること）をレフトガード（オフェンスラインの左を守る選手）は読むことができず、アシスタントコーチは敵の真ん前にさらされた。実戦であれば完璧に潰されている。ディフェンスはあらためて陣形を組んで同じプレーを三度仕掛けたが、レフトガードは毎回失敗した。

レフトガードが四度失敗すると、ホイッスルが高々と響いた。吹いたのはアシスタントコーチではなく、眉をひそめて練習を観察していた、やはりハムリンズのジャンパーを着た男だ。選手もアシスタントコーチも動作を止め、ホイッスルを吹いた男のほうを向いた。

「あれがハムリンですよ」フランク・エドワーズが傍らで言った。

「ふうん、あの人が？」

エドワーズはうなずいた。「やる気を引き出す名人。子供たちに人気があるんですよ」

ハムリンはひとりひとりを見ながら、列の前をゆっくり歩いていった。端まで来るとまわれ右をしてまた戻り、レフトガードの正面で立ち止まった。

「ティンドール！」

「はい、コーチ」レフトガードが返事をした。

「ティンドール、おまえのポジションはどこだ」

「レフトガードです、コーチ」

「おまえの役目はなんだ。ボールを投げるのか？」

「いいえ、コーチ」

「ボールを持って走るのか？」

「いいえ、コーチ」

「じゃあ、何なんだ？」

「クォーターバックを守ることです、コーチ」

「ほんとうに？」

「はい」

「へええ、知らなかった。見た限りでは、とてもそうは思えない。一周してこい、ティンドール。いや、二周だ。ブラウン——」と、アシスタントコーチに向かって言う。「こいつの代わりにレフトガードの役目を知っているやつを入れろ。よし、練習だ！」

ハムリンは再びホイッスルを吹いた。ティンドールは競技場を一周するトラックを走り出し、代わりの少年が彼のポジションに入った。アシスタントコーチが叫ぶ。「ダウン。セット！」

「どう思う？」と、傍らでひそやかな声が問いかけた。振り向くと、リディアがいた。

黒髪に入れたブルーブラックのハイライトと革ジャンパーの銀のスナップボタンが、夕陽に映える。奇妙な感覚に襲われた。まるで長いあいだ異国に暮らしてそれに慣れ、故郷がどんなものかを忘れていたような気がしたのだ。

リディアは爪先立ちになってわたしの頬に軽くキスをし、競技場に目を戻した。「みんな、あれが楽しいのかしら？」

わたしもリディアの視線を追い、黄金色の秋の陽を浴びて汗を滴《したた》らせ、あえぎ、突進し、走り、パスをカットする彼らを眺めた。スピードと力にあふれ、惜しみなくエネルギーを発散している。何事も努力次第、集中して全身全霊を捧げ、練習を積み重ねれば必ず報われ、才能は技術に、技術はよい結果につながると信じて疑わない姿だった。

「練習だからね」わたしはリディアに言った。「楽な練習なんてないさ」

「〝楽〟ではなく、〝楽しい〟と言ったのよ」

エンドゾーンで盛んに腕を振り立ててわめくアシスタントコーチの前で、三人の少年がかしこまっていた。左では、スレッドマシンに立ち向かう一団がヘルメットをかぶりなおす。ティンドールが周回を終えて再び加わった。最初のスタントは読み取って阻止したが、二度目は失敗。アシスタントコーチに命じられ、みなが見ている前で腕立て伏せ。次のプレーでは激しい当たりを食らい、立ち上がろうとして仰向けに倒れ、もう一度膝をつきはしたもののがっくりくずおれた。芝に横たわり、どうにか半身を起こしたが嘔吐した。

「ちぇっ、なんてザマだ!」ハムリンが言った。いきり立ってはいるが、一日の成果に満足したらしく、唇の隅をわずかに上げている。腕時計を見て、ホイッスルを勢いよく三度鳴らした。競技場のあちこちに散らばっていた少年とコーチが動きを止め、駆け戻ってきた。全員が集合したのを確認し、ハムリンが前に進み出る。ようやく立ち上がってよろよろしながら加わったティンドールを、侮蔑を込めて一瞥した。「いいか、諸君」ハムリンは整列した全員を見渡した。「ワレンズタウン、ウェストベリーの諸君。ウェストベリーは郡のチャンピオンシップを、ワレンズタウンはリーグのチャンピオンシップを勝ち取った。ほかの者が所属する学校もまた、勝利を収めた。なぜならハムリンズのシニア合宿に参加を許されるのは、勝者のみだからだ。そうだな?」間を置く。「そうだな?」

「はい、コーチ!」少年たちは胸を波打たせ、がらがら声で唱和した。

「だったら、このザマは何なんだ」ハムリンは一喝した。「さんざっぱら遊びまくっていたのか? 酒と女に溺れていたのか? シーズンが終わったと思って、脳みそが蒸発するほど酒を飲み、腰が立たなくなるほど女とやりまくっていたのか?」数人が忍び笑いを漏らし、小突き合う。「よく聞け!」ハムリンは声を張り上げた。「シーズンはまだ終わっていない! 今度の試合を台無しにしたいやつは前に出ろ! さっさと家に帰れ!」誰も動かなかった。ハムリンの視線が隊列を端から端まで掃いた。「ワレンズタウンの十一年生《ジュニア》と十年生《ソフォモア》、それにＪＶ――いいか、ＪＶだぞ、ＪＶ――が土曜にやってくる。もちろん、彼らには勝利などという大それた望みはない。おまえたちはきょうみたいなプレーをしたって、楽勝だ。だが、肝心なのは勝敗ではない。そうだな？　そうだろう？」

「はい、コーチ！」少年たちは戸惑いながらも声を揃え、コーチの求める答えを返した。

「では、なにが肝心だ？」

　少年たちは愕然として沈黙した。全力を出し切って失敗したのなら、どんなコーチもその努力を尊重する。だが、なにも理解せず、また自分の役割を自覚していない選手をコーチは嫌う。

　そのとき、ワレンズタウンの生徒がひとり声を上げた。「敵を徹底的にぶちのめすことです、コーチ！」

「もう一度言ってみろ」

「ぶちのめすことです、コーチ！」

「声が小さい」

「ぶちのめすんです、コーチ！　ぶちのめすんだ！」それから全員がいっせいに声を張り上げ、声は次第に大きくなっていった。「ぶちのめせ！　ぶちのめせ！　ぶちのめせ！」

　ハムリンのホイッスルで唱和は不意に止んだ。「よし！　ところできょうのような練習で、それが可能か？」

　先ほど音頭を取ったワレンズタウンの少年が要領を覚え、真っ先に答えた。「いいえ、コーチ！」

「そのとおり！　では、あしたはどうしたらいい？」

「練習だ、コーチ！」ウェストベリーの少年が負けじと声を張り上げた。「死ぬ気で頑張ります、コーチ！」

「できるのか？」

「はい、コーチ！」と、いっせいに声が上がる。

ハムリンはにっこりして全員を眺めた。「いいだろう」ホイッスルを三度長く吹いた。

少年たちは向きを変え、駆け足で更衣室に入っていった。

周囲にいた父兄も帰り始めた。誰も我が子に声をかけようとしない。

わたしがその点を指摘すると、リディアは「禁じられているのよ」と答えた。「前に話したでしょう、規則なのよ。午後三時以降は見学が許されているけれど、話しかけてはいけないの。〝当施設に滞在中は、ハムリンの子供である〟」ポケットからパンフレットを出して、渡してくれた。

わたしは、謳い文句や統計、ユニフォーム姿の少年たちが懸命にプレーをする写真をちりばめた、派手な四色刷りのそれに目を通した。「では、マクファーソン少年に接触できなかったんだね？」

「ええ」

「事件の捜査であっても？」

「ミスター・ハムリンは、そんなことはおかまいなしよ」リディアは淡々と答えた。「少女が死亡し、ここにいる少年たちが容疑者や、目撃者である可能性があると話したんだろう？」

「容疑者であるにしろ、目撃者であるにしろ、彼らはフットボールの選手であって、どこに行くわけでもない。週末になったら、自由に話してかまわない。ミスター・ハムリンはそう主張するのよ。そこで、頼んでみたの。どうせ警察が来るのだから、先に話をさせてもらったところでたいして変わらないでしょうって。でも、練習中を理由に断られたわ」リディアは言い足した。「ワレンズタウン警察の――サリバンだったたっけ？――サリバン刑事の要請なら、拒絶できないでしょうけれど、いい顔はしないわね」

「どんなことにもいい顔をしない御仁と見受けた」

「ひねくれた意地の悪い人よ」

「父兄のひとりが、子供たちに人気があると言っていた」

リディアはわたしを見つめた。「きっと、嫌いになる勇気がないからだわ」

太陽が高度を下げ、体育館の窓ガラスを照らしている。ひどく疲れていた。まるで自分自身の失敗に対する罰として、ランニングやパスのカット、腕立て伏せをすべてやらされたかのような気分だ。顔をこすって、疲労を振り払おうと努めた。ゲイリーの怯えて疲れた目を思い出す。

ゲイリーがここに来ると推測したのは、途方もない誤りだったのだろうか。しなければならないだいじなことがほんとうにあって、それは彼自身ではなく、ほかの人や場所、出来事に関係していると考えたのは、愚かだったのだろうか。サリバンの家出説が正しいのだろうか。

リディアがわたしの手に触れた。その温かみを感じて初めて、外気の冷たさに気づいた。

「ずいぶん疲れているようね」彼女は言った。「これからどうしたいの？　彼らと話ができるかどうか、試してみる？」

わたしは誰もいなくなった静かな競技場を見渡し、煙草を出した。「こうしたらどうだろう。きみがみんなといっしょにシャワーを浴びてコーチの注意を逸らしているあいだに、ぼくがひとりずつ呼び出す」

リディアはわたしを見つめ、にやにやして首を振りながら前を向いた。ため息をついて、考え込む。「駄目よ」しばらくして言った。「うまくいきっこないわ。注意を逸らしたいのなら、ほかの方法を考えて」

「火星人を更衣室に着陸させるとか？」

「いいわね、それ。だって」と、澄まして言った。「わたしがいっしょにシャワーを浴びているのに、外に出ていく人がいるわけないでしょう？」

「図星だね」わたしは煙草を吸って言った。「どうしたらいいのか、さっぱりわからない。自分がなにをしたいのかも、どうなってほしいのかも」

「思うに」リディアは声音をやわらげた。「わたしたちがゲイリーを捜し出し、女の子が死んだこととは無関係だと証明できれば、一番いいんじゃないかしら」

わたしはうなずいた。「ゲイリーにとっても、ぼくの妹にとってもね。だけど、あの町や少女の死はどうなるんだろう」無人の競技場は沈みゆく夕陽を浴び、芝の一本一本が鋭い切っ先を光らせ、ライン上のチョークの小さな塊が影を落としていた。「子供を育てるには最高の町だから、スコットは家族を連れてきた。ヘレンはそう言っていた」

「たぶん、いい町なのよ。どんなところでも不祥事は起きるわ。こうした事件が起きたからといって、その場所が永久に変わってしまうとは限らないわ」

「そもそも」わたしは言った。「場所というのは、どれほど変わるものだろう。人間も同じだけど」

「どういう意味？」

「ワレンズタウンがそんなにすばらしいところなら、スコットはなぜ高校卒業後すぐに町を出て、二十年も帰らなかったんだろう」

「あなただって、九歳のときにルーイヴィルを出て戻らなかった」

「ぼくは引っ越したくなかった。でも、ほんの子供だった。そして帰ることができる年になったときには、帰る目的がなくなっていた」

建物の反対側で、帰途につく父兄の車が次々に発進する音がする。わたしはぼんやり思いにふけった。いまの答えは偽りだ。帰る目的がないだけならば、偶然通りかかる機会も長年のあいだには生じる。故意に避けているのは、そこになにかがあるからだ。そして、それにこだわっているからだ。

リディアが言った。「あなたはそこで幸せな日々を過ごしたから、二度と戻らなかったのよ」

わたしは意表を衝かれた。彼女の短い髪を風が乱し、撫でつけたい思いに駆られたが、手を伸ばすことはしなかった。

「ごめんなさい。よけいなお世話よね」

「いや」わたしは首を横に振り、ゆっくり言葉を継いだ。「きみの言うとおりだ。町を出たあともずっと、幸せだった思い出を心のよりどころにしてきたんだ。帰ることができるようになったときには、すべてが変わっていた」

「つまり、場所も変化するのね」

「ルーイヴィル全体が変わったわけではない。ぼくの知っているわずかな部分が変わったんだ。それを見たくなかった」

「いまも昔もでしょう」リディアは言った。「いまも見たくない」

「なんだって?」

「いまでも、思い出はあなたの心のよりどころになっている」

冷たい風が吹きつけてきた。わたしは競技場に向き直った。両端のゴールポストのいっぽうは夕陽を浴び、片方はすでに影で覆われていた。

少ししてリディアは言った。「スコットが長年ワレンズタウンに戻らなかったのが、あなたは腑に落ちないのね」

わたしは別にそんなことは考えてもいないし、興味もなかった。でも話題を変えようとした彼女の心遣いがありがたくて、調子を合わせた。

「ワレンズタウンはすばらしい町だと、スコットは口癖のように言っていたらしい。だが、二十三年前――スコットが住んでいるとき――高校生のからんだ強姦と自殺が起きた。当時もいまも、あそこはエデンの園ではない」煙草の火が風にあおられて赤く光った。「彼に尋ねてみるよ」

「スコットに?」

「彼の故郷は昔はどんなふうだったのかってね」

リディアは小首を傾げた。「ほんとうに訊く必要があるの?」

「え?」

「答えを聞けば、なにかの役に立つの? それとも腹立ち紛れに、嫌がらせをしたいだけ?」

リディアに顔を向けると、小柄で身じろぎもしない姿が落日間際の夕陽を背に浮かんでいた。

彼女はわたしの視線を受け止め、それ以上言わなかった。

「くそっ」わたしは煙草を靴底に押しつけてもみ消し、箱のセロファンを抜き取って吸殻を入れた。ハムリンズのトラックに吸殻を捨てるなど、七つの大罪に匹敵しかねない行為だ。「ほかにすることはないのかい? シャワーを浴びるとか」

「そうね」リディアは言った。少し間を置いて、もう一度微笑んだ。「さあ、行動開始よ」

そこで、肩を並べて競技場をあとにした。手を握ったり、体を触れ合ったりはしないけれど、連れ立って。

8

リディアと建物の正面にまわり、どこの高校の体育館にもあるような、金網入りガラスとスチール製のドアを入った。蛍光灯が点った内部はどことなく陰気で、消毒液や湿布薬、汗の臭いがブルックリン時代の記憶をくすぐった。

ドアのすぐ内側の安っぽい金属デスクに、退屈そうな顔をした男がついていた。フィールドにいた少年たちとさして変わらない年齢だろう。デスクのうしろにドアがあって、上部に標語が掲示されている。――〝このドアを入った者は、みな別人となって出ていく〟。それはおそらくいいことなのだろうと、わたしは解釈した。

退屈そうな顔をした男は筋骨たくましく、警備員の制服がはちきれそうだった。警備員の例に漏れず、地元のタブロイド紙のスポーツ面を読みふけっている。また、やはり警備員の例に漏れず、警備デスクを突破しようとする輩にろくなやつはいないとばかりに、面倒くさそうに疑心暗鬼の目を向けてきた。ポケット上部にバルボーニと記した名札をつけているが、できれば名前など教えたくないといった風情を漂わせていた。

「ハイ!」リディアはにっこりした。

バルボーニはにんまりした。「あれ、まだいたんだ。さっきも話したように、七時になれば勤務が終わるんだ。ここのことなら、そのあといくらでも教えてやるよ」

「せっかくだけど、遠慮しておくわ」リディアは首を傾けてわたしを示した。「相棒のビル・スミスよ」

バルボーニは椅子の背にもたれた。

「ふうん、で、用件は？」と、まったくやる気のない口調で尋ねる。

「ミスター・ハムリンに面会したい」わたしは名刺を出した。彼はデスクに置かれていたリディアの名刺をつまみ上げ、二枚の端を打ち合わせた。傍《かたわ》らの電話を取ってボタンを押すとビニールタイルの廊下の先にある〝オフィス〟と表示されたドアをちらっと見やり、視線を戻して牽制するようにわたしを睨んだ。

「あ、コーチ？」受話器に話しかける。「スミスって男が面会に来てますよ。名刺では、私立探偵ってなってますね——ええ、彼女もいっしょに——はい、わかりました」受話器を戻して、顔を上げた。「とっとと失せろってさ」リディアのほうを向いて、薄ら笑いを浮かべた。「あんたもだ。さっきも言ったはずだって」

懇願や説得、もっともらしい出まかせなどクソ食らえという気分だった。デスク越しに手を伸ばして受話器をつかみ、バルボーニが先ほど押したボタンを押す。バルボーニが腰を浮かせた。リディアが身を乗り出してその肩をつかみ、椅子に押し戻した。ジャンパーの前を少し広げて銃をちらつかせ、にっこりして唇に指を当てる。バルボーニは目を白黒させてリディアとわたしを見比べた。困惑と怒りで、一時的に行動不能に陥ったらしい。

「ああ、今度はなんの用だ」ハムリンの不機嫌な声が耳元で聞こえた。

「ビル・スミスです、コーチ」わたしは言った。「話をするまでは、帰らない。出てきたらどうです？」

「なんだと――ああ、あの調査員か」

「私立探偵です、ええ」

「いったい、どういう――バルボーニは？」

「ここにいますよ。こうしたほうが手っ取り早いと思ったものだから」

「手っ取り早い？　どういうつもりだ？」

「出てきてくれたら、説明します。そちらにいてくれてもけっこう。こちらから伺う」

わたしは受話器を戻した。ジャンパーのスナップを留めたリディアとともに、警備デスクの横を通り過ぎた。

遅ればせながらバルボーニが顔を真っ赤にして立ち上がり、「おい、止まれ！」と手首をつかんだ。その手を振りほどき、押しのけた。彼に背を向けたとたん、肩に手が置かれた。即座にその場で半回転し、腹に一発叩き込んだ。バルボーニが腹を抱えて体をふたつに折る。すかさず、顎を殴った。飛びかかろうとしたところを、リディアに止められた。

「やめなさい！」

バルボーニは下から、わたしは上から彼女を見つめた。リディアはわたしを睨みつけ、さっさとバルボーニの横を通って廊下を進んでいった。

「畜生！」バルボーニが咳き込んで、立ち上がった。追いかけてこようとしたが、わたしたちはすでにオフィスの前にいた。リディアがドアを開ける。秘書のデスクは無人だったが、奥の部屋のドアが開け放たれ、男がふたり立っていた。スーツにネクタイ姿の見知らぬ男は、ハムリンより六インチほど上背があって肩幅が広く、髪はこげ茶。ふたりとも険しい視線を向けてきた。

部屋を出ようとする彼ら、入ろうとするわたしたち、追ってきたバルボーニで、戸口で混乱が起きた。リディアが器用にステップを踏んでバルボーニの前に立ちはだかり、不測の事態に備えて体勢を整える。バルボーニはわたしに対してだけでなく、リディアにも同じくらい腹を立てているのだろうが、手荒く扱われたとはいえ相手は女だ。果たして殴っていいものかと、逡巡した。放っておけば、すぐに迷いを捨て、彼女の排除にかかったろう。反対にこてんぱんにのされてしまえば、いい気味だ。だが、そう仕向けたい誘惑を振り切り、男ふたりのほうを向いて話しかけた。「彼がわたしたちのどちらかに指一本でも触れたら、ただでは置かない。話し合いたいだけなんだが、あいにくおだやかならぬ気分なんだ、コーチ。こいつを追い出してくれ」

スーツの男が言った。「誰だ、貴様は」

「向こうへ行ってろ、バルボーニ」ハムリンが命じた。

「コーチ、こいつらは――」

「向こうへ行け！」

バルボーニは少しもじもじしていたが、不服そうにひと声うなって一歩下がった。しかし、部屋を出ていこうとはしなかった。

「ビル・スミスです」わたしは言った。「彼女はリディア・チン。殺人事件と家出に関する捜査をしていて、ここに滞在している少年たちの幾人かに、事情を聞きたい」

「断る」ハムリンは冷徹に言い切った。「帰ってくれ。きみもだ、マクファーソン」と、もうひとりの男に向かって言った。「少年たちがここにいるあいだは、外部の者との接触を禁じている」

リディアは感情を表に出すようなへまはしない。しかし、わたしと同じく、男の名前を聞いて背筋に電流が走る思いをしたに違いない。

「間もなく警察が到着する」わたしはハムリンに言った。「彼らが——」

「刑事とは、もう話をした——なんといったっけ、あの野郎——そうそう、サリバンだ」ハムリンはわたしをさえぎって言った。「きみにも、同じ返事をしよう。令状があれば、誰を逮捕しようがそっちの自由だ。父兄が連れて帰ると言うのなら、その子が誰と話をしようが知ったこっちゃないが、二度とここには戻らせない。きみたちふたりは警察でも、父兄でもない。出ていけ」

スーツの男が口を開いた。「ハムリン、このふたりが何者で、どんな用があるのか知らないが、わたしは息子と話をしたいんだ」

「だったら、連れて帰れ、マクファーソン。規則は承知だろう」

「ふざけるな、ハムリン」わたしは言った。「父兄にはその威張りくさった態度で通るだろうが、誰にでも通用するとは――」

「黙れ！」マクファーソンが高飛車に命じる。わたしはかっとなって、こぶしを握った。踏み出そうとしたとき、リディアに手を押さえられ、思い留まった。彼女が正しい。強気に出たものの、わたしには交換条件も、脅しに使う材料もない。しかし、マクファーソンには父兄という立場がある。彼ならハムリンの築いた壁を突破できるかもしれない。ひとたび突破が成功すれば、ひび割れた部分から潜り込むことも可能だ。

マクファーソンは一秒ほど余分に、わたしに視線を据えた。高価なスーツ、シルクのネクタイ、イタリア製の靴が、我を通すことを当然と心得ている人物であることを物語っている。もっとも、それを知るには、うっすら浮かべた嘲笑を見ればじゅうぶんだった。案の定、ひと言命令すれば事足りたとばかりに、マクファーソンはハムリンに向き直った。「この合宿のために、ワレンズタウンは五万ドルもかき集めた」巌のごとく硬い口調で言った。「その大部分はわたしの懐から出ている。きみは息子の技術を向上させてくれればいいんだ。囚われの身にしろと頼んだ覚えはない」

「囚われの身になどしていないさ、マクファーソン。連れて帰るのは自由だ。同意書の条項を承知の上で、サインしたんだろう」

「しかし、状況が変わった以上――」

「変わった？」ハムリンが大声を上げたので、誰もが仰天した。わたしは彼の目を見た。荒々しい大声とは裏腹に、冷静な醒めた目だ。芝居だ。我を忘れたのではなく、効果を計算して芝居を打っているのだ。「おれがフットボールだけを教えていると思ったら大間違いだ、マクファーソン。真の男を育てようとしているんだ」両手を左右に大きく広げ、数多の賞状、トロフィー、写真を示す。写真に写っているのはどれもユニフォーム姿の少年で、チーム、個人、競技中、静止したものとさまざまだ。デスクの上には、ふたりの少年が笑っている写真が置いてある。ふたりとも痩せっぽちで眼鏡をかけ、ショートパンツとTシャツという格好だ。ハムリンの息子とはとうてい思えない。トム・ハムリンに、あんなにひょろひょろして頼りない息子がいるはずがない。おそらく、絶望的な素材をいかに苦労して鍛え上げたかを忘れないために置いてあるのだろう。

ハムリンは腕を下ろして、マクファーソンを見た。「状況が変わった?」と、静かに訊いた。「いいか、マクファーソン。状況は刻々と変化するものだ。言い訳は、ごまんとある。言い訳なんて、ケツの穴みたいなもんさ、マクファーソン。誰にでもひとつあって、クソまみれだ。やるべきことをやるか、やらないかのどっちかだ。〝全力を尽くせ〟が、ハムリンズのモットーだ。どんなときも常に。状況が変わったからといって、例外は認めない」

ハムリンは全員に視線を当てていった。やはり、激した口調にそぐわない完璧に醒めた目だ。ハムリンは唇のいっぽうを吊り上げ、ナイフの切っ先のような笑みを浮かべた。「息子を連れ帰りたいのなら、止めはしない」と、マクファーソンに話しかけた。「合宿を続けさせてもいいし、好きにすればいい。そっちのふたりは」——リディアを一瞥して黙殺し、わたしのほうを向く――「警察を呼ぶ前にさっさと出ていったほうがいいんじゃないか？」電話に手を伸ばす。「さてどうする、マクファーソン？　息子を連れて帰るのか？」

上等なスーツを一着に及んだマクファーソンは顔面を真っ赤にし、シャツの襟の上に腱を太く浮き上がらせていた。ハムリンを見つめ、「くそったれ」とかすれた声で低く吐き捨てると、くるりと背を向けてわたしを押しのけ、出ていった。

わたしはハムリンとリディアを見比べ、バルボーニに向かって両手を高く上げた。「帰るよ。恨みっこなしだ。じゃあ、また」そろそろとバルボーニの横を通り、マクファーソンに続いて廊下に出た。バルボーニがハムリンに視線を投げる。指示があれば、きっと警棒を振りかざしてすっ飛んでくるのだろう。半ば予期して、心の準備をした。だが、外に出るまで物音ひとつしなかった。わたしは彼らの希望どおりに失せたが、リディアが居残った理由を突き止めるという課題が残っているためだろう。

彼女の意図はわたしにもよくわからない。ふたりの意表を衝いて、わたしの退路を確保しようというのだろうか。まあ、あとになればわかる。ひんやりした黄昏の戸外に出ると、マクファーソンのメルセデスSUVめがけて走った。彼がドアを閉めているところに追いついた。

思い切りドアを引っ張って言った。「息子さんと話がしたい」

マクファーソンがキーをまわすと、大型エンジンはたちどころに咆哮した。マクファーソンは煙草をくわえた唇を歪めた。「ふん、幸運を祈ってやるよ。そもそも、貴様は何者だ」

「さっきも話しただろう。探偵だ」

「ランディにどんな用がある？　例の少女のことなら、時間の無駄だ。息子はなにも知らない」

「その件はどうでもいい」

本音ではなかったが、彼の反応を引き出すことはできた。

「どういう意味だ？」

「ゲイリー・ラッセルを捜している」

「誰だ、それ」

「ワレンズタウンに越してきた少年で、ランディと親しいらしい」

「ああ、あいつか」マクファーソンはフロントガラス越しに、道路に点々と連なる明かりを眺めた。「スコット・ラッセルの息子だな。ふうん、ゲイリーっていうのか。家出したと聞いたが」

「そう、月曜に」

「スコットはクソ野郎だ。息子もクソ野郎に決まっている。女の子を殺してしまったものだから、家出をしたんだろう。とにかく、息子はなにも知らない。息子のまわりでうろうろしているところを見かけたら、首根っこをへし折るぞ」

「ランディがなにも知らないと、どうしてわかる？」

マクファーソンが身動きした。車を降り、この場でわたしの首根っこをへし折るつもりだろうか。しかし、シートに腰を落として車を発進させた。わたしはドアをつかんでいた手を離し、飛びのいた。砂利を撥ね散らして、車は去っていった。たとえわたしを引きずっていても、あるいは轢き倒したとしても、歯牙にもかけなかっただろう。

尾灯が見る間に遠ざかり、私道を出るや否や車の流れに強引に割り込んだ。マクファーソンがいみじくも指摘したように、スコットはろくでなしだ。だが、その人物評は、ここ数ヶ月のあいだになされたのだろうか。それともふたりがともにワレンズタウンで過ごした、二十年以上前の少年時代の記憶に由来しているのだろうか。

わたしは車の助手席に腰を下ろし、煙草を吸いながらリディアを待った。携帯電話を確認したが、メッセージはない。ヘレンに電話しようかとも思ったが、結局しなかった。一年の終わりに近づいていくこの季節、黄昏はまたたく間に夜になる。目の前の建物のそこここで、明かりが点いたり消えたりする。そこに理由や意味があっても、わたしにはでたらめに見える。それを知っている内部の人は外で見ることができないし、わたしのように外にいて見ることができる者には理由や意味が理解できない。

ようやくハムリンズの正面ドアが開き、戸口に突っ立ったバルボーニを振り返りもせずに、リディアが私道を歩いてきた。再びここを訪れる必要ができたら、ほかの警備員が勤務についている時間を狙わなくてはならないだろう。

バルボーニが駐車場に停まっている車の数を数えたりせずに、わたしが帰ったと早とちりしてくれることを望み、車を降りずに待った。リディアはレンタカーのトーラスを素通りして、わたしの車の運転席側に立った。ドアを開けて乗り込んでくる。

「バルボーニはごまかせたかな?」と、ドアを閉めているリディアに訊いた。

リディアは肩をすくめ、頭を振って入口を示した。「もういないわよ」

わたしはそちらに目をやった。バルボーニの姿はなかった。ドアにしっかり錠を下ろしたであろうことは、想像にかたくない。

「殴る必要はなかったわ」リディアが言った。

「わかっている」

「あなたは彼の倍も大きいのよ。向こうは武器を持っていないし、こちらはふたりだった」

わたしはうなずき、なにも言わなかった。彼女も沈黙を守った。しばらくして、こちらを向く。「音楽はどうしたの?」

「え?」

「車にいるときは、たいてい音楽をかけているのに」助手席とのあいだにある、CDの箱を指差した。

わたしは首を横に振った。「バッハを聴きたいという気持ちは朝からあるんだが、かけるたびに苛々するんだ」

リディアは妙な目つきで、わたしを見た。ハムリンズの玄関周辺に並ぶ高い照明灯が、いくつも影を落としているせいで、そんな印象を受けたのかもしれない。彼女はバッハのCDを手に取って眺め、CDの箱を漁った。「ほかの曲も聴いてみた?」

「いいや」箱にどんなCDが入っているのか、よく覚えていなかった。

リディアは無言で、CDを元どおりに箱に戻した。あらためてこちらに目を向ける。「ここでどんなことがわかったの？」

「マクファーソンは、スコットをクソ野郎とみなしている」

「いまさらという感じだけど」

「マクファーソンの意見が？」

「マクファーソンにかかったら、誰でもそう言われそう。それに、スコットはどうやらそんな人のようだし」

わたしは煙草を灰皿に捨てて、思わず笑った。「その言葉を口にできないんだね？」

「できるわ」リディアはあっさりと言った。「ただ、今回の件に登場するその他大勢のネアンデルタール人と同じレベルに堕ちたくないのよ」

「ぼくもそのひとり？」

「もちろんよ」

「ぼくが出ていったあと、どうなった？」

「バルボーニに、またデートに誘われたわ。銃で男をあしらう女に弱いみたい」

「男の秘密を教えてやるよ。男はみんな、そうなんだ」

「女の秘密を教えてあげる。女はみんな、それを承知よ」

「だったら、もっとたくさんの女が銃を持ち歩きそうなもんだ」

「そうしたら、バルボーニみたいな男にデートに誘われる女が増えるのよ」

「もしくは、その他大勢の男に誘われる女がね。なるほど、そういうわけだったのか」

「とにかく、わたしはあなたの野蛮な行為を詫びてから、規律の遵守が重要なことは理解できるし、自分で規則を作っておきながらそれを破るなどという悪い手本を少年たちに示すわけにはいかないという主張は至極当然だとハムリンに言ったの」

「で、演説をぶった甲斐はあったんだろうね」

「いいえ。あなたのような説得方法を取りたくなかっただけ。ハムリンズが警備員を補充する場合に備えてね。魅力的な職場だもの。雰囲気がよくて」

「おまけにバルボーニと組んで夜勤ができる」

「さらなる魅力ね。ところで、ミスター・ハムリンに訊いてみたの。トリー・ウェズリーのことを少年たちは聞いているだろうかって」

「答えは？」

「ここにいるあいだは外部との接触は禁じられているから、聞いていないはずだと、嚙んで含めるように同じ説明を繰り返した。それで、にこやかに感謝して頼みごとをしたの。少年たちの会話に気をつけていて、事件について話しているようなことがあったら教えてもらいたいって。だって、その場合は――」

「――サリバンとぼくが遺体を発見する前に、彼女の死亡を知っていた。きみってほんとに天才だな」

「言われなくてもわかっているわ」

「それはそうだろうけど、言わなかったら殺すだろう?」

「図星よ」

「ハムリンは教えてくれるだろうか。なにかを小耳に挟んだら」

「五分五分ね。彼はわたしのことを高く買っていないわ。でも、自分のほうがよく知っていると、ひけらかしたい気持ちがあるんじゃないかしら。とりわけ、あなたよりも賢いとわたしに見せつけたいのよ。雄ゴリラの本性だもの」

「雄にしろ雌にしろ、ゴリラのほうがぼくよりも賢そうだ」

「でも、妙ね」

「なにが?」

「男が雄ゴリラの本性を発揮して、ほかの雄を追い払った場合――」

「ほかの雄とは、ぼくのこと?」

リディアは無言でわたしを見つめて続けた。「――たいてい、誇らしげに胸を叩いて、挑発するわ。そして、おもむろに獲物を確保する」

「獲物とはきみ?」リディアが返事をしなかったので、質問した。「ハムリンはそうしなかったんだね?」

「みんなが部屋を出ていってわたしとふたりきりになったとたん、スイッチを切ったみたいにがらりと態度が変わったの。まるで何事もなかったように椅子に腰を下ろすと、ていねいに質問に答えてくれた。ひと晩じゅうかかってもかまわないって感じで」

「全部が全部ではないけれど、芝居を打っているような印象を受けたときがあったんだ」わたしは言った。「えらい剣幕で怒鳴ったときとか。それも相手はぼくたちではなく、マクファーソンのように思えた」

「わたしもそう思った。でも、ハムリンに言い寄られなくてよかったわ」

「どうして？　ハムリンかバルボーニかで迷わなくてすむから？」

「難しい選択でしょう。さて、これからどうするの？」

わたしは思案した。しばらくのあいだ、照明の落とす複雑な影と沈黙、リディアの革ジャンパーの匂いと髪のかすかなフリージアの香りばかりが車内を満たした。風が吹きつけ、影を揺らす。リディアがジャンパーのジッパーを上げた。

「寒い？」わたしは訊いた。

「少しね」

「マニュアルシフトの扱い方を知っているかい？」

「わたしにこの車を運転させるつもり？」

「そう言われると、ノーと答えないわけにはいかない。とにかく、サリバンが到着する前にここを出よう」

「ミスター・ハムリンは、警察の事情聴取を実際に拒否できるの？」

「できるとも。令状がなければ、警察はどんな相手に対しても質問する権利がない。刑事は怒り狂うだろうが、ハムリンはそんなことを気にかけるような男とは思えない」

「かえって、喜びそうだわ。ビル？」

わたしはリディアを見て待った。

「ミスター・マクファーソンは、息子を合宿させるために大金を払った父兄のひとりよ。いっぽう、ミスター・ハムリンにとって、あなたとわたしは一介の私立探偵で、アダムの時代からの知り合いというわけでもない」

「もしくは、イヴの時代から。で？」

「父兄というのは、たとえ要望を聞き入れないとしても、味方につけておきたい存在だと思わない？　でも、彼のミスター・マクファーソンに対する態度は、わたしたちに対するよりもぞんざいだった。まるで、それを楽しんでいるみたいに」

「マクファーソンのほうが、ぼくたちよりも嫌味な野郎だからだろうか」

「今夜の出来事に限れば、それは当てはまらないわよ」

「まあね」

「だったら、どうして？」

「見当もつかないよ」

「あともうひとつ。マクファーソンはここでなにをしていたのかしら」

「息子がトリー・ウェズリーの死についてなにか知っているかどうかを、確かめにきたんだろう」

「だったら、どうして連れて帰らなかったの？　話をする唯一の手段なのに」

「息子は十二年生《シニア》で、複数の大学の勧誘を受けている。おまけに合宿中だ」

「殺人事件に巻き込まれているとしたら、どの程度関与しているかを突き止めるほうが、フットボールよりずっとだいじだわ」

「ぼくやきみなら、そう考える。だが、彼はワレンズタウンの人間だ」

「マクファーソンは、戻ってくるわ」

リディアを見たが、彼女の黒い瞳は影に覆われていた。

「彼には考える時間が必要だったのよ」リディアは言った。「どうすべきか、決断する時間が。結局は、突き止めるべきだと決断して、戻ってくるわ」

わたしはうなずいた。「なるほどね。ぼくが残ろう」

リディアは前方に目を向けた。視線の先には、フロントガラスの向こうでハムリンズの窓の明かりや、道路に点々と連なる照明がまたたいている。「じゃあ、わたしはニューヨークに戻るわね。今朝の続きをするわ」運転席のドアを開けると振り返り、頬に軽くキスをして指先で顎に触れた。「ニューヨークに戻るわ」と繰り返した。「ゲイリーを見つけましょう」車を降りてドアを閉め、足早にレンタカーへ向かった。車に乗り込んでエンジンをかける。ヘッドライトが点った瞬間、そこここに落ちた影の様相が一変した。

9

リディアの車を先に行かせ、そのあとについて長い私道を下った。ニューヨークへ帰る彼女は、私道を出てハイウェイに向かった。わたしは門の外でUターンをし、私道の入口に鼻面を向けて、道路を挟んで駐車した。ヘッドライトを消して煙草に火をつけ、目の前を過ぎていく車を眺めた。二十分ほど過ぎた頃、バッハのすぐ下に入っていたCDをボックスから取り出した。タイトルの確認もしないでケースを開け、プレーヤーに入れる。流れてきたのは、ブラームスの嬰へ短調ソナタ。とくにこれといった感想もないまま、聴き続けた。

闇が濃さを増し、星がまたたき始めた。車が次々に通り過ぎていく。ブラームスが終わった。数ブロック先で、食堂の青いネオンサインが誘うように輝く。マクファーソンのSUVがいつ戻ってくるとも限らない。道路を見張りつつ、あそこでコーヒーと食料を調達することができるだろうか。ともあれ試してみようとした矢先、携帯電話が鳴った。

「スミスだ」

「サリバンです」

「町は出たよ」

「承知してますよ。あなたの車の所在は常に確認している」

「それを言いたくて電話を？　戻ってくればすぐにばれる、だからやめておけと忠告したいのかい？　よけいなお世話だ、サリバン。こっちは虫のいどころが悪いんだ」

「なんでそんなに苛ついているんです？」サリバンは淡々と訊いた。

煙草を出したものの、吸いたくなくなった。箱に戻して、ダッシュボードに放り投げた。

「長い一日だったんだ、サリバン。それで、なにか用でも？」

「ええ。予備検査の結果が出たんですよ。ビール缶からも、ウェズリー家の内部からも、妹さんの家で採取した指紋と一致するものは出なかった」

その声が大きくなったり小さくなったりと、定まらない。やはり携帯電話を使っていて、移動中とみえる。ワレンズタウン警察の公用車で、まさにここへ向かっている途中なのだろうか。

わたしは訊いた。「なにを言いたいんだ？」

「なにも。そもそもオフレコなんだから。ただ、だからゲイリーは彼女を殺さなかったとか、彼が犯人であっても立証できないということにはなりませんよ」サリバンは間を置いた。「やはりゲイリーに事情を聞きたいので、行方を追っています。あなただって、まだ捜しているんでしょう。ただ、このことを知っていれば、気が楽になるんじゃないかと思って」

「捜すなと言われたように記憶しているが」わたしは指摘した。

「言ったくらいでやめると考えるほど、わたしは甘くない。町や証人に近づかないでくれれば、けっこうです。ただ、ゲイリーにとっては自ら出頭するほうが身のためになる。ニューヨークでゲイリーを見つけたら、それを思い出してほしいんです。検査結果を知っていれば、思い出す役に立つと思って」

「一杯食わせようとしているのではないだろうね、サリバン刑事」

「まさか。検査結果なんて、簡単に手に入る」

それはほんとうだ。わたしに借りのある警官、もしくは貸しを作りたい警官に頼んで、ワレンズタウン警察の誰かに問い合わせてもらえば、ビール缶に指紋をつけた人物の身元など容易に調べがつく。

「誰のものだった？」わたしは訊いた。

「なにが？」

「ゲイリーの指紋はなかった。では、誰のものだった？」

「教えられるわけがないでしょう」

「訊いても損はないからね」

「あいにくでしたね」

「そうか」わたしは言った。「ありがとう。またなにか役に立ちそうな情報を教えてもらえると、助かるんだが」

「あなたが法の側に立っているという保証がどこにあるんです？」

わたしはそれには答えなかった。「司法解剖の結果は？」

「まだですね。早くて明日、悪くすればあと一日ってとこでしょう」

「解剖前所見があるだろう？　死亡推定時刻は？」

「土曜の深夜から日曜の早朝にかけて」

「あとは？」

「教えられるような情報は、もうありませんよ」

「パーティーの噂が、町じゅうに広まっているんだろうね」

「ええ、かなり」

「ほかの子供たちに話は？」

「ハムリンズにいる連中を除いて、聞きましたよ」

「いまハムリンズに向かっているんだろう？」

「なんで訊くんです？」

「二度手間を省いてやるよ。ついさっき、あそこを出てきたところなんだ」

間が空いた。「まさか――」

「いや、子供たちには接触していない。ハムリンが許可しなかった。きみにも許可しないだろう」

「どういうことです？」

「令状が必要だってことさ。プレーンデール警察には話がついているんだろう」

「そりゃそうだけど」サリバンは口調に警戒をにじませた。「どういう――」

「ハムリンの姿勢はこうだ。逮捕して連行するもよし、父兄が子供を連れ帰るもよし。ただし、いったん施設を出たら、二度と戻ることはできない」

「おやおや、何様のつもりなんだか。殺人事件の重要証人がいるかもしれないのに」

あるいは殺人犯が。そうは口に出さなかった。

「むろん、そう指摘したが、会わせてもらえなかった。ランディ・マクファーソンの父親も、同じように追い返された」

「マクファーソンが来ていたんですか？」

「ああ。ハムリンとあまり折り合いがよくないようだね」

「マクファーソンと折り合いがいい人なんて、ほとんどいないんじゃないかな。彼はなにをしていたんです？」

「息子と話をしたがっていたが、ハムリンは許可しなかった。ところで、パーティーに参加したほかの子の親はどうして大挙してハムリンズに押しかけてこないんだ？」

「採取した指紋が誰のものだったかを、極秘にしているからでしょう。パーティーに行ったと本人が白状しない限り、親にはわからない」

「しかも、ハムリンズで合宿中は外部と接触できない。従って、白状もできない」

「おまけにワレンズタウンでは、ハムリンズの合宿を邪魔しようものなら、えらい目に遭う」

「たとえ人ひとりが死んでも？」

「ここがワレンズタウンで、フットボールがからんでいるなら」

わたしは電話を切った。令状が必要だと前もって教えても、サリバンは感謝しなかった。しかし、少年たちに近づくなと再度警告しただけで、わたしの車のナンバーをプレーンデール警察に通告するとは言わなかった。公平な取り引きと言えよう。

わたしはその場に留まった。警察が来たら帰ればいい。リディアの推測どおりにマクファーソンが戻ってきたら、運試しをしてみるつもりだ。ともあれ車内に座っていると、サリバンの伝えてくれたニュースが秋の夜の冷え込みを驚くほどやわらげていることに気づいた。ハムリンズの前の道路も、さっきほどわびしく見えない。ゲイリーがどんな計画を温めているにしろ、パーティーに行かなかったのだから、トリー・ウェズリーを殺していない。なにかをしでかしたとしても、トラブルを抱えているとしても、パーティーとは関係がなかったのだ。

さりとて、家出の原因をいま考えたところで始まらない。CDプレーヤーに手を伸ばし、ブラームスを抜いてバッハを入れた。きらびやかな単音が、水晶のように澄み切った音とリズムの模様を編み上げていく。舞踏のためのフランス組曲だ。作曲当時に流行していたこの舞踏は、いつの間にかステップやターン、身振りが歴史に埋もれ、曲だけが残った。しかし、音楽に身を委ねれば、速いステップを踏むときのめくるめくような興奮、複雑な動きをするときの緊張感を感じ取ることができる。

耳に心地よく響いた。

わたしは煙草をふかし、音楽を聴き、フットボールやバスケットボール、野球、サッカーについて思いを巡らせた。個々の選手が一体となり、それまでに蓄積してきた戦法を場面や状況に応じて試みるということについて。それぞれの選手が責任を分担し、混沌から秩序を生み出すということについて。

もう一本煙草を吸って、ヘレンに電話した。

「ビルだ。連絡はあったかい？」

「スコットから？　いいえ、ないわよ」

「ゲイリーからは？」

「ゲイリー？　ないけど、どうして？　なにか――」

「いや、なんでもない。一応知らせておきたかったんだ。いまのところ、ゲイリーがパーティーにいたことを示す証拠は、見つかっていない」

「それ……それ、どういう意味？」

「頭を使えよ、ヘレン！　ゲイリーはパーティーに行かなかった。つまり、誰も殺していないということだ」

口に出したとたんに、失敗を悟った。彼女はゲイリーの母親だ。当然ともいえる答えが返ってきた。「ゲイリーを疑っていたの？　そんなことを考えていたの？」声が甲高くなった。「よくもそんなことが言えるわね」

「やめないか」わたしは息を吐き出した。「家族なら、誰でも聖人だというわけか？　聖人でなければ、家族ではないのか？」

「ひどいわ。あんまりよ。兄さんは――」

「もういい。いまは聞きたくない。あとでまた、連絡する」

わたしはヘレンの返事を待たずに電話を切った。

わたしはなにを期待していたのだろう。

いまに限らず、これまでも。

車を降り、冷たい夜気を吸った。ボンネットを殴りつけたい気持ちを抑え、食堂へ向かった。二十分前から無性にコーヒーが飲みたかったし、体はそれを何時間も前から要求していた。

食堂のコーヒーは濃くて苦かった。買っているあいだにハムリンズに入っていく車は一台もなかった。チーズデーニッシュも買い、食べながら車に戻った。そのため携帯電話が鳴ったとき、両手は塞がり、片方はべとついているという有様だった。

面倒なので放っておこうかとも考えた。メッセージが残してあれば、気が向いたときにかけ直せばいい。しばらくあとになるとは思うが。しかし、リディアだったら？　ゲイリーだったら？　重要な用件だったら？

コーヒーとデーニッシュを苦労して操りながら、携帯電話を開いて名乗った。

「トライタウン・ガゼットのステイシー・フィリップスです」

わたしはコーヒーをすすり、再び車に向かって歩き始めた。味はともかくとして、熱くてカフェインたっぷりだ。ましてやステイシー・フィリップスは、いまのところわたしに恨まれる筋合いなどない、十七歳の女子高校生だ。

「やあ」わたしは言った。「ちょうどコーヒーを飲んでいるところなんだ。一杯、奢ろうか？」

「冗談ばっかり。ゲイリー・ラッセルは見つかったんですか？」

「特ダネを探しているのかい？」

「もちろん。特ダネの約束と交換しませんか」

「なにを?」

「情報。あなたが興味を持つようなことがわかったんです。ゲイリーを見つけたら一番にわたしと話をさせる。そう約束してくれたら、教えます」

「ほかの記者よりも先にという意味かい?」

「ええ、それはそうだけど、それよりも警察より先にというほうが肝心なんです」

「そいつはできるかどうか、疑問だな」

「やる気があれば、できるでしょう」

「うーん、やる気になるかな。で、どんな情報?」

「ウェズリー家のどこからも、ゲイリーの指紋は発見されなかった」

「悪いね」わたしはチーズデーニッシュを頬張った。「それはもう知っている」

間が空いた。「どうして?」

「サリバンが電話をくれたんだ」

「うっそー。サリバンはあなたが嫌いなのに」

「ぼくを嫌っている人全員が電話をかけてこなかったら、世界一孤独な人間になってしまう。きみはどうやって知ったんだ? そっちのほうがよっぽど興味深い」

「情報源があるんです」

「おいおい、頼むよ。その情報がワレンズタウン全体に広まっているのかどうかを知っておき

「広まっていないわ。極秘情報だから」

「サリバンはきみにも電話をしたのか?」

「まさか。わたしだって、情報源くらい持っています」

 わたしはワレンズタウンの明るい陽射し、ウェズリー家の芝生で舞っていた黄色の落ち葉を思い返した。「あの警官か。トレバーだね」

　ステイシーは笑みを含んだ声で答えた。「情報をくれたら、クリスマスに姉が帰ってきたときに、また彼とデートをするように説得してみるって約束したんです」

「姉さんは説得に応じそうかい？」

「ぜーんぜん」

「それを承知で約束を？　報道機関というものに幻滅を感じてきたな」

「説得してみるって、約束しただけだもの。トレバーには先の楽しみができたわ。あとどのくらいでゲイリーは見つかりそう？」

「わからない」

「いま、どこにいるんです？」

「ハムリンズだよ」

「ぶったまげ。約束の地にいるのね」

「どうやらみんな同じ感想を持っているみたいだね。ここのどこが、そんなに特別なんだい？」

「真の男を作るから」

「海兵隊もフランケンシュタイン博士も然り。なんで、誰も彼もがこうもハムリンズに夢中なんだろう」

ステイシーはしばし考えて言った。「ミスター・ハムリンのやり方が、ここそっくりだから」

「というと？」

「ライダーコーチを見れば、一目瞭然だわ。あ、そうか、コーチを知らないんだ」

「いや、会ったよ。きょう、練習を見てきたんだ」

「だったら、わかるでしょう。わたしはミスター・ハムリンを知らないけれど、ライダーコーチにそっくりだってみんなが言ってます。スポーツに対する姿勢が同じだって。それに指導や練習の方法も」

「怒鳴り方までもね。いやはや、きみの言うとおりだ」

「なんで、びっくりするんです？　子供なのに、賢いことを言ったから？」

「いや、新聞記者なのに真実を言い当てたからだ」

「誰が誰に誤引用できるのかを忘れないほうがいいと思うけど」

「誰を、だよ。〝誰に〟と〝誰を〟を正しく使い分けられないようでは、タイムズに就職できないよ」

「リライト専門記者がいるから大丈夫」と、彼女は教えてくれた。「〝リライトにまわせ！〟って場面が、映画にしょっちゅう出てくるでしょう。あなたがわたしくらいの年頃だったときの映画に」

「ぼくがきみくらいの年頃だったときは、映画なんてなかった。家は丸太小屋で、雪をかき分け五マイルも歩いて学校に通ったものだ」

「うん、行きも帰りも上り坂ってやつでしょう。もしかして、うちのパパと同級生だったりして。じゃあ、ゲイリーを見つけたらすぐに連絡をくれるんですね」

「どうして、そんなことをしなくてはならないんだね？」

「わたしが特ダネを欲しいから」

「なるほど。見返りは？」

ステイシーが間を置いた隙に、デーニッシュを頬張った。

「ゲイリーへの同情をあおる記事」

「それはやりすぎだ。もっと現実的な見返りがいい」

「たとえば？」

「ウェズリー家で採取された指紋は、誰のものだった？」

「どうしようかな」ステイシーは言った。「トレバーがやばいことになるかもしれないわ」

「ぼくがそれを知っていることは、ぜったいに漏らさない。指紋の主がわかれば、ゲイリーを見つける役に立つかもしれないんだ」

「約束してくれるんですね？」

ステイシーの口ぶりは、動物園に連れていってとせがむ幼児を思わせた。嘘をつく人もいるんだよ、と忠告を与えたくなった。たとえ約束をしたとしても、人は嘘をつく。新聞記者なら、それを学んだほうがいいよ、と。寒風がコーヒーの湯気をさらっていった。

「ああ、約束する」わたしは言った。

「じゃあ、いいわ。だけど、トレバーは数人分しか教えてくれなかったんです。もっぱらゲイリーについて話したがったの。わたしが姉にすぐ電話をして、彼がおおいに協力したと報告するだろうって期待したみたい」

「で、報告した？」

「いつからあなたがわたしの姉になったの？」

「むむむ。それで、漏れなく知りたいんだ。いまわかっているものだけでなく、また聞き出してくれないか」

「約束してくれるんですね？ ゲイリーとのインタビューの件」

「できればね」

「なんだか信用できないな」

「ぼくは信用できない男だよ」

自分で言ったこととはいえ、ステイシーはがっかりするほどあっさりとそれを受け入れた。わたしはそれぞれ半分になったコーヒーとデーニッシュをボンネットに置き、鉛筆とメモ帳を取り出した。ステイシーはビール缶や壊れた家具調度についていた指紋の主を五、六人列挙した。知っている名前も、初めて聞く名もある。全部、少年だ。モーガン・リード、ランディ・マクファーソンも含まれていた。それらを書き取った。

「トレバーが全部教えてくれたとは限らないし」と、ステイシーは言った。「誰のものだかわからない指紋も、たくさんあるんです。だから警察は町じゅうの家をまわって、子供部屋の指紋を取らせてもらわないといけないんだけど、こういう土地柄だからほとんどの家で断るだろうって、トレバーが言ってました」

「きみの輝かしい将来のために教えておこう。指紋は〝取る〟ではなく、〝採取する〟だ。では、いま教えてくれた分については、家族の協力が得られたんだね？」

「まさか。協力なんてするもんですか。必要がなかったの。あの子たちのは、警察の台帳にとっくに載っているもの」

「どうして？」

「フットボール部員《ジョックス》だから。みんな、逮捕された経験があるんです」

「どんな罪で？」

「スピード違反。それから、よその家の窓ガラスを割ったり、庭を車で突っ走ったりとか。公共の場での飲酒、放尿。なんでもあり」

「ワレンズタウンの留置場はいつも満員なんだろうね」

「ううん、ぜんぜん。両親が警察に来て、引き取っておしまい。悪気はなかったんです、なんといっても男の子なもんだからって、そこらじゅうに頭を下げてね。罰金を払って、壊した窓やなんかを弁償して、本人は公園の落ち葉掃きとかの地域奉仕。この町の公園って、すごくきれいなんですよ」

「二度、三度と罪を重ねたときは？」

「それどころか、みんなとっくにふた桁」

「親はうんざりしないのかな。ひと晩留置場に入れておいて、こらしめればいいのに」

「留置場にいたら、金曜の夜の試合ができなくなってしまうもの」

わたしはコーヒーを飲んで、思案した。「もっと重大な罪を犯したら？」

「たとえばどんな罪？」

「違法薬物」

「そういうのは、一度もないわ」

「ワレンズタウンの青少年は、薬物に手を出さないというわけかい？」

「ええ、まあ」ステイシーは警戒するような口ぶりになった。「わたしは、そういうことはなにも知らない」

「なるほど。でも、きみは情報源を持っている。小耳に挟むくらいはするだろう」

「ほんとに小耳に挟んだ程度だけど、そういうときはルトーノー署長が保護者と本人を呼び出して、こんこんとお説教するんですって。前科は前科でも、器物損壊による五十時間の地域奉仕と、薬物所持による四年間の懲役とでは大違いだって」

「最近はどこでも、警察署長は薬物に関しては徹底排除、ゼロ容認という方針を取っているのに」

「ルトーノー署長はすごく寛容なんです。とりわけフットボール部員には」

ステイシー・フィリップスとの電話を終えたあとも、わたしはしばらく車にもたれていた。デーニッシュを平らげ、冷めてしまったコーヒーは、カフェインが入っていることに変わりはないから飲み干した。食堂の青いネオンサインはまだ点っているが、交通はまばらになり、冷え込みが厳しくなった。煙草を吸って歩きまわり、眠気を払った。ワレンズタウンやウェストベリーなどの、子弟をハムリンズの合宿に送り込む町について考えた。授業前に校庭でフットボールを楽しんでいた、小学生やワレンズタウン・ジュニアウォリアーズにも思いを馳せた。あのレフトガード、ティンドールは今晩どんな眠りにつくのだろう。そして、ゲイリーはどんな眠りにつくのだろう。いったい、どこで。

車のなかで再びバッハを聴いていると、マクファーソンのメルセデスが通過した。ハムリンズの私道に入り、尾灯が駐車場のほうに遠ざかっていく。ライトが消えるのを待って、わたしは車を出した。門のすぐ内側で、私道を塞ぐように停める。サリバンが到着したらすぐに気づかれてしまうが、プレーンデールの判事はみな就寝中で、ハムリンズで合宿中のティーンエージャーに対する令状を出してもらうには時間がかかることに賭けた。

車にもたれ、マクファーソンを待った。間もなくヘッドライトが駐車場を明るく照らし、大型エンジンが息を吹き返したが、彼ひとりかどうかは、距離があって判別できない。しかし、砂利を蹴散らして、またたく間に近づいてきた最新型のメルセデスを運転しているのは、紛れもなくマクファーソンだった。ヘッドライトが、私道を塞いでいる車とわたしをとらえた。まばゆい光に目を細めていると、マクファーソンは急ブレーキを踏み、クラクションを鳴らした。わたしはその場を動かなかった。メルセデスが完全に止まったのは、わずか四フィート手前だった。

電動窓がするすると下がり、マクファーソンが怒りに歪んだ顔を突き出した。「なんだってこんなところに――くそっ、貴様か。邪魔だ、そのポンコツをどけろ！」クラクションを立て続けに鳴らす。

わたしは助手席側に駆け寄り、ドアを引っ張った。かっぱらいが横行する危険地帯を除いては、ドアロックなどという女々しい真似はしないタイプだと推測したとおり、ドアはあっさり開いた。

黒っぽい髪のたくましい少年が、助手席でわたしを見下ろしていた。ふてくされた目を細くし、首筋に腱を浮き上がらせている。「誰だ、おまえ」

「ビル・スミス。私立探偵だ。ランディ、きみに少し訊きたいことがある」

父親が身を乗り出して、怒鳴った。「邪魔だ、どけ！　ランディ、ひと言も話すな！」

「親父さんに連れ出されたのか、ランディ？」わたしはおだやかに声をかけた。「せっかくの合宿なのに」

息子は憎悪を込めた目で父親を睨んだ。「まったくだよ。クソ親父」

マクファーソンは息子に顔を振り向けた。「父親に向かって、そんな口を利くな！」

ランディはわたしを無視して、怒鳴り返した。「大学のスカウトも試合を見にくるんだ！　これからどうすればいいんだよ！」激しい怒りと絶望で、声がかすれていた。

これまでの試合でスカウトによい印象を与えられなかったのなら、あと二日合宿を続けたところで大差ない。そう思ったが、口には出さなかった。「なあ、ランディ、トリー・ウェズリーを殺したのは誰だ？」

ランディが弾かれたようにわたしのほうを向く。ナトリウム灯の黄色い光を浴びた彼の顔から、血の気が引いた。「なんだって？」

わたしはマクファーソンを見た。「ランディに話していないのか？　理由も教えずに、合宿から連れ出したのか？」

「なんの話だよ？」ランディは声を張り上げ、父親に詰め寄った。

「畜生！」マクファーソンが低くつぶやき、ドアを開ける。

わたしは性急に言った。「パーティーがあった夜、トリーが殺されたんだ、ランディ。誰が犯人だ？　きみか？」

マクファーソンが車から飛び降りた。わたしは車の前面にまわり、彼と向かい合った。不意を衝かれ、おまけに自分の車のヘッドライトで目がくらんだマクファーソンが、闇雲に手を伸ばす。わたしは横にステップを踏み、彼を引きつけた。勢い余ってマクファーソンがつんのめり、勝負がついたように見えた。しかし、彼はわたしの腕をつかんでいた。わたしは足場を確保すべく、砂利につま先を立てた。マクファーソンがわたしの体を支えにして、足を踏ん張る。わたしの顔をめがけて繰り出したこぶしが、耳に当たった。頭ががんがん鳴る。わたしも彼と同じく闇雲に、しかし低いところでこぶしを振りまわした。運が味方した。こぶしが彼の腹にめり込んだ。うめき声を上げたところへ、さらに一発。マクファーソンが体をふたつに折る。襟首をつかんで、地べたに転がした。

すでに車を降りていたランディが、こぶしを握って突進してくる。

「やめろ！」わたしは叫び、うしろに下がった。「きみと殴り合うつもりはないんだ、ランディ。だが、止むを得ないとなれば、受けて立つし、汚い手も使う。土曜の試合に出たくないのか？」

ランディは足を止め、父親とわたしをきょときょとと見比べた。マクファーソンがごろりと横向きになって、半身を起こす。ランディはその場に留まっているが、体をぴくぴく動かしている。ひとつ言葉を間違えるか、ひとつ動きを間違えるかすれば、たちどころに襲いかかってくるだろう。

「よく聞くんだ」わたしは静止したまま、低い声で話しかけた。「ゲイリー・ラッセルのいどころを知りたい。それだけだ」

ランディは目を丸くした。まるで宇宙人の着陸予定地でも訊かれたかのようだ。

「ゲイリーのいどころ？　あいつがどこにいるかなんて、知ってるわけないじゃないか」

無理もない。この子たちはハムリンズで合宿中なのだ。地球が滅亡の危機を迎えても、なにも教えてもらえない。

「ゲイリーは月曜に家を出たきり、帰ってこないんだ。ぼくは、昨晩ニューヨークで彼に会った。そのとき、しなければならないだいじなことがあると話していたが、その内容は教えてくれなかった。それがどんなことなのか、そして彼がいまどこにいるのかを教えてくれないか」

「そんなこと、おれにどうしてわかるんだよ。さっぱりわけがわからないや」

「トリー・ウェズリーが死んだんだ。あそこでなにがあった、ランディ」

「おれ――ただのパーティーさ。彼女が死んだ？　どういう意味だ」

「死んだのさ。全裸で、あざだらけになって冷たくなっていた。誰が彼女を強姦した？　誰が殺した？」強姦は憶測だったが、効果はあった。

「強姦？　冗談じゃない！　ちょっと激しくやっただけさ。彼女がせがんだから」

「激しくやった？」わたしは言った。「トリーはそういうのが好きだったのか？」

「そうだよ。女なんて、みんな同じだろ？」男ならわかるだろうとばかりに、にんまりする。

ナトリウム灯が笑顔に薄気味の悪い陰影をつけていた。

「彼女とふたりきりだったのか？」

「一度やっただけさ。とにかく、おれが帰るとき、トリーは元気にみんなと騒いでいた」

「黙ってろ、ランディ！」と、父親がかすれた声で命じた。片腕で腹を抱え、マクファーソンはメルセデスのバンパーに上半身をずり上げた。どうしたものかと、ランディが再び父親とわたしを見比べる。父親を助け起こそうとはしなかった。

わたしは訊いた。「ゲイリーもいたのか?」

「しゃべるな、ランディ!」マクファーソンが声を張り上げた。「おまえはどこまで間抜けなんだ! あいつらはわたしにしたのと同じ仕打ちを、おまえにしようとしているんだ。おい、貴様!」片手を前に突き出したものの、間合いを詰めようとはしない。激怒のあまり、声を震わせた。「げす野郎! 金玉を引きちぎってくれる。クソまみれにしてやるぞ。わたしを誰だと思っている」

「さあね」わたしは言った。「知っているのは右のフックがあまりうまくないってことくらいかな」

「貴様はもうおしまいだ。破滅なんだよ、バカ者めが。探偵許可証も車も、貴様の持っているものは洗いざらい奪ってやる」

複数のヘッドライトが私道に射し込み、わたしの車の陰で急ブレーキが響いた。赤と青の回転灯が闇に光る。

「ふうん」わたしは言った。「法的措置を取るのなら、いまを措いてないぞ」

新たに到着した二台の車のドアが、同時に開いた。まばゆいヘッドライトを覗き込む格好になってなにも見えないが、ジム・サリバンの声だとは認識できた。「まったくもう、スミスだな?」

「そうだ」わたしは両手を高く掲げ、武器を持っていないことを示した。「逃亡者をふたり、捕まえておいてやったよ」

「これはあなたの車でしょう？　いったい、どういうことなんだ」サリバンが車の向こうから現れ、マクファーソン親子とわたしの前に来た。新米警官のバーク、彼らふたりと異なる制服を着用した警官もひとりいる。四人目の警官は先頭車両の横に立ち、不穏な情勢になった場合に無線連絡を入れるべく備えた。

「ここに来たということは、令状が出たというわけだ」わたしは言った。「そのうち一通は、彼に対してだろう」

サリバンはランディに視線を移した。マクファーソン・シニアをしばし眺め、隣のプレーンデール警察の警官に話しかけた。「ランディ・マクファーソンだ」

プレーンデールの警官が手錠を出し、ランディに向かって容疑を並べ上げる。迷惑行為、器物損壊、犯罪現場からの立ち去り行為。

「おい、待て！」マクファーソンが叫んで、あいだに割り込んだ。「おまえたちにそんな権利が――」

「落ち着いて」サリバンが言った。「逮捕しなくてすむかもしれない」

「なんだと？」

「ハムリンズから連れ出すには、令状を取るしかなかったんですよ」サリバンはわたしに視線を走らせて言った。「だが、ランディはすでに連れ出されている」息子のほうに向き直った。「これから訊くことに、きちんと答えるんだ。協力すれば、逮捕はしない」

「引っ込んでろ、サリバン！　息子に指一本でも触れたら、バッジを取り上げてやる。さあ、行くぞ、ランディ」

「申し訳ないが、そうはいかない」プレーンデールの警官が銃を抜いた。

全員が凍りついた。わたしの車の前後から射すヘッドライトを浴びて、銃身がまばゆく光る。

「逮捕状が出ているんですよ」警官は言った。それを聞けば父親が観念し、息子に手錠をかけて連行できるとでも考えているのだろうか。

「ランディに話をさせるんだ、マクファーソン」サリバンが言った。

マクファーソンはサリバンを睨みつけた。その眼光たるや、真冬の夜をもさらに寒くしそうな迫力があった。「ランディ、ひと言もしゃべるな。エリクソンに連絡する。わたしの顧問弁護士だ」と、あてつけがましくサリバンに言う。

それから、背を向けて携帯電話を取り出した。サリバンがうなずくと、プレーンデールの警官は銃をしまってランディに手錠をかけ、被疑者の権利を唱えながらパトロールカーへ連れていった。

「あなたに対する逮捕状は取っていないが」サリバンはわたしに言った。「その必要はない。公務執行妨害だ。頼めば、ハムリンもおそらく侵入罪で告発する。いったい、どういうつもりなんです？　わたしの言うことが理解できないんですか」

「帰ろうとしたら」わたしは言った。「マクファーソンが戻ってくるのが見えたんだ。ランディと話がしたかった。きみもそれを望んでいた」

サリバンが黙り込んでいるあいだに、ランディを乗せたプレーンデール警察の車のドアが音高く閉まった。バークがもじもじと身動きする。サリバンはハムリンズの私道に沿って点る、高いナトリウム灯を見つめた。

「プレーンデール警察は、すでに機嫌を損ねている。これから連行していく六人の手続きをするために、残業手当を出さなくてはならないからね」サリバンはわたしに言った。「あなたには優秀な弁護士がついているんだろうな。わたしが連行しても、すぐに釈放させるようなのが」

「ああ、いるとも」

彼はうなずいた。「やっぱりね。マクファーソン！　車を下げろ。いますぐだ！　あなたはさっさと帰ってください。次回は警告だけではすみませんよ」

「わかった」わたしは言った。「帰るよ。だが、ちょっと訊きたいことがある」

「どうしてそんなに――」サリバンは言いかけて深呼吸した。「何なんです？」

「きみが到着する前、マクファーソンはランディにこう言った。〝あいつらはわたしにしたのと同じ仕打ちを、おまえにしようとしている〟どういう意味だか、わかるかい？」

すぐには答えが返ってこなかった。さっさと帰れと再度言われるのだろうとあきらめかけたところへ、サリバンが言った。「二十三年前に、強姦容疑で逮捕された花形ラインバッカーがいたでしょう。それが彼だったんですよ」

サリバンは踵《きびす》を返してパトロールカーに、マクファーソンもわたしもそれぞれの車に向かった。停車している車を避け、わたしは私道から一般道に出た。残りの五人をこれから合宿所から留置場へ移送する警察車両は、赤と青の光を撒き散らして反対方向へ走り去った。

10

高速道路でニューヨークへ向かう道すがら、わたしはリディアに携帯電話をかけた。

「なにかあったかい？」

「いいえ。そっちは？ わたしは正しかった？ ミスター・マクファーソンは戻ってきた？」

「むろん、正しかった。そもそも、きみが正しくなかったことなんて、あったっけ？」

「それでどうなったの？」

「マクファーソンには殺してやる、告訴すると脅され、サリバンには逮捕すると脅された」

「サリバンも来たの？」

「令状が出たんだ」

「あなたはなんで無事なの？ 殺す、告訴する、逮捕するは、どうなったの？」

「殺されなかったのは、マクファーソンの腕がなまっていて、タイミングがずれていたから。告訴はするかもしれないな。サリバンがぼくを逮捕しなかったのは、管轄区域外であるうえに、それでなくても地元警察にさんざん手数をかけているから」

私道を車で塞いだことや、細部をぼかした取っ組み合いの顛末、警察の到着を語った。「プレーンデール警察は、今夜はてんやわんやだろうな」

「聴取をしてなにかわかったら、サリバン刑事は教えてくれそう？」

「いまのサリバンの様子だと、無理だね。ぼくのベッドの下に爆弾を仕掛けたと連中が白状したとしても」

「あの子たち、実際になにを知っているのかしら。ゲイリーについて、なにか知っている子がいるかしら」ひそやかな声だった。うっかりしていた。今夜のたったひとつのいいニュースを、彼女はまだ知らない。

「ひとつわかったんだ」わたしは言った。「ゲイリーは、パーティーに行かなかったらしい」と、サリバンやステイシー・フィリップスに聞いた内容を伝えた。

「よかったわね、ビル。ほんとうによかった」

「うん、少し気が楽になった。でも、ゲイリーのトラブルは解決されていないし、行方もわからないわけだからね。ところで、夕食は？」

「まだよ」

「ショーティーズで落ち合おうか。あと三十分くらいで着く」

「名案ね」

たしかに、名案だ。携帯電話をしまった。ハンドルを軽く握り、スピードを上げた。車の流れを見計らい、タイミングを合わせて車線を変え、追い越し、戻る。それぞれの目的地は知る由もないが、どの車も同じ方向を目指して、ひとつのパターンを織り成していた。街に着くまで、わたしはずっとバッハを聴いていた。

そろそろ着こうかという頃、ポケットから一枚の名刺を出して電話をかけた。

「スティシー・フィリップスです」

「スティシー、ビル・スミスだ」

「彼が見つかったの？」

「まだだ。頼みがある」

「ふうん。見返りは？」

「そういう思考方法は、誰に教わったんだい？」

「世間に」

「なるほど。一本取られたな。見返りは、まだ決めていない。興味深い事実が出てきたんだ。どうってことはないのかもしれないが、きちんと調べておきたくてね」

「探偵は自分できちんと調べるものだと思っていました」

「実際には、ほうぼうに電話をするんだよ。情報源に」

「記者が情報源を兼ねると、利害が相反するときもあるわ」

「自分と相反する側にいる者が送っている人生を知るのも、いい経験になる」

「うーん、そうですね。それで、もし頼みを聞くとしたら、なにをすればいいんです？」

「きみはトライタウン・ガゼットの資料室に入ることができるんだろう？」

「もちろん。あんなところに、なにがあるんです？」

「ワレンズタウンの一大スキャンダル。例の強姦と自殺の件だ。誰が、いつ、どこで、なにを、なぜ、どうしたのか、すべて調べてもらいたい」

「わたしがまだ生まれてもいないときに、起きた事件ですよ」ステイシーは指摘した。

「うん。そんな大昔に重要なことが起こるわけがないと言いたいんだろう。でも、頼まれてくれないか」

「ゲイリーが見つかったら、必ず連絡してくださいね」

「きみの電話は短縮番号に登録してある。これからトンネルに入るんだ。結果はファックスで頼む」

マンハッタン市街に入り、契約している駐車場に車を置くとショーティーズに行った。

エッチングガラスのドアを押し開けて入った。温もりと低いざわめき、料理と酒のいい匂いが安らぎを与えてくれた。奥のカウンターには、いつものようにショーティー・オドンネルがついていた。そして、いつものようにドアや店内全体、人々の動静に目を配っている。もっとも、それに気づく人はひとりもいない。常連客に会釈をしたり、挨拶や冗談を交わしたりしながら、わたしはカウンターへ向かった。わたしはこの酒場の二階上に、二十年近く住んでいる。ショーティーはその倍に相当する期間、酒場と建物を所有しているが、そのあいだに変わったものはほとんどない。緑色のガラスのランプ笠、壁にかかったニューヨークとアイルランドの景色が半々の色あせた版画、バーガーとビールの匂い。すべて当時のままだ。ビールのみならず会話も求めて訪れる、長年顔見知りの常連客がおだやかに交わす話の種も、相変わらずだ。毎年、毎シーズン、ヤンキース、メッツ、あるいはニックスが優勝する可能性を取り沙汰し、そのときどきの市長をこき下ろす。

店内にリディアは見当たらず、カウンターのスツールに腰を乗せた。ショーティーが棚からメーカーズマークを下ろし、氷を入れたグラスに注ぐ。「どうかしたのかね？」

わたしはバーボンをすすって顔を上げた。当たり障りのない返事が舌の先まで出かかった。〝ちょっと疲れただけで、なんでもないよ。そっちはどんな具合だい？〟しかし、彼の顔が目に入った。皺の刻まれた、初めて会った頃はなめらかだった肌、灰色になったもとは黒のげじげじ眉。問いかけるようなこげ茶の瞳。ショーティーや彼の友人は、わたしを十五のときから知っている。デイヴ叔父の友人である彼らは、とうてい人に好かれるような少年ではなかったわたしに常に味方してくれた。そのうちの何人かはデイヴと同じく警官を職業とし、あの頃のわたしを逮捕さえした。だが、デイヴが決してわたしを見捨てなかったため、デイヴのためを思い、彼らなりにわたしのためを思って、できる限り大目に見てくれた。それに対してわたしは一度も礼を言ったことがないし、おそらくこの先も言わないだろう。しかし、いまこうしてショーティーの目を見て出まかせを言うことだけはできない。

「難題を抱えているんだ」わたしは煙草に火をつけた。「これからリディアに会う。あとで話すよ。そっちの手が空いていれば」

ショーティーはうなずいた。「なにかできることがあるかい？」

「さあ、どうかな」

ショーティーはもう一度うなずくと離れていき、ほかの客の酒を作り始めた。エッチングガラスのドアが開いた。今度こそ、リディアだった。

常連客の何人かと挨拶を交わしながら歩いてくる彼女に、遠慮のない視線がいくつか飛ぶ。ここ数年、ときおりここでわたしと会ううちに彼女も顔馴染みとなり、しばらく姿を見せないと様子を訊いてくる常連客もいるようになった。しかし、分別のない輩は彼女が入ってくるたびにわたしにも意味ありげな視線を浴びせる。

わたしはスツールを降りて彼女のもとへ行き、キスをした。夜気にさらされた肌が冷たい。だが、軽いキスではあったけれど、彼女の唇の温もりがそれを補って余りあった。

リディアは体を離し、ショーティーに手を振ってブース席に身を滑り込ませた。わたしはグラスを傷だらけのテーブルに置き、彼女と向かい合った。

「相変わらず、成果はゼロ?」

「ごめんなさい」

わたしは首を横に振った。「きみが悪いんじゃないよ」

「きっと見つかるわ」

わたしはバーボンをすすり、その言葉を信じようと努めた。ふと思った。何事にも希望を持って明るく立ち向かう楽観的な性格を、彼女が失う日がいつか来るのだろうか。そうなったら、まことに残念だ。

わたしはグラスを置いた。「興味深い事実が出てきたんだ」話し始めたとき、新入りウェイトレスのケイトリンがやってきたので、口をつぐんだ。ケイトリンはショーティーがリディアのために寄越した、ライムが三切れ入った炭酸水をギネスのコースターの上にきっちり載せ、ナプキンでくるんだナイフとフォークをそれぞれの左に置く。若いケイトリンの、仕事を覚えようとする意気込みが伝わってくるような仕草だ。わたしはベーコンバーガー、リディアはシーザーズサラダを注文。ケイトリンが去ると、話を再開した。

「何年も前にワレンズタウンで起きた、強姦と自殺について話しただろう？」

リディアがうなずく。

「最初に逮捕され、別の少年が拳銃自殺したあとに釈放された、フットボールの花形選手がいただろう。それが、ランディ・マクファーソンの父親だった」

「あなたを殺す、告訴すると脅した、あのマクファーソン？」

「まさにそいつだ」

「危険な人物みたいね」

「ただし、犯人ではなかったけどね。その恨みつらみを長年引きずっているようだ。だから息子が犯罪になんらかの関わりがあると疑われて、激昂した」

「親なら当然でしょう？」

わたしは煙草をくわえて火をつけ、リディアを見た。「うん。当然だろうな」バーボンを飲んだ。アルコールが徐々に効き目を現し、現実から浮遊するような感覚を覚えた。

「ともあれ」わたしは言った。「ステイシー・フィリップスに——例の、新聞に記事を書いている女の子——古い記事を漁ってファックスするように頼んでおいた」

「どんなことを知りたいの？」

「とくにこれといったものはない。たぶん、なにも出てこないだろう。マクファーソンの野郎が気に食わないから、弱みを握っておきたいって程度だ」

「でも、彼は犯人ではなかった。弱みがあるわけないわ」

「どんな事件だったのか、詳しく知っておきたいんだ。頭に来ていて、なにかに当たりちらしたいだけかもしれないけれど」

リディアの黒い瞳がわたしの視線をとらえた。店内のざわめきが遠のく。バーボンと煙草を手にしていたが、急にどちらも欲しくなくなった。

リディアがにっこりした。ショーティーがシナトラのCDをかける。客が店を出ていき、新たな客が入ってくる。すべてがいつもどおりになった。

しばらくのあいだどちらも口を開かずに、上階の自分の部屋のように馴染み深い、リディアもまたそう感じるようになってきたこの場所に、ただ座っていた。ケイトリンが料理を運んできた。ショーティーズの料理は、常にも増してうまかった。ハムリンズの道端で食べたチーズデーニッシュがたいした腹の足しにならなかったせいかもしれないが。

「義弟と鉢合わせしなかったんだね」食べ終えてリディアに話しかけ、ケイトリンが下げようとした皿に一本残っていたフライドポテトをつまんだ。

「行き違いになっていたみたい。さっき話したように、行ってみたらもう写真があったというところが、いくつかあったもの。わたしは――」リディアの携帯電話が鳴って、話の腰を折った。

リディアは英中両国語で名乗って聞き入り、場所と時刻を尋ねて紙ナプキンに書き留めた。礼を述べて携帯電話をたたむ。

「ゲイリーらしい子を見たそうよ」

彼女の電話が鳴ったときから、店内の物音が耳に入らなくなっていた。「いつ？　どこで？」

「きょうの午後、クィーンズで。ワゴン車で街をまわってストリートキッズに援助をする慈善団体、ワン・トゥー・ワンのボランティアが目撃したそうよ。クィーンズ・プラザの地下鉄駅の近くにワゴン車を停めていて、いまようやくワン・トゥー・ワンの本部に戻ってきてゲイリーの写真を見たんですって。ゲイリーは無事よ」と、わたしが訊く前に答えた。「お腹を空かせていたのでサンドイッチを与えたけれど、長居はしなかった。なんだかそわそわしていて、誰かを捜しているみたいにあちこちを見まわしていたと、言っていたわ。でも、元気な様子だった」

「きょうの午後？　くそっ――」顔が火照り、肩に力が入った。言葉を切って、自制に努めた。「すまない。つい――さあ、行こう」

リディアはすぐには立ち上がらず、黒い瞳で探るようにわたしを見た。それからうなずいて、立ち上がる。わたしはショーティーに手を振ってテーブルを指し、勘定をつけておくように頼んだ。ショーティーが問いかけるような視線を送ってくる。わたしは肩をすくめ、首を横に振った。札を何枚かチップとしてテーブルに置き、肌寒い夜の街に飛び出した。

この時刻、道はもう空いている。クィーンズまではたいしてかからない。少々危なっかしいスピードで橋を渡り、マンハッタンを出る頃になって、リディアが初めて口を開いた。

「ビル？」

ちらりと視線を走らせると、マンハッタンのスカイラインと暗い川面を背景にした彼女がわたしを見つめていた。

「もう少し理性的に行動したほうがいいわ」リディアは言った。「どれほど重要だか、理解しているつもりよ。わたしの知らない事情があることも。でも、理性を失ったら、事態をいっそう悪くするだけよ」

わたしはもう一度彼女に視線を走らせて、正面を向いた。無言でうなずく。ギヤを落として追い越し車線に入り、追い抜きざまに前に割り込む。煙草に火をつけた。リディアは窓を開け、あとは沈黙したきりだった。

ワン・トゥー・ワンのワゴン車が停まっていた場所は、クィーンズ・プラザから数ブロックのところだった。クィーンズ・プラザは地上で二本、地下で四本の計六本の地下鉄路線が接続している。スチールの橋梁に挟まれた線路や、ローマ時代の水道橋のようにアーチを描くひびの入ったコンクリート構造の上を電車がガタゴトと通るたびに、鳩がくうくうと鳴いて舞い上がる。その下では行き止まりになったり、カーヴしたりする大小さまざまな道路がごちゃごちゃと交差していた。古ぼけたオフィスビルや、上階がアパートメントになった小さな商店が道の両側に軒を並べ、そのほとんどが店を閉めてシャッターを固く下ろし、紙屑が風に吹かれて歩道を舞っていた。テイクアウト専門の中華料理店や食品雑貨店《ボウデイガ》はまだ営業していたので、下部にリディアの携帯電話の番号を記したゲイリーの写真を配ってまわった。ゲイリーを目撃した人はいなかったものの、見かけたら連絡すると誰もが約束してくれ、それでよしとして次の店に行っては写真を見せた。

冷え込みが厳しさを増し、店が次々にシャッターを下ろす。車の往来も減った。それでもゲイリーは見つからなかった。界隈をぐるっとまわり、ときおり足を止めては電柱に写真を貼り、犬を散歩させている人に手渡した。出発点に戻る頃、開いていたデリでわたしは煙草を一箱、リディアは紅茶を買った。店を出るなり、看板の明かりが消えた。

「妹さんに連絡しなくていいの?」リディアが訊いた。少し歩いたところの角で、行く当てもなかったので足を止めた。

わたしは首を横に振った。「なにを話せばいいんだい? 何時間も前にゲイリーらしい少年を目撃した人がいるが、見つからないと?」

わたしは煙草を吸い、リディアは紅茶のカップで手を温めながら、街角で立ち尽くした。

「引き揚げましょう」リディアは言った。

わたしは答えなかった。

「ここにいても、できることはないわ。ゲイリーはとっくによそへ行ってしまったのかもしれない。それに、目撃されたのがゲイリーだとは断定できないのよ」と、暗黙のうちに両方が抱えていた思いを口にした。

「うん、わかっている」わたしはその場を動かなかった。突風が傍《かたわ》らの缶のゴミを巻き上げた。

「あなたは昨夜《ゆうべ》から一睡もしていないのよ。消耗してしまったら、誰の役にも立てないわ」

マンハッタンから帰宅する乗客を乗せて東へ向かう電車が、音高く頭上を通過した。車窓の明かりがちらちらとまたたいて遠ざかっていく。リディアの言うとおりだ。わたしは疲労困憊しているし、ゲイリーはここにはいない。当面打つ手がないうちに帰宅して休息すべきだろう。ひと晩休めば頭も冴え、次に取るべき手段が見えてくるというものだ。

だが、わたしは道理や計画性を求めてはいなかった。ゲイリーを捜し出し、彼の求めている助力を与えたかった。誰かが彼のために心を砕き、大きな過ちを犯す前に止めなければならない。

リディアが軽く手に触れた。びっくりして思わず手を引いたが、彼女は放さなかった。「あなたのせいではないのよ」それがどういう意味なのか、わたしにはわからなかった。

マンハッタンに入る橋を渡っていると、今度はわたしの携帯電話が鳴った。あわてて取り出し、二度目の呼び出し音が鳴る前に返事をした。「スミスだ」

「ライナス・ウォンです。調査は進んだ?」

「ライナス——あ、やあ」一瞬記憶を探って、思い出した。「どこにいるんだい? なにかわかったのか?」

リディアが上半身をひねって、自分の親戚と話すわたしを見つめていた。

「いま、チャイナタウン。わかったわけではないけど、許可が欲しいんだ」

「許可？　なんの？」

「頼まれたとおりにコンピューターを調べてきたよ。超簡単だった。あの子のコンピューターには、学校関係の、ええと、やつ《スタッフ》しか入っていなかった」

〝やつ《スタッフ》〟とは、おとなに対して使う単語のようだ。そんな気がしたのは、これできょう二度目になる。

「あの家にはもう一台あって」ライナスは続けた。「そっちはインターネットに接続していて、ひとつのアカウントに複数のパスワードを使っているんだ。おばさんにそれを教えてもらって接続してみたら、つまんないのなんのって。だって、アメリカはインターネットの中心地みたいなもんでしょう？　なのに接続履歴を調べたらNFLとかシアーズ・ドットコム（シカゴに本社があるデパート）とかそんなのばかりで、一時間もかからなかった。行方不明になっている子はオンライン・ゲームには興味がないみたいで、そういうものには接続されていなかった」

「きみの説明についていくのは、骨が折れるな。要するに重要な情報はなかったんだね？」

「〝接続されていなかった〟だけど、スクリーンネームそれぞれへの返信メールを調べてみたんだ。だって、お金をもらう以上、きちんとやらないとね」

「見上げたプロ根性だ」

「え？　そんなにおだてないでよ」ライナスはうれしそうに言った。「あの子のスクリーンネームは、Gラッセル《メティエール》80。意味はわからないけれど、間違いなく彼のだよ。メールはあまり使っていない。得意分野じゃないんだろうね。でも、プレメイドアって相手がいるんだ」

ライナスが間を置いて理解する時間を与えてくれたが、メティエールという単語に心のなかで眉を上げるくらいのことしかできなかった。

「それに特別な意味でも?」

「うん、このプレメイドアを調べてみたいんで、許可をもらいたいんだ」

「そいつのコンピューターに不正侵入する許可を?」

「まいるな、あまりはっきり言わないでよ」

「いいかい、ライナス」わたしは言った。「ぼくにはきみが違法行為をする許可を与えることはできない。警官でもないし、法廷の許可を得ることもできない。それにきみをトラブルに巻き込んだら、きみの従姉妹のリディアに殺されてしまう」

「リディアは叔母かなんかじゃないかな」

「その件はリディアと話し合って解決してもらうしかないな。ところで、行方不明の子は十五歳で、まさにトラブルに巻き込まれているらしい。そこが重要なんだ」

「うん、わかった」

ライナスもまた十五歳だ。その思いを心の隅に押しやって、わたしは訊いた。「なんで、そいつに興味を持ったんだい?　ゲイリーに宛てたメールの内容に問題があるとか?」

「ううん。第一、どれもずっと前のメールなんだ。二ヶ月くらい前。内容だって退屈だしさ。でも、スクリーンネームが引っかかるんだ」

「〝プレメイドア〟が?」

「そう。あのさ、日本の本には興味ないよね？」

「日本の本？」

「コミックブック。英語版が出ているんだよ。タブロイド紙くらいの大きさのやつ」

「いや、見たこともない」

「ふうん。『サイバースポーン』っていう、怪獣とかミュータントなんかが出てくるシリーズ物があるんだ」

「なるほど」

「プレメイドアはこれに出てくるミュータントで、すごくひねくれている。最初は善玉だったけれど、いろんな人に頭をいじくられて、悪玉になったってわけ。そいつがどでかいことをやらかそうとするのをどうにか阻止しようっていう、ストーリーなんだ」

「どでかいこととは？」

「地球を吹っ飛ばすのさ」

ライナス・ウォンと話しているうちに橋を渡りきり、FDR（イースト川に沿って南北に走る高速道路）に入っていた。南に向かい、ライナスが話したことを理解できる範囲でリディアに伝えた。

「つまり、ゲイリーは地球爆破を企む何者かとメール交換していた。ライナスはそう考えているのね？」

「ゲイリーのハンドルネームは――」

「英語ではスクリーンネームと言うのよ」

わたしはリディアに視線を走らせた。「ありがとう。ゲイリーのスクリーンネームはGラッセル80だ。ライナスは80の意味を知らなかったが、おそらく有名なワイドレシーバー、ジェリー・ライスの背番号から取ったんだろう」

「自分がそうでありたいと憧れる人を、スクリーンネームに使うというわけ？」

「だと思う。きみもメールをする。スクリーンネームは？」

リディアはちらっとわたしを見て答えた。「リディア・チン」

わたしはリディアをチャイナタウンの自宅に送り届け、進展があったら連絡すると約束した。リディアも同じように約束した。

「家に帰って寝るんでしょうね？　打つ手もないのに、ひと晩じゅう駆けずりまわったりしないでね」

「うん」わたしは言った。「しないよ」

リディアは疑わしげなまなざしを注いだ。「駆けずりまわるんだったら、必ず電話して。せめていっしょに行きたいから」

「わかった」わたしは思わず頬をゆるめた。リディアは車を降りて歩道で手を振り、自宅のある建物に入っていった。

わたしは再び駐車場に車を置き、自宅までの六ブロックを歩いた。罪の意識が背中を押して、酒場へ足を向けさせようとする。約束を守ってショーティーに事情を説明しなくては駄目じゃないか、と。酒の誘惑もあった。しかし、表玄関の鍵を開けて自室への急な階段を上った。シヨーティーはヘレンとまったく面識がないが、わたしのことは昔から知っていたし、ヘレンが家出をしたあとのみじめな時代に両親とも会っている。当時の我が家の事情にも通じていて、デイヴやその友人たちと同様、わたしの行為は正しかったという揺るぎない確信を持っている。しかも、わたしより強い確信だ。だからこそ、酒場のドアを開けたくなかった。

部屋に入ってジャンパーをソファに脱ぎ捨てたとたん、寒さが身に沁みた。奥の寝室の窓のせいだ。ぱっくりと口を開けた割れ目が、相も変わらず街灯を受けてきらめいている。デスクを引っかきまわしてボール紙を何枚か探し出し、朝までの一時しのぎにテープで貼りつけた。グラスに酒を注いで半分空け、シャワーを全開にして熱い湯を浴びた。浴室を出てグラスに手を伸ばしたとき、昨夜あらためたものの手がかりを得られないまま椅子にかけておいた、ゲイリーのジャンパーが目に留まった。いまは、少なくともウォリアーズがなんであるのかは、わかった。

バーボンのグラスを片手にステレオの前に立ち、ブラームスやバッハではなく、コープランド（アーロン・コープランド。アメリカの作曲家）をかけた。とくに理由はない。強いて言えば、アメリカ音楽は洗練度が低く、理詰めでないからだろうか。部屋を横切ってソファに向かった。コーヒーテーブルに足を乗せ、ゆっくり酒を飲みながら聴くつもりだった。そのときようやくファックス機に気づいた。十枚余のプリントアウトがひっそり待っていた。そのほとんどが新聞の縮刷版で、粒子の粗い写真は白と黒がぼんやり入り交じっているようにしか見えないが、細かい活字は鮮明だった。一番上の紙に丸っこく力強い筆跡で走り書きがしてある。

〝古代史入門。なにを見つければいいんですか？　見返りは？　ステイシー〟

それがわからないんだ、と内心でつぶやいてソファに腰を落ち着け、わたしはファックスを読み始めた。

11

夢を見た。今度は列車に乗り遅れまいとしている夢だった。薄く粉雪に覆われた丘に夕闇が迫り、遠くの駅でわたしを待っている人がいる。遅刻しそうだ。いっしょに乗る約束をした列車はその日の最終で、逃してしまうと、出席する予定の催しに間に合わない。ところが、衣服や書類などの必要な品が見つからない。駅まで車で送ってくれるはずの男に預けておいたのに、彼はそれを置いた場所を思い出せず、ろくに探そうともしない。わたしは必死になって探した。発車時刻まであと七分。駅までは十分かかる。しかたなく荷物をあきらめ、間に合いそうもなかったが、ともかく駅に向かった。

終章も旅立ちもないその夢のせいで目を覚ました。数分後に甲高いブザーの音が鳴ったとき、わたしはソファに横たわったまま目を開けて、夢とコープランドのピアノソナタをぼんやり追っていた。CDがかかっているのだから、たいして寝ていたわけではないようだと、ようやく脳が働き出して認識する。立ち上がって返事をしろと、脳が次の指令を出した。

よろよろとインターフォンにたどり着き、〝どなた?〟と訊いた。いきり立った声が二階下から電線を伝わってきて、眠気を吹っ飛ばした。「スコット・ラッセルだ」

用件を訊くべきだろうか、失せろと突っぱねてやろうか。結局、どちらもしないでブザーを押して開錠し、バスローブを脱ぎ捨ててジーンズに着替えた。デスクの煙草を取り、戸口に立って火をつけ、階段を上ってくるスコットを眺めた。彼が階段を上っているうちに、ピアノソナタが終わった。

スコットのまなざしは、歓迎せざる客を迎えたわたしの心情をそのまま反映していた。押しかけてきたのはそっちだろう、スコット。わたしは内心で毒づいて彼を部屋に入れ、ドアを閉めた。

「なんの用だ」わたしは訊いた。

スコットがゲイリーと同じように室内を見まわす。ただし、ゲイリーとは異なり、驚きではなく嫌悪に満ちた目つきだった。蔵書や壁の写真、ピアノなどもわたしの所有物だというだけで嫌でたまらないらしい。肩幅が広く、髪は薄茶。赤ら顔に無精ひげが目立っている。わたしは四インチ、あと二、三インチは伸びそうなゲイリーはすでに二インチほど、彼より背が高い。

「家族に近寄るな」スコットが言った。

わたしは彼を見つめ、つと身を翻《ひるがえ》して台所に入り、ヤカンを火にかけた。「コーヒーを飲むか？」

「はっ、いらないよ。一日中ワレンズタウンにいたな。ばれないとでも思ったのか？」

「隠すつもりはない」

「おい、聞いているのか？　おれたちにかまうな。それが言いたくて来たんだ」

「そうか、言ったんだから、気がすんだだろう」わたしは煙草を灰皿に置き、コーヒー豆を挽いたり、カフェプレスを組み立てたりと両手を忙しく動かした。手が塞がっていたほうが無難だと判断したから。

「で、そのとおりにするんだろうな？」スコットの大声が豆を挽く音にかぶさった。部屋に一歩足を踏み入れた位置を、まったく動かないままだ。

わたしは豆を挽き終え、カフェプレスに入れた。「ゲイリーは見つかったのか？」

「おい、何度言ったら――」

「黙れ！」わたしは声を尖らせ、怒鳴った。何時間も前のオフィスでのハムリンと同様に、計算ずくで。「プレメイドアとは何者だ？」

スコットは目を丸くした。「なんだ、それ？」

「コミックブックに出てくる、地球爆破を目論むミュータントだ。ゲイリーはそれを名乗る人物から、メールを受け取っている」

「だから？」

「深い意味はないのかもしれない。だが、ゲイリーも地球を木っ端微塵にしたがっているのかもしれない」

スコットが詰め寄った。「くだらない。たわ言を――」

「たわ言なんかではない。いまはそんなことを言っているときではないんだ、スコット」わたしはふたりを隔てている木製のカウンターを、きつく握り締めた。「家族に近づくなと言うが、彼らはぼくの家族でもある。あんたやヘレンがどれほど嫌がろうと、事実は否定できない」

「家族だと？」スコットはせせら笑った。「それがどういう意味を持つのか、わかりもしないくせして」

「ぼくという人間を、あんたはわかっていない」無理矢理押し出した声は抑揚がなく、真冬の川に漂う氷のごとくに冷ややかだった。「なにひとつ理解していないんだ。あんたが望むから、長年疎遠にしてきた。だが、ゲイリーはぼくに助けを求めた」

「おまえに助けを求めるなんて、よほど切羽詰まっていたんだろうよ！」

「ああ、間違いなくな」

スコットは言葉に詰まった。互いに睨み合った。スコットは顔を真っ赤にして肩を突き出し、いまにも怒りを爆発させそうだ。それを誘発してはならないと、唇を固く結んだ。けしかけて襲いかからせ、自分の縄張りで戦いたいという欲求がないわけではなかったから。

「こん畜生」スコットはしわがれ声で言った。「よく覚えておけ。今度家族のまわりをうろうろしているところを見つけたら、殺すぞ」

わたしは努めておだやかに言った。「責める相手を間違えるな、スコット」

「なんだと？」

「ゲイリーがどんなトラブルに巻き込まれているにしろ、それはぼくに助けを求めてくる前に起きたんだ。ゲイリーを引き留めておけなかったことは、すまないと思う。でも、あの子は助けを必要としている。だから、どんなことをしても捜し出す。力を合わせる気がないのなら、せめて邪魔はするな。とにかく、ぼくを止めることはできない」

スコットは射るような目で睨んだ。ゲイリーと同じ青い瞳だ。ほかにゲイリーと似ているところはない。彼が望んでいることは、手に取るようにわかる。わたしと同様、誰かを殴り、蹴り、打ち負かし、自分自身を消耗させたいのだ。やり場のない憤りや恐怖を発散させ、それが誇るべき行動だったと自分を納得させたい。相手が自分自身に幻滅するように仕向けたい。勝ちたい。そうして自分の存在価値を実証したいのだ。

かかってこい、スコット。内心でけしかけたが、彼はかかってこなかった。少なくとも、いまは。未練たっぷりに背を向け、ドアに向かう。安堵して吐息をつきかけたそのとき、スコットの足がファックス用紙に触れた。さっきうたた寝をした拍子に、床に落としたのだ。スコットが目を留め、かがんで拾い上げる。「なんだ、こいつは？」ぱらぱらと目を通し、振り返った。「なんだ、こいつは？　こんな大昔のつまらない事件を蒸し返すつもりか？」

わたしはファックスと彼を見比べた。「なにか知っているのか？」

「知るもんか、こん畜生！　当時もいまも、なにひとつ知るもんか。だが、おまえみたいな蛆虫に過去をほじくられると、ワレンズタウンは大迷惑なんだよ」ファックスを真っ二つに引き裂いて放り投げた。「おれの家族、おれの町だ。くちばしを挟むな、クソ野郎」

わたしは無言でたたずみ、闖入者《ちんにゅうしゃ》である妹の夫をただ見つめていた。彼の選択次第だ。あとは成り行きにまかせよう。

すると、スコットは希望が叶えられない場合にはまず最善といえる途《みち》を選び、踵《きびす》を返して出ていった。

彼は足音荒く階段を下り、階下のドアを叩きつけるように閉めた。じっと耳を澄ましていたわたしはおもむろに戸口に行き、ドアを閉めて台所に入った。煙草に火をつける。ふと見ると、さっき置いた一本が灰皿で煙を上げている。それをもみ消し、火をつけたばかりの煙草をふかした。カフェプレスに湯を注ぎ、抽出が終わるまでの五分間を、ぼんやり立って過ごした。コーヒーをカップに注ぐ。カップをソファへ持っていき、デスクの上にあったテープでファックス用紙を貼り合わせて読み始めた。

一時間かけて、委細漏らさず二度読んだ。ポットいっぱいのコーヒーは空《から》になっていた。リディアと話し合いたい気もする。しかし、夜が更けているうえに、今朝は六時前に叩き起こした。朝まで待てないような内容の記事は、ひとつとしてない。いくつかは興味深く、厚い雲を割って射し込んだ陽光が周囲の見慣れた景色を一変させるように、ワレンズタウンの印象をがらりと変えもした。だが、そのどれかがゲイリー自身や、わたしの役目に影響を及ぼすとは考えられなかった。

わたしはジャンパーを着て自宅をあとにした。行く当てはなかった。できることなどないのだから。手がかりはすべて追い、どれも行き詰まった。ワレンズタウンからもプレーンデールからも追い出されたし、ミッドタウン・サウス署に押しかけてもヘイグストロムに嫌な顔をされることは確実だ。わたしは私立探偵で、家出少年を捜している。以前にも捜した経験があるし、失敗もした。見つけることのできない人や物というのは、存在する。

しかし、今回はそうした結末にはならないだろう。ふたつの州の警察が、世間知らずで金も持たないゲイリー・ラッセルの行方を追っている。最後の目撃場所はニューヨークだ。身を隠す術《すべ》など知らないのだから、いつか必ず見つかるだろう。

そう断定していいのか、スミス？　わたしは自問しながらジャンパーの襟を立て、寒風の吹きすさぶ川に近づいた。ゲイリーと同じ年でブルックリンのデイヴ叔父のもとに身を寄せていたとき、ここらに並んでいるのは船乗り相手の酒場に安宿、倉庫、船舶用品店ばかりだった。現在は居心地のよい場所に変貌し、ニューヨーク市民の子弟が人生に船出するための公立大学まである。

わたしは再度自問した。ゲイリーが身を隠す術を知らないと決めつけてしまっていいのだろうか。彼の母親は行方をくらましたままでいられた。それも長期に亘って。彼女が望む限りのあいだ、こちらがどれほど手を尽くそうと。

むろん警察の捜索はあくまでも家出人としてであって、容疑者としてではなかった。彼女は罪を犯したわけではないのだから。逮捕、裁判、有罪判決、懲役と続いた出来事のすべてを知っていたが、戻ってはこなかった。

ハイウェイを横切って、いまはジョギングコースやサイクリングコース、木立を備えた公園に変貌した川べりを歩いた。陽気がいいときは、ここは橋向こうでつかまえた客を連れてきた娼婦が木立の陰でひと稼ぎする、格好の場となる。ホテルよりも安上がりだし、身の危険を感じたら容易に逃げることができるからだ。しかし、こんな寒空とあっては、今夜は人影ひとつない。川べりはおだやかに静まり返り、うしろでは新しい豪華な建物のカーテンの引かれた窓がいくつも輝いているが、真っ黒な川の水は昔と同じように海に向かって流れていく。波止場の潮の香、足元の土手をひたひたと洗う水の音も昔と同じだ。川はわれわれがその存在を知らない物体を運び、予想外の方向に動く流れを隠し持つ。いまも昔も同じように。

わたしはしばらく川を眺めていた。仕事を成し遂げるために、はしけやタグボートが深夜の冷たい水をかき分けて進んでいった。

煙草を一本吸いきった。携帯電話を出して、リディアに聞いた番号をメモした紙を頼りに電話をかけた。留守番電話になっていたのでメッセージを残す。自宅とは反対の北に向かって歩いていると、電話が鳴った。

「スミスだ」

「ライナス・ウォンです。電話をくれた?」

「ああ、かけたよ、ライナス。夜遅くにすまない。プレメイドアについて、なにかわかったかと思って」

「遅い? えー、こんな時間なんだ。どうりで腹ぺこだと思った。あれからずっと、プレメイドアのあとをコンピューターで追っていて、一度は見つけたのに、またいなくなっちゃって。だけど、けっこうおもしろいこと《シット》を突き止めたんだ」

今回は〝こと《スタッフ》〟ではなかった。「どういう意味だい?」

「彼が訪れるサイトや、チャットルームをいくつか見つけて、彼が来たら知らせてくれるプログラムを書き込んでおいたんだ。一回そういうときがあって、それで——その——」

「ハッキングをしたんだね?」当てずっぽうで言った。

「うん、まあね」ライナスはそそくさと受け流した。「そして彼のパスワードを手に入れたってわけ」

「役に立ちそうだな」

「彼がインターネットに接続していればね。そうでないときは、あまり役に立たないよ。自分のコンピューターを使っていないみたいなんだ。インターネットカフェかなんかを利用しているんじゃないかな。だってさ、彼のコンピューターなら、アドレスブックなんかがあるはずなのに、入っていないもの」

「では、どうしたらいい?」

「そうだね、ぼくのことはばれていないと思う。でも、ログアウトしたきり、戻ってこないんだ。だけど、履歴は突き止めた」

「履歴? それがなにか教えてくれるのか?」

「うん、いろいろとね。けっこうやばいサイトに接続しているんだ。きっと人間嫌いなんだよ」

「どういう意味だい?」

「だってさ、スキンヘッドやヴァイキングのサイトだよ。政府は国民全員の頭にコンピューターチップを入れようと企んでいる。網の目を逃れろ。ウェイコー(テキサス州の都市。一九九三年、カルト教団による武装立てこもり事件が発生し、多数の犠牲者を出した当局の対応が問題となった)よ、永遠なれ」

「初めて聞いたが、物騒だね」

「ものすごく物騒さ。無力な民衆は対抗手段を持たない。いずれ権力側にやられてしまう。道連れにして死ぬのが、最善だ。そう主張しているんだもの」

「オクラホマシティみたいだな（一九九五年に連邦政府ビル爆破事件が発生。犯人はウェイコーでの政府の対応への不満を動機とした）」

「うん、クソみたいな書き込みばかりだよ。プレメイドアがまた接続するかもしれないから、鼻をつまんで掲示板に書き込みをしたけれど、いまのところ反応はない。だけど、必ず見つけてやる。そうしたら、あいつをどこかに閉じ込めてくれる？」

いまのいままで難解な技術を自信たっぷりに披露していた少年が放った問いかけに、わたしは意表を衝かれた。しかし、彼は子供だ。子供はおとなに正義を期待する。

「プレメイドアを見つけるんだ、ライナス。ぼくもできるだけのことをする」

ライナスは「スゴい」と言って電話を切り、わたしは再び川べりでひとりになった。

今度は南に向かう。タグボートがはしけを引いて、わたしと同じ速度で同じ方向に進んでいく。船腹にぶら下げた古タイヤが揺れ、キャビンの窓から明かりが漏れる。互いに影を投げかけ合って進み、歩行者専用の橋まで来たところでわたしは道を折れた。

骨の髄まで疲れていた。限界だった。スコットとコーヒーに目を覚まされたが、刺激が薄れるとともに疲労がぶり返し、寒くて消耗しきっていた。できることは、すべてやった。じゅうぶんではないが、ほかに打つ手はない。休息を取るべく、家路についた。

紙屑が、川風に乗って足元で舞う。きのうの出来事を載せた新聞が、飛んできた。おざなりなタックルをかわす空手のレシーバーのように手で払うと、ふらふらと地面に落ちた。

朝になったらリディアと話し合えばいい。階下のドアを開けて階段を上りながらそう決めると、心が温もった。ジャンパーと靴を脱ぎ、あとの衣服を脱ぎ散らかしながら寝室に向かった。朝にリディアと話す。うまくいくだろう。リディアのものの見方は、わたしと異なる。ときには、話し合うことによって単独では成し得なかった発見ができる。


ベッドに入って眠った。夢を見たとしても、覚えていない。八時過ぎにようやく起きると、前日に激しい運動でもしたかのように全身の筋肉がこわばっていた。シャワーを浴びてひげを剃り、コーヒーを淹れてリディアに電話した。

「おはよう。気分はどう？」

「最悪だよ。休暇が必要だな。南洋の島に行かないか？」

「前に一度行ったでしょう。そうしたら、あなたは行く前よりもひどい気分になった」

「あれは南洋ではなく、南シナ海だ。南洋諸島とはまったく違う」

「ふうん。とにかく、答えはノーよ」

「やっぱりね。まあ、理解できなくもない。フットボール選手に誘われるのを、待っているんだろう」

「あらまあ、ばれた？ そうよ、あのすごくたくましい人。ラインバッカーだっけ？」

「どうせなら、ラインマンにしたら？ もっとたくましいから。そして、思い知るがいい。ところで、朝飯をどう？」

「アメリカで？」

「ばれたか。引っかけるつもりだったんだ。最高にうまい朝食を出すレストランがタヒチにある」

結局、互いのほぼ中間に位置するヴェーリック・ストリートの食堂に落ち着いた。服を着てジャンパーを羽織り、煙草と携帯電話を持って出た。

金属のように冷たい大気に冬の匂いを嗅ぎ、雲の重さに冬を実感する、どんよりと曇って寒い晩秋の朝だった。風に吹かれた枯れ葉や紙屑がかさこそと歩道を転がる。そのひそやかな音は交通騒音にかき消されたとしても、確実に存在した。

リディアは食堂の窓際のボックス席で、紅茶を飲んでいた。店内に入ると急に暖かくなり、わたしはジャンパーのジッパーを下ろした。リディアが立ち上がり、肩に触れて頬にキスをする。わたしは彼女の唇にキスを返した。温かく、やわらかかった。挨拶のように、軽いキスではあったけれど。

「きみ、いい匂いがするね」わたしは彼女の向かいの席に身を滑り込ませた。

「あら、そう？」

「いや、ワッフルの匂いかな。メープルシロップの香水をつけているのでないならば」

退屈しきった面持ちの金髪のウェイトレスが、テーブルの横で無言で注文を待っていた。わたしはワッフルとコーヒー、リディアはポーチドエッグとトーストを頼んだ。

「昨夜《ゆうべ》スコットが押しかけてきた」ウェイトレスが去るのを待って、わたしは言った。

リディアは紅茶のカップを宙で止めた。「自宅に？」

わたしはうなずいた。

「どうして？」

「家族にかまうなと言うためだ」

リディアは小首を傾げた。視点を変えてわたしを見ようとしたのだろうか。「スコットとのあいだに、どんなわだかまりがあるの？」

「彼はぼくを嫌っている」

「若い子なら、〝はっ、くだらねえ〟と言うでしょうね」

「ぼくは彼らの言語を解さない。なんとも答えようがないな。ところで、若い子といえばきみの従兄弟と話をした」

「ライナスと？」

「彼はプレメイドアをしきりに気にしていた」

「それは重要な意味があるの？」

「わからない。しかし、ライナスにとっては重要なんだ」

わたしは、真っ暗な川べりでライナスに電話で聞いた内容を伝えた。「そいつをどこかに閉じ込めてくれと頼まれたよ」

「どうして？」

「よからぬことを考えているから」

「考えるだけでは罪にならないって、ライナスに言ったの？」

「いや」ウェイトレスが戻ってきた。「また、別の機会に学べばいいさ」ウェイトレスはわたしの前にコーヒーを、リディアの前には追加の湯のみならず、意外にも新しいティーバッグを置いた。

「これでおいしく飲めるでしょ」と、退屈しきった面持ちは変えないで空のカップを下げる。

予期せぬ場所での小さな親切だ。そう考えながら、わたしはコーヒーを飲んだ。小さな親切しかないときもあるが、それでじゅうぶんだったりもする。リディアはティーバッグの包装を剝がして、熱湯に浸した。

「話はまだある」わたしは言った。

「スコットについては、もうおしまい？」

わたしは顔を振り上げた。「話すことなんてないからね。失せろって、言い合っただけだ。なにを期待したんだい？」

「要するに」リディアはゆっくり言った。「ある人のことを考えるだけで肩に力が入り、なにかを殴りたくなってしまうということは、その人について話したいんじゃないかと思ったの」

わたしは自分の左手を見つめた。コーヒーカップを持っていないそれは、知らないうちにこぶしを作っていた。手を広げ、息を吐き出した。「誤解しないでくれ。あいつのことは話したくない。なにも起きなかったんだ。ぼくたちは鎖につながれた二匹の犬みたいに、うなり声を上げた。そこがぼくの縄張りだったから、あいつは小便を引っかけて、出ていった」

「まさか、文字どおりにではないわよね」

「出ていったのが？」

リディアはくるりと目玉をまわした。

「もちろん、引っかけなかった。ファックス用紙を引き裂いたけどね。ファックスの内容を話すつもりだったけれど、きみはあまり興味がなさそうだな」

「それこそ、誤解よ。遠慮なく話題を変えてちょうだい。男の意地を押し通して、苛ついている原因について話し合うつもりがないんでしょう。意地っ張りな男を見ていると、こっちのほうが苛つくわ」

「うーん、わかった。ファックスが送られてきたんだ」

「誰から？」

「ステイシー・フィリップス」

「新聞記者の娘ね」

「うん」

ウェイトレスがワッフルにポーチドエッグ、シロップ、トーストを運んできた。わたしのカップにコーヒーを注ぎ足し、リディアにこっそりティーバッグを渡して、今度はにっこりした。リディアも笑みを返した。

「それで？」再びふたりきりになると、リディアは催促した。

「昔の事件に関する地元新聞の記事を、全部ファックスしてほしいと彼女に頼んでおいたんだ」

「そして、彼女はファックスしてきた」

「うん」わたしはワッフルにシロップをかけた。香りをつけた砂糖液ではなく、本物のメープルシロップだった。この店には驚かされてばかりいる。「経緯はこうだ。ウェズリー家であったような乱痴気騒ぎのあと――」

「二十年以上前にもあんなパーティーをやっていたの？」

「どうやらワレンズタウンの慣習らしい」

「ふうん、驚くには当たらないのかも。あなたはいつも、奔放で悔い多き青春の思い出話をする。あれもそのくらい昔だったのだから」

「まだ許してもらえないようだな」

「ええ」

「わかった、しかたがない。で、パーティーから家に帰る途中の少女が、ブロックのはずれで他家の庭に引きずり込まれ、殴る蹴るの暴行を受けて強姦された。早朝に犬を散歩させていた人が彼女を発見した」

「何時間も放っておかれたのね」

「そうだ」

リディアは身震いした。

「重傷を負っていたが、完治した」わたしは言い足した。

「わたしが心配しないように、結末を教えたの？」

「いい考えだろう？　きみはハッピーエンドが好きだ」

「こんな事件にハッピーエンドがあるかしら」

「ない」

「すばらしい。いいわ、続けて」

「一日か二日経って、少女は意識を取り戻した。酒と薬物で朦朧《もうろう》としていたために、パーティーを出たあとのことはまったく覚えていなかった。しかし、パーティーの最中にアル・マクファーソンにしつこく言い寄られたことは覚えていた。マクファーソンに肘鉄を食らわせると、彼はこう言ったそうだ。おれに見られただけで、どの女も舞い上がるんだぞ。おれを誰だと思ってる」

「誰なの？」

「フットボールチームのキャプテン。ワレンズタウン・ウォリアーズのラインバッカー」

「ふうん、なるほど。その娘は頭がどうかしていたのね」

わたしは皮肉を聞き流して、続けた。「マクファーソンが抱きついたり小突いたりするので、少女はパーティーを出た。マクファーソンもその直後に帰っていったので、意外に思った連中もいた。マクファーソンはパーティー好きで、いつもは最後までいるそうだ」

リディアはトーストの端をポーチドエッグに浸した。「マクファーソンは逮捕されたのね」

わたしはうなずいた。「ニュージャージー州の法律では容疑者を七十二時間拘置することができる。警察は彼を拘置したのち、釈放した」

「起訴できなかったの?」

「状況証拠しかなかったんだ。記事によると、警察は複数の手がかりを追っていた。しかし、なにも出てこなかったんだろう。結果的には、証拠など必要なくなった」わたしはワッフルで皿についたメープルシロップを拭った。「事件のすぐあと、パーティーに招待されなかったある少年が以前から少女に想いを寄せ、つきまとっていたという噂が広まった」

「いわゆるストーカーね」

「当時はそういう言葉は使われていなかったが、誰もが疑いの目を向け始めた。警察は少年を逮捕して厳しい尋問を行なったが、やむなく釈放する羽目になった。友人が少年のアリバイを証明したんだ」

「友人もパーティーに招待されていなかったのね? その種のパーティーは、招待なんて必要ないと思っていたわ。勝手に押しかけて、家じゅうを荒らしてもかまわないのだと」

「誓ってもいい」わたしは皿を押しやって椅子の背にもたれた。「ぼくはそんなことをしたことはない。ほんとうに」

リディアは目を細くした。「あなたが若いときにワレンズタウンに住んでいれば、ぜったいにやっていたわ」

「さあ、どうかな。ぼくは善良な人間だよ。深く知れば、わかるはずだ」

「それが難しいのよ。いいわ。続けて」

「ありがとう。二番目の少年は、釈放された数時間後に銃で自分を撃った」

リディアはうなずいた。「自殺したのね」

「少年は十七歳だった」

「では、ワレンズタウンは実際にハッピーエンドを迎えたのね。危険人物はいなくなり、事件は解決し、娘を持った親たちは胸を撫で下ろした」

「そう、万事めでたし。だが、なんといっても問題なのは、鉄壁のラインバッカー、マクファーソンが三日も練習に出ることができず、おまけにその週の土曜日に行なわれるホームカミングゲーム（同窓会行事のひとつで在校生によって行われる）に欠かせない存在である点だった」

リディアは眉を上げた。「驚き。わたしの言おうとしていた台詞を横取りするなんて」

「ぼくの意見ではない。地元の新聞の社説だ」

「社説にそう書いてあったの？」

「こう続くんだ。重要な試合の直前にワレンズタウン・ウォリアーズの選手を逮捕した警察の神経を疑う。今回の試合は町全体が一年間待ちに待った、グリーンメドウとの遺恨試合である。土曜日にマクファーソンが本来の調子を発揮できなければ、その責めは警察にある」

「警察に——被害者の感情や強姦の事実、警察は解決すべき事件を抱えていたということは忘れられてしまったの？」

わたしは肩をすくめた。「きっと、この部分が気に入るよ。記者は入院中の少女に面会した。

病室にはフットボールチームが贈った大きな果物籠。少女は針金で固定された不自由な口を動かして言った。〝頑張れ、ウォリアーズ〟」

　リディアは首をゆっくり横に振った。「ときどき世間というものに幻滅してしまうわ」

「それこそ、ぼくの台詞だ」

「いいえ、あなたならもっと汚い言葉を使うわ。たしかにおぞましい事件だし、教えてくれたことには感謝するけれど、ゲイリー捜しになんらかの関わりがあるの？」

「いくつかのことを物語っているじゃないか。ひとつ——昨夜目撃したのは、アル・マクファーソンのあるがままの人格だった」

「果たして、知る必要があるのかしら」

「ないかもしれない。ただ、人間はあまり変わらないものだという、悲しむべき事実があらためて明らかになった」

「悲しむべきは、その人が悪い子だった場合だけよ。あとは？」

「記事によると、別の少年が犯人だと判明して、ワレンズタウンは喜びに沸き返った。少年はみなに嫌われていたんだ。きょう日は変人《フリーク》に分類される、〝キモい〟と形容されるような子だったらしい。昔はそういう子を風変わりと形容し、誰もが距離を置いていた」

「彼に好意を持っている子もいたわけでしょう。偽りのアリバイ証言をしたんですもの」

「たしかにそうだ。でも、ここが肝心なんだ。少年は孤立していた。アウトサイダーだった」

　リディアは少し間を置いて言った。「ゲイリーはフットボール部員《ジョック》よ。かっこいいと認めら

と表現した」

「うん。でも、これまでに話を聞いた誰もが開口一番、ゲイリーを〝新入り〟〝来たばかり〟と表現した」

「なにを考えているのか、わかったわ。だけど、ニュージャージー州でリンチにかけられる人なんて、いまどきいないわよ」

「アル・マクファーソンが拘置されているとき、大勢の人が署の前に集まってろうそくを点し、彼を励ました」

「フットボールチームの仲間ね」

「父兄もだ」

「信じられない」

「リンチはなくても、アウトサイダーが濡れ衣を着せられる恐れはある」

リディアは目を逸らし、隅のテーブルで汚れた皿を片づけている金髪のウェイトレスを眺めた。視線を戻して口を開きかけたが、結局なにも言わず頭をひと振りする。邪魔な髪を、あるいは心のなかの思いを払いのけるかのように。「そうね。では、誰よりも先にゲイリーを見つけるべきね。もともと、そのつもりだったんですもの。これからどうするの？」

「じつは途方に暮れている。この話をしたのは、少なくともなにかを知っているふりをして、それを隠したかったからだ」

「あまり上手に隠していなかったわよ」

「そうか。だったら、賢明なきみが提案してくれ」

リディアは黙って紅茶を飲み干した。「できることといったら、サリバン刑事に電話をして、様子を訊く――」

「訊いても教えてくれるとは限らない」

「教えてくれるわよ。捜査の進捗状況を教えておけば、あなたがおとなしくしていると期待して」

わたしは思案した。「きみの言うとおりかもしれないな」

「サリバン刑事のほうに新たな情報がなければ、写真をもっといろいろなところに配りましょう。とにかくここを出て、せっせと動きまわるほかないわ。そのくらいしか考えつかない」

リディアと目を合わせた。おだやかなまなざしだ。わたしがワレンズタウンに住んでいれば乱痴気騒ぎに参加したと、本気で考えているようには思えなかった。

携帯電話を使って、ワレンズタウン警察にかけた。「どこにいるんです?」と、サリバン刑事はのっけから訊いた。

「ニューヨークの食堂で、ワッフルを食っているところさ。きみの証人や犯罪現場には近づいていない」

「ずっとそうしていてください。どんな用です?」

「なにかわかったかと思って」

「ゲイリー・ラッセルについて?」

「なんでもいい」

サリバンの口調がやや軽くなった。「なにもありませんね。ワレンズタウンは、いまや右を向いても左を向いても弁護士だらけって有様でしてね。パーティーに行った、あるいは行った子を知っていると認める者は皆無なんですよ。〝ぼくの指紋があの家に？　きっと先週、トリーと宿題をやったときについたんだ〟という具合です」

「ビールの缶についているのに？」

「〝六缶パックを持っていったんだ。彼女がパックをばらしたとしても、ぼくの責任じゃないよ〟」

「だから警官になりたくなかったんだ」わたしは言った。

「必ず誰かに口を割らせますよ。ひとりが口を割れば、あとは芋づる式だ。時間の問題でしょう。口が堅い点には感心するけど」

「まったく、あっぱれだ。チームディフェンスだな。トリー・ウェズリーの両親は帰宅したのかい？　両親になにかしら心当たりは？」

「深夜の飛行機で向こうを発って間もなく着く予定です。きのう電話で話しましたよ。心当たりはまったくなく、とにかくショックを受けていた」

たった一本の電話で世界が瓦解してしまった両親が、どこかのホテルの一室で蒼白になって顔を見合わせている光景が、目に浮かぶようだった。

「司法解剖の結果は？」

「まだですよ。昨夜は、ほんとうにアル・マクファーソンを叩きのめしたんですか？」

「本人がそう言ったのかい？」

「いいえ。あなたは指一本触れていない、車を降りるときに滑って転んだと説明した」

「強烈なパンチを持っているんだが、フェイントもなにもなしなんだ。こっちはあれほどの腕はないから、裏をかいたのさ」

「彼に近づかないほうがいい。車を降りるときに転んだにしては、あなたを毛嫌いしている」

「警告には感謝する」

「さて、今度はあなたの番だ。ゲイリーの友人たちに話を聞いたんでしょう」

「モーガン・リードにはね」

「ポール・ニーバーは？　マックス・ホワイト、マーシャル・ネリガンは？」

「ニーバーの携帯にメッセージを入れたが、いまのところ連絡はない。あとの名前は初めて聞いた」

「妹さんは話さなかったんですか？」

「ふたりともゲイリーの友人かい？」

「このへんの子たちがそう言っていましたよ」

「妹は」わたしはゆっくり言った。「息子の交友関係をよく知らないようだ。彼らもパーティーに？」

「指紋がありました」

「たぶん、先週トリーと宿題をしたときに――」

「冗談を言っている場合じゃないでしょう。まだ、彼らとは話をしていないんですか」

「していない」

「ふうん。ゲイリーは見つかったんですか?」

「だったら、とっくに知らせているよ」

「必ず、そうしてくださいよ」

こうして会話を終えた。携帯電話を下ろして、窓の外を見る。三車線の道路を、車が数珠つなぎになって同じ方向にのろのろと進んでいく。

「どうだったの?」

「ゲイリーは見つかったかと、訊かれたよ。いまだに捜していると、見透かしているんだ」

「サリバンは愚かではないと言ったのは、あなたよ」

「ただ、手を引けとも、逮捕するとも言われなかった」

「彼の管轄外の地域にいて、法を犯してもいないのだから、言う根拠がないもの」

「多くの警察官は、それでも一応は言う」

「ゲイリーを見つけたらあなたが連絡してくると、信じているからかしら?」

わたしはそれについて考えたくなかったので、返事をしなかった。携帯電話を再び開いた。

「もう一ヶ所、電話をかける。そうしたら出発だ」

「それを唾棄すべき代物だと言い張って、いつまでも持とうとしなかった割に――」

「悪いけど」わたしは番号を入力した。「電話中なんだ」

呼び出し音が三回鳴って、「ステイシー・フィリップスです」と返事があった。

「ビル・スミスだ。古代史の講義をありがとう」

「情報源のためなら、お安いご用です。とりわけ、ランディ・マクファーソンの父親をぶちのめした人なら」

「もう聞いたんだね」

「新聞記者だもの。地獄耳でいなくちゃ。なにかくれるんですか」

「いや増す尊敬の念を」

「あら、どうも。あのね、徹底を旨とする新聞記者として、ほかにも教えておきます。役に立たない情報も交じっているけど」

「だったらなんで教えるんだい？」

「約束を完璧に守っているって、わかるでしょう。ゲイリーを見つけたときに——」

「わかった、わかった。それで、どんな情報？」

「今朝、トレバーが電話をかけてきて、指紋についてもっと教えてくれたんです。今度はビール缶ではなく、家具についていた分。姉とデートしたくてたまらないみたい」

「きみの姉さんに会ってみたくなった」

「やめたほうがいいわ」

「年上の男は好みではないとか？」

「それどころか、すてきだと思うんじゃないかしら。姉は趣味が悪いの」

「まさか本気で言っているんではないだろうね」

「ええ、もちろん」ステイシーは澄まして答えた。「誰のものだか特定できない指紋がたくさんあるし、いくつかはきのう話したビール缶のとだぶっていました。新たに判明したのが、マックス・ホワイトとマーシャル・ネリガン。ふたりとも十年生《ソフォモア》。役に立たない分は、隣の家のおじさん、掃除のおばさん、トリーの従妹のヘザー、ポール・ニーバー」

「残念だな。きみはジム・サリバンに出し抜かれたよ。全部とは言わないまでも」

「サリバンは、いまでもあなたと話をするの?」

「ぼくには内に秘めた魅力がある」

「納得。トレバーもあなたのことが好きなんですって」

「トレバーとは面識がない」

芝居っ気たっぷりのため息が聞こえてきた。「やっぱり、パパと同級生だったんだ。ええと、そうそう、校名は〝厳しい現実社会〟。情報源って、みんなあなたみたいな感じ?」

「たいがいは、もっとひどい。こういうのは勝利を感じる瞬間だ。せいぜい楽しまなくてはね。ところで、なんで役に立たないんだい?」

「その人たちはパーティーに行っていないもの」

「隣の人と掃除のおばさんは、わかる。でも、従妹とポール・ニーバーは?」

「ヘザー・ウェズリーはシンシナティに住んでいるんです。彼女が最後に訪れたのは、夏休み中だもの。掃除のおばさんがサボったから、指紋が残っていたんじゃないかしら。ポール・ニーバーは、ぜったいにありえない」

「招待されなかったということ？」

「〝ありえない〟って、そんなに難解な言葉ですか？」

「パーティーのことを聞きつけて、押しかけたのかもしれない」

「フットボール部員のパーティーに？　家に入るのだって無理。ズボンにビールを流し込まれて、玄関の階段から突き落とされちゃう。ランディ・マクファーソンは、ポールを学校のロッカーに閉じ込めたこともあるんですよ」

「では、ポールの指紋は別の機会についたんだ」

「よくできました。だとすると、ほかにも役に立たない指紋がありそう。ビール缶についていたもの以外は」

「あるいは割れた皿とか。助かったよ。いい情報だ」

「お返しはなにかしら？」

「ぼくの電話番号。きみの姉さんのために」

「もう知っているわ。それに、トレバーと決闘しなくてはならないんですよ」

わたしはステイシーに前と同じ約束をし、電話を切って勘定をすませた。曇天の街に出て、ステイシーの情報をリディアに伝える。

「サリバン刑事に話すの？」

「なにを？　ステイシー・フィリップスが、パーティーに行った人物、行かなかった人物を水晶玉で占った。もとになったのは、ワレンズタウン高校の生徒間の上下関係だ。そう話すのか？　そもそも、指紋の情報を彼女は知っているべきではないんだ。サリバンはぼくに腹を立て、ステイシーは厄介な立場に置かれ、トレバーは職を失いかねない」

「それもすべて、トレバーがステイシーのお姉さんとデートをしたいがため。男の人には、ほんとうにあきれてしまうわ」

「つまり、きみはたかがデートのためにキャリアを棒に振ったりはしないんだね？」

「ひと晩を棒に振るのすら、まっぴらよ」

「そういうふうに鼻っ柱が強くて」わたしは言った。「乙に澄まし返って近寄りがたいから、舞い落ちる枯れ葉のごとく無数の男が足元にひれ伏すんだろうな」

リディアは縁石を下りながら、新聞紙や吸殻にからめ取られた濡れた落ち葉を、つま先でつついた。

「ええ。でも、やっぱり魅力的だというのが一番大きいんじゃないかしら」

12

午前中は太陽が一度も顔を出さなかったので、時の流れが実感できなかった。弱々しい灰色の光が射すなかをリディアと歩きまわって、若者の溜まり場を次々に訪れた。数多のビデオゲーム機がけばけばしい光線と耳を聾する電子音を撒き散らすゲームセンターを歩き、アルファベット・シティの安食堂では、近隣の空き家を不法占拠している、生気のない骨と皮ばかりの少女たちにコーヒーを奢った。市の公園のスケートボード場や禁止の表示が出ているオフィスビルの広場で、けたたましい音を立てて誇らしげに技を競うスケートボーダーをつかまえては話しかけた。CDの重低音が響くタワーレコードやヴァージンメガストア、クーパーユニオン、ニューヨーク大学、コロンビア大学周辺の吹きさらしの街角。ひたすら足を棒にした。ゲイリーはどこにもいなかった。どのみち期待はしていなかった。彼を目撃した人、もしくは彼に出くわしそうな人を見つけることが、目的だった。そして、伯父が捜している、安心して伯父にまかせろと伝えてもらいたかった。

リディアもわたしも携帯電話を持っていたが、どちらもうんともすんとも言わなかった。さんざん配ったチラシも効果がないようだ。灰色の陽射しと同じように、若者たちの警戒心を丸出しにした面持ちや返答も、判で押したように決まりきっていた。〝ううん、こんな子、知らない〟〝この子、トラブってるのい？〟〝わかった、見かけたらね〟〝ねえ、おじさん、煙草？〟

〝あ、おまわりにも訊かれたよ〟という返答も、数回あった。しかし、それも〝悪いね、知らないな〟で終わってしまう。

しまいに、ユニオン・スクェアの石段のてっぺんで十四丁目を見下ろしながら、リディアが音を上げた。「もうくたくた。寒いし、お腹がぺこぺこ」

わたしも石段を上って彼女の傍《かたわ》らに立ち、腕時計に目を落とした。「二時十五分前か」

「やっぱりね」と、リディアは納得して言った。

「よし」わたしは一ブロック先の香港ボウルというレストランを指差した。「麵《ヌードル》にする？」

「賛成」

「食事をしたら、クィーンズに戻ろう。きのうゲイリーが目撃された時刻と同じくらいになる。きのうもあのあたりにいた人が、いるかもしれない」

レストランに入って、大きなボウルで湯気を上げる熱々の麵を食べた。わたしは牛肉、リディアはエビと野菜入り。そして予定どおりクィーンズに行った。ただし、目的は当初とは異なっていた。

残り少なくなった麵を箸で追いかけているときに、携帯電話が鳴ったのだ。箸を置いて電話に出た。「もしもし」

「ライナスです。ニュースがあるんだ」

「どんな?」

「あわてないで。行方不明の子や、プレメイドアを突き止めたわけじゃないんだ。あいつの行ったところが、わかったんだ」

「あいつって?」

「プレメイドア。彼が掲示板に書き込みをしたんだ。会う約束をしたって。相手の名前はスティング・レイ。約束の日は、きのう」

「スティング・レイとは何者だね?」

「わからない。でも、プレメイドアはすごく興奮した感じで、スティング・レイはいい品をいろいろ持っている、協力してもらうと、掲示板に書き込んでいる。その名前に覚えがあったんだ。あの子のメールで見たんだよ」

「ゲイリーの?」

「プレメイドアが〝スティング・レイのところで会おう、最高だろ〟ってメールを送っていたんだ。あの子は断ったけれど、住所が書いてあった。クィーンズのどこかだよ」

興奮で背筋がぞくぞくした。ライナスにクィーンズの〝どこか〟を教えてもらった。それは、きのうワン・トゥー・ワンのボランティアがゲイリーを目撃した場所から、二ブロックしか離れていなかった。

「地下鉄で行こう」わたしは立ち上がって、勘定をテーブルに置いた。「駅はすぐそこだ」二十分後に昨夜と同じ場所に到着した。もっともきょうは、道路に影を落とす電車のホームから、スチールの階段を踏み鳴らして駆け下りたのだった。鳩が円を描いて飛ぶ空の下、浴びせられるクラクションもものかは、赤信号になる寸前に道路を突っ切った。大股で最短距離を選んで歩き、ひたすら先を急いだ。リディアが無言で小走りについてくる。急いだところで益はないと、承知はしていた。プレメイドアとゲイリーがここに来たのは、きのうだ。すでにどこかに行ってしまっている。もう遅い。それでも心が急き、目当ての建物の前まで来てようやく足を止め、リディアと顔を見合わせた。一番上のブザーの横に、〝ブルース・レイ〟と記したプラスチックの札が貼ってあった。

「はいよ?」ぶっきらぼうな男の声が、へこんだスピーカー・ボックスから流れ出た。三階建てのレンガ造りは、一階に錠前屋とピザの店、上階はアパート。エレベーターはなし。表玄関のドアはスチールで、木製窓枠には剝げたペンキのかけらが散っていた。

「プレメイドアの紹介だ」わたしは言った。

「マジで? ほかのも欲しいってか? 現金があるんだろうな。あの薄らバカに、クレジットカードなんか冗談じゃないって言ったんだ。なにが、ヴィザカードだ。ふざけんなってんだ。わかったか」

「承知した」

スピーカーが静まり返り、ブザーとともにドアが開錠された。端のめくれたリノリウムの階段を、ガーリック、ピザソース、カビなどのじめついた臭いに包まれて三階まで上る。裸電球がひとつぶら下がった廊下の突き当たりに、ブザーに記されていた番号の部屋があった。ノックをすると、覗き穴に影が射した。反応はない。ややあって、複数の鍵を開ける音がした。見えない手に導かれるように、ドアが開く。リディア、わたしの順で素早く室内に入った。ドアの陰に身を潜めていた男が、ただちにドアを閉めて鍵をかけ、縁の赤くなった目を向けてくる。

瘦せぎすの、中背の男だ。きょうはおろか、きのうもひげを剃っていないらしい。もとは白とおぼしき灰色のTシャツ、脂光りのするジーンズ。靴は履いていない。口には煙草。室内の有様は、サリバンがウェズリー家で煙草に火をつけながら言ったその効能を、思い出させる。中華料理のテイクアウト容器、油の染みたピザの箱、押し潰された紙コップ、古雑誌が、色あせて模様も定かではなくなった、スプリングのはみ出たソファの周囲に散乱していた。右手の開口部が小さな台所に続く。茶色の染みが点々と飛び散った壁、こびりついた脂が接着剤の役目を果たしているのか、汚い皿がうずたかい塔を作る流し。擦り切れたソックス、Tシャツ、サポーターは洗濯籠まで行く気力もないらしく、からまり合って床にへたり込んでいる。くさくて薄暗く、台所では蛇口からぽたぽたと水が漏れていた。正面の折りたたみ式テーブルに、場違いなコンピューター。パテ色のケースのあちこちに指の跡がべったりつき、マウスパッドはコーヒーの染みだらけ、スクリーンはうっすら埃をかぶっている。

「スティング・レイかい？」わたしは言った。男はもう一度ドアを開けてわたしたちを放り出したいような様子で、取っ手を握って突っ立っていた。

「ああ」男は煙を吐き出しながら言った。わたしには目もくれず、ひび割れた唇をなめながらリディアに視線を這わせる。「そう呼んでくれ。この女は？」

「お抱え運転手だ」わたしは言った。「護衛も兼ねている。彼女は心配無用だ。英語がわからないんだ」

「なんで心配しなきゃいけねえんだよ？　東洋武術でもやるのか？」いきなり甲高い奇声を上げ、スティーヴン・セガールの映画ででも見たのだろう、カンフー式に膝を曲げ、両手を顔前で振りまわした。

とたんにリディアが飛びすさり、側面立ちをして両腕を掲げ、両足を踏ん張って、頭に蹴りを入れる体勢を作る。それから、肩の力を抜いた。バカにしたように背筋を伸ばし、レイの目を見ながらポケットに両手を突っ込んだ。

「おいおい」にやにやして、レイも腰を伸ばす。「おれは女が頼まない限り、殴ったりしないぜ。殴ってやろうか、ねえちゃん？」

リディアのまなざしは、溶岩さえをも凍りつかせんばかりだった。レイはけらけらと笑って、わたしに向き直った。「なにが欲しい？　全部？　一個か？　ほかのやつ？　どうなんだよ」

ちんぷんかんぷんだが、調子を合わせるほかはない。「全部もらうほど、持ち合わせてないんだ。いくつか選ばせてくれ」

「ちぇっ、めんどくせえな」レイは淡々と言った。「先週、あのボンクラにきっちり説明したってのに」口から煙草を抜き取って、わたしに向けた。「値段もなにもかも。現金を用意できるって言ったんだぜ」

「都合がつかなかったんだ」

「あいつは、出来損ないだ。あんなのにまかせるほうが、間違ってる」

「経験を積ませないわけにはいかないだろう」いつまで調子を合わせていられるものか、覚束なかった。

「あんた、もしかしてあいつの親父?」レイは初めてわたしをまともに見た。

鼓動が速くなった。「似ているかい?」

レイは流し目をくれた。「ぜんぜん。母ちゃんが牛乳配達かなんかと浮気でもしたんじゃないの?」

「彼には連れがいただろう。ぼくによく似ているのが。そっちが甥っ子だ」

「連れ? 前みたいに、ボンクラのプレメイドアが来ただけだ。ひとりで来いって言っておいたから」

「そうか。甥は下で待っていたんだろう。プレメイドアはそう言っていなかったか?」

レイは首を横に振り、吸殻の山に煙草を押し込んだ。その下に灰皿が隠れているのかどうかは、判別のしようもない。レイは背を向けて、ここ以上に乱雑を極めた寝室に入っていった。虫の食った毛布と黄ばんだシーツを放り投げ、ひと声うなってベッドの下から細長い金属の箱を引きずり出す。ダイヤルをまわして蓋を開けた。肩越しに振り返る。「おい、そっちに持ってくのはごめんだぜ」

わたしは一歩横に動いて、リディアを通した。「貸しは大きいわよ」彼女は小声で言って、寝室に入った。箱の傍らにしゃがんだレイが、顔を上げてにんまりする。そばへ行って覗き込んだ。なかには、多種多様な火器が詰まっていた。一ヶ所にこれほど大量に集まっているところを見たのは、海軍以来だ。

無数とも思える拳銃がぎっしりと底を埋め尽くす。リボルバーもわずかにあるが、大部分がオートマチックだ。その上に、ライフル五丁――二丁は夜間照準器つき――、ショットガン二丁、無数のサイレンサーに細長い連発銃用の弾倉。機関銃も三丁。ひとつはウージ、あとふたつの機種はわからない。使用を重ねてきたせいか、スティング・レイの手元に置かれていたためか、例外なく薄汚れ、傷だらけだ。

「これと同じのを、持っていったぜ」レイはショットガンを脇に押しやり、その傍らのライフルを手に取った。「あとはこいつ」と、三五口径のオートマチックを示す。「ほかにどんなのを欲しがったか、見るか？　ヴィザカードときたんだぜ。まったく、とんちきな野郎だ」

わたしはうなずいた。レイは銃身の短い、コルト三五口径オートマチックをもう一丁取り出した。わたしも同じような銃を、いま身につけている。次は、夜間照準器のついたライフル。

「それにこいつも」レイはよほど突拍子もないことを言うつもりなのか、せせら笑った。「いくつか欲しいんだって」箱を引っかきまわし、先ほどわたしの気づかなかった物体を取り出した。手榴弾だ。「小さいから安いんだろ、だってさ。あんな脳たりんを、どこで見つけてきたんだ？」

「優秀なやつは、そうそう集まるもんじゃない」

「せめて、言いつけをしっかり守るように祈るんだな」レイは言った。「あんなもんをあちこちにばら撒かれたら、あんた、身の破滅だぜ」

わたしはレイの傍らに膝をついて、彼の見せた銃を手に取った。ほかにもいくつか吟味し、手榴弾の重さを掌で量った。レイが煙草に火をつける。「あいつはわれわれが何者だと言っていた？」目的に適した武器を選ぶ手伝いをしてほしいと、わたしは匂わせた。「どんな目的で使うのかを、話していたか？」

レイは煙草を唇から離し、おもむろに言った。「鹿狩りだろ。まったく、笑えるよ。ここに来るやつは、みんな〝鹿狩り〟って言う。ま、どうでもいいけどね。鹿でもなんでも、おれには関係ない。だけどさ、あんたもたいした手下を持ったもんだな。薄らバカのプレメイドアに、口を利かない細目の女。なにを企んでるのか知らないけど、せいぜい幸運を祈ってやるよ」再びリディアに視線を這わせた。「英語はからきしなのか？　え？」

「ああ、話さない」わたしは言った。「だが、運転技術は抜群だ。男のケツをどやすのも」

「いやはや。こんな運転手がいたら、運転席に座りっぱなしでいるな。ケツを揺すってさ」

リディアは仕事中はプロに徹する。頬を染めもしなければ、顔をそむけもしないで、不機嫌で険悪な面持ちを保った。報酬さえもらえば周囲の出来事には無関心、理解しようとも思わない。ときおり、暴力を振るわせてもらえるならば、さらにけっこうだとでも言わんばかりだ。

スティング・レイと値段の交渉をし、煙草を吸いながら、装塡方法や黒色火薬、来年のいま頃に施行される法律についてなど、四方山話もした。この新しい法律が施行されると、銃器ショウで銃を買う際に五日間の待機が義務づけられるようになる。雑談のあいだにプレメイドアがレイに話したことを聞き出そうと、知恵を絞った。彼の正体、ゲイリーとの関係、武器を購入した目的につながる手がかりをつかみたかった。しかし、あきらめざるを得なかった。レイはなにも隠していない。やはりその言葉どおり、買い手の意図を努めて知るまいとしているのだ。プレメイドアがなにを言おうと、いっさい耳を傾けなかったのだろう。

立場が逆であれば、わたしも同じようにする。

しまいに、丸めて入れておいた札をポケットから出し、百ドル札二枚を渡して、三五口径のオートマチックと大容量の弾倉一個を受け取った。ウージと手榴弾に興味があるので再度来ると、レイに告げた。

「なあ」取り引きを終え、帰り際にわたしは言った。「あいつらがまた来たら、どっちかひとりでもかまわないが――」

「誰が？」

「プレメイドアだ。もしくは甥っ子」

「ああ、そいつね」レイは投げやりに言った。

「来たら、スミスが電話をしろと言っていたと伝えてくれないか。見当はずれのものを買ってこられちゃ、かなわない」

「お安いご用だ」レイは請け合った。もっとも、現金を見せられたら、わたしが来たことなどあっさり忘れるだろう。

「スミスだ、いいな」わたしは念を押した。

「スミスね」レイはにやっとした。「たまげるよな。ここに来るやつは、みんなスミスと名乗る」

「親戚が多いんだ」わたしはリディアと部屋を出た。

表玄関のドアを開けるなり、リディアは歩道を踏み鳴らし、レイのアパートから遠ざかった。わたしもその横を歩いた。遅れずにすんだのは、わたしのほうが脚が長いからにほかならない。

「ごめん」わたしは言った。「悪かった、謝る。夕食でも休暇でも、車でも、なんでもプレゼントする。お母さんにも、車をどうだろう」

「あんなところに連れていったなんて、ぜったいに母に教えないで」

「わかった。ぜったいに言わない。約束する。百万年経っても言わない」

「いったいどうして」敵陣に切り込むような速度を落とさずに、リディアは顔を振り向けた。「ベッドの下に隠した銃を売るからといって、あんなに汚い部屋に住む必要があるの？　同じクィーンズだって、きれいな道にすてきな家が建ち並んでいるところにすればいいのに」

「そういうところでも売っていると思うよ」

「まあ、それはけっこうね。いますぐ、クロロックス（漂白剤）のお風呂に入りたい。ところで、さっき買った銃を使う当てでもあるの？」

「どうして？　もう一度あそこに行って、あいつの頭を吹っ飛ばす気かい？」

「頭は二発目よ。そのあと、あなたの処置を考える」

リディアは車の行き交う道を突っ切ろうとした。わたしはその腕をつかんだ。「落ち着けって。あいつやぼくみたいな唾棄すべき人間のことは忘れて、きみの——きみの体が押し潰されないように、気をつけたほうがいい」

「自分の——自分のことは自分で面倒を見られるわ。おかまいなく。よもや、あの冗談をおもしろがったりしなかったでしょうね。運転席が聞いてあきれるわ」と、鼻を鳴らした。

「ぜんぜん、おもしろくなかった。誓ってもいい。ところで、その音、お母さんとそっくりだ」

「母を持ち出さないで。わたしは読心術ができるということを、忘れないで」

「忘れないとも」

「それに、少しでも笑ったりしたら、ほんの一度、わずかでも——」

「ぼくが？　とんでもない」

「笑ったわよ」

「あいつがこてんぱんにのされると思ったからだ」

「のしてしまえばよかった」

「だろうな。驚嘆すべき自制心だ」

「まあね」リディアはジャンパーの襟を整え、髪を撫でつけた。「ええ、まあ、そうこなくちゃ」

なにがどうきたのか、よくわからなかったが、いまは七月でここはタヒチだとリディアが言ったとしても、即座に同意しただろう。

13

コーヒーショップに入ってリディアは紅茶を飲み、すべては平常に戻った。

ただし、洗面所で手を洗って――クロロックスはあったのだろうか――戻った彼女が指摘したように、〝芳《かんば》しくないニュース〟ではある。

ボックス席で先にコーヒーを飲んでいたわたしも、店内をぼんやり見ながら同じことを考えていた。

「単なる偶然だとすますことはできないわね」リディアが言った。

「できるものなら、そうしたいけど」

「サリバン刑事に知らせなくては」リディアはおだやかに言った。わたしは彼女に視線を移した。

「わかってる」わたしは携帯電話を出そうとはしなかった。

「ゲイリーのためなのよ。銃を買ったのだから問題になるでしょうけれど、使ったらもっとたいへんなことになるのよ」

「わかってる」

「警察がレイと取り引きをするわよ。きっと彼を利用して、プレメイドアを見つける。そうなれば、わたしたちもゲイリーを見つけることができるわ」

リディアが〝わたしたち〟と言ったのは、わたしがいくらかでも対処しやすいようにと配慮したに過ぎない。そんなに都合よく運ぶものではない。

そもそも、まったく見込みがないのではないだろうか。

わたしは首を横に振って、コーヒーを飲んだ。

「どうしたの？」

「彼はプレメイドアを見つけられないよ。ぼくはコンピューターに詳しくないが、ああして段取りをつける場合の最大の利点は匿名性だというくらいは知っている」

「警察には専門家が――」

「ライナスよりも優秀な専門家が？」

リディアは返答に窮した。カップを取って紅茶をすすり、なにも言わなかった。

「だが」わたしは言った。「ひとつ考えがある。つまり――」続ける前に携帯電話が鳴った。

「くそっ、くそっ、くそっ」

「電話に出ないの？」

そこで電話を出したが、実際は壁に向かって投げつけたい心境だった。「スミスだ」

「ジム・サリバンです」

たまげた。山が動いてマホメットのところへ来た（もとはマホメットが三度呼びかけても山は動かず、マホメットのほうから歩いていったという故事）。「やあ、サリバン刑事」と答えて、電話の相手をリディアに教えた。「なにか用かな？」

「いったい、なにをやらかしたんです？　署長がかんかんですよ」

「署長が？　面識すらないんだよ。たしか、ルトーノーだっけ？」

「聞き込みをしている最中に、いきなり署長室に呼びつけられましてね。なにを措いても駆けつけろって。あいつは何者だ、おまえはあいつについてどんなことを知っている、あいつはウェズリーの件でなにを知っている。こんな調子ですよ」

わたしは話の内容よりも、彼の口調の微妙な変化に驚いた。きのうの午後の控えめな親しさや、昨夜遅くの苛立った難詰口調は微塵もない。常連の依頼人が、得意先を失うのを恐れてわたしが引き受けると確信し、ろくでもない仕事を持ち込むときの口調だ。さもなければ、わずかばかりの報酬を期待して電話をしてくる情報源のそれ。警官が使うことは、めったにない。

リディアに目で問いかけた。むろん彼女にその意味がわかる由もない。

「署長にはなんと？」

「どう答えればよかったんです？」

「おいおい、そんなやり方をする必要があるのかい？」サリバンが答えないので〝そんなやり方〟をした。「ぼくが何者かは、知っているだろう。お望みとあれば、履歴書をファックスする。私立探偵、ゲイリー・ラッセルの伯父。ゲイリーが犯人でない限り、トリー・ウェズリーを殺した犯人にはまったく関心がない」真意ではないが、公式書類の体裁を整えるにはじゅうぶんだ。「その件についてぼくの知っていることは、きみも全部知っている。きみに手を引かされたことや、ゲイリーのいどころを示す手がかりがまったくないことも」ついさっきまでリディアといった場所を考えれば、百パーセント真実ではない。しかし、こう話したことによって導き出される結果を見たかった。サリバンの口調の裏に嗅ぎ取ったものが果たして事実であれば、彼がなにを提供するつもりであるのかを、知りたかった。

「それは全部、署長は知っていましたよ。わたしを呼びつける前に」

「それで？」

「署長は」サリバンはさりげない口調で言った。「この町で育ったけれど、わたしは違うと話さなかったかな」

「きみは自分の若い頃には触れなかった」

「わたしはアスベリー・パークの出身です。署長はワレンズタウン育ちで、アル・マクファーソンとはヴァーシティのチームメートだった」

「なるほど。だからじゃないか？　昨晩、旧友のマクファーソンが車から降りるときに転倒したから、ぼくに腹を立てた」

「その点は確認しましたよ。マクファーソンは署長に電話をして、わたしを事件からはずし、あなたを留置場にぶち込む方法はないものかと相談を持ちかけたんです。署長は内密にという条件で、マクファーソンをぶちのめすことができる人物にはつい好意を持ちたくなると、わたしに打ち明けた。ただし、あなたは例外で、魂胆を知りたいという思し召しだった」

「魂胆など、あるものか。午前中ずっと、ニューヨークで街をうろついている若者たちに、甥っ子の写真を配っていた」

「ツキは？」

「ゼロだが、噂は広まった」

「ＮＹＰＤが彼を捜しているという噂もね。われわれのために」

「ツキは？」

「では、署長の立腹の理由に心当たりはないんですね」

「ない。虫のいどころが悪かっただけなんじゃないか？」

「みんなそうですよ。ここらでは」しゅっと、マッチを擦る音。愛煙家が再び話し始める前に一服してできる、短い間。「令状を取ったり、少年たちをハムリンズから連行したりしましたからね。ランディ・マクファーソンも含まれていたから、なおさらだ」

「そうか」わたしも煙草を吸えるところへ行きたくなった。「いままで考えてもみなかったが、当面きみはワレンズタウンでもっとも評判の悪い人物なんだろうな」

「署にはヒステリックな抗議の電話が殺到しています。マクファーソンからだけではなく」と、彼は同意した。「昨晩は自宅にも四回。結局、電話線を抜いてしまった。今朝は今朝で、庭に〝売家〟の看板がふたつ立ててあった。五年前にウォリアーズがプレーオフに進出できなかったときに、ライダーコーチがやられて以来です」

「ひどいな」たしかにひどいと思う。しかし、サリバンの声はかすかに笑いを含んでいた。

「まあ、不動産市場が冷え込んでいるから、売れないでしょうよ。ところで、確実な証拠が出てこない限りは、部員に手を出すなというのが、署長のお達しなんです。それはハムリンズの試合が終わるまでという意味かと、訊いてみた」

「きみはよほど有利な契約を労働組合と結んでいるようだ」

「当然ですよ。連行された部員を合宿に戻せるように、ライダーコーチがハムリンと交渉しているという噂です」

「ハムリンは応じるだろうか」

「どうでしょうね。ハムリンは今回の騒動をおもしろがっているみたいだ」

「変わった男だ。要するに、昨晩連行した連中を釈放するんだね？」

「証拠もなしに、勾留はできない」

「別件だってかまわないだろうに」

「証拠もなしに、勾留はできない」サリバンは繰り返した。

「それが、この件に関しての署長の見解というわけか」

サリバンは否定しなかった。「署長は、あなたがワレンズタウンに来たら逮捕すべきだという見解を持っている」

「きみだって、きのうはそのつもりだった。あの時点では、署長はぼくのことを知らなかった」

「いまやワレンズタウンの警官で、あなたを知らない者はいませんよ。会議室に顔写真が貼り出してある」

「光栄だ」

「ふざけている場合じゃないでしょう。それで、署長を怒らせた件ですが」

「なんだね？」

「原因に思い当たったら、知らせてください」

サリバンは電話を切った。わたしは電話を下ろし、店内を見まわした。よもや奇跡が起きて、クィーンズ市議会がカフェでの喫煙を認めてはいないだろうか。誰も喫煙していなかった。コーヒーを飲んで我慢するしかない。コーヒーはすっかり、冷めていた。

「話さなかったのね」リディアが言った。

「うん」

「どうして？」

「結論を出す前に、話をしまいまで聞いてくれないか」

「結論を急いでいたら、あなたと仕事なんかできないわ。話して」

「サリバンは署長からようやく解放されたところだった。署長はぼくが何者で、なにを知っているのかと、彼を質問攻めにしたそうだ」

「それで？」

「たいていの場合、上司がカリカリすると、部下もカリカリする」

「あら、すてきな表現。サリバンは、カリカリしていなかったの？」

「署長を怒らせた原因がわかったら、知らせてもらいたいんだって。ただちに行動を慎めではなく、知らせてもらいたいと言ったんだ」

「ふうん。きのうあなたを町から放り出した当人がね」

「まったく同感。おまけに、少年たちにかまうなと署長に命令された当人でもある」

「そうなの？」

わたしは彼女に逐一語った。

「〝売家〟の看板？」とリディアはその一件を聞くと言った。「どうかしてるわね。町全体が常軌を逸しているわ。だけど」

「だけど？」

「だけどサリバン刑事は、少年たちにかまうなと署長が指示した理由は理解できるけれど、署長があなたに腹を立てた原因はわからない。そこで、あなたにそれを教えてほしい。そういうことね？」

わたしはうなずいた。

「だからといって、スティング・レイが銃を密売していることを、サリバン刑事に話さない理由にはならないと思うけど」

「少し考えてみたかったんだ」

「考えてみた？」

「なにを言いたいんだ？」

「少年ふたりがきのう違法に銃を購入し、さらに買い足そうとしている。そう言いたいのよ」

「ふたりではなく、ひとりだ。プレメイドアはひとりだった」

「ビル」その声は鋭く、黒い瞳は石炭のような硬質の光を放っていた。「サリバン刑事でなくてもかまわない。とにかく、誰かに知らせるべきよ」
しばらくのあいだ、リディアとわたしは互いの目を覗き込んで、座っていた。それからわたしは立ち上がってテーブルに五ドル札を一枚置き、寒い午後の街に出た。すぐうしろにリディアの気配を感じた。振り返らず煙草を出し、手で囲って火をつける。同時にポケットから携帯電話を出して、ワレンズタウン警察の番号を打ち込んだ。

受付の若い警官が出たあと、しばらく待たされた。それから「サリバンです」

「スミスだ」

「もう原因に思い当たったんですか?」

「いや。重要な情報が入ったので、無料《ただ》で提供しようと思ってね」

「この世に無料《ただ》のものなんて、ない」

「たしかに、そのとおり。いまのところ、自分の欲しいものがわからないんだ」

「ほんとうに重要な情報であれば、借りができたとメモしときますよ。ただし、とっくに警察に知らせておくべき情報だったら、メモの内容を〝逮捕〟に書き換える」

「ついさっきのことなんだ」わたしはレイ、プレメイドア、銃の入った箱について語った。プレメイドアの名前の由来、レイの人相風体、アパートの住所も教えた。そこに到達した手がかりを伏せておくのは、不可能だった。「プレメイドアの存在は、ゲイリーのメールを通じて知ったんだ。きのう、レイのところから数ブロック離れた場所で、ゲイリーらしき少年を見たという情報もある」

「こりゃあ、おおごとだ」サリバンはつぶやいた。「つまり、コミックに登場するミュータントになったつもりの少年ふたりが、クィーンズで密売人から銃を買ったんですね」

「ふたりとは限らない。レイが会ったのは、プレメイドアだけだ。彼の父親かと訊かれたところからすると、若い子のようだ。だが、レイは一度もゲイリーに会っていない」

「でも、ゲイリーを目撃した人がいる」

「……らしき子をね」

「はいはい。しかし、まずいな」サリバンは大きく息を吐いた。「こうなると、関係各方面に連絡する必要があるな。とんでもないことをしてくれましたね。密売人から銃を買うなんて」

「じゃあ、どうすればよかったんだ。〝ウィンドウショッピングしただけだ、悪いね〟と言うわけにいかないだろう。銃はちゃんと提出する」

短い間。「いいでしょう。NYPDには、匿名でタレコミがあったと連絡します。可能な限り、あなたの名前は伏せておく。情報をくれた見返りとしては、これが精一杯だな」

「そんな見返りは望んでいないとしたら？」

「気持ちはわかるけれど、そうするしかないんですよ」

「ゲイリーは？」

「伏せておけませんよ。もうひとりの少年も同様です。そのくらい、わかるでしょう」

「ああ、しかたないな。サリバン刑事、もうひとつある」

「なんです？」

「ワレンズタウン高校は、月曜に再開する。それまでにプレメイドアがつかまらないと——」

「ええ、それはとっくに考えましたよ。しかし、頭が痛いな。ゲイリーは引っ越してきて間がない。メールで連絡を取っていたとすると、プレメイドアがこの町の者とは断定できない。どこの何者ともわからないわけです」

電話を切ってポケットにしまい、わたしは道路を行き交う人や車の往来、ゴミバケツを嗅ぐ犬をぼんやり眺めた。

「ごめんなさい」傍《かたわ》らで低い声がした。もちろんリディアだ。

わたしは首を横に振った。「きみの言い分が正しかったんだよ」

「でも、やっぱり気が咎めるわ」彼女はわたしの手を取り、軽く握り締めた。わたしはうなずいて、目を逸らした。

「ちょっと思いついたことがあるのよ」リディアは言った。

わたしは向き直って、待った。

「ワレンズタウンには記者が集まっているんじゃないかしら。ウェズリー事件の取材で」

「たぶんね」

「わたしもレイのところへ行ったことを、あなたはサリバン刑事に伝えなかった。彼はわたしの存在をまったく知らない」

「ワレンズタウンに行ってこようってわけかい？」

「わたしは若くて小柄で、女だし、カマトトぶるのも上手よ」

わたしは思わず頰をゆるめた。リディアもにっこりする。「おまけに」わたしは言った。「飛び蹴りもうまい。レイに少しでも脳みそがあったら、震え上がっていただろう」

「期待に応えられるように、努めているのよ」

そこで、計画を立てた。わたしはクィーンズ界隈に留まり、ワン・トゥー・ワンのワゴン車の到着を待ってボランティアの女性に話を聞いたり、ゲイリーの目撃者を捜したりすることにした。またNYPDが到着するまで、レイの住んでいる建物への人の出入りも見張る。

リディアはレンタカーを借りてワレンズタウンへ向かう。

「着く頃には、夕飯どきになっているわね。マクドナルドなんかに、若い子たちがたむろしているんじゃないかしら」

「ステイシー・フィリップスに電話をして、若い連中がたむろする場所を訊こう。それがわかったら、連絡する。きみの素性は伏せておく。もし彼女に出会ったら、女性記者として話をすればいい」

「楽しみだわ」

リディアが再び手を取った。どんより曇った空の下、わたしは上半身を傾けて彼女にキスをした。道路を横断して地下鉄駅の階段を駆け上がるうしろ姿を見送った。その場にたたずんで、電車が来て駅を出ていくまで、煙草を吸っていた。それからリディアに渡された封筒からゲイリーの写真を出し、行動を開始した。

四十分くらい写真を見せてまわったが、はかばかしい結果は得られなかった。ワン・トゥー・ワンのワゴン車も来ない。レイの建物の近くに五、六度行ってみたが、とくに目立った動きはない。匿名のタレコミを根拠にして令状を得るのは面倒だが、不可能というわけではない。おそらく、サリバンの連絡を受けたＮＹＰＤの担当者が、確実に起訴できる策を練って時間を食っているのだろう。確実に起訴できるに越したことはないのだから、時間がかかってもかまわない。わたしはそう自分に言い聞かせた。もっともそれが本心であれば、長身でたくましい少年がレイの建物があるブロックを歩いてきたときに、鼓動が速くなったりはしなかっただろう。そのあとで背中にアルファベットの縫い取りのあるジャンパーを着た、黒っぽい髪の少年が角を曲がってきたときに、肝を冷やしたりもしなかっただろう。どちらの少年もゲイリーではなく、またレイの住んでいる建物にも入らなかった。ほかにその年頃の少年が来ることもなく、いたずらに時が流れた。わたしはあきらめなかった。疲労が重なり、勝利が絶望的になっても、やめるより続けるほうが、精神的に楽な場合もあるのだ。

界隈を幾度も往復してチラシを配り、十五歳の子の感情を慮《おもんぱか》った。ステイシー・フィリップスにかけたが、留守番電話になっていた。道行く人に話しかけ、コーヒーを飲み、煙草を何本も灰にした。携帯電話が鳴ったときは、ほっとしたくらいだ。

「もしもし」

「ミスター・マクファーソンがお話ししたいとのことです。少々お待ちください」女の声だった。わたしは歩道の脇に寄って待った。マクファーソンは自分からかけてきたにもかかわらず、三十秒ほど待たせたのちに、ようやく出た。

「スミスだね？　きみに会いたい」

きのうと同じ調子だ。大きな声で、有無を言わせずにまくし立てる。

「昨晩、轢き殺そうとしたのに」わたしは指摘した。

「いまでも、できればそうしたいさ。わたしのオフィスに出向いてもらおう」

「ずいぶん丁重なお招きだ」

「うるさい。昨夜の件で、逮捕させてもよかったんだ。その前に、話をしたい」

〝その前〟か。「こちらに選択の余地はあるのかな」

「好きなようにしてかまわない。ただ、オフィスに来たほうが、うまくいくだろう」

「なにがどう、うまくいくんだい？」

「パーク街二四一の十六階だ。マクファーソン・ピータース・エニス・アンド・アーキン。六時までいる」

腕時計に目を落とした。四時半。時間はじゅうぶんにある。行く気があればだが。

「よかろう」わたしは言った。「では三、四十分後に」

「もっと早く来られないのかね？」

「きみのような大物ならともかく、無理だな。いっそのこと、こっちに来たら？　いま、クィーンズだ」

「口の減らない男だな。三十分だ。いいな？　待たされるのは嫌いなんだ」

彼はそれきりなにも言わずに、電話を切った。

地下鉄駅に向かう途中でスティング・レイのいるブロックに寄ったが、なにも起きなかった。完全武装した少年も、急行するNYPDの車両も、見張りの私服刑事もいない。スティング・レイから買った銃はジーンズの尻ポケットに入っている。ふだん左の脇の下につけているホルスターには、三八口径。射撃練習場に行って、レイの拳銃の試射をしたい衝動が起きたが、むろんそうするわけにはいかない。サリバンの指示が出たら、ただちにNYPDに提出するのだから。プレメイドアが買った銃は、果たして発砲される機会があるのだろうかと考えた。そして、いつ、どこで。

電車を待つあいだを利用して、駅のホームで弁護士の友人に電話をかけ、マクファーソン・ピータース・エニス・アンド・アーキンについて問い合わせた。

「信託や遺産関係が専門だ」友人は言った。「大金がからんでいれば、離婚も扱う。そろそろこの世におさらばして、莫大な遺産を残そうという腹かい？」

「いや、ガールフレンドと別れ話が進んでいるんだ。彼女は汚らわしいほどの金持ちだから、慰謝料をふんだくってやろうと思って」

「そいつがほんとうなら」彼は淡々と言った。「マクファーソンは適任だ。離婚交渉では、夫側の強力な味方だ。悩める億万長者とその秘匿財産を、強欲な女子供から守ってくれる」

「勇気を出してなすべきことをしてくれる人間がいるとは、喜ばしい限りだ」

「噂によると、仕事が生き甲斐なんだってさ」

わたしは轟音を立てて走る地下鉄に乗り、クィーンズを抜けて川の下をくぐり、マンハッタンにあるマクファーソンのオフィスから二丁と七ブロック離れた駅で降りた。一定の歩調を変えずに、歩行者を追い越し、縁石を下りて次のブロックに渡り、信号に従って、あるいは変わる寸前に交差点を横断した。一度だけ赤信号に引っかかった際には、青になると同時にぐずぐずしているタクシーの前を突っ切った。

パーク街二四一には、巨大なグレーのガラス箱のような建物が建っていた。マクファーソン・ピータース・エニス・アンド・アーキンは、その三フロアを占める大きな弁護士事務所だと判明した。一階に出ている案内図によれば、事務所を代表する四人のシニアパートナーのオフィスは十六階にあった。シニアパートナーの数は角部屋の数に関係があるのだろうかと、角部屋にあるマクファーソンのオフィスに案内されながらわたしは思った。

オフィスは広々として、革張りの椅子や、書棚を埋める背表紙に金文字を押したぶ厚い書籍が、権力と金の匂いを撒き散らし、ここで法律相談を受けようと決意した己の賢明さを祝福したまえと、依頼人に語りかけている。一面に敷き詰めたベージュのカーペットの上に誇らしげに置かれた、精緻な模様のえび茶と青のペルシャ絨毯を始めとして、照明つきの真鍮の額に納まったヨットレースの油絵、飾り棚に誇らしげに並べられた半ダースほどのゴルフのトロフィーが、依頼人の満足感をさらにあおる仕組みだ。

暗い色調のどっしりした木製のドアを音もなく開けた事務員は、わたしがオフィスに入ると、ひと言も口を利かずに再びドアを閉めて去っていった。マクファーソンは即座に立ち上がったが、それは儀礼上というよりも、ボールをスナップしてプレーを開始するラインバッカーとしての行動のように思えた。

「やあ、スミス」彼は非難がましく腕時計に目を落とした。電話を受けてからここまで来るのに、一時間近くかかっていた。

「ランディの機嫌はどうかな?」わたしは重厚なデスクに歩み寄り、プレーに備えてポジションを取った。「昨夜は自宅に? それともひと晩、留置場で過ごしたのかな?」

「きみは大バカだ」が、マクファーソンの答えだった。非の打ちどころなく身だしなみを整え、筋肉質の体にはまたもや高価なスーツ。きょうはネイビーブルーだ。水色のクレリックシャツに、青と黄のレジメンタルタイ。昨夜殴り合いをして負けたとは、とても見えない。「信じられないくらいに、大バカだ。どんなトラブルに足を突っ込んだのか、想像もつかないようだ」

「それを教えてくれようというわけか。だったら、ファックスでよかったのに。忙しいんだ」

「座りたまえ。二、三質問がある。少しでも頭があるなら、減らず口を叩くのをやめて、答えたらどうだ」

「大バカだと言ったのは、そっちだろう」わたしは立ったままでいた。マクファーソンもやはり腰を下ろそうとはせず、わたしのジーンズやジャンパー、ブーツをじろじろ見つめた。一流選手はみすぼらしいユニフォーム姿を世間にさらしたりはしないと、その目は語っていた。

「スコット・ラッセルの義理の兄だということを、なぜ言わなかった」

「訊かれた覚えはない」

「スコットの息子はどこにいる」

「それがわかれば、あんたの人生から出ていくさ」

「どのみち、出ていってもらう。ただちに。ラッセルの息子はなにを企んでいる？」

「なんで関心を持つんだい？」

マクファーソンは再度わたしをじろじろ見つめ、冷ややかに笑った。大きな革の椅子にすとんと腰を下ろした。椅子はえび茶色、ワレンズタウン高校のスクールカラーだ。革の場合はオックスブラッドと呼ぶけれど。

「サリバンはど阿呆だ」彼は言った。「ハムリンズの合宿には五万ドルもかかっている。ランディはあの娘を殺していない。フットボールチームに犯人はいない」

「みんなパーティーに出ている」

「誰がそう言った？」

「誰かが必ず口を割る。参加者の名前がひとりでも明らかになれば、あとは芋づる式だ」

「たわけたことを抜かすな。サリバンのおかげで、部員たちは間近に迫ったハムリンズの試合どころではなくなる。来シーズンにも影響を及ぼすだろう。ワレンズタウンはすばらしいところだが、警察はいまも昔も阿呆揃いだ」

「ああ、そう聞いている。二十三年前からずっと変わらないらしいな」

マクファーソンはびくともせずに、わたしを睨みつけた。しかし、プレーの最中にボールを持った相手選手の目を見れば、次の動きが見て取れる。それと同じようにして、わたしは彼の全身の筋肉が緊張しているのを感じ取った。

「きみは」マクファーソンはわたしを指差した。「最大の過ちを犯した。とてつもなく大きな過ちを。あの愚にもつかない事件は、ワレンズタウンにとって遠い過去の話だ。いまさら蒸し返す必要がどこにある。むろん――」と、立ち上がってデスクに両のこぶしを置く。「わたしだって、思い出したくもない。あの逮捕で、大学でのキャリアが潰されたんだ」

わたしは書棚の横に飾られた、ラミネート加工を施した卒業証書に目をやった。「ハーバードを出ているじゃないか」

「ふん、ハーバードのロースクールだ。大学はラトガーズ。血を吐く思いで、勉強したよ。なぜだかわかるか、スミス。ひとかどの人物になりたかったからだ。もうフットボールをすることができなかったからだ」

「なぜ、できなかった?」

彼はため息をついた。「ワレンズタウンにいたら、大学から勧誘を受けるなんて至難の業だ。都市近郊や東部の大学は、最初から目もくれやしない。あいつらはテキサスの雲突くような有色人種や、ペンシルヴァニアあたりのウドの大木なんかを取りたがる。だが、わたしは勧誘された。一部リーグの大学に。ノートルダムだ。しかし、その一校だけだった。そして、お高くとまった堅物のカソリックのやつらは、わたしが逮捕されると同時に勧誘を取り消した」

「理解できないな。釈放されたんだろう? 告訴さえされなかった。もうひとりの少年が自殺したと聞いたが、違うのか?」

「ジャレッド・ベルトランだ。胸クソ悪いろくでなしさ。だが、パーティーの件が大々的に報道された。セックス、ドラッグ、ロックンロール。あの頃を覚えているだろう」

「覚えているとも」

「わたしはミドル・ラインバッカーだった。自分がどの程度の評価を得ているかは、自覚していた。ノートルダムに行っても、最初は控え選手だっただろう。だが、能力を示すチャンスをもらえれば、必ず認められたはずだ」

短い間が空いた。傲慢で底意地の悪い男のなかに、プレーをするチャンスをなによりも欲している少年のかすかな面影を認めたような気がした。

「言い換えれば、悪評と引き換えにするほどには、わたしを買っていなかったんだ」毒のある言葉が少年の面影をかき消した。「勧誘の対象となる高校生はほかにもいるから、わたしを切り捨てた。お偉い同窓生諸君の不興を買うことを恐れたのさ。いまの時代なら誰も気にかけやしない。〝若気の至り〟で笑ってすませ、過ちから教訓を学び、人間としてもフットボール選手としても成長したとみなす。疑問の余地はないね。まったくない。だが、当時はそうはいかなかった」

「ほかの大学でプレーできたろうに」

「二部リーグで？　冗談だろう。二流選手といっしょにプレーするなどという罰を、このわたしが甘んじて受けると思うのか？　観客もいない、新聞にも載らないような試合をすると思うのか？」

「失礼、考え違いだった」

マクファーソンは身を乗り出した。「ランディはいまのポジションをかつてのわたしと同じくらい、いやそれ以上にうまくこなしている。去年も今年も州の代表に選ばれた。そのキャリアを、わたしのように潰させるつもりは断じてない。ワレンズタウン高校のアバズレに潰されるなど、もってのほかだ」

「彼女を知っていたのか？」

マクファーソンはひと息入れて、背筋を伸ばした。「トリー・ウェズリーを？　いや、まったく。彼女は十年生《ソフォモア》で、ランディは十二年生《シニア》だ。ランディの兄は、二年前に卒業している」

「男の子だけで、娘はいないのか」

「きみはどうやって彼女を知った」

「彼女と面識はない」

「ごまかすな。大バカ野郎のスコット・ラッセルが二十年ぶりに戻ってきたと思ったら、息子は行方をくらまし、その数日後に義兄が少女の死体を発見した。おまけに、義兄の職業は私立探偵。すべて偶然だと言うのか？　トリーと面識がないと言い張るのか？」

マクファーソンの人生には、夥《おびただ》しい数の大バカ野郎が存在するようだ。「彼女と面識はない」

「彼女とラッセルのガキは、なにを企んでいた？」

「ほう？　なにか企んでいたのか？」

「スミス、きみはどういうつもりなんだ?」

「ゲイリー・ラッセルを見つけたいのさ」

「信じられないな。スコットは、きみが家族のまわりをうろうろしているところを見つけたら、口に一発ぶちかますと言っていた」

「好きなように言わせておけばいい」

「きみはトリー・ウェズリーの件とどんな関係がある」

「まったくない。ゲイリーが彼女を殺した犯人だと疑われたりしなければ」

「誰かが彼女を殺した」

「パーティーに出席したうちの誰かがね。ゲイリーはパーティーに出ていないようだ」

「出ているさ」

「ランディがそう言ったのか?」

「スコットは、きみを雇った覚えはないと言った。地獄で果てろとしか、考えていないそうだ。誰に雇われた?」

「ゲイリーだ」

マクファーソンは絶句した。しばらく口をつぐんでいたが、やがてデスクをまわって、わたしの前に仁王立ちになった。「どういう意味だ」

「ゲイリーがぼくに助けを求めた。だから、それを与えようと努めている」

「なにをするための助けだ」

「わからない」

「愚か者め」マクファーソンの顔にじわじわと朱が広がった。それこそオックスブラッド色そのものに。笑うわけにもいかず、我慢した。彼は鋭い目つきで、わたしを睨んだ。法廷ではさぞかし威力を発揮するだろう。「愚かなげす野郎だ」不気味に落ち着いた口調で言う。「わたしに向かってそんな口を利いていると、後悔するぞ。きみがふだんつき合っている連中には効果があるだろうが、わたしはそんなに甘くない。腹のうちをさっさと白状してもらおう」

わたしは肩をすくめた。「それはこっちも同様だ」

長い沈黙がオフィスを満たした。マクファーソンが背にしている窓から下の大通りは見えなかった。見ることができるのは、大通りを挟んで、向き合って連なる建物だけだ。どれも高く、角ばっていて、完璧な静を保っているように映る。硬質の壁は内部の間断ない人の動きを微塵も窺わせない。

マクファーソンが冷徹で落ち着き払った口調を保って、ようやく口を開いた。幼かったランディはこの声を聞いてさぞかし怯えたことだろう。

「サリバンは、きみがワレンズタウンに来ることを禁じた。きみに忠告する。ワレンズタウンの内情にいっさい関わるな。昨夜、きみの暴力行為に対する告発状をプレーンデール警察に提出した。ハムリンズに行ったら、即刻逮捕だ。ワレンズタウンに来た場合も、逮捕される」

「それはとうに承知だ」

「ニューヨークとロングアイランドの警官や、二州の警察がラッセルのガキを捜している。きみが妨害をしたとみなせば――」

「――逮捕される。質問がもうないのなら、こっちの窮状を説明してもらうまでもない。そろそろ失礼する」

「質問はまだある」彼は言った。「きみは、ケツが挽き肉器にかけられる前に手を引く知恵があるのか？」

「答えは、ノーだ。あいにくそんな知恵は持ち合わせていない」わたしは踵《きびす》を返し、きしみひとつ立てないドアを開け、彼のオフィスをあとにした。

14

パーク街に出ると街角にたたずみ、冷たい空気を胸に吸い入れて、周囲を流れるように過ぎていく歩行者や、まっすぐに延びた大通りを走る車列を眺めた。夕闇が迫っていた。昼間の光に隠れていたミッドタウンのビルディングの照明が、紫色の黄昏を背景に浮かび上がる。家路についた人々が、地下鉄やバスの乗り場を足早に目指す。警察はクィーンズに到着したのだろうか、リディアはワレンズタウンに到着したのだろうかと、思いを巡らした。

閉店間際のデリカテッセンでコーヒーを買い、ダウンタウンに向かってゆっくり歩を進めた。携帯電話にかけてくる人もいなければ、こちらから誰かにかける当てもない。マクファーソンの重厚なオフィスへの訪問は、新たな情報をもたらさなかった。疑問がいくつか出てきただけだ。それとて、なにかをしていると思い込みたい、成果の上がらない一日であってもあきらめていないと思い込みたい心理が導き出したものであって、おそらく無意味なのだろう。

四十分後には、黄昏の光も消えて夜の帳《とばり》が下りた。自宅が目と鼻の先になったとき、携帯電話が鳴った。電話に出ると、「ステイシーです」と、相手は言った。

「やあ、どうしている?」わたしは言った。

「最悪。こっちに来てくれませんか?」

その声はか細く、発音が不明瞭だった。「なにがあった？　どこにいるんだい？」

「グリーンメドウ。ワレンズタウンの隣町です」

「なにがあったんだ？」

「入院しているの」

車も人も意識から消えた。ステイシー・フィリップスの声にひたすら耳を澄ました。「どうしたんだ」

「じかに話したいの。来てくれますか？」

幼い少女のような声が、いまにも泣き出しそうに震えている。「飛んでいくよ。でも、小一時間はかかりそうだ」

「かまわないわ」声は震えていたが、これまでの彼女らしいところを取り戻して続けた。「どうせ、ここから動けないんだから」

わたしは五分後には駐車場に置いた車のなかにいた。網の目のような街路を走り抜け、アップタウンのジョージ・ワシントン・ブリッジを目指す。橋に着いたときには帰宅のラッシュアワーはほぼ終わっていたが、渋滞の後尾についてしまい、やむなく速度を落とした。たいして遅れるわけではないとはいえ、焦燥は激しく、クラクションを鳴らし、悪態をつき、他人にも自分にも危険な運転をしたい気持ちを懸命に抑えなければならなかった。ようやく橋を渡り終え、携帯電話でリディアに連絡を入れた。留守番電話が応えたので、メッセージを吹き込んだ。彼女は五分後にかけてきた。

「もしもし」

「わたしよ。なにかあったの?」

「ステイシー・フィリップスが入院した」

「どうして?」

「わからない。いま病院に向かっている。そこで会おう」彼女に病院の所在地を教えた。

「了解よ」

その後は運転に集中して、道路の状態やほかの車、対向車線のヘッドライトに注意を向けた。延々と連なるショッピングモールはネオンサインやナトリウム灯、蛍光灯に照らされて、きのうの午前中に日光を浴びていたときよりも、さらに醜悪に見える。そこを過ぎると、秋の色を闇に黒々と塗り潰された丘が間近に迫ってきた。道を左に折れて初めて通る道に入り、グリーンメドウの病院を目指した。

面会時間は過ぎているだろうから、言い訳が必要だ。医者と偽ろうか、それとも牧師にしようか。長年消息を絶っていた彼女の伯父とか。ところが、正面玄関の回転ドアを入ると、面会時間は九時までと判明し、先に到着したリディアがステイシーのいる五七七号室の訪問カードを持って、待っていた。

「ステイシーが電話をしてきて」じれったいほどにのんびり上っていく大きなエレベーターのなかで、わたしはリディアに説明した。「来てくれと言ったんだ。詳しい事情はわからない」五階でエレベーターを降りて廊下を進み、ステイシーの病室を探し当てた。なにが起きたのかはわからないながら、ドアを入ったとたんにその結果が目に飛び込んできた。

ふたり部屋のベッドは片方が空いていて、ステイシーはドアに近いほうのベッドに寝ていた。誰だかわからないほどに腫れ上がり、紫色のあざとすり傷だらけになった顔をこちらに向ける。黒あざに縁取られた目の片方が、完全に塞がっている。裂けた唇。縫合したらしく頭に包帯を巻き、右耳にはパッドと絆創膏。彼女がつけていたいくつものピアスを思い出した。

「ハイ」ステイシーは言った。

「やあ。きみはすごく美人だって、もう言ったっけ?」

「あのね」彼女は言った。「パパはついさっき帰ったばかりなの。追いかけていって、学校時代の昔話でもしたら?」電話のときよりも元気な声を聞いて、わたしは胸を撫で下ろした。

「なにがあったんだい?」

ステイシーはリディアに視線を走らせてわたしに戻した。

「彼女はリディア・チン。相棒だ」

「マジで?」ステイシーは左手でリディアの差し出した手を握った。右手は指二本が金属製の副木で固定されていた。

「マジよ」リディアは言った。

「あなたも私立探偵なの?」

「ええ」

「おもしろい?」

「新聞記者でいるよりは、よさそうね」

ステイシーは、きのう初めて見たのにとてもよく知っているような気のする笑みを、かすかに浮かべた。歯が一本失くなっていても、変わらない。「そう、ときどきうんざりしちゃう」

「それが原因？　きみが記者だから、こんな目に？」

「わからないんです」ステイシーは答えた。

「どういう事情があったんだい？」

「強盗に襲われたの」

「大勢の人が強盗に襲われる。新聞記者でなくても」

ステイシーは開いているほうの目でわたしを睨んだ。「犯人はホッケーマスクをかぶっていたわ。ジェイソンみたいなのを」

「ジェイソン？」

リディアが教えてくれた。「『十三日の金曜日』という映画の登場人物よ」

ステイシーは片目でリディアを見た。「あなたと話したほうがよさそう」

「いいえ、ビルと話しなさい。同時通訳するわ」

リディアは椅子に腰を下ろした。そこにはついさっきまで父親が座っていたとステイシーは言った。わたしも別の椅子を引き寄せた。

「楽ちん？」ステイシーは腰を下ろしたわたしたちに尋ねた。

「きみよりはね」

「デメロールを注射されたの。すっごく、いい気分」

「じゃあ、もうすぐ眠ってしまうな」

「だから、口を閉じて話を聞いてください」

わたしは口を閉じて眉を上げた。

ステイシーは続けた。「学校の駐車場でいきなり襲われたんです。キャンプウィークの最中だから、最近は駐車場は空っぽに近いし、たいてい誰もいないんです」

「きみみたいなオタク以外は、だろう?」

「口を閉じているはずだったと思うけど」ステイシーはリディアのほうを向いて話しかけた。「それに、わたしはオタクじゃないわ。ゲージツ家。彼はきちんと区別できないみたい」

「それがこの人の困ったところ」リディアはあいづちを打った。「あなたは学校でなにをしていたの?」

「学校が休みでも、しようと思えばやることはいくらでもあるんです。下調べをしたり、紙面を割り振る係はレイアウトを決めたりとか。余分に単位をもらえるの」

「では、きみが学校にいることは大勢が知っていたんだね?」

「それって、探偵としての質問ね。ええ、たぶん。いつでも、二時半以降に活動をしていい規則になっているんです。わたしは編集長だから、毎日行っていた。みんな知っているんじゃないかな」

わたしはリディアに言った。「なんと、彼女は編集長なんだって」

「信じられない」ステイシーは言った。「入院しているのに、からかうなんて」

「わたしは彼と仕事をしているときに、銃で撃たれたことがあるのよ。四日間の入院中、彼は毎日見舞いに来てからかったわ」

ステイシーは、開いている片目を丸くした。「ほんとうに撃たれたの?」

「彼と知り合うと、危険な目に遭うのよ。あとで、傷痕を見せてあげましょうか」

「すてき」

「そろそろ、きみが入院する羽目になった話に戻らないか?」わたしは言った。

「入院する羽目になったのは、その男が襲ってきたから。さんざん殴ったり、蹴ったりしたの」元気よく話し始めたが、突如語尾を震わせた。わたしは彼女の手を取って、軽く握った。意外にも、彼女は手を抜き取らなかった。「どうしてわざわざ来てもらったのか、興味があるでしょう?」

わたしは軽口を叩かずに、うなずいた。

「犯人は、しつこく訊いたの。〝おまえはなにを手に入れた?〟さっぱりわけがわからなかったわ。そうしたら今度はこう訊いた。〝トリー・ウェズリーはなにを手に入れた?〟」

「それだけ?」わたしは質問した。「〝トリー・ウェズリーはなにを手に入れた?〟と訊いたんだね?」

「わたしが〝知らない、知らない〟って繰り返していたら、犯人は悪態をついて、なにを訊かれたのかを誰にもしゃべるな、手を引かないとまた痛い目に遭うぞと脅したの」わたしを見つめた。「どういう意味？　わたしやトリーがなにを手に入れたと思ったのかしら」

「わからない。犯人はそれしか言わなかったんだね？」

「そう、すごくしつこかった」

リディアが立ち上がってベッドの横に置いてあったプラスチックのカップを取り、水を注いで差し出した。ステイシーはわたしの手を放してカップを受け取った。

「犯人の特徴は？」わたしは訊いた。「なにか気がついた？」

ステイシーはリディアにカップを返した。「ううん、ぜんぜん」力なく枕に沈み込むような様子を見せた。「うなるような声しか出さなかったんだもの。だから、また聞いても、犯人の声だとわからないと思う。あまり大きくはなかったけれど、痩せているとか目立った特徴はなかった。ごくありきたりな感じ」

「ごくありきたりの強盗か」

「ジェイソンのマスクをかぶった強盗よ」リディアが補足した。

「警察には通報したんだね。サリバンに話したのかい？」

「マスクをかぶっていたことなんかは話したけれど、犯人がなんと言ったのかは黙っていたんです。サリバン刑事が来なかったから。彼が来れば、話す気になったかも」ステイシーはあやふやな口調だった。「ボビー・サンチェスが来たんですよ。彼は刑事ではなく、ただのおまわりだもの」

「どうしてサリバンが来なかったんだろう。勤務が終わっていたのかな」

「ううん、どこかよそにいるんだって」

はたと、思い当たった。彼はニューヨークだ。NYPDとともにクィーンズの銃密売人を連行しているのだ。

「だいたい」ステイシーは続けた。「ちょっと見には、よくある強盗未遂事件だもの。刑事を行かせるまでもないと思ったんだわ」

「でも、警察の見解は誤りだときみは考えている」

「ええ、ぜったいに違う」彼女は傷だらけの顔をわたしに向けた。「犯人はなにからわたしの手を引かせたいの？　わたしやトリーはなにを手に入れたの？」

「わからない。でも、必ず突き止める。それに、きみに近づこうとするやつは殺してやるよ」

ステイシーは笑みを浮かべた。先ほどよりも弱々しく、疲れているようだったが、心からの笑みを。「それはちょっと困るかな。デートできなくなっちゃう」

「信じられない」わたしは言った。「入院中の患者にからかわれるとは」

わたしは先に病室を出て、リディアが銃創の痕をステイシーに見せているあいだ、廊下で待った。エレベーターで一階に降り、病院を出て駐車場のわたしの車のところに行って、初めて口を利いた。

「あなたが彼女を好きな理由がよくわかったわ」リディアは言った。「すばらしい子ね」

「ぼくは本気だ。犯人を殺してやる」

リディアはナトリウム灯の下で、長いあいだわたしを見つめた。「犯人の正体と目的を突き止めるほうが先よ」

「くそっ」わたしは言って煙草をくわえ、半分になるまで無言で吸った。「そのくらいわかっている」

「あなたが電話をくれたとき」リディアは少し間を置いて言った。「わたしはひとりの少女と話をしていたの。あなたも彼女と話したほうがいいわ」

「ワレンズタウンの子？」

「ええ。公園にたむろしていた連中のひとり。いわゆる〝変人《フリーク》〟ね。髪を染めて、鼻にはピアス。最初は誰からも反応がなかったけれど、一応みんなに名刺を渡しておいたの。そうしたら、三十分くらいあとにその子が連絡してきたのよ。話をしてみる？」

「役に立つかな」

「なにが役に立つのか、見当もつかないわ。でも、いろいろなところで話を聞くのが、わたしたちの仕事よ」

リディアは携帯電話を使って連絡を取った。それぞれ車に乗り込み、丘を下って町に入った。リディアに接触してきた少女とは、グリーンメドウ小学校の校庭で会う約束になっていた。少女は夕食でもコーヒーでもご馳走するというこちらの申し出を断り、人目のない場所を選んだ。どのみち、わたしもワレンズタウンにはできる限り行きたくない。だが、町の外を希望したのは、わたしではなく少女のほうだった。

途中でいったん車を停めてコーヒーとリディアの分の紅茶を買い、小学校の前の道でリディアに追いついた。彼女の車のうしろに駐車して、校舎と野球場とを隔てる校庭へ向かった。フェンスで囲まれているものの、門は開いていた。ピクニックテーブルのベンチに腰を下ろし、テーブルに背を預けた。長々と足を伸ばし、道の反対側に並ぶ家々を眺めた。こぎれいで小さな家のどれからも、温かな光が窓からこぼれている。リディアはテーブルの上に座って膝を抱え、紅茶を飲んだ。

「彼女の名前はケイト・マイナー。ワレンズタウン高校の十二年生《シニア》よ。わたしのことは、ニューヨーク・ワンの記者だと思っているわ」

「きみの名刺を見たんだろう?」

「肩書きが記者になっている名刺を渡したもの」リディアは、眉を上げて言った。そのくらい知っていてもよさそうなものだとばかりに。

「持ち歩いていたのかい?」

「ええ、いつもよ。備えあれば憂いなし」

彼女の言うとおりだ。備えあれば憂いなし。

約束の時間まであと十分あった。ふたりとも黙って紙コップに入った飲み物をすすり、夕暮れを眺めた。彼女がワレンズタウンへ向かったあとにわたしがどこへ行ったのかを、話したかった。ゆっくり歩いてダウンタウンに向かうあいだに考えたことも。しかし、いまこの場で口に出すことはできなかった。ステイシーやゲイリーの顔が瞼《まぶた》に浮かんだ。助けを求める彼らの声が、頭のなかでこだました。マクファーソンの声も、失せろと言ったスコットやハムリン、ライダーコーチの声も。さっぱりわけがわからないと話す、妹の細い声も。コーヒーを飲み、煙草を吸い、それらをすべて忘れようと努めた。

リディアが手を伸ばし、わたしの肩を揉んだ。厚い革のジャンパーを着ていても、彼女の温もりが伝わってくるようだ。彼女がそうした理由はわからない。だが、さまざまな顔や声が遠ざかり、校庭のフェンスや外灯、夜の風景が再び現実のものとなった。

ようやく数年前の型式のアウディが角を曲がって現れ、わたしの車のうしろに停まった。運転席から人影が降り立ち、フェンスの門を通り抜けて近づいてくる。リディアがテーブルから降りて手を振った。ゆっくり歩く人影が、やがて大柄で太った少女の形を取った。つんつんと立てた漆黒の髪、青白い肌、鼻と眉にリングがひとつずつ。少女はアーミージャケットのポケットに両手を突っ込んで、わたしたちの前に立った。顔をしかめてもじもじし、いまにも踵《きびす》を返して去っていきそうな様子だ。

「この人はビル・スミスよ」リディアが言った。「わたしの同僚で、いっしょにこの事件を追っているの。ビル、ケイト・マイナーよ」

わたしが握手を求めると、ケイト・マイナーはいっそう眉を寄せた。手を出したままにしていると、彼女は形ばかり握り返して、すぐに手を引っ込めた。

「まあ、とにかく座って」わたしはオフィスで依頼人に椅子を勧めるような口調で言った。ややあってケイト・マイナーは両手をポケットに突っ込んで、ベンチにまたがった。わたしは先ほどと同じベンチの端、リディアはさっきのようにテーブルに上がって、ケイトとわたしの中間に陣取る。

リディアがメモ帳を出す。「さっきケイトや彼女の友だちに訊いてみたのよ。トリー・ウェズリーやパーティー、行方のわからない少年のことを。ほら、ゲイリー・ラッセルという子」と、わたしの記憶を確認するかのように言った。「読者が興味を持ちそうなこと、知っておくべきこともね」

ケイト・マイナーは足元や、校庭の端で白々とした外灯の光を浴びている芝に目をさまよわせた。突っかかるように目を細くして、顔を上げた。「誰にも知られたくないのよ」

「心配ないわ。情報源の秘匿は鉄則よ」

「ばれたら、たいへんな目に遭うわ」

ケイトの視線を受けて、わたしはうなずいた。

「あいつらは前から——ほんと、ひどかったけど、ついに人殺しまでするなんて、あんまりだわ。ほんとうに殺しちゃうなんて」

彼女は目の周囲に真っ黒なアイシャドウを塗り、唇を暗色で縁取って茶の口紅を塗っていた。わたしとリディアを順繰りに見るふてくされた目の奥に幼い少女が潜んでいて、みんな幻だよ、なにも心配はないから家に帰りなさいと言ってもらうのを待っているような気がする。しかし、その期待に応えるわけにはいかない。リディアが質問した。「誰がトリーを殺したの、ケイト?」

「フットボール部員《ジョックス》たちよ」ケイトは、明白な事実がわからない人間に話しても埒が明かないと言ったそうに、うさんくさげに答えた。「人間のクズの部員たちの仕業よ。我が物顔でのさばって、みんな我慢しているけど、人殺しなんて許されないわ」

「彼らが殺したと考える理由を教えて」

「トリーを？　だって、ほかに誰がパーティーに行ったの？」

「あなたは行ったの？」

ケイト・マイナーはリディアを凝視した。「わたしはデブで、変人だもの。微積分学とコンピューターサイエンスは優等コースで成績はA。フットボール部員のパーティーに行くように見える？」

木枯らしが校庭を吹き抜け、ケイト・マイナーのつんつんと立った髪ほどには強烈ではないが、リディアの髪を逆立てた。風にあおられたかのように、あえて無視していた苛立ちが激しく燃え盛った。リディアの手を肩に感じて、わたしは我に返った。この会見で得るところはない。ワレンズタウンのフットボール部員が殺人を犯しかねないと彼女はいまさらのように主張するが、その根拠は彼らに対する憎悪でしかない。この場を去って行動を起こしたいと、わたしは切望した。いつまでいても時間の無駄だ。

リディアがわたしの肩に手を置いたまま、ケイトに話しかけた。「パーティーには七十五人くらい行っているのよ。そのうちひとりがトリーを殺したのだとしたら、誰だと思う？」

ケイト・マイナーは首を横に振って、「わからない」と苦々しげに言った。「動機なら知ってるけど」

15

ケイト・マイナーは足元の地面を蹴りながら、話し始めた。

「あいつらは欲しいものが手に入らないと、ほんとにひどいことをするのよ」

「あいつらって、フットボール部員《ジョックス》のこと？」リディアが訊いた。

ケイトはうなずいた。「ワレンズタウンの悪名高き伝統よ。昔からの」

「それがいまも続いているのね？」

ケイトは顔を上げなかった。「去年なんか、コーディー・マクロウという十二年生《シニア》に幾何の宿題をやるように頼まれたの」

「学年が下のあなたに宿題を頼んだの？」

「うん。わたしは優等コースだけど、彼は基礎コースだったから」

「数字に弱かったのね」リディアはケイトをリラックスさせるために、微笑んでみせた。ケイトは笑みを返さなかった。

「まあ、そんなとこね。ちゃんと授業に出ていればどうにかなったんだろうけど、半分くらい欠席していたし、ろくにノートも取っていなかった。フットボールチームのヒーローだったのよ」

「授業をサボっても問題にならなかったの？」

「だって、両方で先発だったんだもの」と、怠慢が許された理由をごく当然のように挙げた。

「そんな選手は、以前ひとりいただけ」

リディアは〝両方で先発〟の意味を理解したかのようにうなずき、質問した。「それでどうしたの？　宿題をやってあげたの？」

「冗談じゃないって断ったわ。しつこく頼まれたけど、そのたびに突っぱねた」と、再び地面を蹴る。「そうしたら、わたしの犬にひどいことをしたの」

「犬に？」

「ラッキーっていう名前で、わたしが八歳のときから飼っているの。ある日、血まみれになってよろよろと帰ってきた。車に撥ねられたのかと思ったわ。獣医は、もう少しで死ぬところだったって。翌朝、〝今度は脳みそが飛び散るまで、おまえをぶん殴るぞ〟って書いたメモをホチキスで留めたコーディーの宿題が、学校のロッカーに入っていたのよ」

「それでどうしたの？」

ケイトはアーミージャケットからアメリカン・スピリットの箱を出した。わたしはマッチを擦って、差し出した。彼女はわたしが握手を求めたときと同じように、いささか驚いたような面持ちになった。一服して、あらぬほうを見つめた。「学期中ずっと、彼の宿題をやったわ」

「誰にも相談しなかったの？」

「そうしたら、コーディーが処分を受けて試合に出られなくなるでしょ。町じゅうの人がわたしを非難するし、ラッキーだって」深々と煙草を吸った。「ラッキーだって殺される」

内野の土が風に吹き上げられ、ガムの包み紙や新聞紙、紙コップとともに外野の芝の上を舞った。ここがワレンズタウンであれば、問題を起こしたフットボール部員が常に公園をきれいにしているから、こんな光景は見られない。

リディアが言った。「ねえ、ケイト。トリー・ウェズリーはどうだったの？　やはり、フットボール部員の要求を断ったのかしら」

わたしはケイトが匂わせた意味を理解したつもりでいた。リディアも同様だろう。十代の少年が少女に求めるものなど、容易に想像できる。しかし、思いがけない答えが返ってきた。

ケイト・マイナーはベンチの上で体を揺すった。「部員《ジョックス》たちはトリーがうっとうしい――うっとうしかったのよ。成績がよくて、ダサい格好をしていて、にきびだらけで」ケイトは現在形と過去形を行き来しながら、トリー・ウェズリーについて語った。つい最近起きた死という現実を、まだ受け入れることができないのだろう。「トリーは、ウブだった。ていうか、ほんとうはウブじゃなかったけど、精神的に幼かった。ぜんぜんわかっていなかった」

「なにをわかっていなかったの？」

「そのへんのことを。どうすればうまくいくのかを。トリーはぜんぜんイケてない――なかった」

「それが部員たちはうっとうしかったの？」

「そりゃそうよ。どんな子がイケてるのかを決めるのは彼らだし、その基準に達しない子は完壁に無視。だけど、トリーはあいつらに好意を持ってもらいたくて、なんでもした。みじめだったわ。去年なんか、とくにそう。あいつらは彼女に教科書を教室に持っていかせたり、カフェテリアで列に並んでランチを買ってこさせたりして、なんだかんだと命令してはあとで笑い者にしていた」

「トリーは言われるとおりにしたのね？」

「去年はね。そうすれば、少しは相手にしてもらえたから。だけど今年は、もっといいことを考えついたのよ。自分をほんとうに好きになってもらえそうなことを」

「どんなこと？」

ケイトはポケットから手を抜いて、口元をこすった。リディアとわたしから視線を逸らして、言った。「クスリを売ったのよ」

わたしは沈黙を守った。少し間を置いて、リディアが言った。「薬物を？　トリー・ウェズリーは違法薬物を売っていたの？」

「話すつもりはなかった」ケイトは念を押した。「ただ……」

「ええ、心配しないで」

ケイトは黒いアイシャドウで縁取った目を上げ、校庭を見つめた。「ワレンズタウンでクスリを手に入れるのは、あまり難しくないわ。マリファナやハシシなら、誰でもやっているし、目くじら立てるような問題じゃないもの。だけど、アシッドみたいなトリップ系のクスリは、そう簡単にはいかない。フットボール部員はそういうクスリを欲しがるの。金曜の夜の試合が終わったあとに使って、脳みそが蒸発するくらいにバカ騒ぎをしても、月曜の練習にはケロっとして出られるもの」ちらりとリディアを見た。「どうかした?」

「ええ、シーズン中に薬物を摂取するなんて、ちょっと意外だったから」

「本気で言ってるの? あいつらみたいなパーティー好きはいないわ。何年もアンドロやなにかを使っているから、慣れているのよ」

「アンドロ?」

「ステロイドよ」ケイトはじれったそうに言った。「筋肉増強剤の」

「そんなものをどこで手に入れているの?」

「アンドロは合法だもの。健康食品店で買えるわよ」

「アンドロステンジオンだね」わたしは口を挟んだ。「マーク・マグワイアが使っていた」

ケイトはうなずいた。「そして、処方箋が必要な薬は売人から買うってわけ。ハイになったり、筋肉をつけたりするためなら、あいつらはなんでもする。気がつかなかった? みんな、筋肉ムキムキでしょう。あれがかっこいいと思っているのよ」と、唇を歪めた。

リディアが訊いた。「では、トリーはそうした薬物を売っていたのね?」

「ステロイドは扱っていなかった。トリップ系よ」

「気を悪くしないでね。確認する必要があるの。あなたはこのことを実際に知っているの? それとも誰かから聞いたの?」

ケイトは気分を害したふうもなく、あっけらかんと答えた。「トリーの友だちから聞いたのよ。彼はトリーにやめさせようとした。危険な連中と関わりを持つなと言って。だけど、トリーは耳を貸さなかった」

「では、トリーは危険な連中と関わりを持ったのね」

ケイトは首を横に振って、つっけんどんに言った。「まだ話は終わっていないわ」

「ごめんなさい」

ケイトは吸殻を捨ててつま先で踏みにじった。「トリーは学期の初めからずっと、クスリを売っていた。儲けなんか、ほとんどなかったはずよ。でも、フットボール部員が群がるようになった」

「どの部員だか、知っている？　名前は？」

「知らない」

それがほんとうかどうか怪しいが、宿題を代わりにやってやることを断るのが身の危険につながる町について話しているのだから、無理もない。

「それで」ケイトは両手をまたポケットに突っ込み、肩を落とした。「それで、パーティーのことだけど、トリーはエクスタシーを用意するって、みんなに言い触らしていたのよ」ケイトは推し量るような目でリディアとわたしを見比べた。「クラブドラッグとか、デザイナードラッグって呼ばれている麻薬。知ってる？」

「ええ、聞いたことがあるわ」

エクスタシーの作用について説明する必要がなかったためだろう、ケイトはほっとしたようだ。「このあたりでは、手に入れるのがたいへんなのよ」

「LSDよりも？」

「ニューヨークじゃないと無理ね。ていうか、ニューアークでもいいけど、あんなところに行く人はいないもの」

「でも、ニューヨークにはみんな行く」

「みんなじゃないわ。トリーは一度も行ったことがないもの。彼女がどこで手に入れるつもりだったのかは、知らない。だけど、ぜったいに手に入れるって請け合ったのよ。部員たちはとても楽しみにしていた」

「彼女は手に入れたの？」

ケイトは足元の雑草を幾度も蹴飛ばして、しまいに根元から掘り起こしてしまった。「ううん」と答える。

「あなたはそれをどうやって知ったの？」

「ポールに聞いたのよ。パーティーを中止して町を出ろって、ポールはトリーに忠告したの。部員たちがエクスタシーを目当てにパーティーに来て、ないとわかったらひどい目に遭わされるから。でも、トリーはどうしてもパーティーを開きたかった。そうして、イケてると思われたかった。LSDにクリスタルメス、それにコカインを用意したから、誰も怒らないと言い張ったのよ」

「でも、そうはいかなかったのね」

ケイトは初めてリディアの目を見て話した。「当たり前だわ。欲しかったのは、エクスタシーなんだもの。トリーのところへ行ったら、欲しいものがなかった。部員の欲しいものがなかったら、最悪の事態になるのよ」

ケイトは口をつぐんで、しばらくリディアを見つめた。風が止み、動くものはひとつもない。わたしたちは、仲のよい友だちが校庭のピクニックテーブルを囲み、黄色の光が窓からこぼれる温かな家庭に帰るのを先延ばしにして、夕刻のひとときを楽しんでいるように見えるかもしれない。

あるいは、広く殺伐たる荒野に取り残され、ひとりで闇のなかに出ていくのを恐れているように見えるのだろうか。

ケイトがいきなり立ち上がった。「この情報を使って。あいつらを徹底的に叩いて」歩き出して、振り返った。「でも、忘れないで。わたしからは聞かなかったことにして」

彼女は背を向けて、フェンスに向かって歩き始めた。わたしは立ち上がった。「ちょっと待った」

ケイトは黒いアイシャドウで縁取られた目を見開いて、くるりと振り返った。「なに？　なんなの？」

「ポールとは、何者だね？」

「え？」

「トリーに町を出ろと忠告した友人さ。ポールと言っただろう。ポール・ニーバー？」

「ポールなんて、言っていない。誰の名前も言わなかった」ケイトは言葉の勢いでわたしに信じ込ませようとするかのように、まくし立てた。

わたしは黙って立っていた。

「あんたたちに話をしたのは」ケイトは続けた。「我慢できなかったから。フットボール部員が……最低だから。だけど、ほかの人たちについて話せば、その人たちに迷惑がかかる。誰の名前も口にした覚えはないわ」

わたしはうなずいた。「わかった。たいしたことではない。記者の本能で、事実はすべて押さえておきたくなるんだよ。あと少し、質問してもいい？」

ケイトは自分の車に視線を走らせた。「どんなこと？　なんなの？」

「ゲイリー・ラッセルだ。彼も関わっていたのかい？　薬物を買うとか、売るとか、どんな形ででも」

「彼のことは、まったく知らないわ。フットボール部員で、転校してきたばかりということくらいで」

「そうか。プレメイドアって何者だい？」

彼女は目をぱちくりさせた。「『サイバースポーン』の？　ミュータントでしょ」

「ゲイリー・ラッセルは、そういうスクリーンネームの人物からメールを受け取っているんだ。誰のことだか、わかるかい？」

ケイトはうつむいて首を横に振った。フットボール部員がのさばる学校に在学する、頭脳明断で太った彼女はおそらくいつもうつむき加減で青春時代を送ってきたのだろう。

「あともうひとつだけ頼む、ケイト。フットボール部員が問題を起こすのはワレンズタウンの〝悪名高き伝統〟だと、きみは言った。それは二十三年前の事件を指しているのかい？」

「そうよ。それだけでなく、その前もあともずっと」

「話してもらえないだろうか」

「なにを？　当時のことを？」と、肩をすくめた。「詳しくは知らないけど、少年が女の子を強姦して、そのあと自殺したのよ」

「少年はフットボール部員だったの？」

「ううん。冴えない子だった」

「では、きみはどうしてフットボール部員を持ち出したんだい？　犯人でもないのに」

「だって、あの事件の一番の問題は、ウォリアーズの選手が逮捕されたことだもの。ランディ・マクファーソンの父親よ。キャプテンだった。町じゅうの人が怒り狂ったわ。警察が冴えない子のほうを逮捕しにきたとき、数人の部員がその子をぼこぼこに殴っていたものだから、必死になって引き離したんだって。そして、釈放されたあと、また徹底的に痛めつけた」

「ふうん、知らなかった」

「彼は」ケイトは言った。「彼は……」

「なんだね？」

「バカみたいだけど、強姦したのはすごく悪いことだと思うけど、相手はフットボール部員の取り巻きの女の子だったでしょう」

「だから？」

「それで、なかには……彼をロビンフッドみたいに思う人もいるのよ。取り巻きの女の子を強姦して、まんまと逃げたから」

「まんまと逃げた？　彼は自殺したんだよ」

ケイト・マイナーの瞳に鋭い光が宿った。「あいつらから逃げたのよ。警察は彼を釈放した。でも、部員たちから逃げる方法はひとつしかなかった。彼にはそれを選択する勇気があった」

「逃げる方法は、ほかにもあったはずだ」わたしがそう言ったとたん、体も口も動かさないものの、ケイトが鉄格子を音高く閉ざしたように感じた。

「わかった。ありがとう。助かったよ。ケイト？」わたしは彼女のうしろ姿に声をかけた。ケイトは振り向いて待った。「犬が元気になったんだといいね」

ケイトは肩をすくめ、うなずいた。身を翻《ひるがえ》して車のほうに走っていくその目は、うるんでいた。

ケイトが去ったあと、校庭やあたり一帯は、動くものもなくしんと静まり返った。風は止み、しんしんと寒く、疲弊した静けさが漂う。わたしはベンチに腰を下ろして膝に両手を置き、ケイト・マイナーと同じようにうつむいて地面を見つめた。彼女が掘り起こした雑草が土の上に転がっている。明日にはしおれ、風に吹き飛ばされてしまうだろう。

リディアが身軽にテーブルから降りて、前に立った。「ビル」

一瞬置いて、わたしは背筋を伸ばして彼女を見た。おだやかなまなざしをしていた。わたしは立ち上がった。「さあ、ここを出よう」

「どこへ行くの?」校庭を横切ってフェンスの外に出ると、リディアは言った。

「わからない」ここまで来ると、笑うほかない。スミス家の悪名高き伝統だ。ルーイヴィルを出たあとは、父の転属した場所にどれほど長く留まるのか、次はどこに行くのか、家族の誰にもわからなかった。家出した妹の行方もわからなかった。そしていま、ゲイリーの行方がわからない。あげくの果てに、これからどこに行けばいいのかも、わからない。

しかし、わたしにはリディアがついている。「食事をするのよ」リディアは言った。

わたしは彼女に目をやった。「食事?」

「もちろん。〝お腹がふくれれば、脳も元気になる〟」

「それ、中国のことわざ?」

リディアは首を横に振った。「母の口癖。宿題をする前にいつもそう言って、きちんと食べさせたの」

そこでそれぞれの車に乗ってグリーンメドウをあとにし、ニューヨークへ向かうハイウェイに乗った。ハイウェイを半マイルほど走ると、煌々と照らされたなんの変哲もないコンクリート建築が並ぶなかに、一軒のステーキハウスが目についた。駐車場に乗り入れた。リディアの車もあとに続く。

店内は薄暗い照明、三角形に組んだ太い垂木、ざらついた板張りの壁、幌馬車の車輪数個が、ネオンサインや六車線のハイウェイと最近の百年を客の頭から追い出そうと空しく努めていた。少なくとも、わたしには効果がなかった。だが、じゅうじゅうと肉の焼ける音や、ウェイターが運ぶサーロインステーキが振り撒くうまそうな匂いには食欲をそそられた。

席に案内されると飲み物とナチョスを注文し、ふたりとも席を立って手を洗いにいった。先に戻って腰を下ろしたとたん、飲み物とナチョスが到着。リディアはいつものようにクラブソーダ。わたしはバーボンを頼んだが、うわっつらだけのインテリアはバーの品揃えにも及んでいて、ジャックダニエルしか置いていなかった。

リディアが洗面所から戻って、クラブソーダを飲んだ。ウェイターに食事を注文した以外はなにも言わない。わたしがジャックダニエルのグラスを半分空け、ナチョスをいくつか食べ、椅子の上で座りなおし、またジャックダニエルを飲み、店内をきょろきょろ眺めだすまで、彼女は待った。隣のボックス席には、互いの目を見つめ合う若い男女。隅の丸テーブルでは、金髪の幼児三人が行儀よく座り、両親にステーキを小さく切ってもらっていた。

「いくらか気分がよくなった?」リディアが口を開いた。

「またもやきみが正しかったようだ」

「わたしは常に正しいわ。あなたは承知のはずよ」

「ときどき忘れてしまうんだ」

「覚えていればどれほど人生が楽になるか、考えてごらんなさい」

「考えることができれば、ぼくの人生ははるかに楽になる」

もうひと口バーボンを飲んだ。温かみが全身に広がった。リディアが訊いた。「では、考えてみて。あのとおりだったのかしら？」

「なんのとおりだい？」

「ケイト・マイナーの言ったことよ」

わたしはグラスを揺すって、中身を渦巻かせた。ジャックダニエルはあまり好みではないものの、効果があったことは認めざるを得ない。「違うな」

「彼女の憶測は間違いなの？」

「いちがいに間違いとは、言い切れない。世界を支配しているつもりの少年たちが、おおいに盛り上がることを期待してパーティーに行った。ところが当てがはずれた。ひとりが激怒し、常軌を逸した行動に出た。起こり得る」

「では、どの部分が違っているの？」

「起こり得ることだし、実際そうだったのかもしれないが、町で起きていることはそれだけではないと思う」

「ほかにどんなことが起きているの？」

「それだけでは、ゲイリーの家出に説明がつかないだろう。もっとも」わたしは彼女の先を越して、言い足した。「彼が犯人なら、別だ。しかし、それでもステイシー・フィリップスに起きたことに説明がつかない」

「彼女の事件も関係しているということ?」

「〝おまえはなにを手に入れた?〟」わたしはステイシーの言葉を引用した。「〝トリー・ウェズリーはなにを手に入れた?〟」

ウェイターがわたしのステーキとリディアのシェフサラダを運んできた。ステーキを盛った白目の皿《ピューター》は、牛肉に故郷を思い出させてやろうとでもいうのか、テキサス州ばりのサイズだ。リディアのサラダは、突如吹雪に見舞われても帰宅の足代わりにソリとして使えそうなボウルに入っていた。

「それで」リディアは言った。「ステイシー・フィリップスはなにを手に入れたのかしら。トリー・ウェズリーの持っていた薬物?」

「そうも考えたが」わたしはステーキにナイフを入れた。レアで焼いてもらった肉はやわらかかった。「暴力を振るった理由がわからない。彼女から買えば造作ない。ステイシーが売人になったのだとすれば」

「ステイシーが売ろうとしなかった。彼女はわたしたちにすべてを話していないのかもしれない」

「そうだね。でも、だったらどうしてぼくに連絡したんだい」

リディアはフォークを使ってレタスを小さく折りたたみ、うなずいた。「薬物でなければ、あとはなにかしら」

「ぼくだ」

リディアは瑞々しいロメインレタスから顔を上げた。「あなた?」

「彼女は町のレストランでぼくと話をした。秘密でもなんでもない。その後、互いに何度も電話をしている。ガゼットのファックスを使って、ぼくに記事を送ったりもした」

「あなたはとても魅力的よ。わたしみたいに、あなたをよく知っている人間にとっては」リディアはわたしの皿に手を伸ばし、オニオンリングをひとつ取った。「この場合、あなたのどこが原因になったの?」

「わからない。ゲイリーを捜しているだけなのに」

「何者かが、やはりゲイリーを見つけたがっているのかしら」

「もしかしたら。でも、何者かがぼくがそれとは別のことについてなにかを嗅ぎつけたと勘繰っているような気がする。そして、ステイシーもそれを嗅ぎつけたのではないかと恐れている。トリー・ウェズリーについても、同様だ」

「だとしたら、誰かがあなたに訊きそうなものね」

「じつは、訊かれたんだ」

わたしはステーキを食べ、マクファーソン・ピータース・エニス・アンド・アーキン法律事務所への訪問を語った。「マクファーソンは、ぼくの窮状を並べ立てる以上のことをした。そもそも、そんな些細な用事のためにぼくをオフィスに通すようなタイプではない。探りを入れたかったんだ」

「なにについて?」

「そこがはっきりしないんだ。彼はゲイリーのいどころを知りたがり、ゲイリーはなにを企んでいるのかと訊いた。最初は、トリー・ウェズリーが死亡した責任をなすりつける相手を探し、息子やほかの部員からプレッシャーを取り除こうとしているのだと思った。ところが、やがてゲイリーとトリーはなにを企んでいるのかと、質問し始めた。ぼくがどうやってトリーを知ったのかと追及し、面識がなかったと言っても信用しなかった」

「どうして、あなたがトリーを知っていると考えたの？」

「偶然であるはずがないと主張していた。ぼくがスコット・ラッセルの義兄であり、ゲイリーが家出をし、トリーの遺体が発見されたときにぼくが居合わせていたことのすべてが。しかし、彼がそんなことにこだわる理由に、とても興味を引かれるな」

「マクファーソンは息子がトリーを殺したことを知っている。そこであなたがどこまで真相に迫っているのかを突き止めようとした」眉を寄せた。「駄目だわ。これでは、なにひとつ説明できない」

「うん、ぼくがトリーを知っていて、彼女とゲイリーがなにかを企んでいたと仮定しても、それはトリーが死ぬ前のことになるわけだからね」

「あなたがなにを知っているとマクファーソンは考えているのか、という疑問に逆戻りね」

「こっちの線で試してみてくれないか」わたしは残っていたジャックダニエルを飲み干した。

「マクファーソンによると、ぼくは最低の男だが、なかでも許せないのは、強姦やら彼の逮捕やら、大昔の事件を蒸し返したことなんだそうだ」

「彼が不快に思う気持ちもわかるけど」

「うん。だが、どうやってそれを嗅ぎつけたんだろう？」

「うーん」リディアはオニオンリングをつまんだ。「ステイシーがあなたにファックスを送ったことを、ガゼットの誰かが教えたのかしら」

「あり得るな。または、ぼくの家に記事のファックスがあったことをスコットが教えた」

「ああ、そうね。そっちだと思う？」

わたしは携帯電話を出し、リディアに言った。「オニオンリングをつまむなよ」グリーンメドウ・ホスピタルの番号を入力した。

「どうせ全部は食べきれないわよ」

「きみが先に食っちまえばね。やあ、ステイシー。ビルだ。起こしてしまったかな？」

「ううん。大丈夫。デメロールって、なんかぼうっとするの。すっごく、いい気持ち」間延びした声で言った。

「質問がある。侮辱されたと思って怒らないでもらいたいんだ」

「侮辱されたら、怒るわ」それから、誰かに向かって言った。「いいのよ、友だちだから。うん、わかったってば、パパ」わたしに言った。「パパが、長話は駄目だって。あとで、パパと話したらどうです？　学校時代の思い出とか」

「せっかくだが、またの機会にしよう。トリー・ウェズリーは違法薬物を売っていた。きみはそれを知っていたのか？」

「とんでもない！　あなたは――？　どうやって――？」ステイシーは黙った。

「お父さんがいるから、きみのほうから訊くことはできない。そうだろう？」

「ええ、そう！　だから、とにかく話して！」

「駄目だ。あとで」わたしは彼女の反論をさえぎった。「あしたにしよう。さて、きみが怒るかもしれない質問をするよ。きみはトリーの薬物を手に入れ、それを売っているのか？」

「なんですって！　いいのよ、パパ。なんでもないの」

「あまり興奮すると傷に障るよ」わたしは言った。

「どうして、そんな質問をするの？　頭がおかしくなったんですか？」

「うん。お父さんに電話を切られる前に、あとひとつ。きみが例の記事をファックスしたことを、ガゼットの誰かが知っているかい？」

「変な質問。やっぱり、頭がおかしくなったんだ」

「答えてくれ」

「いないと思う。資料室は地下なんです。自分でファイルをコピーして、ファックスしたし」

「コピーはどうした？」

「あとで記事を書くときのために、調査用ノートに挟んであるわ」

「誰かに見せた？」

「いいえ。出し抜かれると嫌だから、他人にはぜったいにノートを見せないの。いったい、どういうことなんです？」

「さあ、お父さんに叱られないうちに電話を切ったほうがいい」

「質問した理由も教えてくれないんですか」

「あした」

「ふん」

「すまない」

「あなたなんか、大っ嫌い」

「情報源を嫌ってはいけない。たとえ嫌いでも、相手にわからせては駄目だ」

「わからせないように、せいぜい努力します」

「あした、連絡する。おやすみ」

「眠れるわけが——」と彼女が言ったところで、電話を切った。

携帯電話をしまった。リディアはオニオンリングを五、六個残しておいてくれた。ステイシーの話をリディアに伝えるあいだに、それを食べ、ステーキを平らげた。

「では、残ったのはスコットね」

「そう、スコットだ。マクファーソンによれば、大バカ野郎の」

「彼にとっては、誰でもそうなのよ」

「それにしても、だ」

わたしはウェイターに合図をして、コーヒーと紅茶のおかわりと勘定書きを頼んだ。「ぼくが嗅ぎつけたと勘繰られていることが昔の事件と関係があるならば、当時の事情を詳しく知っておくべきだ」再び携帯電話を出して、番号を入力した。

「初めての携帯電話を誰があげたのか、ちゃんと覚えておいてね」

「きみのしたことは、全部覚えている。動作もなにもかも。ぼくに向かってウィンクしたことも、尻を振ったことも」

「わたしはお尻を振ったりしないわ」

「やってもかまわないよ。ちゃんと覚えておく」

耳元で声がした。「サリバン」

「スミスだ。話をしたい」

「われわれが話をするたびに、事態が悪化する」彼は指摘した。

「ぼくの落ち度ではない」

「そういうことにしときましょう。どこにいるんです?」

「レストランだ」と、はぐらかした。「食事を終えたところだ。きみは?」

「クィーンズ」

「スティング・レイを逮捕したのか?」

「わたしではなく、NYPDがね」

「レイはなにか供述した?」

「会ってから、話しますよ」

16

サリバンはわたしがニューヨーク市にいると思い込み、こちらもあえて訂正しなかった。アッパーウェストサイドの馴染みの酒場を指定して、四十五分後に会う約束をし、彼に時間の余裕を与えるためだと説明した。クィーンズからの橋は、あんな状況だからねと言って。

「ニュージャージーからの橋が〝あんな状況〟でないといいわね」リディアはステーキハウスの駐車場を歩きながら言った。「遅刻したら、恥をかくわよ」

「チャーミングな中国人のガールフレンドがなかなか解放してくれなかったと言い訳するよ」

先ほど相談をした結果、リディアは同席しないという結論に達していた。彼女はため息をつき、当面はサリバンに自分の存在を知られないでいるほうが得策だと、同意した。そして、それをじれったく思うのは調査に必要だからではなく、好奇心のせいだと白状もした。

「家に着いたらすぐに電話をする」わたしは約束した。「一部始終を教える」

そこで再び車に乗り込み、リディアはチャイナタウンの自宅へ、わたしは西九十丁目界隈にある小さなバー、JLへ向かった。

わたしが渡った橋は混んでいなかった。かたや、サリバンの渡ったほうは交通量が多かったに違いない。わたしが約束の刻限の前にJLに着いてビールを注文し、飲み始めて五分経ったときに、彼は到着した。

　ＪＬのような酒場は、かつてはニューヨークに多数存在していた。キャプテンチェア（低い背もたれと肘掛けが一体になった木製の椅子）の並んだカウンター、どっしりした正方形のテーブル、奥にはビリヤード台。料理はハンバーガーにフライドポテト、ＢＬＴサンドイッチがせいぜい。テレビのスポーツ中継を見るのも、スポーツ談義をするのも、他人の談義に耳を傾けるのも自由だ。談義を交わしているのは、最近にぎわうようになったこの界隈では急速に数を減らしているブルーカラーの連中だ。古ぼけたみすぼらしいＪＬは、ヒップな若者に見向きもされず、三十六年のあいだ一日も欠かさず店にいるＪＬとミセス・ＪＬもそうありたいと努めている。地ビールは置かず、あるのはシングルモルトスコッチと、聞いたことのあるウォッカ全銘柄。何十年もペンキを塗り替えていないし、数人の客に言わせれば電球も替えていない。夫妻のどちらも、酒場の経てきた年以下の輩には、自身の成人した息子ふたりといえども、やさしい言葉をかけないという掟を固く守っている。

　今夜はテレビが大学フットボールを中継していた。どこか遠方で照明を浴びて試合をしている、二部リーグの大学だ。ホームチームが二度目の攻撃で敵陣に七ヤード入ったとき、サリバンが入ってきた。ドアのすぐ内側で立ち止まり、初めての場所でわたしがいつもするように、店内を順に隅から隅まで観察する。わたしを見つけてテーブルと椅子のあいだを縫って進み、椅子を引いた。煙草を吸っているわたしを見て、彼も火をつけた。紺の上着、糊の利いた真っ白なシャツ、ぴんと折り目のついたズボン、ワレンズタウン警察のタイピンで留めたネクタイ。

銃は携帯していない。警官であろうがなかろうが、ニューヨークで銃の携帯許可が出ないのは、わたしがニュージャージーで許可されないのと同じだ。やはり車のダッシュボードの裏に銃をテープで貼りつけてあるのだろうかと興味が湧いたが、訊かないほうがよかろうと判断した。

ミセス・JLがテーブルを縫って、サリバンの注文を取りにきた。豊かな肉《しし》置き、下膨れの頬、先ほどニュージャージーのステーキハウスで見た幼児三人と同じ、プラチナブロンドの髪。自然界では小学校三年までに消滅してしまう色だ。サリバンに笑顔を向けた。サリバンはわたしと同年配だが、たとえ新米であっても笑顔をもらう資格はある。警官だけは、この店の年齢制限が適用されない。JL夫妻は警官が大好きなのだ。夫妻の息子のどちらかひとりでも警官になっていれば、たまにはやさしい言葉をかけてもらえただろう。「ご注文は？」ミセス・JLはサリバンに尋ねた。

「ビール」

「バドワイザー？」

「生はある？」

「壜よ」

「ほかにはなにが？」

「グルメ用のローリング・ロック」

「じゃあ、バドワイザー」

「グラスは？」

「いらない」

ミセス・ＪＬは、口頭試問に合格したサリバンに微笑んでビールを取りにいった。わたしはサリバンに訊いた。「つまり、勤務が明けたというわけだね？」

「何時間も前に」

「ニューヨークが気に入ったから、うろうろしていたのかい？」

「気分転換にね。あなたもニュージャージーが気に入ったらしい」

「大嫌いだ」

「グリーンメドウも？」

わたしはバドワイザーを飲んだ。「うんざりする町だ。尾行させたのか？」

「ツイてたんです。双子を産んだカミさんを見舞いにいった署員が、駐車場であなたの車に気づいたんですよ。もっとも管轄外だし、あなたを捜し出して追っ払うよりもたいせつな用があった。そこで報告だけして、カミさんに会いにいった」

「双子か。子育てがたいへんだ」

「まったく」サリバンがあいづちを打った。ミセス・ＪＬがビール壜を持ってきて、売り込みに失敗したどこかの醸造所のセールスマンの前にも置かれたに違いない、ミケロブのコースターに置いた。「なんで、グリーンメドウに？」

「その話をしたくて、連絡したんだ。でも、その前にスティング・レイだ。プレメイドアについてなんと供述した？」

サリバンはうっすらと笑った。「情報を先に渡すほど、甘くありませんよ。第一」と、ビールを飲む。「渡す情報がない。レイはにっちもさっちもいかないんだから、罪を軽くするためには自分の祖母《ばあ》さんだって差し出しかねない。祖母さんなんかいりませんけどね。プレメイドアについては、すでにわかっている以上のことは話したくても話せなかった。いわんや、ゲイリー・ラッセルについても」

「すでにわかっていることとは？」

「少年のひとりが現金で銃を購入した。もうひとりは、レイではない人物によって近隣で目撃された」

「彼を目撃した女性を見つけたんだね」

「ええ、ボランティアの人を」サリバンはうなずいた。「写真を見て確認してくれましたよ」

「ほかに目撃者は？」

「ホットドッグ売りと犬の散歩中の人がひとり。ふたりとも、断定するまではいかなかった。ゲイリーを署に連れてきたときは、面通しに協力してくれるそうです」

「やれやれ」わたしは内心で〝連れてきたら〟ではなく〝きたときは〟と言ったサリバンの言葉を聞き流した。「こっちは一日中、写真を配っても成果はなかったのに」

「NYPDの制服警官といっしょにいればよかったんですよ。制服は奇跡を起こす」

わたしは煙草をもみ消した。「プレメイドアの特徴はどうだって？」

「中背、茶色の髪、十代」

「あとは？」

「あとは罵詈雑言のオンパレード。少年の母親に対する悪口も」

「写真を見せたのかい？」

「ゲイリーの？　もちろん。ほかに誰の写真を見せるんです？」

わたしは肩をすくめた。「たとえば、ワレンズタウン高校のアルバム」

「なるほど」と、サリバンはビールを置いた。「名案だ」

「遠慮なく、やってくれたまえ。アイデア料はいらないよ」

「借金の先払いということにしておきましょう」

「なんの借金だい？」

「どうして、グリーンメドウ・ホスピタルに行ったんです？」

「友人が入院したんだ」

「友人の名前は？」

「ステイシー・フィリップス。高校生だ」

「新聞記者の？　それで、大丈夫なんですか？」

「いまはあまり元気がないが、きっと完治するよ」サリバンはステイシーのことを、新聞記者と言った。あとで彼女に伝えてやろう。「暴漢に襲われて、殴られたんだ」

サリバンはビールを飲んで、わたしを見つめた。「いつ？」

わたしは知っている限りのことを話した。聞き終えて、サリバンは訊いた。「彼女はいつからあなたの友人になったんです？」

「きのう。断っておくが、彼女のほうから接触してきたんだ。その反対ではないよ」

サリバンは必要となればのちほど追及するつもりとみえ、うなずいた。

「ぼくの考えを聞いてもらいたい」

「待ちきれないな」

しかし、彼は待たざるを得なかった。ミセス・JLが隣のテーブルの空瓶を片づけて「もう一本いかが？」と訊いたのだ。

追加のビールを前にして、わたしは言った。「なにもかも、二十三年前にワレンズタウンで起きた事件に関係があると思う」

サリバンは眉をひそめた。「強姦と自殺に？」

「きょうの午後、アル・マクファーソンが電話をしてきて、オフィスに来いと命令した」

「あなたが素直に命令を聞かないことを知らなかったんだな」

「ところが、出向いたんだ。彼はぼくがどうやってトリー・ウェズリーを知ったのかと追及し、彼女を知らなかったと言っても信じなかった。昔の事件をほじくり返すのをやめなければ、ぼくの首を切り落とすそうだ」

「あのマクファーソンのことだから、切り落としたいのは、首ではない部分ですよ。実際にほじくり返しているんですか」

「初めは、単なる好奇心だった。でも、あの事件がステイシー・フィリップスとぼくとの接点だ。彼女は古い記事をガゼットのオフィスからファックスしてくれた。義弟がぼくの自宅でそれを見て、激昂した。そして、いつの間にかマクファーソンがファックスのことを知り、ステイシーが何者かに襲われた。誰かが、たぶんマクファーソンあたりが、ぼくがその事件を調べるために雇われたと勘繰ったのではないだろうか」

「誰に雇われたというんです？」

「ステイシーにゲイリー、トリー・ウェズリー」

「なんのために？」

「事件には裏があった。そして、三人はステイシーが言うところの特ダネが欲しかった」

「そうなんですか？」

「なにが？」

「そのためにあなたが雇われたんですか？」

テレビ画面でビジターチームがインターセプトに成功してボールを十九ヤード戻し、煙の立ち込めた店内が歓声に包まれた。わたしは呆然とサリバンを見つめた。「冗談だろう」

彼は無言で、煙草を灰皿に押しつけて消した。

「訊かれた以上、答えよう」わたしは言った。「答えはノーだ。ぼくの目的は、ゲイリー・ラッセルを捜し出すことだけだ」

サリバンはビールを飲み、テレビに目をやって考え込んだ。「あなたの主張はこうだ。義弟は、あなたが昔の事件に関心を持っていると、マクファーソンに警告した。マクファーソンは何者かを雇ってステイシー・フィリップスを脅し、彼女がなにを知っているのかを聞き出そうとした」

「それに、トリーがなにを知っていたのかも。ぼくは、おたくの署長がぼくに腹を立てている理由にも関心がある」

サリバンはわたしを見つめ、しばし黙り込んだ。テレビ画面では、ボールが相手方に渡ったために選手の入れ替えが行なわれ、試合が中断していた。「あなたは聞き捨てならない告発をしたんですよ」

「まあ、間違いってこともあるが」

彼は返答しなかった。

「きみは」わたしは言った。「あの事件について詳しく知っているのか」

彼はしばらく間を置いて言った。「同じニュージャージー州でも、ワレンズタウンとは反対の端に住んでいたし、まだ子供でしたからね」

「あれが自殺でなかったという可能性は、いくらかでもあるんだろうか」

「要するに、マクファーソンが真犯人で、他人に濡れ衣をかぶせて殺した可能性がいくらかでもあるかと言いたいんですね」

「そうだ」

サリバンは再び黙り込み、グラスをラックにかけているJLや、テレビの試合に視線をさまよわせた。

わたしは言った。「まだある」

彼は目を戻した。

「トリー・ウェズリーは薬物を売っていたらしい」

「ほんとうに？　どこで聞いたんです？」

「さあ」

「わたしは一度も聞いたことがない。少なくともワレンズタウンでは」

「今学期が始まってからだ。トリップ系の薬物をフットボールチームに売っていた」

「その情報をどこで手に入れたのかは、教えないんですね」

「ああ。だが、少年たちから事情を聞く際に、これを取り引き材料にできる」

「ええ。ハムリンズの試合のあとで」

「試合は二日後だ。まさか署長はそれまできみを事件からはずしておくつもりではないんだろうね」

「はずされてはいませんよ。署長はこう指示したんです。捜査をしてもかまわない。ただし、召喚令状や捜査令状、逮捕はご法度。クビと引き換えにするくらいの自信があるなら、その限りではない。だが、誰にも探りを入れてはいけない」

「つまり、事情を聞くことができるのは、自ら進んで話をしてくれる人に限られるというわけだ」

彼はうなずいた。「署長が指摘するように、解剖所見がまだですからね。トリー・ウェズリーは、自然死と判明する可能性もある。殺人犯などいなかったとなれば、まったく無用なトラブルを引き起こしたことになる」

「とりわけ、ハムリンズの試合の二日前だしな」

サリバンは返事をしなかった。

「この薬物売買の件は、なんらかの意味を持っているんじゃないだろうか」わたしは言った。「すべてが昔の事件につながっているという考えは変わらないが、こっちも関係しているような気がする」

サリバンは立ち込めた紫煙を透かして、わたしを見つめた。「そう簡単に、あなたの意見を受け入れるわけにはいかない」

「なにが言いたい」

「もし、わたしの甥っ子がひとりの少女の死亡と時を同じくして失踪し、クィーンズの銃密売人のところに現れたら、わたしなら思いつく限りのところに煙幕を張る」

「もし、参考人に事情を聞いてまわっているに過ぎないのに、上司が殺人事件の捜査から手を引かそうとしたら、ぼくなら理由を知りたいと思う」

サリバンはうなずき、ビールを飲み干した。「なにが希望です？」

「手始めに、昔の事件の報告書」

「そんなものを渡すわけにはいきませんよ」

予想どおりの答えが返ってきた。「要旨だったら？」

「どうにかなるかも」

世のなかに無料《ただ》のものなどない。「そっちの希望は？」

「誰であれ、トリー・ウェズリーを殺した犯人」

〝誰であれ〟、すなわちゲイリー・ラッセルであろうがなかろうが、という意味だ。

「高校時代にフットボールは経験しましたか？」と、サリバンが訊く。

「いや、経験がない」

「わたしはある。アスベリー・パークの高校で」

「オフェンス？」

「ディフェンスですよ」

「ディフェンスにしては、ほっそりしているね」

「だから必死に練習しましたよ。それに、敵の作戦を見抜くのが、うまかった。攻撃を常に事前に察知した」


ニュージャージーの家に帰るサリバンは、JLの北にある橋へと車を走らせていった。わたしもハンドルを握り、とっぷりと暮れた街を南へ向かった。リディアに電話しようかとも考えたが、もう自宅にいるのかもしれない。彼女には口うるさい母親と、ひょっこり顔を出してはお節介を焼いて彼女を苛立たせる、四人の兄がいる。むろん、家族は彼女を愛し、心配し、守ろうとして、そうした行動を取っているのだ。そんな彼女にわたしはときおり、花を——リデイアがその香りをいつも匂わせる、優美に咲き乱れるフリージアのような花を連想する。果てしない大空に向かって精一杯背伸びし、根をとらえている大地に憤る花を。根を持たないわたしは、彼女の感情を推し量るほかない。

そして、こんな連想をしていることを万が一知られた場合の彼女の反応を、想像する。

車を駐車場に入れ、ジャンパーのジッパーを上げて自宅へと歩いた。ショーティーズの入口を素通りした。JLで飲んだビールがささくれだった神経を静めてくれたし、あとで説明すると約束したわたしの言葉をショーティーが忘れるはずがないからだ。

表玄関の鍵を開けようとしたそのとき、大声で名を呼ばれた。はっとして振り向き、身構えた。道路を挟んで駐車していた車のドアが開いて、スコット・ラッセルが降り立った。

わたしは、歩道で待った。彼はすたすたと道路を突っ切り、わたしの真ん前に立つと、初めて口を開いた。

「おい、スミス」スコットは吐き出した。こちらを睨むぎらついた目は、徒党を組んで獲物を取り囲み、ボスの指令を待って喉元を食いちぎろうとする狼のようだった。あまりにも狼そっくりだったので、思わず街路に目をやって、仲間の姿がないことを確認した。スコットが低い声で嚙みついた。「いったい、どういうつもりだ」

「きょうは何度もそう訊かれた。アル・マクファーソンにも」

「いまここで徹底的にぶちのめして、性根を叩き直してやろうか」

「マクファーソンが、ぼくと話をしたと言ったのか？」

「おまえは最低のクソ野郎だと言っていた」

「彼はあんたのこともあまりよく思っていないようだ」

「誰がそんなことを訊いた」

「いささか、不思議に思ったのさ。彼をかばうために、わざわざ押しかけてくるなんて」

「あいつをかばう？ アルのために来たと思っているのか？」

「では、なんのためだ」

「ヘレンのためだ！」

「ヘレン？」

「アルに言われたからだ。妻の兄を刑務所にぶち込まれたくないのなら、あいつにまわりをうろうろさせるな、と。おまえがどんな目に遭おうとおれは屁とも思わない。だが、もう一度だけ言う。アルにかかずらうな」

「たしかに、あんたは屁とも思わないだろう。なのに、どうしてやってきた」

「ヘレンのためだ。あいつもおれに劣らずおまえを嫌っている。だが、おまえは家族だし、家族が刑務所暮らしをしているなんて、たまらないんだそうだ」〝家族が刑務所暮らし〟と、ことさら念入りに発音する。

スコットとのあいだに距離を置きたくなった。近くにいると、自分がなにをするかわからなかった。しかし、怖気づいたと思われるのも業腹だ。筋肉ひとつ動かさないようにして、言った。「ヘレンに直接訊いたのか？」返答がない。「やはり、そうか。真相はどういうことなんだ、スコット?」

「ほっといてくれと、前にも言っただろう。自分で解決する」

「ステイシー・フィリップスを襲ったのは、何者だ?」

「誰だ、それ?」

わたしは彼のたくましい肩、バランスの取れた足の位置、怒りに燃える青い目を眺めた。

「きのう、ゲイリーの友人が違法に銃を買い、ゲイリーも近辺にいたことは知っているな?」

スコットは一瞬口ごもった。「くそったれ。ああ、知っているとも。なんで、おまえが知っているんだ」

「おまえがゲイリーと同じ年頃のとき、ワレンズタウンでなにがあった、スコット」

スコットが一歩詰め寄る。わたしは動かなかった。「警察にタレ込んだのはおまえだろう。あの娘が死んだときのように。このろくでなし」スコットの両腕に力がこもり、指がぴくぴく動いた。

「ゲイリーは銃の使い方を知っているのか?」

「当たり前だ、バカ野郎。親父がおれを連れていったように、おれもゲイリーを狩りに連れていく。父親と息子というのは、そういうものさ」スコットは鼻が触れ合いそうなほど近くまで寄ってきた。ちらっと笑う。氷に反射する陽光のような笑みだ。「おまえにはわからないだろう。え?」

「おまえの銃は――いまどこにある」

「書斎のキャビネットのなかだよ。厳重に鍵がかけてある」

「彼らがクィーンズで銃を買った目的はなんだ」

「ゲイリーは銃なんか、買っていない。あれは、そんな子ではない。真っ正直な子なんだ。あそこにいなかったのかもしれないのに、おまえが警察にそう信じ込ませたんだ。そうだろ？おまえだろ？」

「昔、ワレンズタウンでなにがあった」

「あのことはもう終わったんだ。そんなことより、おれの息子が二州の警察に追われ、間抜けなおまわりに撃ち殺されるかもしれないんだぞ」

「ゲイリーが先に撃たなければ、殺されはしない」

「うるさい！」

スコットが飛びかかり、ジャンパーをつかんでわたしを壁に叩きつけた。

激痛が肘から指先まで走り、息を呑んだ。そして、思った。よし、いいぞ、ついにそのときが訪れた。スコットの手を払いのけ、蹴飛ばした。スコットが毒づいてよろよろと下がり、左にフェイントをかけて、右のパンチを出す。わたしは辛うじて避けた。今度はつかみかかってきた。片手がジャンパーをつかむ。かいくぐって手を払ってもよかったが、手首に斧のごとき一打を見舞った。スコットが悲鳴を上げてジャンパーを放し、手首を抱え込む。すかさず顔面に強打を浴びせ、半回転させた。足をすくって倒し、馬乗りになって幾度も殴りつけた。もう一度こぶしを振り上げたとき、誰かにしがみつかれた。スコットはひとりではなかった。わたしは体をよじり、そいつを引きずり倒した。小柄なそいつは逆らわずに一回転して、なめらかな身のこなしで立ち上がった。「やめなさい！」そのひと声で心臓がひっくり返り、様相が一変した。リディアの声だったから。

「やめなさい！」リディアはもう一度言った。音、動き、息遣い、鼓動、すべてが止んだ。やがてすべてがもとに戻ると、スコットとわたしは立ち上がり、呆然と彼女を見つめた。

「なんだ、こいつ――」スコットが口を切った。

「黙れ」わたしは肩で息をしながら、詰め寄った。「さっさと帰れ。二度と面《つら》を出すな。あんたがどう思おうが、マクファーソンがなにを望もうが、知ったこっちゃない。会いたいと言った覚えはないし、ぼくが関心があるのはゲイリーだけだ。あんたにしろ、マクファーソンにしろ、邪魔はさせない」

わたしはスコットの反応を見届けずに身を翻《ひるがえ》し、表玄関の鍵を開けて階段を一段おきに上った。

リディアが同じようにして上ってくる足音を、背中で聞いた。

17

上階《うえ》に着くと、リディアを見ないで脇に避け、部屋に通した。どちらも沈黙を破ろうとしなかった。ついに、わたしが破った。「ここでなにをしていた」

「あなたの身辺を警戒していたのよ」

わたしはリディアのほうを向いた。視線がからんだ。努めて緊張を解き、呼吸を整えた。

「なんだって？　どういう意味だ」

彼女もゆっくり息をつき、平静な口調で話し始めた。「家に帰る途中で買い物に寄ったの。ダウンタウンに着いたとき、あなたももう戻っているかもしれないと思って、車で前を通ってみたのよ。部屋の明かりが消えているので帰ろうとしたら、道を挟んで停めた車のなかに座っている男に気づいた。なにをするでもなく、ただ座っていたの。そこで、あたりをひとまわりして戻ってみると、男はまだいた。だから、様子を見ていたの。あの人がスコット？」

「ああ、あれがスコットだ」

「話して」

「なにを？　たったいま、その目で見ただろう」

「そうではなく、あなたたちふたりのあいだにあるわだかまりについて話して。あれほど憎み合っている理由を」

「憎いと思ったことなどない。お互いに疎遠なんだ。あいつは癇癪《かんしやく》持ちで尊大な、最低の男だ」

「スコットはあなたについて、なんて言うのかしらね。あなたのことをどう思っているの？」

わたしは答えなかった。再び沈黙が落ちて、重く淀んだ。トラックが地響きを立てて走る音が聞こえるが、かなり距離がある。スコットが帰ったかどうかは、わからない。「話したくない」

「わたしたちが知り合ってずいぶん経つけど、あなたがそれに触れたことは一度もなかった」リディアは言った。「いまは知る必要があるの」

「なぜだ？　必要があるとは、どういう意味だ」

リディアは台所に入って、ヤカンを火にかけた。勝手に入るな、やめてくれ。そう思っている自分に気づいて、わたしは我ながら驚いた。出ていってもらいたかった。わたしの部屋、縄張りに留まっていて欲しくなかった。初めて持った感情だ。

「幼い頃、チャイナタウンで」リディアは言った。「地下室のボイラーが爆発する事故があったの。死者が三人、建物は倒壊寸前になり、取り壊された。管理人は生涯自分を責め続けたわ」顔をこちらに向けた。「ボイラーはずっと調子が悪くて、しょっちゅう蒸気漏れを起こし、管理人はそのたびに修理をしていた。だけど、蒸気漏れは表面的な問題に過ぎなかったの。管理人が真の原因に気づかないうちに、圧力が蓄積してついに爆発に至った」

わたしは彼女を睨みつけ、ジャンパーを脱いでソファに投げ出した。「いつもの真綿にくるんだような喩えではないんだな」煙草を一本出し、箱をデスクに放った。

　リディアはあえて微笑んでみせた。「現実は作り話のようにうまくは運ばないわ」

「それで、きみはその管理人というわけか」

　リディアの笑みが消えた。「これから先の一生を、なにかできたのではないかと悔やんで過ごしたくないのよ」

「ぼくが爆発の危機に瀕しているとでも？」

　彼女はわたしを窺った。「きのうの夜、あなたはハムリンズでバルボーニを必要もないのに殴った。アル・マクファーソンとの喧嘩については、わたしはその場にいなかったから、判断できない。だけど、この二日間、あなたはこれまでになく煙草を吸い、お酒を飲み、さっきもわたしが止めなければ義理の弟さんを死ぬほど痛めつけていたはずよ」

「あいつには当然の報いだ」

「当然かどうかを、問題にしているのではないのよ。あなたらしくない行動だというのが、問題なの」

「らしくない？　そうかな。きみが知らないだけさ」

「じゃあ、教えて」

　ヤカンの笛が鳴った。リディアがわたしの戸棚を開け、自分用に入れておいた茶葉の缶を出す。マグをひとつ取り、引き出しを漁って茶漉《こ》しを用意する。

　当分帰るつもりはなさそうだ。

わたしもカウンターをまわって台所に入った。戸棚のグラスに手を伸ばすと、リディアは脇にどいた。氷を放り込み、メーカーズマークを注いでソファに座る。五秒でグラスを空《から》にした。わたしは立ち上がって部屋を横切り、道路に面した大きな窓の外を見つめた。スコットの姿は消えていたが、それを確認するのが目的ではなかった。

窓ガラスが、腰を下ろすリディアを映し出していた。彼女が好んで座る大きな肘掛け椅子では、わたしに背を向ける格好になる。そこで彼女はいつもならわたしが座るソファを選び、こちらに顔を向けた。茶が湯気を立てている。まるで寒さが身に沁みるかのように、そのマグを両手で包み込んでいた。わたしも寒かった。バーボンを飲んだが、温もりは感じなかった。

「ぼくは九歳になるまで、ルーイヴィルに住んでいた。父方の祖父母と同居していたんだ」わたしは煙草を吸った。窓ガラスに映ったリディアはなにも言わず、身動きひとつしなかった。

「祖父はたくましい大男だった。釣りを教えてくれ、引っ越す少し前には狩りに連れていってくれるようにもなった。祖母はピアノを教えてくれた。ルーイヴィルは子供にとっては最高の場所で、ヘレンもぼくも幸せだった」白い家、樹木が影を落とす広々としたポーチ、ゆさゆさと枝を揺らす庭の黒いクルミの木を瞼《まぶた》の裏から追い払い、口早に言った。

「祖父は癇癪持ちで、その矛先はたいてい父に向けられていた。ぼくたちは幼くて、あまり感じてはいなかったが。祖父も子供の前では行動を慎んでいた。父も癇癪持ちだったが、祖母が常に目を光らせていたので、ぼくたちにはわからなかった。おれの家だ、おれがルールを決める、が祖父の口癖だった。父にとってはあまりに窮屈だった。どちらかが譲歩せざるを得ない状態になり、うんざりした父はぼくたちを連れて引っ越した。父は陸軍補給部隊の将校で、シンシナティ郊外の基地に勤務していた。生産効率に関する専門家だったんだ。陸軍は父を海外駐屯地に派遣して、その専門知識をほかの補給部隊将校に広めようとした」

わたしは口をつぐんで階下の道路を通る車を眺めた。

「具体的にはどんな仕事をなさっていたの？」リディアはおだやかに口を挟んだ。

「知らないよ。退屈だし、気にも留めなかった」一台のステーションワゴンが道に迷ったのか、頼りないハンドルさばきでのろのろと進んでいく。「母は、ヘレンやぼくが苦労するという理由で、海外勤務に反対した。だが、父は頑として聞き入れなかった」わたしはさらにバーボンを流し込んだ。「ルーイヴィルをあとにすると、事態は悪化の一途をたどった」

どういう意味かと訊かれるだろうと予測したが、リディアは質問しなかった。長い間が空いた。彼女の問いかけを待ったのは、自分自身に対する口実だった。「父は日常的に母に暴力を振るっていたらしい」わたしは続けた。「殴ったり、蹴ったりを繰り返していたんだ。それまでは知らずにいたヘレンやぼくも、父の暴力を目の当たりにするようになった。そして、父はぼくたちにも手を上げ始めた」

リディアが訊いた。「以前は、お祖父《じい》さんがお父さんを止めていたのね」

「孫が可愛いからという理由ではなかったと思う。ぼくたちは、どちらが好かれるかというコンテストの賞品だったんだろうね。やさしいお祖父《じい》ちゃんとガミガミ親父のどっちが好き？　たぶん、祖父も幼い父を殴っていたんだろう」

「そして……？」

「そして、父はいつでも好きなときにぼくたちを殴ることができるようになった」バーボンを飲んだが、水のように感じた。「ぼくは幼いときから体格がよく、外国にいるあいだにどんどん成長して、十二歳になった頃には母よりも大きかった。ルーイヴィルを出たときヘレンは七歳で、母に似て小柄だった。いつも、というほどではなかったんだよ。あまり頻繁でもなかった。だが、なんらかの理由で機嫌を損ねて帰宅すると、父は最初に目に入った家族に殴りかかるんだ。ぼくがそれを受けるのが、一番ましだった」

「お父さんの気に入ったという意味？」

「家族全員にとってよかったという意味さ」

煙草がフィルターを残すだけになっていた。わたしはそれを見つめ、灰皿でもみ消した。

「ぼくが十五のとき、母がついに音を上げて、ようやくアメリカに帰ってきた」

「暴力に音を上げたの？」

わたしは首を横に振った。「ぼくに音を上げたんだ。ぼくはどこに行っても問題を起こし、年とともにそれがひどくなっていった。アメリカ軍人の子でありながら、フィリピンではひと晩留置場に入れられた。その後、アムステルダムでも同じことが起きた。手のつけられない不良少年だった」

「お父さんのせい？」

わたしは肩をすくめた。「母はアメリカのほうがうまくいくと考えた。ヘレンとぼくを連れ、生まれ育ち、いまだに弟が住んでいるブルックリンに戻ると父に告げた」

「デイヴ叔父さんね」

わたしはうなずいた。「たとえ父が来なくても、アメリカに帰ると母は言った。父に対して毅然とした態度を取ったのは、あれが最初で最後だった」

「お父さんがあなたを殴っても、止めなかったの？」

「母はこう言った。ヘレンやぼくがもっといい子にしていれば、殴られたりはしない。怒らせるようなことをしなければ、父は誰に対しても、むろん母も含めてだが、暴力を振るうような人ではない。母はまったく、頼りにならなかった」

リディアは待った。わたしが黙っていると、うながすように言った。「そして、ニューヨークに来たのね？」

「三人でひと足先にね。父は辞職が認められるまで二ヶ月かかったが、その後は一種の民間コンサルタントとして軍で勤務する契約を結んだ。勤務先をアムステルダムからフォート・ディックスに移してもらい、ブルックリンから通勤した」わたしは窓ガラスにおぼろな輪郭を浮かび上がらせている、リディアを見つめた。「あの二ヶ月は最高だった。新しい学校が気に入ったし、デイヴとも仲よくなった。デイヴはルーイヴィルを何度か訪れたが、父に嫌われていたので、あまり頻繁には来なかったし、海外にいるあいだはむろん会っていなかった。ぼくは叔父の名前をもらったんだよ」

「やはりそうだったのね。あなたがほんとうはデイヴという名前なのは知っていたわ。でも、使っていないのね」

「そういう約束だったんだ。叔父の名前をつけるのはかまわないが、実際には使わないという条件だった。ウィリアムは祖父の名だ。ルーイヴィルにいた父方の」

わたしは再び闇に見入った。リディアがうながした。「お父さんが来てからは？」

「前に逆戻りさ」わたしはバーボンをすすった。「ただ、ぼくは父のいない生活を経験していた。父と同じくらいの体格になってもいた。殴られたら、殴り返した。勝つことはできなかったが、いつかやってやると思っていた」

窓ガラスに目を凝らし、リディアの視線をとらえた。液体を思わせるその瞳が闇のように底なしに感じられ、目を逸らした。

「ある晩、ヘレンが門限を過ぎても帰宅しなかった。その頃は、ヘレンもかなり生活が乱れていた。いい子でいたって無駄だと悟ったんだ。父はヘレンの行く先を知りたがった。ぼくは知らないと言ったが、信用されなかった。そして、さんざん殴られた。

「そんなのは、いつものことだった。ただ、その晩は真夜中にふと目を覚ますと、ヘレンがベッドの横に座っていた。〝なにがあったの〟と言うので、〝別に〟と答えた。すると、〝わたしのせい？〟と尋ねた。たしかにその頃は、ヘレンの行状が原因で殴られることが多かったが、ぼくは否定した。ヘレンは〝もうその心配はないわよ。約束する〟と言った。どういう意味なのかわからなかったが、ぼくは疲れていたし、あちこち痛いしで、とにかく眠りたかった」

わたしはグラスを空けた。リディアと目を合わせないようにして部屋を横切り、氷とバーボンを壜ごと持ってきた。彼女は黙って茶を飲んでいた。茶はすっかり冷めていることだろう。窓辺に戻って、闇に語りかけた。

「その後数日のことは、はっきりとは覚えていない。父にベッドから引きずり出され、滅茶苦茶に殴られた。〝ヘレンはどこだ？〟父は、わめいていた。母は寝室の戸口に立って、泣いていた。そして、救急車。サイレンを覚えている。ぼくを覗き込んでいるデイヴ。気がついたときは、病院だった。ヘレンは家出をしたんだ。〝もうこんな家には耐えられない〟と、書き置きを残して。父はぼくが事前に知っていたのではないかと疑った、いつものように。ぼくの頭蓋骨にはひびが入っていた。もう少しで死ぬところだった」

わたしはグラスを傾けて、続けた。「何週間も入院した。頭蓋骨のひびだけではなく、かなりの重傷を負っていた。デイヴは毎日見舞いにきてくれた。そして、ぼくが希望しない限りは父を面会させないように、病院に頼んでくれた。ぼくは父はおろか、母にも会いたくなかった。母には会えとデイヴに言われたが、頑として応じなかったので、母も来なかった。ヘレンを捜したが、行方は杳《よう》として知れなかった」

頭が痛くなってきた。スコットのパンチが当たった覚えはないのに。

「入院一週目のある日、ぼくの診察を終えたばかりの医者が看護婦と話しているのを、小耳に挟んだ。医者はこう言っていた。これが息子ではなく赤の他人だったら、間違いなく刑務所行きだな。その言葉が一日中耳について離れなかった。そして、見舞いにきたデイヴに、それはほんとうかと訊いてみた。被害者が告訴すれば捜査が行なわれ、加害者の罪が立証された場合は刑務所行きになる。叔父は言葉を選びながら、そう説明した。そこで、ぼくでも告訴ができるのかと質問した。

「結局、デイヴの話したとおりの経過をたどった。もっとも、実際はもう少し込み入っていた。ぼくが未成年であるうえに、当時はそういうことはなるたけ表沙汰にしない風潮だったから。でも、ぼくはあきらめず、父は逮捕されて暴行罪で起訴された。

「父が刑務所に入れば、ヘレンが帰ってくると期待していたんだ。そして、ブルックリンに来た当初の、父のいない生活に戻ることができるのではないかとも」

わたしはいつから効果がなくなってしまったのだろうといぶかりながら、バーボンを呷った。窓辺にたたずんで、長いあいだ沈黙を続けた。リディアが痺れを切らすに違いないと思ったが、彼女はなにも言わなかった。尻の下に足を敷き、空のマグカップをテーブルに置いて静かに座っていた。

「しかし、かえって逆効果になってしまったんだ」わたしは言った。「ぼくが証言できるようになるまで、裁判は延期された。デイヴはぼくの意思を何度も確認し、決意が固いことを知ると仲間の警官とともに証人を集めた。教師やコーチ、学校の友だち、救急車の隊員、医者。ぼくが家に寄りつかなかった時代のヘレンの教師も。

「判決はどちらに転んでもおかしくなかった。父が悔恨の情をいくらかでも示し、娘を心配するあまりに我を忘れたとでも釈明すれば、結果はずいぶん違っていただろう。父はそうはしなかった。弁護士にもさせなかった。ぼくのことを昔から生意気で始末に負えない不良少年だったと罵り、こんな息子を持った父親はどうすればいいんだと、法廷で問いかけた。

「検事は証人を次々に喚問し、最後にぼくを呼んだ。ぼくは父のほうを見なかった。母のほうも。母は父のうしろに座って、父の手を握っていた。ぼくは一部始終を話し、地方検事や父の弁護士の質問に答えた。誰がどんな質問をしたのか、あとになって思い出すことができなかった。デイヴは、よくやったと褒めてくれた」

わたしはグラスと壜を置き、両手をポケットに突っ込んだ。「父には懲役三年の実刑判決が下った」

そのあと、無限とも思われるほどの沈黙が続いたが、やがてリディアが低い声で訊いた。

「逆効果とはどういう意味？」

「ヘレンだ。ヘレンはついに戻ってこなかった。彼女は裁判のことは知っていた。音信を保っていた何人かの友人が、教えたから。裁判が終わりに近づいたある晩、彼女は電話をしてきた。その頃ぼくは、デイヴのところに身を寄せていた。退院すると、そのままデイヴの家に直行したんだ。ヘレンは、裁判を中止して、実の父親を刑務所に送るなんて許される行為ではないと懇願した。ぼくは、もう少しで殺されるところだった、おまえだって見つかっていればあのとき殺されていたかもしれないと、反論した。ヘレンは、それでも正しい行為ではないと言って譲らなかった。止むを得なかったんだ、とにかく家に戻ってきてくれと頼むと、ヘレンは泣きながら電話を切ってしまった」

わたしは口をつぐんで、外の闇を凝視した。車や人が眼下を行き交う。それらはわたしにとって、なんの意味も持たない。話は終わった。話せることは、すべて話した。これでリディアにもわかっただろう。さっさと帰ってくれ。ひとりにしてくれ。わたしはその瞬間を待った。だが、その瞬間《とき》は訪れなかった。リディアは立ち上がると、傍《かたわ》らに来て静かにたたずんだ。窓ガラスに、闇を見つめる亡霊のようなふたりが映る。階下のショーティーズから、ビールをしこたま飲んだふたり連れが声高に笑いながら出てきて、地下鉄の駅に向かって歩いていく。ブロックのどこかで、商店の鉄格子がガラガラと下ろされる。

長いあいだ、たたずんでいた。足に根が生えたように感じたわけでもないし、動くことができなかったわけでもない。行きたいところも、したいこともなかったからだ。窓枠に切り取られた世界に人や車が現れては消える。まるで、演じられている芝居とはまったく別の意味を持つ、舞台裏の動きを見ているかのようだ。

「不公平よね」しばらくして、遠くから聞こえてくる音楽のような低い声で、リディアは言った。

「不公平？」

「若くしてそんな選択を強いられる子がいるなんて」

わたしは窓に背を向けて部屋を横切り、ソファに腰を落として煙草に手を伸ばした。〝あなたは当然のことをしたのよ〟〝わたしもきっとそうしたわ〟〝あなたの行為は正しかったのよ〟もしも、そんなふうに言われたら、わたしは彼女をその他大勢と同じだとみなし、遠慮なく言っただろう。〝うん、ありがとう。しばらくひとりにしてくれないか。あした、電話する〟

だろう。

彼女がわたしを抱きしめたり、手を握ったりしたら、やはり話すのではなかったと後悔した

リディアはあとはひと言も言わず、そばに来ようとさえしないで、台所に入ってヤカンを火にかけた。コーヒー豆を挽く音を聞き、わたしは驚いて顔を上げた。彼女はカフェプレスを探し出し、コーヒーを淹れてマグカップに注ぐと、自分の茶も注ぎ足して、わたしのところに持ってきた。わたしがソファに座っていたので、お気に入りの肘掛け椅子に腰を下ろす。

「十五歳のゲイリーが、追い詰められ、助けを必要としているのよ」

彼女の茶が湯気を上げている。わたしのコーヒーも。その湯気のようにはかないわれわれの亡霊が、いまだ窓辺で闇を覗き込んでいるような錯覚に襲われた。

「取り返しのつかないことになる前に」わたしは言った。「誰かが見つけて、止めなくては」

リディアはうなずいた。「そうね。だったら、わたしたちがやりましょう」

18

その後は、ほとんど会話らしい会話はなかった。ほどなくしてリディアが帰ると、わたしはしばらくのあいだ、なにやかやと片づけたり、郵便物に目を通したりした。早急に窓を修理しないと、寒くてかなわない。音楽に触れたい気持ちもあったが、とくに聴きたい曲もなく、しこたまアルコールを摂取したあととあってピアノの練習は問題外だった。水のように呷っていたバーボンやビールがいまやてきめんに効き始めていたので、指は常にも増して反応が鈍く、覚束ないだろうし、あらためてそれを実感させられるのも癪《しゃく》に障る。結局、ベッドに潜り込んだ。バーボンが効いて夢を見ずにすんだのは、ありがたかった。コーヒーは目を冴えさせはしなかったものの、あくる朝の二日酔いを防ぐ役にも立たなかった。

割れるように痛む頭を抱えてアスピリンを三錠飲み下し、シャワーを浴びて、昨夜リディアが使ったカフェプレスで濃いコーヒーを淹れた。二杯目を飲んでいると、デスクの電話が鳴った。十フィート離れたところで鳴る小さなベルの音が、ガラス片のように目につき刺さる。コーヒーなんて、ドブに捨てたほうがましかもしれない。

「スミスだ」電話セールスならもっけのさいわい、悪態の限りを尽くして受話器を叩きつけてやろう。半ば期待して、電話に出た。

「サリバンです。どうしたんです？　なんだか、元気のない声だ」

わたしはぼそりと答えた。「二日酔いだよ。そっちは？」

「郊外のさわやかな空気を吸って、元気満々ですよ。都市の生活は不健康そのものだ」

「どこで暮らそうと、人生なんて不健康なものだ。なにか用かい？」

「あなたの用でかけているんですよ」

「そいつはありがたい」

「例の昔の事件。ファイルを見たところ、興味深い事実がいくつか判明した。もっとも、自殺でない可能性は、ゼロですね。複数の目撃者がいる。なにせ、現場が公園だったから」

「町の中心の？」

「そう。目撃者は四人、銃声を聞いた人はもっといます。叫び声を聞いて人々が振り返ったところで、彼は引き金を引いた」

「いやはや」

「書き置きも残っていた」

「内容は？」

「開示禁止です」

「ちぇっ」

サリバンは笑いを含んだ声で言った。「要旨はこうです。ぼくをやるつもりだろう。後悔するぞ。おまえたちみたいなクズは地獄に堕ちろ」

「ふーむ。〝あの子を強姦しました〟ではなかったんだね？」

「彼は自殺したんですよ」

「うん。興味深い事実というのが遺書を指していないとすると、なんだい？」

「ひとつは、マクファーソンのアリバイが不完全だったという事実。被害者が帰った何時間もあとで、パーティーにいるマクファーソンを見たと、ある少年がアリバイ証言をした。八人の子が、少女がパーティー会場を出た直後にマクファーソンも帰っていったと証言したあとで、少年はその証言を撤回した。友人をかばいたかったそうです。なんと、その少年というのが、うちの署長だった」

「ルトーノーが？」

「ふたりはヴァーシティのチームメートだったと、話したはずですよ」

「うん。そう突っかかるなよ。ルトーノーはマクファーソンにとくに好意は持っていないとも話していたな」

「現在はね」

「そうか」

「署長が蒸し返されるのを嫌がるのも、無理はない。マクファーソンが強姦をしたのかどうかはさておき、友人のために嘘の証言をしたわけだ。町の人に知られたいようなことではありませんからね」

「たしかに、信用問題に発展しかねない」わたしはあいづちを打った。

「今回、部員に対して厳しい手段を取らないように望んでいるのもうなずける。自分も同じように扱ってほしかったという願いがこもっているんでしょう」

「まあね。願い事をするときは、よくよく注意する必要があるけど。あとは?」

「じつは、警察は当初、目撃者がいると確信していた。被害者がパーティーを出た直後にマクファーソンと道端で口論していたと、別の少年が供述したんです。もっとも、記憶があいまいではあった。そして結局は、マクファーソンではなかったようだと、証言を翻《ひるがえ》した」

「それがどうかしたのか?」

「スコット・ラッセルだったんです。あなたの義弟の」

わたしは電話を台所に持っていって、コーヒーを注ぎ足した。「おやおや」

「でしょう?」

わたしはコーヒーを飲み、デスクへ行って煙草を取った。「アリバイといえば、自殺した少年にも――ジャレッド・ベルトランだっけ――あった。彼といっしょにいたと証言した友人がいる。その友人の名は?」

「ニック・ダルトン。通称、腰抜けニッキー」

「町に住んでいるのかい?」

「現在のいどころは不明。調べることはできますが」

わたしはルイージ・ベレスを思い浮かべた。わたしにも調べることはできる。

「被害者の名前は?」わたしは受話器を顎の下に挟んで、煙草の火をつけた。

「未成年で、強姦の被害者ですからね」

「二十三年も前の話だ」

「それはそうですが、名前を明かすわけにはいかない」

「サリバン刑事――」

「駄目ですよ。わかったところで、しょうがないでしょう。自殺に間違いないのだから、あなたの憶測はどうなるんです？」

「さあ、どうなるんだろうな。とにかく、マクファーソンは激怒している。ルトーノーも義弟も。また、何者かがトリー・ウェズリーとステイシー・フィリップスがなにかを嗅ぎつけたと勘繰って、ステイシーを襲った。ステイシーにはまったく心当たりがなく、トリー・ウェズリーは死亡した」

「マクファーソンとルトーノーは、過去の事件を蒸し返されたくないだけなのかもしれませんよ。忌まわしい思い出だし、外聞も悪い。義理の弟さんに関しては、しょっちゅう誰かに腹を立てているという評判だ」なだめすかすような口調に変えた。「もう少ししたら病院に行って、ステイシー・フィリップスの様子を見てきますよ」

「そうしてくれるかい」サリバンがくれた情報はわずかだが、彼としては最大限の便宜を図ってくれた。「ありがとう」

「面倒を起こさないでくださいよ。それから、ワレンズタウンには来ないこと」

わたしはコーヒーを飲み、煙草をふかして思案にふけった。ステイシー・フィリップスの病室に電話をかけた。

「もしもし」と、前日よりも元気な声が返ってきた。

「ビル・スミスだ。具合は？」

「鎮痛剤が切れてものすごく痛むの。むちゃくちゃ腹が立ってきた」

「それはなによりだ。怒りは最良の治療薬だよ」

「皮肉は嫌いなんだと思っていたのに」

「本気で言ったんだ」

「いったいどういうことだったのか、わかりました？」

「いや、でも一生懸命に考えている最中だ」

「すてき。どうぞごゆっくり」

「きみが言うときだけ、皮肉が気に食わなくなる。ところで、きみの両親はワレンズタウン育ちかい？」

「ママは違うけど」ステイシーは少々意表を衝かれたように答えた。「パパはそう。あなたといっしょに厳しい現実社会という大学に行くまでは」

「お父さんと話がしたい」

「あら、ちょうど来たところ。きょう、退院できそうなんです。脳震盪を起こしているといけないんで、ひと晩入院しただけだもの」

「新聞記者は頭蓋骨も面《つら》の皮と同じくらい厚いから、脳震盪とは無縁だよ。お父さんとちょっと話をさせてくれないか」

「パパと？　理由を教えてくれないうちは駄目」

「厳しい現実社会という大学の思い出話をしたいんだ」

「ごまかさないで」

「込み入った事情があるんだ」

「受話器を持っているのは、わたしなんですよ」

「おいおい、強請《ゆす》るのかい？」

「さあ、教えて」

「いつの日かピューリッツァー賞を取った暁には」わたしは言った。「ぼくについて必ず触れてくれ」

「どういうふうに？」

「練習台に使ったと。しょうがない、教えるよ。きみに起きた事件も含め、いま起きている事件の一部はこのあいだファックスしてくれた、大昔の事件に関係していると考えられる。そこで、お父さんと話をして、事件について覚えていることを教えてもらいたいんだ」

「あの事件と関係が？　どんなふうに？」

「駄目、駄目。さあ、お父さんと代わって」

「だって――」

「駄目だ」

「じゃあ、あとにする。パパ？」くぐもった声が聞こえてきた。「ビル・スミスよ。このあいだ話した、私立探偵の人。パパと話したいんだって」

男の声に代わった。「もしもし？」

「ビル・スミスです、ミスター・フィリップス。ステイシーの友人です」

「ええ、娘から聞いていますよ」と、彼はうさんくさげに言った。無理もない。

「ステイシーを心配する気持ちは、お察しします。彼女が襲われた理由を、突き止めようとしている最中です」

「警察がやっていますよ」

「ええ。もう少ししたら、サリバン刑事がステイシーの話を聞きにいくはずです」

「サリバン刑事といっしょに捜査を？」

ほんのわずか警戒を解いた様子なので、わたしは言った。「情報を共有しています。互いに見解は異なりますが」

「なるほど。で、わたしにどんな用なんです？」

「ワレンズタウンで育ったそうですね」

「ええ」

「高校時代にフットボールは？」

「フットボール？　やりましたよ」

「ポジションは？」

「ディフェンスバック。それがなにか？」

「いや、ほんの好奇心ですよ。ところで、二十三年前に強姦と自殺が起きたとき、町にいましたか」

彼はいったん間を置いて、答えた。「当時は大学二年でしたね」

「でも、事件のことはご存知なんですね」

「知らない人なんて、いませんよ」

「少女の名前を覚えていますか」

「少女？　ああ、ベサニー・ヴィクターね。ベスです」

記憶を開示禁止にする必要があるとは露ほども思わない人々から情報を引き出すことは、いともたやすい。

「彼女を知っていましたか」

「顔だけはね。わたしが十二年生《シニア》のとき、彼女は九年生《フレッシュマン》だった」

「いまの住所を知りませんか」

「いま？　皆目見当がつかないな」

「ワレンズタウンには住んでいないんですね？」

「ええ。いったいそれがステイシーとどんな関係があるんです？」

「わかりません、ミスター・フィリップス。でも、なんらかの関係があると考えています」

「ジム・サリバンも同じ意見なんですか」

「ぼくほどには、確信を持っていません」

ミスター・フィリップスは沈黙し、わたしは待った。しまいに彼は言った。「そうですか。訊きたかったのは、それだけですか」

「ニック・ダルトンについてなにか覚えていませんか？」

「腰抜けニッキー？　いやはや、いったいどこでそんな名前を掘り出してきたんです？」

「彼は自殺した少年のアリバイを証明しようとしたんですよね」

「ああ、ジャレッドか。そうそう、そうだった。あのふたりは似た者どうしだったな」

「どう似ていたんです？」

「変なやつらだと、当時は思ってましたね。父親になったいまは、子供たちを見る目も変わったが」

「いまは、どう思います？」

彼はしばらく考え込んだ。「ジャレッドとニッキーはフットボール部員《ジョック》ではなかった。あの頃、ワレンズタウンで一目置かれるためには、フットボール部員であることが必須条件だった」

「聞くところによると、いまもそれは変わらないらしい。彼らについて教えてください」

「あのふたりは、いわゆる晩生《おくて》だったんでしょうね。痩せっぽちで、背も低く、ダンスもできない。女の子なんて、不潔だと思っていた。どういうタイプだか、わかるでしょう」

「ワレンズタウンのフットボール部員は、最近そうしたタイプに辛く当たるそうですね」

「残念ながら、昔もそうだった。子供なんて、自分と違う子に対してはみんな残酷なもんです。

ニッキーのなにを知りたいんです？」

「彼に会いたいんですよ。どこに行けば会えるのか、ご存知ありませんか」

「ニッキーに？　無理だろうな。大学には行かないで陸軍に入ったと聞いたけれど、あまりに突拍子もない話だから冗談だったんでしょう」

「どうして、突拍子もないんです？」

「腰抜けニッキーと呼ぶからには、それだけの理由があったということ」

わたしは、サリバン刑事に尋ねられた場合を除いては、いまの話の内容を口外しないようにと彼に頼み、ステイシーを電話に出してもらって、やはり口止めをした。

「ゲイリーはもう見つかったんですか？」ステイシーは訊いた。

「見つかったら、とっくに手を引いている」

「わたしが襲われた理由を突き止めもしないで？」

「きみは新聞記者だ。塵にも値しない」

「タイムズで働いているわたしに、なにか情報が欲しくて連絡してきても知らん顔しようっと」

「ステイシー、きみを襲った犯人を豚みたいにぬかるみに突っ込み、がんじがらめに縛り上げるまでは、一睡もしない」

「そのときは、なにかする前に連絡して。ガゼットの写真部員を急行させるから」

わたしはベレスに電話をした。ベレスは相手がわたしだと知ると言った。「げっ」

「おいおい、ルイージ。本気で言っているんじゃないだろうな」

「本気でなにが悪い。この前やり残したことがあるのかよ」

「そうだ」

「やっぱりな。げっ」

「二十三年前に、ワレンズタウンに住んでいた十代の少年少女の消息を知りたい」

「まいったな。仕事中なんだ」

「あとまわしにしろ。こっちのほうが重要だ」

「あんたがこの仕事の依頼人なら、そうは言わないだろうな」

「言わないとも。頼みたいのは、ベサニー・ヴィクターにニック・ダルトン」

「名前のほかに情報は？」

「ほとんどない」

ベレスはため息をついた。「とにかく知ってるだけ、教えてくれ」

わたしはあらためてふたりの名前を言い、事件の内容と年月日を教えた。「ニック・ダルトンは高校卒業後に軍隊に入ったと聞いた人がいる。だが、彼はそれを信じていない」

「どうして？」

「ダルトンは、きみのように痩せっぽちだったそうだ」

ベレスは一時間四十五分後に報告してきた。それまでのあいだ、わたしはピアノに向かっていた。捜査に行き詰まったとき、わたしはしばしばピアノに助けを求める。擦り切れた走路の上でいくつもの疑問を追いかけまわし、自ら掘った深い溝のなかで全体を見ることができなくなったとき、練習するとすべてが頭から消え去る。永続するものがなく、生まれた瞬間にすべてが消え始める世界、記憶が完全ではありえない世界に没頭し、やがて練習を終えて現実の世界に立ち戻ると、ときには確固とした事実までもが驚くほど異なって見え、度肝を抜かれるときがある。

まともに曲を弾けるような状態ではなかった。一心不乱に集中することも、曲を理解することも叶わない。しかし、音階を弾き、指を動かすなどの技術的な練習は可能だ。指を素早くなめらかに鍵盤に走らせ、さまざまな音色を奏でさせ、ベレスの返事を待った。電話が鳴ると、いつものように練習を妨げられた苛立ちに襲われた。電話のスイッチを切っておかなかったうかつさに腹が立ったが、一瞬後にその理由に思い当たった。

「スミスだ」

「ようよう。いまのところわかった分だけ、教えておくよ。急いでいるんだろ？　もっと必要なら、調査を続ける」

「助かるよ、ルイージ。教えてくれ」

「女のほうは簡単だった。結婚と離婚を三回繰り返して、いまはマウンテングレンに住んでいる。現在の名前はベス・アダムズ」

「アダムズというのは三人目の夫の姓？」

「ふたり目だ。一番のお気に入りだったんじゃないかい」

「マウンテングレンって、どこだい？」

「山のなかの小さな町だ。州境近くの」

ベレスにとっての州境は、ニューヨークしかない。そのほかは〝危険：トラに注意〟の標識が出ていると、彼は考えている。

「ニュージャージーだね？」

「そう言ったっけ？」

「言わなかったが、見当はついた。住所は？　電話番号は？」

ベレスは教えてくれた。

「男のほうはどうだった？」わたしは訊いた。「ニック・ダルトンは？」

「こっちは難題でさ。消えちまったんだ」

「消えた？　死んだのか？」

「死んだら死亡証明書が発行されるし、保険金とかいろいろあるじゃないか」

「遺体がゴミ処理場に埋められたのでなければ」

「ああ。でも殺された場合は、未整理の問題があとで出てくる。ローンが滞れば車が回収されるし、家賃を払わなければ退去手続きが取られる。そういうもんがあれば、おれは必ず見つける」

「ところが、見つからなかった？」

「まったく痕跡を残していないんだ。車や家賃の記録もない。調べたところ、除隊した翌日に三つあった銀行口座を全部解約し、クレジットカードもキャンセルしていた」

「では、ほんとうに陸軍に入ったんだ」

「うん。三年間勤務して、名誉除隊。そして、ぷっつりと消息を絶った。除隊するときの書類に除隊後の住所は記載されていなかった。パスポートも社会保障番号も、その後二度と使われていない」

「刑務所に入っているのかな」

「その場合でも、社会保障番号は残るよ」

「では、いったいどういうことなんだ、ルイージ」

「要するに」ルイージは辛抱強く説明した。「ニック・ダルトンは別人になりたかったのさ」

そこで、ベレスには調査の続行を指示し、情報があり次第連絡するように頼んだ。

次にリディアに電話をした。

「やあ」

「ハイ」

「二日酔いなんだ」

「訊いてもいないのに」

「訊くつもりだったんだろ」

「ぜんぜん。ともかく、教えてくれてありがとう」

「いま話していて大丈夫?」

「ええ」

「今朝、サリバン刑事と話をした。昔の事件について」と、サリバン、ステイシー・フィリップスの父親、ベレスのそれぞれから聞いたことを伝えた。

「すごいわね！」リディアは感嘆した。「わたしは、洗濯をすませただけなのに」

「洗濯のほうが実りがあったという結果になるかもしれないよ」

「これからどうするの？」

「マウンテングレンに行く」

「いっしょに行きましょうか？」

わたしは煙草に火をつけた。「ワレンズタウンでもう少し探り出せそうかい？」

「たとえば？」

「トリー・ウェズリーは薬物を売り、ゲイリーはそんな彼女と一時期つき合っていた」

「ゲイリーも薬物を売っていたかどうかを、確認したいの？」

「あるいは、彼女が薬物を売ったのが原因で、つき合いをやめたのか。それから、ゲイリーは初めのうちはポール・ニーバーと親しくしていたのに、新学期が始まると距離を置いた。その理由を知るのも、悪くない」

「そうね。そのへんは、ワレンズタウンでもう少し詳しくわかりそうだわ」

「じゃあ、頼むよ。それからもうひとつ。ウェズリー家を訪問してくれないか」

「トリーの両親に会うの？　もう戻ってきたの？」

「きのうの朝、夜行便で戻ったはずだ。サリバンが言っていたから」

「うーん。そういうインタビューは苦手だわ」

「だろうな。ぼくが行こうか」

「いいえ、いいわ。あなたと鉄格子を隔てて面会するのも、苦手だから」

「おいおい、そんなことは一度もなかっただろう」

「あなたがワレンズタウンに行けば、そうなるわよ。わたしが行ってくる」

「ありがたい。その前に、疑問に答えてくれないか」

「いいわよ」

「義弟はなにを考えていたんだろう？」

「スコットが？」

遠慮がちな口調を聞き、わたしはあわててつけ加えた。「昨晩ではなく、二十三年前に」

「ああ」と、リディアは口調を変えた。「アル・マクファーソンと被害者が口論しているところを見たと証言したのに、あとになって撤回した件ね？」

「スコットはマクファーソンを貶《おとし》めようとしたが、怖くなったんだろうか」

「だとしたら、理由は？」

「貶めようとした理由？　怖くなった理由？」

「両方よ。わたしにも、疑問があるの」

「どんな？」

「ステイシー・フィリップスの父親によると、ジャレッドとニッキーは晩生《おくて》だったんでしょう。

女の子は不潔だと考えていた」

「だから？」

「女の子が不潔だと考えているような男の子が、女の子につきまとったりする？　強姦なんて、もってのほかよ」

それから、一日の計画を立てた。昨夜の打ち明け話には、ふたりとも触れなかった。知らず知らずのうちに止めていた息を吐いて、受話器を置いた。

駐車場まで歩いて、車を出した。きのうの重たげな雲は風に飛ばされ、抜けるような青空だ。音楽はかけなかった。トンネルを出て、周囲の車や道順のほかにはほとんどなにも考えずに車を走らせた。

マウンテングレンはニュージャージー州に入って一時間半ほど走ったところにあった。キャッツキルの南端に位置し、ゆるやかに起伏する丘に憩うワレンズタウンやグリーンメドウ、そしてそのふたつの町を結ぶ醜悪な商業施設の並ぶ道路の北に当たる。近づくにつれ、丘は険しさと野趣を増した。深紅、赤茶、オレンジが華やかに丘を彩っていた。そここに点在する、黄色に輝く葉をいまだまとった白樺が、松の濃緑でいっそう引き立つ。きのうの厚い雲がこの地に雨を降らせ、路肩の水溜りが、丘の鮮やかな色合いを映していた。人影も建物も見当たらない道路が延々と延びるばかりだ。マウンテングレンという村はなきに等しく、郵便番号を割り当てる必要に駆られて、わずかばかりの民家に小屋、あばら屋、トレーラーハウスをひとくくりにして村と称しているに過ぎなかった。

ベレスの教えてくれたベス・アダムズの住所へ赴くと、一応村と称されている地域を半マイルほど過ぎた、足が沈むほどにやわらかい草っぱらの真ん中に、小屋ともあばら屋ともつかない木造家屋が建っていた。敷地に乗り入れ、錆だらけのオールズモービル・カトラスのうしろに停める。ひどく古びた、動いたら車自身もびっくりするだろうと思うほどのポンコツだ。ぬかるみに足を取られながら、玄関ポーチを目指した。いまにも崩れ落ちそうに盛大にきしむ、ポーチの階段を上る。呼び鈴を押したが、ベルの音は聞こえず、返事もない。もう一度押し、ドアをノックした。とたんに、内部で犬が甲高く吠え、がりがりと床を引っかく音がしたが、返事はない。もっと力を入れて叩こうとした矢先にドアが開き、やつれた女が顔を覗かせた。

女は明るい陽射しに目をしばたたき、わたしの振り上げた手を見て、たじろいだ。

「ベス・アダムズですね？」わたしは手を下ろした。毛むくじゃらの小型犬がキャンキャン鳴いて飛び跳ねたが、彼女のうしろに留まっていた。

女は再び目をしばたたかせた。「どなた？」低いかすれた声だった。「しーっ！」と言われて犬は命令に従い、彼女の陰でうなり声を上げた。

「ビル・スミスです。少々、質問させてもらえませんか？」

言葉の意味を量りかねたかのように、彼女はぼんやりとわたしを見つめた。カールした白髪交じりの金髪はくしゃくしゃに乱れ、前髪を赤いプラスチックの髪留めでまとめている。だらしなくまとった、チノパンに白のコットンセーター。コーヒーの染みが飛び散ったセーターは、袖口と裾がほころびて糸が垂れ下がっていた。自分の体の大きさを自覚していないのか、くたびれたチノパンは少なくともサイズひとつ小さく、太ももと腹の部分がはちきれそうだった。

「なんの用？」

「二、三質問したいだけなんです。すぐに終わります」

彼女はドアを閉めようとした。「質問なんか、お断りよ」

わたしはドアを抑えた。「お願いします」

女はドアを押し返さなかった。「どんな質問？」

わたしはおだやかに言った。「何年も前に、ワレンズタウンで起きたことについてです」

「やなこった！」彼女は大声を上げ、わたしに向かってドアを押した。犬が甲高く吠える。不意を食らったわたしは、どうにか足をドアの隙間に差し込んだ。「やなこった」彼女はドアを押しながら繰り返した。だが、あきらめたかのようにろくに力を入れていない。「なにも覚えていないって、言ったじゃない。かまわないでって、言ったじゃない」

「誰に言ったんです？」

「アルよ。あたしにかまわないでって、言ったのよ」

「若いときに、ワレンズタウンで？」

彼女の表情が一変して、モーガン・リードを思い出させるような薄ら笑いが浮かんだ。「ワレンズタウンで？　やだ、バカみたい。ここでよ。それも、昨晩《ゆうべ》」

「昨夜、アル・マクファーソンがここに？」

「帰ってよ」

「彼はどんな用で来たんです？」

またもや薄ら笑い。「あたしを助けたいんだってさ。アルがあたしを助ける。笑っちゃうよ」

「あなたをどう助けるんです？」

彼女は身を翻し、ドアを開け放したまま室内へ向かった。「ふん、あんなやつどうでもいいわ。ビール、飲む？」

わたしは擦り切れたマットで靴を拭い、ベス・アダムズと犬に続いて湿っぽい廊下を通り、床のべとつく台所に入った。バドワイザーの缶を受け取り、再びあとをついて古い週刊誌やテレビガイドの散らばった居間に入った。犬はフンフンとわたしを嗅いでおずおずと尻尾を振り、しゃがんで撫でようとした手をかいくぐって逃げてしまった。くたびれたソファに腰を下ろすと、舞い上がった埃がちらちらと日光に躍った。

ベス・アダムズは大型テレビの正面に置かれた、これもまたくたびれた椅子に座った。傍《かたわ》らのテーブルに、半ダースほどの空き缶が並んでいる。彼女が腰を下ろしたとたんに、犬が膝に飛び乗った。すえたビールや犬の臭い、雑多な生活臭がこもって、室内の空気は重く淀んでいた。「あんた、いったい誰？」ベスはわたしではなく、開けたばかりのビール缶を見つめて訊いた。敵意は感じられなかった。

「ビル・スミス」

「ワレンズタウンの人？　前に会った？」

「いいえ。昨夜、アル・マクファーソンが訪ねてきたんですか?」

「そして、きょうはあんた。たまげたもんだ」

「彼はどんな助力を申し出たんです?」

「アルはね」と、缶の口から噴き出した泡をすする。「あたしがうまくやっていけるようにしたいんだって。アルは大物の弁護士なのよ」

彼女が口をつぐんで待っているので、わたしは言った。「ええ、マクファーソン・ピータース・エニス・アンド・アーキンでしょう」

それを聞いて、彼女はわたしを信用したらしい。「アルは、あたしがジャレッド……ジャレッドの両親にお金をもらえるんじゃないかって……」言葉尻を濁らせた。

「彼はそれを言うために来たんですか?」

ベスが眉間に皺を寄せてこちらを見る。わたしもプルトップを引いて、ビールを飲んだ。朝飯を取らずに大量のコーヒーを飲んだだけだが、会話を続けるためには飲まざるを得ないようだ。ベス・アダムズはせせら笑い、ビールを飲んで続けた。「あたしが事件のことを思い出せば、告訴できるんじゃないかって言っていた。アルは、告訴するのが商売だもんね」

「それで、どう答えたんです?」

「なんにも覚えていないって答えたわ。ほんとに思い出せないのよ。いろんな人にいくら訊かれても、記憶が戻らない。だけど、少しは覚えているわ」

「どんなことを?」

ベスの笑みが大きくなった。「アルが嫌いだったこととか。あいつは花形選手だった。でも、嫌いだったね。女の子はみんなアルに夢中だったけど、あたしは嫌いだった」

「ワレンズタウンを出たあと、アルに会ったのは昨夜が初めてですか？」

「まったく、昔とおんなじよ。でかくて、強引で。あたしがなにを覚えているかを聞き出すために、アルに寄越されたの？　だったら、あんたも地獄に堕ちな」

「彼に寄越されたわけではない。ぼくもあいつが大嫌いだ」わたしはあえて言った。「だからこそ、あなたに訊くためにやってきた」

「あいつの腹なんて、お見通しよ」彼女はウィンクをして、ぐいっとビールを飲んだ。

「え？」

「金よ」

「金？」

「アルみたいな弁護士は、そうやってしこたま稼ぐのさ」と、世間知らずの若造を諭すような口調で言った。「告訴して、慰謝料の三分の一を懐に入れようって腹なのさ。あたしはよく知ってるのよ」ぐびぐびとビールを呷る。「だって、三度も結婚したんだもの。どの亭主もろくでなしだったけど、有り金残らずふんだくってやったわよ」ビールの缶で居間を指し示し、戦利品を披露した。色も形も不揃いな電気スタンド、擦り切れて薄汚れたカーペット、大型テレビ。「今度こそと思って、三回も運試ししたのに」誰にともなく言った。「やんなっちゃう」ビールを飲んだ。「アルはあたしにジャレッドの両親を訴えさせて、儲けたいのさ」

「あなたはどんな返事をしたんです?」

「帰ってくれって言ったわ」

「それで、彼は帰ったんですか?」

「あたしは言ったのよ」わたしの言葉が聞こえなかったかのように、彼女は言った。「なにも覚えていないって、言ったんだ」窓から斜めに射し込む日光を見つめた。窓ガラスにこびりついた汚れが光を反射して、外は見えない。「なにも覚えていないし、思い出したくもない」声音が変わって、唇が震えた。犬を抱きしめて、胸に引き寄せた。犬はもがいたが、逃げようとはしなかった。「ジャレッドの両親から慰謝料なんか取れるわけないし、取れるとしたって、興味ないわ。思い出したくないんだもの。だから、帰ってくれって言ったのよ」

「彼は帰ったんですか」

「気が変わったら知らせてくれと言って、名刺を置いていったわよ」

「見せてもらえませんか」

彼女はこちらに視線を向け、初めてわたしの目をまっすぐに見た。「あんなもの、捨てたわよ。びりびりに破いて捨てちまったわ」

19

ベス・アダムズの家をあとにしたわたしは、再びひとけのない道路に車を走らせた。いまにも散りそうな紅葉に照り返る秋の陽射しが、なぜかうら寂しく見えた。

ビールを中和させるためのコーヒーを探しながら、慎重にハンドルを操る。ミニマートを備えたガソリンスタンドを見つけ、ガソリンを入れ、コーヒーを買って、再び車を走らせた。一杯のコーヒーにあと押しされた格好で、丘のあいだを走り抜け、商業施設の建ち並ぶ、南に向かう道路に出た。しばらくして、青いネオンサインが〝食え、太れ〟と謳う、一軒の食堂の駐車場に車を入れた。現実の人生もネオンの文句と同じように単純明快であれば、どれほどいいだろう。

スクランブルエッグとソーセージ、コーヒーを注文した。一杯目のコーヒーを飲み干してウエイトレスに断りを入れ、陽射しの降り注ぐ外に出てリディアに電話をした。目の前を車が高速で行き交い、朝の大気に排気ガスが充満していた。番号を入力して、リディアが英語と中国語で名乗り終わるのを待った。「ぼくだ」

「あら、どうだった?」

「ベス・アダムズに話を聞くことができた。事件の夜の記憶はまったくなく、なにも思い出せないそうだ。だが、それよりもっと重要なニュースがある」

「なんなの？」

「アル・マクファーソンが昨夜訪れて、同じことを訊いていた」

駐車場に入ってきた大型トラックのクローム枠が、陽光を反射した。「アル・マクファーソンが？　冗談でしょう？」

「とんでもない。大真面目さ、いつものように」

「ふうん。彼の目的はなんだったの？」

「自殺した少年の両親を訴えて、慰謝料を勝ち取ろうと持ちかけたんだ。ただし、彼女が事件について思い出すことができればだが」

「信じられないくらいに、残忍な男ね。そもそも彼の話そのものが、信じられない」

「まったくだ。二十三年も経ったあとに、昨夜突然だからね」

大型トラックの運転手が降りてきた。手足の長い、ひょろっとした男は、ネオンサインの謳い文句に挑戦するかのように、駐車場を横切って店に入っていった。

「マクファーソンはどうやって彼女を見つけたの？」

「彼女は身を潜めていたわけではない。事実、ベレスは二時間足らずで捜し出した。マクファーソンも誰かに依頼したんだろう。あるいはずっと消息を追っていたのかもしれない」

「マクファーソンのほんとうの狙いはなんだったの？」

「彼女がなにを覚えているのかを知りたかったんだろう。儲け話を持ちかければ、熱心に思い出そうとすると踏んだに違いない」

「彼女はどんなことを覚えていたの？」

「マクファーソンのことが嫌いだったことくらいで、あとはなにも覚えていなかった。彼を追い返したそうだ」

「いい気味だわ。彼には思い出されると都合の悪いことがあるみたいね」

食堂の窓越しに、注文したスクランブルエッグが運ばれてきたのが見えた。「きみを愛しているが、朝飯が来た。なにか言うことは？」

「あなたの朝食について？」

「ぼくの心のなかでの、きみの順位について」

「卵の下かしら」

「卵より上。でも、コーヒーの下だ」

「意見を言う気にもならない。そもそも、いま食べるのなら、昼食よ。わたしのしていたことが、気になる？　高校生たちに話を聞いていたの」

わたしは腕時計に目を落とした。たしかに、昼食の時間だ。「きみの行動は、一番の関心事だ。ただし、コーヒーを除いては。なにかわかった？」

「ケイト・マイナーの発言の裏づけが取れつつあるのよ。トリー・ウェズリーはワレンズタウン高校の生徒たちに、幻覚剤やデザイナードラッグを売っていたみたい」

「生徒たちが実際にそう言ったのかい？」

「〝もしもこうだったら……〟という言い方で訊いたら、あまり否定しなかったから、言ったのと同じよ。ゲイリーが関わっていると考えている子は、皆無だった。でも、みんな必ず〝もちろん、彼はフットボール部員《ジョック》だから〟とつけ加えたわ」

「つまり、凡人には想像もつかないフットボール部員の生活があるというわけだ」

「そうみたい」

「フットボール部員は幻覚剤とステロイドを常用していると、ケイトは言っていた。ステロイドもトリーを通じて手に入れていたんだろうか」

「そういう話は出なかったわ」

「トリーがどこでエクスタシーを手に入れるつもりだったかは、わかった？」

「訊いてみたけれど、誰も知らなかった」

わたしは食堂の窓を覗き込んだ。「朝飯だか昼飯だかはともかく、食事をするよ。卵がぼくを呼んでいる。そのあと、そっちで落ち合おう。入手場所を知っていそうな人物に心当たりがある」

リディアはわたしがワレンズタウンへ赴くことに反対したが、わたしは耳を貸さなかった。電話ではなく、わたしが直接本人に会う必要があった。

「むろんドジで間抜けなぼくよりも、優秀で天賦の才に恵まれたきみのほうが――」

「吐き気を催してきたわ」

「いつも同じ結果になるようだ」

双方が一番わかりやすい、グリーンメドウ・ホスピタルの駐車場で落ち合う約束をした。わたしはスクランブルエッグとソーセージをせっせと腹に詰め込み、何時であろうとやはりこれは朝食と呼ばれるべきだと結論を下した。

グリーンメドウまでは四十分かかった。リディアはすでに着いていて、サングラスに革ジャンパーという格好で車に寄りかかって待っていた。わたしが町にいることが車のナンバーで警察にばれないように、リディアの車を使うことにした。

「トリーの両親に会ってきたわ」リディアはわたしを乗せ、左折して駐車場から出た。彼女がほかの車に接近するたびに、わたしの足はブレーキを求めて突っ張った。

「なにか引き出せた?」

「パーティーに関してはゼロ。来そうな子も、薬物のことも知らなかった。トリーが周囲にうまく溶け込めていなかったと話していたわ。あまり友だちがいなかったみたい」リディアが黙り込んだので、わたしは彼女の顔を見た。

「それで?」

しばらく沈黙したあとで、彼女は言った。「今年の夏、引っ越してきたばかりの少年とつき合うようになって、だいぶ社交的になったんですって」

「ゲイリーだね」

リディアはうなずいた。「でも、フットボール部の入部テストのあと、ゲイリーは部員たち《ジョックス》とつき合うようになって、訪ねてこなくなった」

「モーガンも同じようなことを言っていた。ゲイリーがトリーとつき合っていたのは、イケてる子と知り合う前だと」

「母親によると、トリーはとても悲しんだそうよ。自分の部屋で泣いているところを、幾度か見たんですって。なにがなんでもイケてる子になってやる、あの子たちの仲間に入る。トリーはそう言った。両親は娘が思春期特有の感傷に浸っているのだと思って、自分で自分のことが好きなら、他人にどう思われようが気にする必要はないと諭したんですって」

わたしは顔を正面に戻した。一軒の家の庭で、男が落ち葉をかき集めている。風が吹いて、集めた落ち葉を芝生に撒き散らした。頭上のオークの枝を揺さぶって枯れ葉を降らせ、隣家のカエデの葉も吹き寄せる。男は腰を伸ばして手を休め、はらはらと散る落ち葉をぼんやり眺めた。

「残酷な部分を聞く気がある?」

「もちろん」

「町の人は両親に心無い仕打ちをしているのよ」

「どんな?」

「〝ハムリンズの合宿に出発する前夜にパーティーを開くなんて、おたくのお嬢さんはいったいなにを考えていたんだ〟〝娘をひとり残して出かけるなんて、それでも親か?〟〝薬物を売っていた? いったいどんな育て方をしたんです?〟〝おたくの娘のおかげで町は大迷惑だ。フットボール選手たちが面倒に巻き込まれてしまったじゃないか〟娘を亡くしたばかりなのに、娘を非難し、両親まで責めるのよ」

返答のしようがなかった。わたしは窓を開け、煙草に火をつけた。沈黙のうちにワレンズタウンに近づくと、リディアは携帯電話を出して、わたしの教えた番号にかけた。

「モーガン・リードをお願いします……そうなんですか……何時頃戻るでしょう？……こちらは高校の図書館ですが、モーガンが予約した本の件で……ああ、そうですか……では、またのちほど。ありがとうございました」

携帯電話を閉じた彼女に尋ねた。「外出禁止は解けたのかい？」

「フットボールの練習だけは許されたのよ。練習が終わったらまっすぐに帰宅するという条件で」

「まさにワレンズタウンだな。でも、練習は三時からだ。まだ二時になっていないよ」

「車の運転を、母親に禁止されているのよ」

「リード家は高校から三マイル以上離れている」

「だから早くに家を出たのよ。歩いていくから」

そこでリディアに道順を指示してリード家のこぎれいな木造住宅へ行き、ワレンズタウン高校へ向かうときにもっとも通りそうな道を選んでゆっくり車を走らせた。小学校から帰る生徒を乗せた黄色のスクールバスが追い越していった。郊外の道をのんびりと車が走る。テイスティー・フリーズ（アイスクリームショップ）の前で、リディアは話を聞いたというふたりを指差した。

「フットボール部員はひとりも話をしてくれなかったし、話をしてくれた子も、部員がパーティーに行ったとは誰ひとり認めなかった」

「サリバンも同じ結果に終わった。認めたりしたら、ひどい目に遭うと恐れているんだろう」

「パーティーに行った子は、サリバンに厳しく追及されるわ」リディアは言った。「みんなそれがわかっているから、仕返しが怖くて告げ口なんかできないのよ」

高校まで一マイル半ほどのところで、モーガンの引き締まった長身を発見した。ワレンズタウンの新興住宅地域をのんびり歩いているところだった。ゲイリーが残していったのと同じ、えび茶と白のヴァーシティジャンパーに、膝下までのぴったりした白のユニフォームパンツ。えび茶のスウェットシャツを手に持って、ぶらぶら振っている。ショルダーパッドやそのほかの用具を突っ込んで縛ったそれは、大きくふくらんでいた。

昼日中の郊外の道とあって、人通りはない。リディアはモーガンのすぐ先に車を停め、アイドリングさせたままわたしを降ろした。「やあ、モーガン」わたしは言った。

モーガンが一瞬足を止めて、顔をしかめた。「なんだ、おまえか。なんの用だよ」歩き続けようとした彼の前に、わたしは立ちはだかった。「どけよ」

「このあいだ会ったときは、外出禁止を食らっていたはずだが」

モーガンはにやっとして、まぶしそうに目を細くした。「ライダーコーチがお袋に電話してきたんだ。近所の人とか副校長も。練習にはぜったい行かせるべきだって、みんなが言ったんだよ」

「そうか。では、車で送ってやろう」

「うるせえ。失せろ」

「乗らなければ、この場でぶちのめす。練習に出られなくなってもいいのか」

「なんだよ、それ――？」

「話をしたいだけだ。しかし、きみはろくに聞こうともしない」

「頭がどうかしたんじゃないのか？」

「車に乗りたまえ。練習に間に合うように送り届ける。それとも、力ずくでここを通り抜けるか？　やめておいたほうがいいんじゃないか」

モーガンは車とわたしを素早く見比べた。「頼むよ。きょう練習に出なかったら、あしたのハムリンズの試合に出してもらえないんだ」

わたしはうなずいた。「そうなったら、じつに残念だな、モーガン。水曜日にデイヴィスの練習を見たが、あの子は肩があまり強くない。彼がクォーターバックでは、絶望的だ。そうだろう？」

モーガンは唇をなめた。「どうすればいいんだよ？」

「質問に答えてもらいたい」わたしは車のドアを開けた。

モーガンは首を横に振った。「ここでいいだろ。早くしてくれよ」

わたしはモーガンをじっくり見つめ、リディアに合図をした。リディアはレイバンのサングラスの下でモーガンに微笑み、歩道に降り立った。

「彼女は」わたしはモーガンに言った。「相棒のリディア・チンだ。モーガンは」と、リディアのために補足した。「クォーターバックなんだ。若いが、なかなかいい選手だと評判だ。頭がよくて、状況に応じた判断ができるそうだ」

リディアはうなずいた。

「では、状況を説明してやろう。トリー・ウェズリー——覚えているな、モーガン。土曜の夜に死んだんだ——トリー・ウェズリーは、きみやきみの友人に薬物を売っていた」

モーガンはリディアに向けていた顔を、振り向けた。「ぼくは——」

「きみがどうしたかは、どうでもいい。肝心なのは、ここだ。昨夜、ステイシー・フィリップスを高校の駐車場で襲った犯人を知りたい」

モーガンは目を丸くした。「ステイシー？　彼女って、イケてるんだ。ガゼットにぼくたちのことを書いているんだぜ。襲ったって、どんなふうに？」

「彼女は唇が切れ、顔はあざだらけで、歯も折れた。耳には裂傷を負っているし、指の骨折もある。肋骨数本に、ひびが入った。グリーンメドウ・ホスピタルに入院している」

「えーっ。ひでえな。誰がやったんだよ？」

「それを教えてもらいたい」

「ぼくが？　知ってるわけないだろ」

「襲ったやつは、ホッケーマスクをかぶっていた。ジェイソンみたいに」それを聞いて、リディアの眉がレイバンの上で跳ね上がった。

「知らないよ。たったいま、初めて聞いたんだ」

「よく、考えてみろ。考えるあいだに、答えるんだ。ゲイリー・ラッセルは薬物を使ったり、売ったりしていたのか？」

話題の変化に、モーガンはきょとんとした。「ゲイリー・ラッセル？」

わたしはうなずいた。

モーガンは笑った。「それでも探偵かよ？　本業があるんなら、やめないほうがいいぜ。ゲイリー・ラッセルはものすごく真面目なんだ。ほんと、クソ真面目。だいたい、クスリなんかやってるところをあいつの親父に見つかったら、半殺しの目に遭うって」

「どんな種類も？　マリファナは？　スピードは？　ステロイドくらいはやったんじゃないか？」

「ふざけるなよ。あいつの親父に会っただろう？」

「もしもステロイドが欲しかったら、ゲイリーはどこで手に入れるだろう？」

「なんでそんなことを訊くんだよ？」

「なぜなら、ヴァーシティチームの全員とJVの半数が使っていると聞いたからだ」

「デマだよ」

「いや、デマのはずがない。ワレンズタウンの水道水に、十代の少年をばかでかいミュータントに進化させる特殊な成分でも入っていない限りは」

モーガンは肩をすくめた。

「練習に出たくないのか？」

ふてくされた態度が、潮が引くように失われた。「なんの話だか、さっぱりだ。そんなもんに手を出したことなんて、一度もない」

「まだわからないのか、モーガン！」一喝すると、モーガンはあとずさった。「きみが使っているのかと、訊いているのではない。ワレンズタウンの子はどこで手に入れると、訊いたんだ。答えろ」

「だってさ」彼はおもねるようにリディアを見た。父親に叱られたら、母親に助けを求めるというわけだ。それが功を奏する家庭もあるのだろう。助けは得られず、彼は首を横に振った。

「知らないんだから、しょうがないだろう」

「しらばくれるな」

「しつこいな」

「いい加減にしろ！　さもないと――」

「ビル」リディアがおだやかに口を挟んだ。「落ち着いて。ねえ、モーガン」と、車の鍵を鳴らしてポケットに手を入れた。唇を微笑ませたが、目はサングラスで隠されていた。「モーガン、あなたは事の重大さを理解していないみたいね。トリー・ウェズリーは死んだし、ゲイリー・ラッセルは行方がわからない。サリバン刑事は、深い関心を寄せているわ」サリバンの名前を聞いて、モーガンはさらなる難題が降りかかると予想したらしく、目を細くした。「練習に出たい気持ちはよくわかるし、わたしたちだってそうさせてあげたいのよ。ステロイドが手に入る場所をほんとうに知らないとしても、別の方法で協力してもらえないかしら。試してみる?」

モーガンは用心深く言った。「なにも知らないってば」

「これはどう? トリー・ウェズリーはアシッドやそのほかの薬物を売っていたと聞いたの。彼女は死んでしまったから、あなたが話したことで彼女が傷つく心配はないわ。噂がほんとうかどうかを、わたしたちは知りたいの」

あたりはまったき静寂に包まれ、抜けるような青空や緑の芝生、赤やオレンジ、深紅の紅葉を乱すそよ風さえもない。モーガンは唾を呑み込み、わたしに視線を走らせた。わたしはまだ、落ち着きとはほど遠い表情をしていたのだろう。彼はリディアの質問に答えた。

「うん、まあね。噂は聞いた」

「聞いたのね。わかった。では土曜日のパーティーについては、どんな噂を聞いたの?」

「別に。パーティーがあるって、聞いただけさ」

「それだけ?」

「うん」

「わたしたちは、彼女がパーティーにエクスタシーを用意するはずだったと聞いたのよ」

モーガンは答えなかった。リディアはそれ以上言わずに、車の鍵をポケットから出した。ちらりと腕時計に目を走らせ、思わせぶりに鍵を揺らし、うっすらと微笑む。

「わかったよ!」モーガンが吐き捨てる。「もう、どうでもいいや。そうだよ、トリーはエクスタシーを用意するはずだった。誰かが、ヤクにはまっている連中がそう噂していた」

「トリーはどこで手に入れるつもりだったの？」

「知らないってば。ほんとうに知らないんだ。信じてよ」鼻声で訴え、リディアとわたしを交互に見る。彼の家庭では有効な手段なのだろうか、とわたしは思った。

「彼女が、ほかの薬物を手に入れているところかしら」

「違う」

「なんで、わかるの？」

「同じところだったら、もっと前に手に入れていたさ。だって、みんな、ていうか、何人かはずっと前から欲しがっていたんだから」

「その気になれば手に入ったけれど」わたしは言った。「怖くてできなかったんじゃないか？」

「どういう意味さ」

「彼女の友人がトリーの身の安全を心配していたと、聞いたんだ。きみたちのような連中に薬物を売っては危険だと言って」

「さっきも言ったじゃないか。ぼくはやっていない」

「そうだ、きみはやっていないんだったな、モーガン。ほかの部員たちという意味だ。なかには物騒な連中もいるんだろう？」

「いるわけないだろ。みんな、パーティーをやりたかっただけさ」

「トリーの友人は――」

「ふん、なにが友人だ。どうせ、変人《フリーク》のポール・ニーバーだろ？　トリーの友だちなんて、あいつしかいない。あいつは嘘ばっかり並べるんだ」

「ほんとうに嘘かな?」

「あったりまえじゃないか。あいつはクズだ。アシッドを売るのをやめろって、トリーにうるさく言っていた。悪いやつらとつき合うとトラブルに巻き込まれるとか。自分のつき合っている連中が、イケてるみたいな顔しやがって」モーガンは露骨に軽蔑した口調で言った。わたしは、ポールをトリーの友人とみなしているケイト・マイナーを思った。「だから、ランディがポールに説教したんだ」彼は言い足した。

リディアが言った。「それは、ランディがポールをロッカーに閉じ込めたとき?」

「違うよ。あれは去年さ。ポールって、ほんとムカつくんだ。スケートボードだとか、なんだかんだ。ダサくて、最悪——」

「わかった」わたしは言った。「では、フットボール部員が物騒だという認識をあらためさせるために、ランディはポールをロッカーに閉じ込めたのか?」

「だから、それは去年なんだってば」

「今年は? ムカつく相手をこらしめる新しい方法を見つけたのかな。たとえば、駐車場で暴行を加えるとか」

「冗談じゃないよ。そんなことするやつ、いないって」

「誰かが、やった。ランディか?」

「冗談じゃないよ」モーガンは繰り返した。「それに、ランディは、へなへな怪獣に触ってもいない。あ、これポールのことだけどさ。ランディはそんなやつじゃない」わたしはハムリンズで目撃したランディの様子を思い浮かべ、彼がどんなやつであるかの判断は先延ばしにした。来年の花形選手であるモーガンは、先輩の汚名をそそぐべく躍起になった。「警告しただけだ。トリーにかまうな。彼女の好きなようにさせろって」

「つまり、彼女の好きなようにクスリを売らせろという意味だろう？」

「かまうなって、警告しただけだよ」

「それで、どうなったの？」と、リディア。

モーガンは肩をすくめた。

「ポールは彼女を放っておくようになったの？」

モーガンはこの日初の、薄ら笑いを浮かべた。「トリーにあれこれ指図はしなくなったけど、放ってはおかなかった」

「どういう意味？」リディアが訊いた。

「パーティーの夜、ポールはずっとあそこにいたんだ」

「ポール・ニーバーはパーティーに出たの？」

「パーティーに？　出られるわけないだろ。外にいたんだ」

「外に？」

「車のなかに座っていた。ひと晩じゅう、アホみたいに」

「ポールは、ベア・マウンテンでキャンプをしている」わたしは言った。「金曜日の放課後に出発した」

「嘘だろ。誰がそんなことを言っていた？」

「ポールの母親だ」

「あいつのお袋が？」モーガンはくるりと目玉をまわした。「あのお袋は、なんにもわかっちゃいないよ。ヒッピーかなんかじゃないの」モーガンは夢見るような面持ちと、ゆったりしたおだやかな声音をこしらえた。「子供たちにはあまり干渉しない主義なんですよ」ふだんの声に戻って、「あんたも聞かされただろ？」

「ああ、聞いた」

「それって、子供に金を渡して、テイスティー・フリーズで晩飯を食ってこさせることなんだ。自分は瞑想だかなんだかするから。最低のお袋だよ。なんにもわかっちゃいない」

「ポールがそう言ったのかい？」

「ポール？　誰が、あんなやつとつき合うもんか。だけど、見ればわかる。もう、完全に問題外。ロッカーの件のあと、あのお袋が話しているのを聞いたんだ。ポール、あなたはきっと負のエネルギーを発散しているんだわ、そうでなければ誰もあなたに腹を立てたりしないはずよ、だって。母親がだぜ。まったく、なにを考えてるんだか」

「きみの言うとおりだ」わたしは言った。「でも、ポールは外出禁止を食らうこともないだろう」

モーガンは高校まで送るというリディアの申し出を、「だまそうってんだろ」と一蹴した。

リディアとわたしは、軽やかに歩道を走っていくそのうしろ姿を見送った。車で追いかけてくるのではないかと懸念するように、ちらりと振り返り、彼は角を曲がって見えなくなった。

「今度、機会があったら、わたしに悪い警官の役をさせて」

「そしてぼくが、いい警官？　誰も信じないよ」

「いつもそう言うのね」

「いつもそれが真実だから」

リディアはため息をついた。「ねえ、ポール・ニーバーのことを話し始めたとたんに、彼の態度が変わったことに気がついた？　急に口が軽くなったわ」

「自分の仲間から注意を逸らしたかったんだろう。きみはモーガンの話を信じたかい？」

「半分は」

「信用しなかった半分とは？」

「彼はステロイドの入手方法を知っていると思う。でも、ゲイリーが使用したり、売ったりしていないのなら、当面は措いておいてもかまわないかもしれない」

「信用した半分は？」

リディアはこちらを向いた。「ポール・ニーバーは、きっと土曜の夜は町にいたのよ」

「ウェズリー家を見張っていた」わたしは言った。

「みんなが帰るまで」

「きみの推測の根拠は……？」

「ポールはトリーの友人で、トリーがエクスタシーを手に入れられなかったことをフットボール部員たちが知ったら、どうなるかと心配していたと、ケイトは話していたわ」

「そこで、トリーの身になにも起こらないように、警戒していた」

「たぶん」

「だが、トリーは死んだ。彼女を発見したのなら、ポールはなぜ誰にも話さなかったんだ?」

静寂に満ちた昼下がりの道端で、リディアと顔を見合わせた。

「ポールが土曜の晩に町にいたとすれば、母親が嘘をついたのか、モーガンの言葉どおり、なにもわかっちゃいないのかのどっちかだな」

「その点を確認する必要がある。そうね?」

まさに、そのとおり。リディアは車を発進させ、わたしたちはもう一度、ワレンズタウンの整備された道を進んだ。

20

ポール・ニーバーはヘレンの家の近所、似通った家がゆるやかに起伏する土地に並ぶ地域を過ぎたところに住んでいた。ヘレンが住んでいる地域の一端には、秋の色彩をまとったカエデやオーク、樺が立ち並び、開発前の様子を物語っている。こちら側、いま車を走らせている新しい環状道路の外側には、かつては農地だった一本の木もない広大な土地に、黄や茶の雑草が生い茂っていた。農業は捨てられ、スカッシュ畑やトウモロコシ畑だった土地は、耕されることも苗を植えられることもなく、ブルドーザーやコンクリート、芝生の出番を待っていた。

隣家との距離を慎重に配慮した似たような家が並ぶなかで、ニーバー家は異彩を放っていた。一軒だけぽつりと、環状道路を隔てて新興住宅地と相対し、周囲より小高いところに建ったレンガ造りのそれは窓が小さく、年経《ふ》りていた。正面にりんごの大木が二本。木が影を落とす広いポーチを備えた昔ながらの農家だが、そのポーチから見えるのは、いまや延々と連なる上品なグレーの家、芝生の庭、私道ばかりだ。

虹の七色に染めた吹流しがそよ風になびく敷地に、リディアは車を乗り入れ、数年前の型式のボルボのうしろに停めた。ポーチの階段はすり減っていた。木製の玄関ドアは窓枠同様、ペンキを塗り直す必要に迫られている。〝クジラを救え〟のステッカーと、中央部がくびれた塔にバツ印をつけた、万国共通の原子力発電所反対のステッカーとに挟まれた、錆びた呼び鈴を押した。

さやさやと鳴る草の音を聞き、そよ風が運んでくる湿った土の匂いを嗅いで、リディアとポーチで待った。女がドアを開けた。中背で裸足、でっぷりした下半身を包むくるぶしまでの木綿のスカート。腰まで届く、白髪交じりの薄茶の髪。リディアとわたしを交互に見て、のどかに微笑んだ。「はい？」

「ミセス・ニーバーですか？」わたしは尋ねた。

「クーパー＝ニーバーよ」彼女はおだやかに訂正した。「ニーバーは夫の姓なんです。夫もわたしも、結婚とはふたりの人間が対等に結ばれるものであって、どちらか片方が主体性を失ってはならないという主義なの」水曜日の電話のときと同じく、悠揚迫らぬ口調だ。いかなるときでも細部に至るまでじっくり考慮して、主義主張を展開するのだろう。彼女はいったん間を置いた。それからふと思いついたように言う。「なにか、ご用かしら？」

「わたしはビル・スミス。こちらは相棒のリディア・チン。二日前に、ゲイリー・ラッセルの件で電話をした者です」

彼女は愛想のいい表情を保ったまま、ぽかんとしていた。それから言った。「ああ、あの行方のわからない子ね。ポールはまだ戻っていませんよ。日曜には帰りますけど。キャンプに行っているんです。お話ししなかったかしら」

「ええ、伺いました。きょうは、ポールのことで来たんです。入ってもかまいませんか」

「ポールのことで？　あの子になにかあったんじゃないでしょうね」

「いくつかお訊きしたいだけです。長くはかかりませんよ」

彼女は躊躇したのちにドアを開き、脇に避けた。「靴を脱いでくださる？」リディアは靴を、わたしはブーツを脱いで、靴下裸足でクーパー‐ニーバー家に入った。

ポール・ニーバーの母親は、わたしたちを居間に通した。いっぽうの壁面にベドウィンのラクダの鞍、もういっぽうには、釘で打ちつけた複数の縞模様のサラーペ（メキシコの肩かけ用毛布）。ナバホ族の毛布をかけたり、いくつものケンテ織り（ガーナの織物）のクッションを置いたりした、色も形もさまざまな木製家具。裸の床にクレヨンとともに、描き始めたばかりのものも含めたつたない絵が何枚も散乱していた。画用紙をはみ出したクレヨンの線が、床に何本も残る薄れた古い線につながっていた。

「ジャニス、創作がすんだらお部屋を元どおりにしておかなくちゃ駄目でしょ」ミセス・クーパー‐ニーバーはいずこへともなく声をかけた。返事はもとより期待していなかったとみえ、わたしたちに向かってにっこりした。「一番下の娘なんですよ。とても創造力があるんです」

クレヨンをまたいで避け、革張りのオットマンに腰を下ろす。絵から察するに、ジャニスは四歳くらいだろう。たいがいの親なら、子供がどこにいてなにをしているのかと、ちょっと様子を見にいく。しかし、ミセス・クーパー‐ニーバーは懸念するふうもなく、膝を抱えてリディアとわたしに顔を向けた。「それで、どういうご用件かしら？」

「ポールは、ベア・マウンテンに向けていつ出発したんですか？」わたしはリディアと肩を並べ、インド風プリントのベッドスプレッドをだらりとかけたフトンマットのソファに座った。ソファを占領していた巨大なオレンジ色の猫は片目を恨みがましく開け、四分の一インチほど渋々移動すると再び眠りに落ちた。

「金曜日に学校が終わってからよ。このあいだ、お話ししなかったのかしら？　ごめんなさい」

「いいえ、そうおっしゃっていました。ただ、土曜の晩にポールをワレンズタウンで見たという少年がいるんです」

「なにかの間違いじゃないかしら。金曜日に出発しましたよ」

「戻ってきたということはないでしょうか。少しのあいだだけ」

「どうして？」それに対する答えなどあるはずがないかのような口調だった。「キャンプに行ったんですよ。森で瞑想するために。町に戻ったら、瞑想が途切れてしまいますよ」

「土曜の晩にワレンズタウンで開かれたパーティーで、少女が死んだことはご存知ですか」

ミセス・クーパー－ニーバーはスカートを撫でつけた。「ええ。まったく難しいものよね」

「難しい？」

「運命の紡ぎ車の回転を理解するということが。もちろんそれなりの理由があるんでしょうけれど、ご両親には同情するわ」

質問の矛先を変えようとした矢先に、リディアが重々しくうなずいた。「たしかに理解することは困難ですが、業《カルマ》のもたらす運命を受け入れることはたいせつです」

「ほんとに、そうね」ミセス・クーパー－ニーバーは応じた。「それが人生に立ち向かう姿勢だわね」

ふたりは教義の理解を深め合う、宗教団体の新入りどうしであるかのように、おだやかに微笑み合った。ここで煙草を吸ったら、わたしの業はどれほどの悪影響を受けるのだろうかと、つい考えた。

リディアは真面目くさって言った。「ミセス・クーパー－ニーバー……」

「フェニックスよ。わたしが自分で選んだ名前なの。敬称は、互いのあいだに距離を作りますからね」

「では、フェニックス」リディアは微笑んだ。「じつは、この少女の死に関して、ゲイリー・ラッセルがなんらかの事情を知っている可能性があるんです。わたしたちは、息子さんがゲイリーについてなにかを知っているので、ここに導かれたと考えています」

彼女の言葉は真実ではない。わたしたちの訪問した目的は、ゲイリーとはなんら関係がない。だが、これはリディアのゲームだ。わたしは彼女にプレーを委ねた。

「ポールが？」ミセス・クーパー－ニーバーは言った。「ポールがなにを知っているというの？」

「ふたりは友だちです。そうですよね？　ポールとゲイリーは」

フェニックスは遠いところを見るような目つきになって、考え込んだ。「ラッセル家が夏に越してきたばかりの頃、ポールはゲイリーと仲よくしていましたよ。でも、最近は見なくなったわ」

ゲイリーが、誰とつき合えばワレンズタウンに溶け込め、誰とつき合えばそこから弾き出されるかを学んで以降だ、とわたしは思った。

リディアは言った。「ふたりはまだ友だちづき合いをしているという子もいるんですよ」これまでに聞いた話とは正反対だ。彼女はなにを目論んでいるのだろう。「ポールは最近ゲイリーのことで、なにか話していませんでした？」

「いいえ、まったく」

「学校ではつき合っていたのでしょうか」

「ポールは学校のことはほとんど話さないんですよ。窮屈な校則や、表面的な一致団結を強制されるのが嫌なんですって。ワレンズタウンではフットボールばかりが重視されていてね」

「ポールはフットボールが好きではないんですか？」

「ええ、嫌っているわ。フットボールは強烈な負のエネルギーを発散するでしょう。ぶつかったり、取っ組み合ったり」と、フットボールが選手の業に与える悪影響を憂えているのか、首を横に振った。「ポールはひとりでいるのが好きなんです。孤独を愛する性質《たち》なのよ」

彼にとってはさいわいだ、誰ひとり話しかける者がいないのだから、とわたしは思った。

「でも、ゲイリー・ラッセルは」フェニックス・クーパー＝ニーバーはつけ足した。「親切だわ」

「フットボールをしていても？」

「正義感が強いんですよ。ポールのスケートボードを返してくれたの。ポールはとても感謝していたわ」

「ポールがゲイリーに貸したんですか?」

「あら、違いますよ。フットボール部員はスケートボードをコーチに禁じられているんですもの。だから、持っていった魂胆は明らかだわ」

「どういうことでしょう」

フェニックスは大きな瞳でリディアを見つめた。「スケートボードが欲しくて持っていったんじゃないのよ。新学期が始まってすぐだったわ。それで、根底にある真の問題に焦点を絞って、相手とじっくり話し合いなさい。それが事態に対処する最善の方法よって、ポールに忠告したんですよ」

「じっくりといっても——」と、わたしが口を挟むと、リディアが目配せした。

「ポールは忠告に従ったんですか?」リディアは訊いた。

「さあ、どうかしら。わたしは子供の友人関係に干渉しないんです。子供から学ぶ機会を奪ってしまうから」

わたしは沈黙を守った。リディアが言う。「でも、ゲイリー・ラッセルが返しにきたんですね?」

「ええ、二日後に返しにきて謝ったんですよ」

「ゲイリーが持っていったんですか?」

「別の子よ。でも、チームメートのそうした負の行為をすまなく思ったんでしょうね。ゲイリーのチームメート全員に対する仲間意識を、わたしは強く感じましたよ」

「チームとは、そういうものなんでしょうね」リディアは答えた。「わたしたちの持っている仲間意識を発散させるためのものなんですよ」

「ああ、そうかもしれないわね」フェニックスは初めて思い当たったかのように、考え込んだ。

「ゲイリーはスケートボードをポールに返して、帰っていったわ」

リディアはにっこりした。「親切な、友情に富んだ行為ですね。ところで、フェニックス、図々しいのを承知でお願いしたいんです。もしかしたら手がかりがあるかもしれないので、ポールの部屋を見せていただけませんか」

フェニックス・クーパー＝ニーバーは眉を寄せた。「うちでは誰も、本人に無断では私室に入らないんですよ」

「むろん、ポールが在宅していれば、彼に頼むところです。でも、こういう状況ですし、とても重要で……」リディアは笑みを残し、言葉尻を濁した。わたしはおといの夕方、トム・ハムリンが状況について語った言葉を思い出した。

「でもねえ、わたしは……」と、フェニックスが始めたところでなにかが割れる音と小さな悲鳴が別室から聞こえてきた。弾かれたように立ったリディアとわたしをよそに、フェニックスが悠然と腰を上げる。彼女は慌てず騒がず奥へ向かった。あとをついていくと、台所の冷蔵庫の前で、顔を汚した小さな女の子が割れたピッチャーとこぼれたミルクを前にして呆然としていた。陶器の破片を中心に、デイジーのような形にミルクが飛び散っている。おいおい、スミス、花の連想はいい加減にやめろ。
フェニックスは女の子の前にしゃがんで、おだやかに話しかけた。「ねえ、ジャニス、自主性を持つのはいいことよ。でも、小さな人は大きな人に手伝ってもらったほうがいいときもあるのよ」

わたしは思った。大きな人は、自主性のある小さな人が容易に扱えるように、ミルクを陶器のピッチャーに入れ替えずに紙パックに入ったままにしておいたほうがいいときもある。わたしは膝をついて破片を拾い集めた。リディアが流しにあったスポンジでミルクをふき取る。

「ミルクが欲しい」ジャニスが言った。

「あれで全部だったのよ」と、フェニックスは娘に言った。

「ミルクが欲しい！」

フェニックスは悲しげに首を横に振った。「だったら、こぼさなければよかったのよ。あしたになるまで、誰も飲めないのよ」

ジャニスはびっくりしてべそをかいた。フェニックスは立ち上がってわたしに話しかけた。

「自分の行動が招く結果を、しっかり把握しなくてはね」

おいおい、相手は四歳児だぞ。わたしは大声で泣き出したジャニスに話しかけた。「ジュースはどうだい？　冷蔵庫に入っているかもしれないよ」

ジャニスは疑わしそうな表情だったが、いったん泣き止んだ。冷蔵庫を覗いたが、ジュースはない。さいわい、冷凍庫にオーガニックのグレープジュースが入っていた。フェニックスが眉を上げながら渡した陶器のピッチャーにそれを入れてかき混ぜた。グラスに注ぐ頃には、リディアも床の掃除を終えていた。ジャニスはジュースを持って、台所を駆け出していった。

「ありがとう」フェニックスはきれいになった床とグレープジュースを見て、微笑んだ。「心根のやさしいかたといっしょにいるのは、幸せだわ」

リディアが笑みを返す。わたしも同様に返しながら、ひそかに考えた。この家で煙草を吸ったら、虫の世界に生まれてくる罰を何度受けなければならないのだろう。それとも業は状況次第で例外を認めてくれるのだろうか。

「すてきなお子さんですね」リディアは言った。「ほんとに創造力があって。ところで、ポールの部屋をちょっと見せていただければ……」

フェニックスは心根のやさしいわたしたちを見比べた。「そうねえ。ええ、かまわないわ。ポールも反対しないでしょうよ」

そこでフェニックスのあとについて、むき出しの木の階段を上った。二階の短い廊下に沿って左にドアがひとつ、右に三つ。いずれも閉じていて、浴室のドアだけが大きく開け放たれていた。

「ここがジャニス、こっちがグレースの部屋。ポールの部屋はここよ」どの部屋の前にも、洗濯してたたんだ衣類が積まれて、各自によって整理されるのを待っていた。

フェニックスは階段を上りきった場所を動かなかった。ポールの部屋のドアを開けて侵入する役は、わたしたちのようだ。リディアはもう一度にっこりしてノブをまわした。ドアが開いて、ポール・ニーバーの世界が出現した。

室内は散らかり放題だった。汚れた下着にタオル、広げた雑誌、ペン、ビデオテープ、トランプ、ガムの包み紙が床に散乱している。下ろされたシェードの周囲からわずかな光が射し込んでいるだけだが、薄暗がりでも寝乱れたベッド、無造作に本の突っ込まれた書棚、目にかかる前髪のようにソックスが垂れ下がったテレビが見て取れた。デスクの上にはコンピューター。壁はマットな黒。靴下やマリファナ、不潔なシーツが臭う。フェニックスが室内を眺めて、ぽかんと口を開いた。息子の部屋に彼女が最後に入って以来、どれほど経つのだろうか。

リディアが先に入り、わたしも続いた。フェニックスは廊下で逡巡していた。無断で私室に入らないという家族間の規則は、よほど徹底されているのだろう。しかし結局は迷いを振り払い、戸口に来た。リディアがスイッチを探し当て、明かりを点ける。室内を見まわし、冷水を浴びせるような効果を狙ったあるものを目にして、ともに息を呑んだ。ただし、それが意図しているのとは別の意味で驚いたのだ。

ドアと反対側の壁に、大判のポスターが貼られていた。見る者の背筋を凍らせる効果を狙い、どぎつい色彩をぶちまけ、荒々しいタッチで描いた、ニタニタ笑う歪んだ顔、真っ赤な鮮血、突き出した骨。ポスターの中央で、死と流血のさなかで雄叫びを上げる五人のミュータント。上部に記された文字が、リディアとわたしの血を凍らせた。『復讐のミュータント　サイバースポーン』。

ポスターの隅に、あざ笑いながら閃光のなかに消えていく六人目のミュータント。ほかの五人は、彼を阻止することを誓い、名前を叫ぶ。

〝プレメイドア〟

「まあ！」リディアが振り返り、わたしと顔を見合わせた。

「あらあら」と、ポール・ニーバーの母親。「子供には、ときどきほんとうにびっくりさせられるわ」

リディアがポールのコンピューターをちらりと見やり、わたしに目配せした。フェニックスになにか言いかけ、「ごめんなさい」と携帯電話を出した。メッセージを確認する素振りをする。「呼び出し音ではなく、振動するようにしておいたんですよ」と、笑顔でフェニックスに説明した。「なにかをしているときは、電話に出たくないんです。ひとつのことに集中していたいから。でも、ときどき……」ディスプレイに目を凝らした。わたしの見る限り、画面にはなにも映っていない。電話など、かかってきてはいない。

ようやく合点がいった。わたしはデスクの前に行き、上に出ているものだけを見ていった。ノートや紙をそっと上げ、目を通す。引き出しや戸棚を開けるなどの、ポールのプライバシーを侵害するような行為は慎んだ。代数の問題集をぱらぱらとめくり、行間にメモがないかと確認した。手擦れしたスペイン語の教科書、化学実験のレポートの下書き、『二十日鼠と人間』のクリフスノーツ（参考書）も。小さな銀縁の写真立てを手に取って、仔細に眺めた。思春期の少年の顔写真で、十代特有の希望に満ちた笑顔を向けていた。新聞を切り抜いたかのように粒子が粗い。ポール・ニーバーが最後にこんなふうに笑ったのはいつだろうと、わたしは思いを巡らした。

そのあいだ、リディアは電話をかけていた。

「ここにあるのは」わたしは話しかけ、フェニックスの注意を引きつけた。「全部、ポールのものですか?」

「ここにあるもの?」フェニックスはきょとんとした。

「ポールのではないものに、気がつかれたかと思って。行方を捜している少年のものが交じっている可能性がありますからね。ゲイリー・ラッセルのものが」

「さあ、わたしには……」

「ゆっくりでかまいませんよ。ひととおり眺めるだけでけっこうです。ポールの私物にあまり触れては、悪いから」

リディアは電話を耳に当て、中国語でまくし立てていた。フェニックスが視線を走らせる。リディアは笑みを返して、電話に戻った。フェニックスは室内を見まわした。どれが息子のもので、どれが月世界の住人のものやら、まったく見当がつかないらしい。

リディアが携帯電話を閉じた。「すみません。従妹だったんです。身内で揉め事が起きてしまって。まあ、揉め事というほどでもないんですけどね」リディアはデスクに歩み寄って、コンピューターのスイッチを入れた。わたしは彼女から離れ、反対側の隅に行って、床に放り出してあるあれこれを拾い上げて目を凝らした。フェニックスはリディアとわたしを交互に見やった。「親戚が多いので」リディアは説明した。「しょっちゅう、誰かが誰かと口を利かなくなったりするんです。一族が集まる宴会がもうすぐなのに……」モニター画面に現れたボックスに、プレメイドアと入力した。「秋のお祭りがあるんです。そこで、みんなが気持ちよく出席できるように、仲裁役を頼まれてしまって——」

リディアがキーボードを叩くと同時に、フェニックスは言った。「あら、それはポールが嫌がるわ」リディアのタイプに呼応してボックスに星印が並び、画面が変化してまたボックスが現れた。リディアはタイプしながら言った。「他人に見られたくない事項は、パスワードを使って隠していますよ。若い人は、こういうことがわたしたちよりずっと上手ですもの」苦笑いしてみせた。「ゲイリーのスクリーンネームが載っているかもしれないと思って、アドレスブックを探しているんですが」再び変化した画面を前に、リディアはしばらく操作を続け、しまいに首を横に振った。フェニックスがもう一度抗議をしようとしたとき、リディアはスイッチを切った。

「駄目だわ。コンピューターに弱くて。ビル、なにか見つかった?」

リディアの目が、わたしが口にすべき答えを伝えていた。「いや。ここに手がかりはないな」

「では、失礼しましょうよ」リディアはポールの部屋に興味を失った様子で、さっさと階段へ向かった。フェニックスが続き、わたしもドアを閉めてあとを追った。

階段を下りると、わたしは言った。「あとひとつだけ、お願いします」

フェニックスはこちらを向いて待った。

「ゲイリー・ラッセルは、撃ち方を知っています。銃の撃ち方を」銃器類とは無縁な家庭かもしれないと考え、補足した。「ポールはどうでしょう」

意外にも、彼女は首を縦に振った。「十代の少年には攻撃本能があるんですよ。ごく自然な、成長過程の賜物です。むろん、社会生活において攻撃本能は問題を引き起こすけれど、ポールの父親とわたしは、反社会的衝動を抑制するのではなく、別の方向に導くほうが健全だという意見なんですよ。子供は自分の欲求を分析して、それをよい方向に向けることを学ばなくてはね」

わたしはその大半を聞き流した。「ポールは銃を持っているんですか?」

「去年のクリスマスプレゼントに、ライフルを欲しがったのよ。禁じられれば、よけいに欲しくなるだけでしょう。的やクレーしか撃ちませんけどね。そういう約束なの。生き物を殺すことがどれほどいけないかを、ポールはじゅうぶん理解しています。狩猟はしないわ」

玄関ホールでブーツの紐を結びながら、わたしは心のなかでつぶやいた。知らぬは親ばかりなり。

「ここにあるんですか?」わたしは訊いた。

「なにが?」

「ポールのライフル」

フェニックス・クーパー＝ニーバーは小首を傾げた。「さあ、どうかしら。どこにしまってあるのかしらね」

ポーチを下りるうしろで、ドアが閉まった。金色に長く伸びた陽のなかを、リディアの車へと戻った。瞑想には誂《あつら》え向きの日和だ。とりわけ、原野を前にして、現実に背を向けていれば。

リディアがエンジンをかけ、わたしの顔を見た。

「さっきかけた電話の相手は、ライナスだね？」わたしは言った。

彼女はうなずいた。「ええ。プレメイドアはパスワードをふたつ使う、二重防御システムを使っているの。そのパスワードを教えてもらったのよ」

「それで？」

リディアは前を向いて砂利敷きの私道にゆっくり車を走らせ、なめらかなアスファルト舗装の道に出た。「ふたつとも合っていたわ」

道の片側には草原が、もういっぽうには住宅地がそれぞれ秋の陽を浴びて平和なたたずまいを見せていた。右側に広がる草原で、車に驚いたウサギが草むらに逃げ込んだ。左側にある家では、小さな男の子と母親が食料品の袋を抱えて玄関を入っていく。わたしは煙草をくわえて火をつけ、マッチを灰皿に捨てた。

肺を煙で満たしてから、わたしは言った。「ゲイリーは狩りをする」

「そうね」リディアはそれだけ言い、あとは町に入るまでなにも言わなかった。

わたしは煙草を吸い終えると、携帯電話を出して番号を入力した。

「サリバンです」

「スミスだ。いまどこにいる？」

「どこ？　警官のいるべき場所、つまりデスクですよ。どうして？」

「これから会いにいく。十分くらいで」

彼は一瞬、返事に詰まった。「ヘリコプターで来るという意味だと願っていますよ。ワレンズタウンにいるのではないと」

「そっちに着いたら、逮捕してくれ。重要な用件なんだ」

沈黙。ややあって「待っています」

警察署の数ブロック手前で降ろしてもらった。プレメイドアについては、わたしが話せばすむ。彼女なら、若者からわたしでは引き出せなかった情報を得る望みがあった。リディアは車で走り去った。

受付デスクには、前に会ったことのない警官がついていた。わたしが名乗ると、彼はワレンズタウン・ウォリアーズの横断幕の下のドアのほうを頭で示した。サリバンは、そこにひとりでいた。机が三つ、三方の壁にはべたべたと紙の貼られた掲示板。サリバンが背にした窓は駐車場に面していた。入っていくと彼は立ち上がり、わたしをじっと見た。「部下なら、営倉入りにするところだ」

「営倉にはもう慣れっこさ。プレメイドアを見つけたんだ、サリバン」

サリバンの皮膚の下で、小さな筋肉が動いた。獲物を嗅ぎつけた狼だ。「話してください」

「〝見つけた〟では、語弊があるな」わたしは言い直した。「正体を突き止めたという意味だ」

「続けて」

わたしは彼の目を見た。「いや、あとだ。署長に会いたい」

彼は目を丸くした。「どういうことです？　わたしでは不足だとでも？」

「とんでもない。きみの助けが必要なんだ」

サリバンはゆっくりデスクを離れ、わたしの正面に立った。わたしと同じくらい身長があり、筋肉質で細身だ。「なにを企んでいるんです？」

「企みなどない。頼まれてくれないか、サリバン。たとえ断られても、情報はすべて渡す。でも、署長に訊きたいことがあるんだ。こっちに取り引き材料がなければ、答えてくれそうにない」

「なにを訊きたいんです？」

「二十三年前になにが起きたのか、なぜそれが現在に影響を及ぼしているのか」

「影響しているんですか？」

「昨夜アル・マクファーソンがベサニー・ヴィクターの家を訪れた。彼女がなにを覚えているのかを、探り出そうとした」

間が空いた。「なんで彼女の名前を知っているんです？」

「もういいだろう、サリバン。これがぼくの仕事だ。情報源を見つけたのさ。だから、どうなんだ」

「いやはや。始末に負えない人だ」デスクに戻り、煙草を箱から出して火をつけた。身に覚えのある行為だ。ニコチンへの欲求だけが目的ではなく、考えるための時間稼ぎでもある。「マクファーソンか」と、しまいに言った。「ガセではないんでしょうね」

「ああ」

サリバンは淡い色の瞳でわたしを見据えた。「署長は優秀な警官です。若き日の愚かな過ちのために、失脚することになるかもしれないんですよ」

「失脚など望んでいない。だが、どうしても確認しなければならないんだ」

彼はおもむろにうなずいた。「好奇心が満たされるまでは、犯罪者――武器を所持して殺人を目論んでいる十代の少年――を捕まえるための情報を渡さないと言うんですね」

「まあ、そんなところだ」

「ほかに方法はないんですか？」

「ない」

サリバンは唇の片隅をわずかに上げた。「いやはや」視線をわたしから動かさずに、デスクの電話を取ってボタンを押した。「署長、ジムです。ちょっといいですか？」

廊下の突き当たりのルトーノーの執務室に入っていくと、彼はにこりともしなかった。「その少年の正体をただちに吐かないと、拘束するぞ。証拠隠匿罪だけではない」デスクのうしろに立ち、いかつい顔をこわばらせ、いかつい肩をそびやかした。ワレンズタウン警察署長は薄茶の髪をたわしのように刈り込んだ大男で、肌は白く、手が大きい。「銃を買ったことによる、銃器不法所持。犯行が行なわれれば、事前従犯も加わる」デスクの上の書類を拳骨でこつこつと叩いた。過度に険しい大声が、罪状を並べ立てる、これもまた過度な恫喝に釣り合っていた。高校時代には、過度に粗暴な素行によって、しょっちゅう校長室に呼び出されていたのだろう。

「どうぞご自由に」わたしはデスクを隔てて、言い放った。サリバンはわたしの傍《かたわ》らに立ち、様子を見守っていた。「だが、ぼくには優秀な弁護士がついている。そちらが勝つとしても、結果が出るまでには時間がかかる。そんな余裕はないはずだ。学校は月曜に始まる」

ルトーノーはサリバンを見やった。サリバンが肩をすくめる。ルトーノーはつっけんどんに言った。「なにが望みだ」

「いくつか、質問に答えてもらいたい」

「なにについての質問だ？」

「アル・マクファーソンとベス・アダムズ。失礼、旧姓ヴィクターだ、ベサニー・ヴィクター」

ルトーノーの色白の肌は、見る間に赤く染まった。「くだらない。あれは大昔に終わっている」

「そうかな。最後にあの事件について話してくれた人物は、ひどい暴行を受けた」

ルトーノーの目が細くなった。「ステイシー・フィリップスか？」

「彼女は友人だ」

「事件が彼女とどう関係してくる」

「彼女を襲った犯人は、なにを手に入れたのかと、しつこく訊いたんですよ、署長」サリバンが、おだやかに口を挟んだ。「また、トリー・ウェズリーについても、同じことを訊いたそうです。ステイシーは、さっぱりわけがわからなかった。彼女の最近の行動でふだんと違っていたのは、ガゼットの資料室でヴィクター強姦事件の古い記事を探し出して、ここにいるスミスにファックスしたことくらいです」

ルトーノーは言った。「あれは、そうやって手に入れたのか」

わたしはうなずいた。「署長はぼくがあれを持っていることを、知っていた。スコット・ラッセルが話したんでしょう？　どうして？」

「話した理由か？　昔のつまらない過ちが表沙汰になったら、わたしの体面が丸潰れになる。当たり前だろう」

「旧友としての好意だったというわけですか」

「旧友？　ラッセルが？　あいつはいまも昔も、最低のクズ野郎だ」ルトーノーは大きな頭を左右に振った。「だがまあ、貸しを作っておこうとしたんだろうよ。将来のお返しを期待して」

「たとえば、警察が息子を見つけたときとか？」

ルトーノーの目が光った。「そう思うか？」

わたしはサリバンに視線を移した。「おそらく、スコットはそのつもりだった。もっとも、そうは問屋が卸さないだろうが」

「もちろんだ」署長は鼻を鳴らし、いくらか冷静になった。「それにしても、どういう関係があるんだ」

「ステイシーに起きたことと？　それだけではなく、彼女を襲った犯人とも関係がある」

「たわ言を抜かすな。トリー・ウェズリーについて訊いたのなら、薬物がらみに決まっている」

「トリー・ウェズリーが違法薬物を売っていたことを、知っていたんですか」

「噂は聞いた」

サリバンの眉が跳ね上がった。ルトーノーはそれを見逃さなかった。「あくまでも噂だ。きみに話して、確認してもらうつもりだった。キャンプウィークが終わって、生徒たちが戻ってきたら」

「彼女が死んだとき、薬物がらみだとは考えなかったんですか」

「その可能性はある」ルトーノーは答えた。「これから突き止めるさ」

「ハムリンズの試合が終わってからね」

ルトーノーは肩をすくめた。

「やれやれ」わたしは言った。「こんなに常軌を逸した町を見たのは初めてだが、そんなことはどうでもいい。質問に答えてくれれば、プレメイドアの正体を教える。同意するのなら、ただちに捜索にかかれるように、先に教えたってかまわない。あるいはぼくを留置場に放り込み、手をこまねいて成り行きを見守るかだ」ルトーノーは険しい目でわたしを睨んだ。サリバンは慌てるふうもなく、傍らで静止していた。これがはったりだと見抜いているのだ。わたしがプレメイドアの正体を隠し続けたりはしないと、彼は確信している。学校は月曜に再開するのだから。

だが、ルトーノーには見抜けなかった。こわばった声で言った。「質問に答えると約束し、きみから情報を引き出したあとで約束を反故にしたら？」

「きっとトライタウン・ガゼットが、その理由を穿鑿するだろうな」

「あきれたやつだ。脅迫するのか」

「単なる取り引きですよ。なにも関係がないと明らかになったら、それでおしまいにする」

ルトーノーは、サリバンに視線を移した。見つめ返すサリバンの視線は、揺るがなかった。ルトーノーは優秀な警官だと、サリバンは言っていた。ルトーノーはわたしに向き直った。

「よかろう。なにが知りたい」

21

わたしは約束を守り、署長も守った。わたしはデスクを挟んで署長と相対し、古いレンガ造りの農家への訪問をかいつまんで語ることから始めた。できるならリディアのことは伏せておき、秘密兵器として温存しておきたかった。だが、フェニックス・クーパー＝ニーバーに事情聴取をすれば——わたしの話を聞き終えたら、ただちに取りかかるだろう——すぐに明らかになるし、これ以上サリバンの不興を買う必要はないと判断した。

「ポール・ニーバーの家に行ったんだ」わたしは言った。「相棒といっしょに」

ルトーノーが「相棒がいるのか？」と、訊いた。

「リディア・チン。小柄な中国人女性を、町で見かけませんでしたか」

「なんだ、テレビ局のレポーターではなかったのか」署長は言った。「ニューヨークのケーブルテレビだと思っていた」

わたしは肩をすくめた。サリバンは平静な視線を向け、無言だ。

「ポールが留守だったので、母親に話を聞き、ポールの部屋も見せてもらった」ポスターや二種類のパスワードについて語った。

話を終えると、沈黙が落ちた。「なんてこった」サリバンが吐息とともに言った。「ポール・

ニーバーか。なんてこった」

ルトーノーの眉間に皺が寄った。「痩せっぽちで小柄な、冴えない子だろう？　間違いないな？」

「スケートボードをよくやってますよ」サリバンは〝冴えない子〟については答えなかった。

「いいですか、署長？」と、署長の承諾を得て、デスクの電話のボタンを押した。「デニーゼ、ワレンズタウン高校の学校アルバムはNYPDのクロスリーに送ってしまったのか？」

「メッセンジャーを待っているところです」女の声がスピーカーから流れた。

「キャンセルして、署長室に持ってきてくれないか」

ほどなく、事務を担当する民間人の長身の女が入ってきて、サリバンにマニラ封筒を渡した。サリバンは封を開けて、えび茶の革表紙のアルバムを取り出した。ワレンズタウン高校の昨年度の学校アルバムだ。ルトーノーとわたしは身を乗り出して、ページを繰る彼の手元を見つめた。「これだ」サリバンは写真の一枚を指差した。わたしは首を伸ばし、地球爆破を目論むプレメイドアの顔を初めて目にした。

わたしは、ポール・ニーバーのデスクにあった、銀縁の写真立てに入っていた写真の人物が成長した顔を予想していた。だが、これはまったくの別人だ。去年のいま頃撮られたときは十一年《ジュニア》生だったその顔は、細面で色白、年より幼く見える。アヴィエイタータイプの眼鏡をかけ、申し訳程度に撫でつけた豊かな茶色の髪があちこちで跳ねて飛び出している。ほぼ全員がジャケットとネクタイを着用しているなか、彼ひとりが黒のTシャツ姿だ。笑みのかけらもない。

「デニーゼ、これを拡大してくれ」サリバンが言った。「クロスリーに電話をするが、先に写真のファックスを頼む。こいつが彼の捜している少年だ」

わたしはポール・ニーバーの無機質な目を見つめた。背筋に冷たいものが走った。「ジャレッド・ベルトランの写真があるかな」

「ファイルに入っているけど、なんでそんなものを見たいんです?」

「彼を英雄視している子たちがいることを、知っていたかい?」

「ベルトランを英雄視? いったいどんな連中なんだ」ルトーノーがあきれ顔で口を挟んだ。

「いわゆる変人《フリークス》、つまり周囲に溶け込めない子たちですよ。ベルトランはフットボール部員《ジョックス》の鼻を明かした。取り巻きの女の子を犯して彼らの面子《メンツ》を潰し、自殺をして手の届かないところへ逃げてしまった。警察は、彼を逮捕するときに、殴る蹴るの暴行を加えていた部員数人を引き離さなければならなかったと聞いた」

ルトーノーはわたしを直視しなかった。「ジャレッドがベスにつきまとっていたという噂を聞いたんだ。それで何人かが……とにかく、運よく警察がやってきた」

「たしかに、運がいい。ポール・ニーバーのデスクに、彼のものらしい写真が飾ってあった」

ルトーノーが言った。「ジャレッドの写真が?」

「新聞の切り抜きでしょう」

「くそっ。デニーゼ、ヴィクター事件のファイルを……」

「デニーゼ、わたしのデスクの上にある」サリバンが言った。

署長はあっけに取られてサリバンを見た。「なんだと？」

サリバンは返事をしなかった。デニーゼはファイルを取りにいった。

それからサリバンは、署長とわたしの前で二ヶ所に連絡を入れた。最初はクィーンズの一〇八分署の刑事。プレメイドアがワレンズタウン高校十二年生《シニア》のポール・ニーバーであると告げ、ファックスされてくる写真をスティング・レイに見せて確認を取ることを依頼した。ポール・ニーバーが銃器を所持し、ほかに危害を加える恐れがあることも伝えた。「彼といっしょにいる少年も……」サリバンはクィーンズの刑事に言った。「ゲイリー・ラッセル……そう、こっちの捜していた家出少年。写真はもうありますね……いや、いっしょかどうかは……別行動を取っている可能性も……月曜です……そう、そうです。では、よろしく。また連絡します」

次はニューアークの州警察。状況を説明して、コンピューターの専門家の応援を要請した。

「いえ、署のほうで。令状が出たら、ただちに押収しますから……そうです……こちらにわかっている限りでは、少年がもうひとり……ええ、彼のも押収してこちらに……ふたりともかどうかは、まだ……それからベア・マウンテンに置いてある車ですが……けっこうです。お願いします」

サリバンは受話器を置き、署長からわたしに視線を移した。

「きみはゲイリーも関わっているような言い方をしていた」わたしは言った。「だが、まったく無関係かもしれない」

「だったら、豚も空を飛ぶ。確認が取れないうちは、ふたりが共謀しているという前提のもとに捜査を進めます。ワレンズタウンでなにをしていたんです？　あなたと、あなたの相棒は」

わたしは首を横に振った。「あとにしてくれ。取り引きが終わってから」

サリバンはわたしの視線を受け止め、うなずいて立ち上がった。「書類を作成して、ライト判事に提出します。十五分ほどで戻ります」

「そんなに早くに？　たいしたもんだ」

「小さな町だし、緊急事態だ。判事はある程度は便宜を図ってくれる。それに」彼はつけ加えた。「判事室はこの隣にあるんですよ」

サリバンは部屋を出てドアを閉めた。判事に令状を出してもらうためには、たしかに書類の作成や宣誓といった、お定まりの手続きがある。ワレンズタウン警察は、クーパー＝ニーバー家とヘレンの家を家宅捜査し、ポールとゲイリーの行方を追う手がかりをつかむためにそれぞれのコンピューターを押収する方針だ。しかし、サリバンはルトーノーの答えが外聞を憚《はばか》る内容である場合を考え、のちのち疎まれることがないように、席をはずす口実も欲しかったのだろう。

もっとも、それは杞憂だった。サリバンが署長室をあとにすると、わたしはルトーノーのほうを向いて待った。署長は眉をひそめたが、約束は約束だ。彼の話は短く、新聞記事やサリバンから得た情報や、わたしが調べ上げた事実と大差なかった。

「当時のなにもかもが」と、ルトーノーは始めた。「大騒ぎするようなことではなかったんだ。わたしは違法行為などしていない。友人を助けようとしただけだ」

「アル・マクファーソンのために、あなたは偽りのアリバイ証言をした」

「濡れ衣だったからだ。ろくでなしのスコット・ラッセル——つまりきみの義理の弟が」と、彼は強調して「——よけいなことをしゃべったせいだ。アルがベスと口論しているのを見たと、彼は証言した。見なかったのかもしれない。別人だったのかもしれない。もっと遅い時刻、あるいは早い時刻だったのかもしれない。夢で見たのかもしれない」

「スコットはほんとうに見たんですか？」

「あいつがなにを見たかなんて、どうしてわたしにわかる？　本人にも、わかっていないんだ。だったら、口を閉じているべきだった」

「結局は、閉じた」

ルトーノーはにやりと笑った。高校時代のフットボールの試合でも、居並ぶ敵の選手に同じような笑みを見せたのだろう。

「スコットを説得したんですね」わたしはおもむろに言った。「証言を撤回しろ、よく覚えていないと言えと。脅したんですか？　それとも、暴力で？」

ルトーノーは首を横に振った。「どちらも必要なかった」

「どういう意味です？」

「ラッセルは控え選手だった。十二年生だった」

「だから？」

「彼は先発したことがなかった。ＪＶに二年間、ヴァーシティに二年間所属していたが、一度も出してもらえない試合もあった。そして、ホームカミングゲームが間近に迫っていた」

 しばらくして、わたしはようやく悟った。「証言を撤回すれば、先発を約束すると持ちかけたんですね？　ホームカミングゲームの先発を」

「どうせ、つまらない試合になったろうからね」ルトーノーは言った。「アルが出場しなければ」


ルトーノーが煙草を出した。わたしも。ワレンズタウン警察署も最近の通例に従って、公式には禁煙となっている。もっとも、これまで訪れたほとんどの署では受付デスクさえ過ぎてしまえば、この規則は適用されず、受付当番に当たった警官は休憩時間にしか一服できないのを嘆くのが常だ。


わたしは言った。「アル・マクファーソンは犯行可能な時刻にパーティーを出ている。彼にはベス・ヴィクターを強姦することができた」

「たしかに、時間的には可能だ」ルトーノーはぶ厚い唇に煙草をくわえて言った。「当時、時間については八人の証言が一致していた。だが、アルは犯人ではない。ジャレッド・ベルトランだ」

「八人も。偽りの証言をするのは、かなりのプレッシャーだったろうな」

「とんでもない。プレッシャーなど、まったくなかった。ワレンズタウンの全員が、わたしの証言を信じたがっていた。実際に信じたんだ。反証があまりにも強くなるまでは」

「で、どうなったんです？」

「わたしは証言を撤回した――すみません。酔っ払っていたから、時間を間違えたみたいだってね」

「それでおしまい？」

「当たり前だ。わたしの証言が偽りだと知っている人々でさえ、アルを救おうとした、いいやつだと感心したくらいだ。それに、アルひとりのアリバイが偽りだったわけではない。ジャレッド・ベルトランのアリバイも、あいまいだった」

「腰抜けニッキーによるアリバイですね」

ルトーノーの眉が跳ね上がった。「かなり調べたようだな。なんのためだ？　二十三年も前の事件なのに」

「ぼくはゲイリー・ラッセルを捜している。初めのうちは、それしか望んでいなかった。そのうちに残りのいっさいが、常に前に立ち塞がるようになった。避けて通ることができないようだから、壁を突き崩す方法を探している」ルトーノーは黙って、空《から》の紙コップを押して寄越した。わたしはそれに煙草の灰を落として続けた。「ジャレッド・ベルトランはベス・ヴィクターにつきまとっていたんですか？」

「そうだ。それを聞いたから――」

「聞いた？　知れ渡っていたのではなかったんですか」

「だとしても、わたしは知らなかった。警察はジャレッドを連行した。彼は強姦を否定し、ニッキーがアリバイ証言をした。だが、自殺したのだから、理は明らかさ」

理は明らか、か。「警察は、ジャレッドがつきまとっていたことをどうやって知ったんです？」

「教師のタレコミだ。教師は、ジャレッドが廊下でこっそりベスのあとをつけていたという噂を小耳に挟んだし、彼がベスのロッカーの外に枯れた花だとか薄気味悪いものを置いていたという報告を生徒から受けたと話した」

「その教師とは？」

「警察は教師の名前を秘匿した。生徒たちが心置きなくなんでも打ち明けることができる存在でありたいと、当の教師が希望したためだ。教師の名前も、報告した生徒の名前も明らかにされなかった」

「ジャレッド・ベルトランが起訴に持ち込まれたら、どうするつもりだったんだろう」

「その場合、教師は証言台に立たざるを得なかっただろう。おそらく生徒も。もっとも、そこまで行かなかったが」

「そのうちの誰かひとりでも知っていますか？」

「ジャレッドの行動に気づいた生徒を？　あとになって、ジャレッドが教室で彼女のほうをいやらしい目つきで見ていたと、何人かが話していたな」

「あとになって。だが、事件の前にそうした噂はいっさいなかったんですね」

ルトーノーは無言で肩をすくめた。厚手のガラスの灰皿に、煙草の灰を落とした。

「ニック・ダルトンは、その後どうなったんです？」

「ニッキー？　あいつには、心底うんざりしたよ。ジャレッドは自分といっしょだった、アリバイは完璧だと言い続けた。当人が死んでしまったのに、どうなるってんだ」顔を上気させた。

「しばらくは、かなりひどい目に遭わせる連中がいたものだ」

「連中とはフットボール部員でしょう」

ルトーノーはうなずいた。こちらを見ようとはしない。「高校を終えると、彼はすぐに町を出た。卒業式にも来なかった」

「現在のいどころは？」

「さあ。卒業以来、ぷっつりと消息が絶えたんだ」

わたしはさらにいくつか質問をした。そのひとつは、昨晩、アル・マクファーソンがベス・ヴィクターを訪れた理由についてだった。署長には、まったく心当たりがなかった。

サリバンが戻る直前に、ルトーノーはこう語った。「きみにひとつ理解してもらいたいことがある。いいかい、ワレンズタウンのフットボールチームは家族のようなものなんだ。わたしの行為は、友人、いや、兄弟を助けるためだった。たしかに、嘘をついた。過ちを犯した。きみは愚かな行為だと考えるだろう。その埋め合わせをしたい気持ちもあって、警官という職業を選んだんだ。正義を行なうために。それに、わたしはアルにかけられた疑いが濡れ衣だと確信していた。共同でキャプテンを務めていたから、あいつのことは理解していた。あんな罪を犯すような人間ではないと、確信していた」

「ほんとうに確信していたんですか？　実際は、彼が出なければホームカミングゲームに勝てないということを確信していたんじゃないですか」

ルトーノーは無言で、わたしを見つめるばかりだった。

ノックの音に続いてサリバンが顔を突き出し、入っていいものかと間を置いた。わたしは肩をすくめた。ルトーノーがうなずく。

サリバンは入室してドアを閉めた。「手続きは完了しました。あと十分ほどで令状が出たら、ただちに行動を開始します。シャベスとヒューバーに、子供たちに片端から当たってポール・ニーバーのいどころを聞き出すように命じてあります。ベア・マウンテンの駐車場にあったポールの車は、州警察がニューアークの研究所に移送。凶行まで身を潜めている可能性もあるので、周辺のキャンプ場の捜索をレンジャーに依頼しました」ファイルから写真を抜いて、渡して寄越す。「ジャレッド・ベルトランです」

わたしは、にっこり笑っている痩せた少年の新聞写真をしばし眺め、ルトーノーのデスクに置いてうなずいた。

「ベルトランが十一年生のときの、学校アルバムから転写したものです」サリバンは言った。

ルトーノーは無言で写真を凝視した。

サリバンは上司からわたしに視線を移した。「好奇心は満たされましたか」

「まだ、完全にとはいかない。でも、いまはこれくらいにしておく」

サリバンは傍《かたわ》らの椅子の腕に腰を乗せた。「では、こちらの好奇心も満たしてもらう番だ。きょう、ワレンズタウンに来た理由を話してもらいましょう」

わたしは煙草をコーヒーカップに捨て、火の消えるかすかな音に聞き入った。「モーガン・リードと話をする必要があった」

「証人には近づくなと言ったのに」

「きみたちは彼らを証人として扱っていない」

サリバンはわたしをじっと眺めた。「モーガンになにを聞きたかったんです？」

「ステロイドをどこで手に入れるのかを知りたかった」

サリバンはゆっくりうなずいた。「揃いも揃って、猪首のフットボール選手たちか」

「きみは知っていたのか？」

「ステロイドを使っていることを？　ひと目でわかる。牛乳をたくさん飲んだために、われわれの二倍もの大きさに成長したわけがない。もっとも、全員が否定するだろうけれど」

「尿検査は？」

サリバンはルトーノーに視線を走らせ、かすかに笑った。「ワレンズタウンでは、許されないんですよ。少年たちのプライバシーを侵害するから」

「もしくは、ワレンズタウンの巨体のフットボール選手を育成する権利を侵害する」

「まあね。なぜ、知りたかったんです？　どうして、モーガンが話すと考えたんです？　彼は口を割ったんですか？」

「彼は知らないと言ったが、あれは嘘だ。知りたかった理由は、トリー・ウェズリーはパーティーにエクスタシーを用意できなかったために殺されたと、話した子がいたから。その子もステロイドの出どころを知らなかったが、ぼくはエクスタシーと同じ出どころだろうと推測した」

「エクスタシー？」サリバンは署長を見て、視線を戻した。「きのう、あなたはそのことを話さなかった」

「サリバン刑事、あの子たちはみな、きみを恐れ、それ以上にほかの子を恐れている。ぼくは彼らがくれた情報を利用すると同時に、彼らを守ろうと努めている。みんな、状況があまりにも悪化してこれ以上我慢できないと感じたので、ようやく重い口を開こうとしているんだ」

「状況とは、どういう意味だ」ルトーノーが詰問した。

「フットボール部員《ジョックス》ですよ。彼らがワレンズタウン高校を支配し、ほかの子たちはその陰でひっそり暮らしている。部員が行かせてくれるところへ行き、部員の言うままに行動する。あの年頃の子にとっては、学校が全世界だ。ここでは、フットボール部員が全世界を支配している」

「バカバカしい」ルトーノーは吐き捨てた。「ここはフットボールの町だ。アメリカの町の半分と同じだ。誰もが選手を尊敬する。だから、どうなんだ」

「そう。あなたが高校生の頃、誰もがアル・マクファーソンを尊敬したようにね」

「いいでしょう」サリバンが平静な口調で言った。「町に来た理由は、わかった。しかし、なぜポール・ニーバーの家を訪れたんです？　母親は水曜日に、ポールは明後日までベア・マウンテンにいると話したんでしょう」

わたしは彼のほうを向いた。「モーガンは、土曜の夜にポールを町で見たと話していた。ウェズリー家の外に車を停めていたそうだ」

「パーティーに出ていたのか？」ルトーノーがわたしのほうに身を乗り出した。

「子供たちは、それは否定しています。外にいたんだ」

「あんな変人が……」

「なるほど。案の定だ」

「え？」

「この町では、だいじなフットボール部員をわずらわせないためには、なりふりかまわないんですね。トリー・ウェズリーの死を、ポール・ニーバーの責任にできたら都合がいい。しょせん、変人《フリーク》だ」

「なんだ、その言い草は。彼はクィーンズで銃を買っている」

「ポール・ニーバーが危険人物であることは否定しない。どこか箍《たが》がはずれてしまったのかもしれないことも。だが、ポール・ニーバーの名前が挙がる前から、誰も身を入れて部員を調べようとはしなかった。どうやら、ワレンズタウンのしきたりらしい」

「いい加減にしろ！　大昔の事件だ！　濡れ衣だったんだ！　変人のジャレッド・ベルトランがベス・ヴィクターの強姦犯人だ。それが真相だ。あれは今回の件とは無関係だ」

「さてと」わたしは立ち上がった。「お互いに忙しい身だ。そろそろ失礼するとしよう」

「スミス――」サリバンが言った。

「失礼する」わたしは署長室をあとにした。

22

警察署を出て一ブロックほど歩き、リディアに携帯電話をかけた。「警察が動き出して、子供たちに事情を聞きにいく。ところで、コーヒーを奢ってくれないか？」

「あなたの事件だから、経費はそっち持ちよ。鳴りを潜めろと警告しているの？」

「それが無難だ。ギャラクシー・ダイナーで会おう」

「車で拾いましょうか？」

「いや、歩いていく。サリバンはいまのところ、ぼくの逮捕を考えてはいないようだから」

警察署は、ギャラクシー・ダイナーとさして離れていない。そもそも、ワレンズタウンではなにもかもが近接している。秋の大気は冷たく澄んでいた。わたしはジャンパーのジッパーを上げて歩き始めた。星形のカエデの葉がスレートの歩道のそここに落ち、ワイン色が石の青を際立たせている。先日ヘレンと入ったベーカリーの前を通ると、シナモンがふと香った。なにげなく目をやると、ウィンドウに映った自分の姿の向こうに、店内が見えた。カウンターのうしろで、いかにも孫のいそうな女性が午後のお茶の時間に備えて、焼き上がったクッキーをオーブンから出していた。メインストリートをゆっくり走る車や、街角で立ち話に興じる人々など、ワレンズタウン全体を金色の日光が毛布で守るように覆っていた。

いったん足を止め、妹に電話をした。

「もしもし？」おずおずとした声が流れてきた。かつて〝わたしなんて、いないほうがいいのかしら〟と訊いたときと同じ声だ。つい、肩に力が入った。

「ビルだ。スコットは？　いま話していても大丈夫か？」

「スコットは留守よ。でも、兄さんとは口を利くなと言われているの。スコットが――」

「スコットがなんと言おうが、知ったことか。よく聞くんだ。状況はかなり悪い。警察は、ゲイリーはポール・ニーバーという少年といっしょにいて、ポールは危険人物だとみなしている」

息を呑む音。「ポールと？　ああ、どうしよう。ポールがゲイリーに危害を加えるということ？」

「その心配はないだろう。そもそも、いっしょにいるとは断定できない。だが、警察は令状を持ってゲイリーの部屋を捜査しにくる。コンピューターは押収されるだろう。ゲイリーの部屋のも、居間のも証拠品として」

「証拠品？」妹は悲鳴に近い声を上げた。「なんの証拠？　警察はゲイリーにあらぬ疑いをかけているとスコットが言っていたわ。それも兄さんが――」

「このあいだのように」わたしは妹をさえぎった。「あらかじめ警告しておきたくて、電話したんだ。警察に協力するんだ、ヘレン。知っていることはなんでも話し、どんな質問にも答えろ。スコットの意見など、気にかけるな。スコットはあいつなりにゲイリーを守っているつもりなんだろうが、とんでもない間違いだ。わかったか？」

「だって……でも、ゲイリーが……」

「ヘレン！　わかったのか？」

「ええ」妹は歩道を滑っていく枯れ葉が立てるような小さな声で、答えた。

「また連絡する」わたしは携帯電話を閉じてポケットにしまった。吹き募る風が身に沁みて、ジャンパーの襟を立てた。

ギャラクシー・ダイナーでは窓際の席を選び、コーヒーを頼んだ。止まっては進む、ワレンズタウンの車の往来を眺める。コーヒーが半分なくなった頃、トーラスが駐車場に入ってくるのが見え、車を降りてドアをロックしたリディアが歩いてきた。いつものように運動神経のよさを窺わせる、優雅で自信に満ちた早足だ。あるいは、とわたしはコーヒーを飲みながら思った。優雅さは天性のものであり、自信に満ちた早足は、体力や運動神経、持久力とは関係がなく、熱望し、懸命に努力すれば、願いが叶うといまだに信じている若さがもたらしているのだろうか。

彼女が店の入口に向かい、建物の陰に入る。やがて店内に現れ、わたしを見つけて微笑んだ。「どうかしたの？」と、わたしの頬に軽くキスをして彼女は言い、向かいの席に身を滑り込ませた。「憂鬱そうね」

「自分の年を実感したんだ。きみより年上だと」

「いま頃気がついたの？」

「いや、でも以前はきみの若さを欠点とみなしていた」

「とんでもない考え違いよ。だって、わたしには欠点なんてないもの」

「うん、もう忘れないよ」そこへウェイターが来て、コーヒーを注ぎ足し、リディアの注文を取った。彼女は紅茶と、入ってくるときにショウケースで目にした、アーモンドスライスを散らしたクロワッサンを注文した。

「なにか新たにわかったかい？」わたしは訊いた。

「ぜんぜん。新しい情報をくれる人も、ポールのいそうなところを知っている人もいなかったわ」

「妙だな」

「どうして？」

「リトルトン（コロラド州の町。一九九九年に銃乱射事件が起きたコロンバイン高校の所在地）にしろ、どこにしろ、学校を襲撃した犯人は例外なく事前に計画を吹聴した。どの事件にも共通している要素だ」

「だったら、ポールには学校を襲撃するつもりなどないのかしら。それとも、なにも考えていないのかも」

「あるいはね」

リディアは髪の毛をかき上げた。「サリバン刑事や署長と会った結果はどうだったの？」

「得るところはあまりなかった。警察はこっちの情報をもとにして、さっそく動き出した。だから、子供たちに事情を聞きにいったんだよ。ニーバー家とヘレンの家の家宅捜査令状も出た」

「ヘレンの家も？　たいへんなことになったわね、ビル。ヘレンにはもう話したの？」

「電話をした」わたしはコーヒーをすすった。

「スコットはいたの？」

「留守だった。だが、ぼくとは口を利くなと、ヘレンに言い置いていた」

リディアはわたしの視線をとらえて、じっと見つめた。「理解できないわ」

「なにが？」

「ヘレンとあなたの関係よ。なぜ、ヘレンはわだかまりを捨てて、あなたの昔の行為を理解しようとしないの？　なぜ、あなたはヘレンや家族ともっと連絡を取るように努めて、自分が彼らの思っているような人間ではないことを理解させようとしないの？」

「理解させる必要なんかないよ」

「必要がなくても、あなたに残された肉親はあの人たちだけなのよ」

わたしには返す言葉がなかった。まったく、ひとつも。窓のほうを向いて、繰り返し変わる信号を眺めた。ウェイターがリディアのクロワッサンと紅茶をテーブルに置いて去っていったのも、ほとんど意識していなかった。

「カップを割ってしまったら」リディアのおだやかな声がした。「おかわりをもらえなくなるわよ」

下を見ると、関節が白くなるほどコーヒーカップを握り締めていた。無理矢理力を抜いて息を吐き出し、リディアを見た。いつもの黒い瞳、落ち着いた口元、ハイライトが青く浮き立つ真っ黒な短い髪。周囲を行き来するウェイターや客のざわめきに、ときにはかき消されながらも、甘ったるいバラードが流れる。

「おっと、しまった。カフェイン抜きでは機能しないよ」そのカフェインを流し込むと、リディアはおだやかに微笑んだ。「署長のことを話そうか」

彼女はうなずいた。相棒であるのだからむろん知らせておく必要があるが、とにかく話しかけていたいという気持ちもあって、わたしは署長室での一部始終を伝えた。

「整理すると」リディアはクロワッサンのアーモンドをつまんでかじった。「スコットはホームカミングゲームに出場するチャンスと引き換えに、証言を撤回したのね？　〝ここはワレンズタウンで、フットボールがからんでいる〟と、あっさりすまさないでよ」

「了解。でも、そうなんだ。加えて、そもそも記憶に自信がなかったのだから――」

「ええ。でも、自信があったとしたら？」

「ここはワレンズタウンで、フットボールがからんでいる」

リディアは答えずに、わたしを見つめた。頭を振って、紅茶を飲む。「月曜までにポールが見つからなかったら、警察はどうするの？」

「学校を警備する」わたしは、サリバンから聞き出したことを話した。「必要なら、州警察と州兵の協力を要請するそうだ」

「永久に続けることはできないわ」

「うん」

「警察は彼について誤った見解を抱いているのかしら。わたしたちも。母親に話したように、日曜に帰ってくるかもしれないわ。まいったよ、寒くて。でも、すばらしい時間を過ごしたんだ、なんてね」

「そうだね」

「銃はおもしろ半分に買ってみた。実際にいまはベア・マウンテンにいて、瞑想に励んでいる」

「そうだね」

「リトルトンなどの例があるから、みんな神経過敏になっているんだわ」

「そうだね」

「でも」と、彼女は言った。「手をこまねいているのは、正気の沙汰ではない。そうでしょう？」

答えるまでもなかった。リディアはアーモンドクロワッサンをフォークに載せて——ダイナーで出すペストリーを、わたしはナイフとフォークを使って食べた覚えがない——口に運んだ。店内に流れるBGMがランディ・ニューマンの『ショート・ピープル』に変わった。わたしはにやりとした。「この曲、大嫌いだろう」

「大好きよ。こういう偏見に凝り固まった人のおかげで、わたしのようなタイプはあなたみたいな大男にこっそり忍び寄って、不意打ちを食らわすことができるのよ」

「そんなものかな」

リディアはフォークを宙で止めた。「誰が決めるの？」

「曲を？　さあ。テープレコーダーかなにかがあって——」

「そうではなくて、試合に出る選手よ！」

「え？」

「ルトーノーとマクファーソンはキャプテンだった。でも、出場選手を決めるのは、キャプテンではない。そうよね？」

わたしは愕然とした。「うん」財布から札を出してテーブルに置いた。ふたりとも立ち上がった。わたしは言った。「それはコーチの役目だ」


わたしの車はグリーンメドウ・ホスピタルに置きっぱなしだ。そこで、薄暮のなかをリディアが運転して、町はずれの高校に向かった。入口には鍵がかかっておらず、廊下にはほとんどひとけがない。リノリウムの床が鈍いつやを放ち、ロッカーが〝気をつけ〟をして並んでいる。体育館を目指し、体育コーチ室を探し当てた。英語科は果たしてこれほど恵まれているだろうかとつい考えてしまうほどに広く、調度も真新しい。廊下側の部屋にはデスクがふたつとファイルキャビネット、奥の部屋にはこちらに向けて置かれたデスク。どちらにも、トロフィーがぎっしり詰まった陳列ケースがあった。額入りの写真や表彰状が列を成して壁を埋めている。わずかな数のバスケットボールやソフトボールのものを除いて、あとは全部フットボール関連で、それも長年に亘っていた。廊下側の部屋は無人で、奥の部屋は薄暗い。その薄暗いなかにほのかな青い光がまたたいていた。ライダーコーチが大型テレビの前の肘掛け椅子に腰を据え、ワレンズタウン・ウォリアーズの試合のビデオに見入っていた。

リディアとわたしは奥の部屋の戸口に立った。ライダーコーチの目はテレビ画面に釘づけだ。

「JVの練習は終わったんですか、コーチ」わたしは訊いた。

ライダーはちらりと目を向け、すぐに画面に戻した。「忙しいんだ」不機嫌につぶやく。「邪魔をしないでくれ」

「話があるんですよ、コーチ」

「英語がわかるんだろう。邪魔をしないでくれ」

「ベサニー・ヴィクターの件です」

「わたしは女子は教えない。相談があるのなら、月曜の午前中にティナ・マイヤーホフに面会するといい。彼女が女子チームのヘッドコーチだ」

こちらを見もせずに、リモートコントロールのボタンを押してテープを巻き戻す。敵のバックが完璧なタイミングで空中高くジャンプして、ワレンズタウンのレシーバーへのパスをインターセプトする瞬間にもう一度見入った。「ちぇっ、ボンクラ《キャンディアス》めが」と、つぶやいて膝の上のクリップボードにメモを取る。「見たかね？　情けないうすのろを」声を上げ、わたしに質問を向けた。「あれはチェンバース。長年のあいだ、あんなにうまくパスを受ける選手を見たことがない。手が触れさえすれば、なんでも取る。ところが、ボールの来るところへ行けと何度教えても、呑み込めない」

「カバーをしてくれる選手のことを考えないようにしなくては」傍《かたわ》らでリディアが言った。「パスをくれる選手のことも。フィールドには、自分とボールだけだと考えれば、うまくいくのに」

ライダーが体をよじって、リディアを見つめた。「ほう、その理論には裏づけがあるのかな？」

「ええ」

「あんたはいったい何者だ」

わたしが質問を引き取った。「ビル・スミスです。水曜日にヴァーシティの下級生の練習を見せてもらいました。彼女は相棒のリディア・チン」

「相棒？」ライダーはリディアを一瞥した。「この頃は、男と女の関係をそう言うのかい？」

「組んで仕事をしているという意味ですよ。ふたりとも私立探偵です」

テレビ画面では別のプレーが始まっていた。ライダーは一時停止のボタンを押してわたしを凝視した。「ああ、あんたか。たしか、ラッセルのいどころを捜していた。しつこいな。あんたもしつこいのか」と、リモートコントロールをリディアに向ける。

「ええ」リディアは答えた。

ライダーはナイフの切っ先のような形に唇をひきつらせた。「それで、あいつは見つかったのか？　いずれにしろ、明日のハムリンズの試合には出さない。その件かね？」

「いいえ、さっきも話したとおり、ベス・ヴィクターの件です」

ライダーは初めてわたしの言葉が耳に入ったのか、顔を曇らせた。「ベス・ヴィクターとは、何者だ」

「ワレンズタウン高校の元生徒ですよ」青い光がぼんやりと射す薄闇で、ライダーは目を細くしてわたしを眺めた。「彼女は二十三年前に強姦された。彼女が誰だか、よくご存知のはずだ」

ライダーは椅子を蹴って立ち上がった。「偉そうな口を叩くな」

「選手や父兄のように、怒鳴ったり脅したりすれば効果があると思ったら大間違いだ、ライダーコーチ。ぼくは役目を果たそうとしている探偵だ。ベサニー・ヴィクターが強姦され、アル・マクファーソンが逮捕されたが、唯一の真の目撃者だったスコット・ラッセルは、ホームカミングゲームへの出場と引き換えに証言を撤回した。誰の考えだったんです？　あなたか、ルトーノーか、それとも、マクファーソン？」

ライダーは仁王立ちになって、真っ向から睨みつけた。「知らないのなら、教えてやろう。犯人は銃で自殺した。ベスにつきまとっていた、冴えない薄らバカだ」

「それは聞いている。自殺の原因は知らないが、彼は強姦はおろか、ベスにつきまとっていたとも考えられない。アリバイもあった」

「ああ、いっしょにいたと、友人が主張していた」

「友人は主張し続けた。自殺のあとも」

ライダーは肩をすくめた。「腰抜けニッキーだろ。あんなやつが友人のためにひと肌脱ぐなんて、夢にも思わなかった。だから、どうなんだ、大物探偵さんよ。なんで、気にかける？　大昔の事件じゃないか」

「なぜなら、誰もが気にかけるなと言うからだ」

「たとえば、誰だ」

「ひとりは、アル・マクファーソン。ゲイリー・ラッセルを捜しているだけだったのに、突如マクファーソンが探偵許可証を取り上げさせると脅してきた」

「なぜ、ゲイリーを捜す？　父親は、あんたに手を引いてもらうと言っていた」

「スコットが？　彼はマクファーソンにもそう話した。ずいぶん和気藹々とした町だ」

「質問に答えろ」

　偉そうな口を叩くな、と言い返したい衝動に駆られた。舌の先まで出かかった言葉を呑み込んだ。「なぜ、ゲイリーを捜すのか？　彼が助けを求めたからだ。あなたに穿鑿される道理はないが、ひとつ問題がある。きのうワレンズタウン高校の女子生徒が暴行を受けた。それも含め、いま起きている一連の出来事はすべてが一本の糸でつながっていて二十三年前にまでさかのぼり、おまけにぼくに起因していると思われる。過去の不祥事を調査するために、ぼくが四人の高校生、すなわちステイシー・フィリップス、トリー・ウェズリー、ゲイリー・ラッセル、ポール・ニーバーに雇われたと誰かが勘繰っているようだ。奇しくも、四人のうちひとりは死亡し、ひとりは入院し、あとのふたりは行方が知れない」

「ふたり？」ライダーは眉を寄せた。「ラッセルと誰だ？　ニーバーか？」

「フットボール部員《ジョック》でない生徒など興味の対象ではないんだろうが、彼はここ数日行方が知れない」

　いま必要なのは、釣竿だ。それに、結局は役に立たないポケットが無数についた釣り用ベスト。釣り糸を手繰り出して、待った。

「いったい、なにがどうなっている？　小生意気なガキめらは、なにが知りたいんだ」

「彼らではなく、ぼくが知りたいんです。四人のうち誰ひとりとして、関係はない。当時、なにがあったんです、ライダーコーチ。アル・マクファーソンやあなたは、なにを隠している？」

ライダーは計算高い目つきで、わたしを長いあいだ見つめた。優秀なコーチは、ひとつの作戦が失敗すれば、臨機応変に作戦を変更する。

そこで、彼は肩をすくめてうなじをさすり、譲歩するふうを装った。「マクファーソンは追い詰められていた。あいつが実際にやったのかどうか知らないし、そんなことはどうでもよかった」

「信じがたい言い分だ。あなたは彼のコーチだ。あなたに訊かれたら、マクファーソンは正直に答えたはずだ。彼が話すとしたら、あなたしかいない」

「なんとでも好きなように信じればいい」ライダーは肩をすくめた。「ワレンズタウン高校のアバズレは、パーティーでおっぱいを見せびらかしたんだろうよ。犯人がわかったところで、どうなる。どうせ、女も楽しんだんだ」

リディアは傍らで、テレビ画面の選手たちと同様に身動きひとつしないで立っていた。そうやって、ライダーの首をへし折りたい衝動を押さえつけているのだ。

「そこで、スコット・ラッセルと話をした。そうですね？」

「自分の見たものにぜったいに自信があるかと、確認をしたのさ。自信がないのなら……なにせ大きな試合が目の前に迫っていたからね」

「チームには、アル・マクファーソンもスコットも必要だ。そんなふうに持ちかけたんでしょう、ライダーコーチ」

またもやナイフの切っ先のような笑みが浮かんだ。「スコットはかなり上達していた。先発する力は備わっていた」

「あきれたもんだ」ライダーの目を覗き込むと、彼も負けずに視線を返した。うしろのテレビ画面では、敵味方入り乱れてボールを追う選手の姿が静止している。

「それだけのことだ」ライダーは言った。「コーチとして、選手に話をしただけだ。法を犯したわけではないが、軽率ではあったから、内密にしておきたいのさ。さて、そろそろ帰ってくれ。仕事が残っている」

「それは、こっちも同様だ」わたしはその場を動かなかった。

「なんだと?」

「自殺した少年の件が終わっていない。彼のストーカー行為を警察に告げたのは、教師だった。先ほどジョン・ルトーノーと話したが、彼は少年が逮捕される直前に、噂を聞いてそれを知ったと言っていた」

ライダーは肩をすくめた。「あいつは周囲のことが目に入らないんだ。昔もいまも、自分の鼻先で起きたこと以外は、見えないのさ」

リディアが発言した。「警察署長であってもですか？　あなたに指導されている少年全員がステロイドを使っている事実に、気づいていないと言うんですか？　まさに鼻先で起きているんですよ。気づいているとは思いませんか」

リディアに口が利けることを忘れていたかのように、ライダーは目を丸くして彼女を見つめた。「なにが言いたい？　健康食品店で、アンドロだかなんだかを買っているんだろう。体がでかくなるから、わたしは賛成だね」

「彼らは処方箋が必要な薬を売人から違法に買っているという、もっぱらの噂ですよ」リディアは反論した。

「デマだよ、お嬢さん。だいたい噂がほんとうだとしたって、ワレンズタウンの誰も、洟《はな》も引っかけやしない。体がでかくなりゃ、試合に勝てる」

「ニッキー・ダルトンはどうなったんです？」わたしは訊いた。

「ダルトン？　マザコン坊《マミーズ・ボーイ》やか。あんなやつがどこでどうしていようと、興味はない」

「彼は高校を卒業すると陸軍に入り、除隊したその日に姿を消した。その後、ぷっつりと消息を絶った」

「だから？」

「恐れていたから、姿を消したとも考えられる」

「なにを恐れていたんだね？」

「いまはまだ、わからないが、ジャレッド・ベルトランを自殺に追い込んだのと同じものかもしれない」

「あの変態《パーヴ》は、長いあいだ刑務所にぶち込まれるのが怖くて自殺したのさ。クォーターバックではなく、レシーバーにされるのが、目に見えていたから」底意地の悪い笑みを浮かべ、その笑みを消した。「たとえダルトンが見つかっても、連絡をくれるには及ばない。生きてようが死んでようが、かまうもんか」

テレビのほうに向き直って、リモートコントロールを操作する。静止していた画面が動き出した。パスを送られた選手がボールに飛びついて胸に抱え込んだ瞬間、突進してきた敵味方、それぞれ半ダースほどの下に埋もれた。「さあ」ライダーは肘掛け椅子にどっかりと腰を下ろし、再び画面に集中した。「とっとと帰ってくれ」

リディアの視線を受けて、わたしはうなずいた。踵《きびす》を返し、ひとけのない廊下を歩いた。清掃人が洗剤のレモンの香りを振り撒きながら、車輪つきのモップバケツを押していった。

「フィールドには自分とボールだけ、か」わたしは言った。

「わたしの自制心は、たいしたものだったでしょ。感心した？」

「きみのすべてに感心している。いつものことだけど」

「いまの面会はわたしの血圧を上げるほかに、成果はあったの？」

「ぼくの行為があらゆる人の神経を逆撫でするとしても、あの四人は無関係だと念は押せたと思う。ライダーから話が広まってほしいもんだ」

「無関係と言い切れるの？」

わたしは煙草に火をつけて考えた。「いいや」

「でも、言うだけは言ったわね。ライダーは、結局なにを明らかにしたのかしら」

「ぼくにはよくわからなかった。きみはどう？」

「証人買収とみなされかねない行為は認めたわね。たとえ、違法にならなくても、表沙汰になれば評判が落ちる」

「彼が隠そうとしているのは、ほんとうにそれだけなんだろうか」

「かもしれないけれど」

「真に受けられない」

「ええ」

「根拠があるのかい？　それともライダーが嫌いだから？」

「嫌いというのも、立派な根拠になるわ。訊きたいことがあるの」

「どうぞ」

「彼を見ていて、ミスター・ハムリンを思い出さなかった？」

「ステイシーも同じ意見だった。ハムリンがライダーコーチに似ているから、ワレンズタウンの連中は彼に夢中だって」

「ミスター・ハムリンはどこで覚えたのかしら？」

「指導法を？　チームスポーツに対する幻滅をさらに増すようで悪いが、あれはかなり一般的な方法だよ」

「わたしと話したとき、ハムリンも同じ言葉を使ったのよ、ビル。ボンクラ、変態。マザコン坊《マミーズ・ボーイ》や。あのふたり以外に、モンマではなく、マミーと言う人はいないわ」

校舎を出て石段を下りながら、わたしはリディアに話しかけた。「ハムリンはライダーのもとでコーチをした経験でもあるんだろうか。あるいは少年時代に、彼のもとで選手としてプレーしたとか」

「ライダーはワレンズタウン高校で三十三年間教えているそうだけど、ハムリンはそれに数年加えた程度の年ではないかしら。となると、ハムリンはこの町の出身か、あるいはここでコーチとして働いていたことになるわね」

「うん」

「だったら、どうして誰もその話題を持ち出さないのかしら」

低くなった太陽が、リディアの借りたトーラスに影を落としていた。アスファルト敷きの広い駐車場には、いまや半ダースほどの車がところどころに停まっているに過ぎない。ここでステイシー・フィリップスが車のロックをはずしたとき、彼女は終えたばかりの作業や、夕方の予定などを考え、ホッケーマスクをかぶった暴漢に襲われて、わけのわからないことをしつこく訊かれるとは夢にも思わなかったはずだ。

「それで?」リディアは鍵を手に、車の横に立った。「これからどうするの?」

風が突然向きを変えて吹きつけ、リディアの髪を乱し、わたしのジャンパーに忍び入った。わたしはジッパーを上げ、車に寄りかかってポケットに手を突っ込み、駐車場を吹かれていく落ち葉や、風に揺れる木の枝を眺めた。

「どこへ行くの？」

「くそっ。どうすればいいんだろう」車に乗るのも、どこかよそに行ってあてどなくうろつき、実りのない質問を重ねるのも、もうたくさんだ。自分の立場も、ルールも理解できず、どんな結果を求めているのかも判然としないゲームを続けるのは、もうたくさんだ。

ふたつの州の警察がポールのみならず、ゲイリーも捜している。ふたりが発見されれば、これまでの事件のつながりも解明される。いや、解明されるとは限らない。しかし、わたしには警察が持っている以上の情報はなく、彼らが耳を貸すはずもない疑念があるだけだ。警察の方針は正しいのだろう。わたしが警官であれば、ポール・ニーバーの発見に全力を注ぐ。多数の生徒がいる学校の危険が去るまでは、二十三年前の事件はむろん、トリー・ウェズリーの死の解明も待つべきなのだろう。

「さあ、行きましょう」おだやかでありながら、風の音に負けない澄んだ声が話しかけてきた。

「一杯、ご馳走するわ」

わたしはリディアのほうを振り返った。「ぼくの事件だから、経費はこっち持ちのはずだが」

「一回限りの例外よ。あんまりしょんぼりしているんですもの」

「おや、効果があるのか？　しょんぼり顔は」

「あなたの場合、それしか効き目はないわ」

わたしはドアを開けて車に乗り込んだ。リディアの申し出をありがたく受けるつもりだった。

たとえ、しょんぼりしていると認めることになっても。だが、駐車場を出もしないうちに携帯電話が鳴った。

「ちぇっ、もう」わたしは吐息をついて電話を出した。「スミスだ」

「くたばれ」鼓膜を破らんばかりにスコットが怒鳴った。「警察を家に来させるとは、なんてやつだ！　いまから行っておまえを――」

「わざわざ出向いてくれなくてもけっこう。こっちが出向く」

わたしは通話を切って電話をしまい、「あとで奢ってもらうよ」とリディアに言った。「たぶん一杯では足りないだろうな。ここを左だ」

「どこへ行くの？」

「親戚の家に寄る」

23

リディアとともに町はずれの新興住宅地へ向かった。真鍮の門灯がやわらかな光を投げ、金色の光が窓から漏れる淡いグレーの家は、黄昏にのどかに憩っていた。私道のヘレンのブレイザーのうしろに、スコットのルミナが外敵を阻止するかのように駐車している。リディアはトーラスを道端に停めた。

「不愉快な思いをしそうだな」

「あなたはね」リディアは車を降りて待った。わたしは返事をせずに彼女を見やり、両側に菊の咲き乱れる私道を進んだ。

わたしが目顔で合図をすると、リディアは呼び鈴を押した。静かな音色が響く。妹の家でありながら、わたしはこの音を二日前に初めて聞いた。あたりは平和そのものだ。次第に暮れてゆくおだやかな空、計画的に配置された家々、門灯の明かりを受けてたたずむリディアとわたし。そこへバタンとドアが開いて石段に光が射し、スコットが現れた。激怒で顔を歪め、紅潮させていた。

「この野郎！」夕暮れの静謐を怒声が破った。「くそったれ！　おまえらふたりが——」玄関ホールに突進してきたドーベルマンがけたたましく吠え、怒声をかき消した。家庭の平和を脅かす敵の喉笛を食いちぎろうと、頭を低くして四肢を踏ん張る。

　スコットも似たような姿勢を取った。

「話し合おう、スコット」わたしは怒声や吠え声に負けまいと、声を張り上げた。

　怒声も吠え声もさらに激しくなった。ジェニファーとポーラが、何事かと彼らの背後に顔を覗かせる。犬がうなり、歯を鳴らす。スコットの顔は激昂のあまり、どす黒い。スコットは娘たちをちらっと見ると犬の首輪を握った。「ノー！　待て！」犬に命じて戸口をまたぎ、犬と娘ふたりをホールに残して、ドアを閉じた。夕闇のなかにリディアとスコット、わたしの三人はたたずんだ。犬の吠え声がくぐもって聞こえてくる。ほかに物音はなく、家のうしろの裸の梢が風に揺れるばかりだ。

　わたしは無言で待った。スコットが口を切った。「おまえは人間のクズだ」と、わたしの目を見据え、ひと言ひと言押し出すように言った。「心臓を犬に引き裂かせるべきだった」

「スコット、少し冷静になって――」

「なにが冷静だ！　おまえが家族をばらばらに引き裂いたために、ヘレンは家庭を失った。また同じことをしようってんだろ。まったく、なんでおれたちをほっとけないんだ。誰がおまえに助けてくれと頼んだ？」

　ゲイリーが頼んだ。内心で思ったが、激しい鼓動が耳朶《じだ》を打ち、こぶしを握り締めていた。そもそもそんなことを彼に話したくはない。わたしも彼と同じように熱く怒りに燃え、氷のごとく冷たい軽蔑の念が全身を駆け巡っていることを知らしめる答えが、いくつも心に湧き上がった。リディアに制止され、冷静な口調で諭されることを覚悟した。それを振り払い、スコットに詰め寄って彼の怒りをあおるつもりでいた。取っ組み合いになったところで、傷つくのはスコットとわたしなのだから。

だが、リディアは制止しないどころか、身動きひとつしなかった。スコットは、いまにも殴りかからんばかりだ。そのとき、わたしは悟った。切りがない。彼との関係が改善される見込みはなく、永遠に変わらない。どちらかが勝つということなど、ありえない。切りがない。すでに終わっているのだ。もうやめよう。

わたしは一歩下がって、こぶしを広げた。「口論をするために来たのではない」まったくの本音ではないが、ほかに目的があるのは事実だ。わたしは微動だにせず、スコットの目を見つめた。不意に、ドアや石段や木々がかき消え、わたしはブルックリンのアスファルト敷きのハーフコートで敵の選手を前にして立っていた。相手もわたしも待ち構えていた。若い頃は、常に抱えている激しい怒りを小さく硬く押し潰し、心の隅にしまっていた。そしてあと一歩のステップ、あと少しのスピード、あと少しのジャンプが必要なとき、それを小出しにして起爆剤にした。怒りに押し流されることなく、上手にしまっておけたときは、相手を冷静に分析し、自分の立場を自覚することができた。昔は試合をしたり、ピアノを弾いたりするときにしかそれができなかったが、いまはほかのときでもできる。深呼吸をして、スコットに話しかけた。

「警察が家に来る羽目になったのは、気の毒だった。だが、ぼくがそそのかしたわけではない」

スコットは心が揺らいだようだった。わたしの言葉そのものではなく——彼は長年、わたしを卑怯な罪深い男だと確信している——口調や、わたしの取った位置、そして昨夜のみならず長年続いている争いに決着をつけようとしない様子に驚いたためだろう。

「サリバンのくそったれめが」スコットは歯を食いしばり、一語一語を押し出した。「捜査令状を持って押しかけてきた。それもこれも、おまえが——」

「違う。あんたの旧友ルトーノーの指図だ。警察は、学校襲撃を企てているとおぼしき少年の行方を追っている。ポール・ニーバーだ。ゲイリーは彼の友人だ」

「おまえがよけいなことをしゃべったために、警察はゲイリーを追っているんだ」

「そうではない。警察はゲイリーがポールの友人だから、捜している」

「おまえが——」

「とにかく聞いてくれ、スコット。ゲイリーの家出の原因は、彼がぼくに連絡してくる前に生じている。ワレンズタウンで現在起きていることや過去に起きたことに起因しているんだ。ぼくが家出の原因ではない、スコット。ぼくは、誰かをひどい目に遭わせようというつもりはない。たとえ、相手があんたでも。あんたの息子を見つけたいんだ」

わたしを見つめるスコットからは、どんな答えが出てくるのか見当もつかなかった。立場が逆であるならば、黄昏が夜に変化していく夕闇のなか、わたしは「失せろ」と言うのがせいぜいだっただろう。相手を夕闇のなかに置き去りにし、懸命に自分を抑えて背を向け、暖かく明るい我が家に入るのが精一杯だっただろう。

スコットもそうしたかもしれない。あるいは、どちらもが望んでいるように感情を爆発させるように仕向けたかもしれない。しかし、玄関のドアが開いた。石段に黄色い光が射して、ヘレンが玄関の外に出てきた。「なにをしているの？」彼女はスコットとわたしを見比べ、細く高い声を震わせた。「なにをしているの？」

スコットはこちらに目を向けてあとずさり、ヘレンの背後でドアを閉めた。門灯の下に四人でたたずんだ。外灯が投げる光の輪と他家の窓明かりのほかは、深い闇が広がっている。

沈黙が続き、誰ひとり動かない。スコットがリディアに目を向けた。「彼女は？」風に吹き消されそうな、低い声だ。

「相棒のリディア・チンだ」

「昨夜、あそこにいたな」と、スコットは彼女に言った。リディアはうなずいた。スコットはしばらく彼女を見つめ、わたしに視線を戻した。ヘレンとリディアが見守るなか、スコットもまた、わたしの出方を見守った。

「ニューヨークでゲイリーに会ったとき」わたしは言った。「なにをしているのかは教えてくれなかったが、あんたが褒めてくれるだろうと言ったんだ。息子と仲がいいんだろう、スコット。狩りに連れていったり、試合を見にいったりするくらいだ。だったら、その言葉の意味を教えてくれ。どういうことなら、あんたは褒める」

風が強くなり、日はすっかり落ちた。梢を透かして見える月は、風が運んできた雲に覆われ、うすぼんやりと暗い空に浮かんでいた。

「あいつが幼い頃は、よくケツを叩いたもんだ」スコットは述懐した。「嘘はいけない。しくじったときは嘘をついてごまかすよりも、正直に認めたほうが軽い罰ですむ。そう体で覚えさせた。正義感の強い、真の男に育てたつもりだ。だが、そんなふざけた言い草は、嘘としか思えない。母親をこんな辛い目に遭わせているんだ。褒めてやれることなど、ひとつもあるもんか」

ヘレンは唇を噛みしめ、門灯に涙を光らせた。体の奥深くで怒りが炎を上げ、全身を駆け巡るとともに、スコットへの殺意を覚えた。ヘレンの涙がわたしの血をたぎらせ、鼓動を速くした。こいつを殺してやる。両手を握り締め、スコットに詰め寄った。まさにそのとき、リディアがこぶしを押さえた。指先が軽く触れる程度だったが、ひんやりとなめらかなその感触が、わたしの目を曇らせていた熱い霧を晴らした。スコットに誰を重ねていたのかを、自覚した。ほんとうに怒りをぶつけたい相手を自覚した。その人物はスコットではない。意識して足を止め、燃え盛る炎を鎮めた。

「もう少し、質問がある」しわがれた声が出てきたが、言葉はコントロールできた。「そうしたら、帰るよ」

「どうしてだ?」スコットの声は梢を揺らす風のように、冷たい。「どうして、おまえの質問に答えなくてはならないんだ」

「あんたが昔、ここに住んでいたからだ。何年も前にここで起きたことが、すべての原因だと考えるからだ」

「たわ言だ」

「そうかもしれない。だが、現在の状況は警察が捜査している。答えたところで、失うものはないだろう？」

スコットは返事こそしないものの、背は向けなかった。それでよしとした。

「ベス・ヴィクターとジャレッド・ベルトランの件だ」

「あれは、茶番だ」スコットは言った。

「どうしても、知る必要があるし」わたしはスコットの目を見て、静かに語りかけた。「あんたが当時ここに住んでいたから、訊くんだ。あの頃に少年だった人をほかに誰も知らないし、捜している時間もない。ジャレッド・ベルトランは実際にベス・ヴィクターにつきまとっていたのか？　強姦事件が起きる前に、その噂を一度でも聞いたことがあるか？」

わたしはヘレンの反応を予期していた——スコットに視線を走らせる。当惑して眉をひそめる。頬を染める。そのどれもしないで、静かに夫に寄り添っていたので、すでにスコットから聞いているのだと見当がついた。彼はどの程度打ち明けたのだろう、ヘレンはスコットの果たした役割を理解しているのだろうか、とわたしはいぶかった。しかし、それを知るために来たのではない。

スコットは表情を変えずに、永久に続くかと思うほどに沈黙を守った。それから、言った。

「聞かなかった」

「そんな事実はなかったんだろう？」

長い間のあとで彼は言った。「知らない」

「警察に密告した教師とは、誰だ？」

「知らない」

わたしはうなずいた。「その後、ニック・ダルトンはどうなった」

「ニッキー？　知るか、あんなくそったれ。あんなやつがどうなろうと、誰も気にかけやしないさ」

「現在のいどころを知らないか？」

「いまの？」スコットは顔を歪めて笑った。「間抜け野郎は町にいるかもしれないぞ。もしかして、あいつの仕業だったりして」

「どういう意味だ」

「くそったれの腰抜けニッキーは、いつもほざいていた。必ず戻ってきて、おれたちみんなに後悔させてやると。あんなやつ、くたばっちまえばいいんだ。全部、あいつのせいかもな。おまえはそう考えているのか、スミス？　ニッキーが黒幕だ。ニッキーがおれの息子を誘拐し、少女を殺した。ニッキーが復讐しに戻ってきた。ふーん、幸運を祈ってやるよ。あいつを捜し続ければいい。ニッキー捜しに精を出して、二度と面《つら》を出すな！」

スコットはうしろ手で玄関のドアを開けた。ヘレンに手を差し出す。彼女はその手を取ってわたしに背を向け、スコットとともに家に入っていった。

わたしはドアが閉まるのを待たずに、私道を歩き始めた。風に向かって歩いていきたかった。

この家から離れたい。どれほど遠くても、どこであろうとかまわない。二度と再び振り返らずに、歩いていきたかった。しかし、道端にはリディアのトーラスが停まっていた。彼女の軽やかで着実な足音も追ってくる。わたしは車の横で立ち止まり、一瞬置いてボンネットを叩きつけた。悪態が漏れ、肩にかけて激痛が走る。駄目だ、やめろ。抑えろ。ボンネットの冷たい金属に両手をついてうなだれ、燃え盛る炎をいつもの場所に押し込めて、コントロールしようと努めた。

リディアはなにも言わずに運転席側にまわって、ロックを解除した。わたしは乗り込んだ。リディアがエンジンをかけ、細心の注意を払って設計された、ゆるやかにカーヴした道路を車は走り始めた。住宅地内は予期せぬ事故を防ぐため、鋭角の曲がり角や死角が計画段階で徹底的に排除されている。急な進路変更や迂回を余儀なくさせる障害物は、皆無のはずだった。だが、前方の車の陰から、犬が地面を嗅ぎながら、ふらふらと出てきた。リディアが急ブレーキをかけ、クラクションを鳴らした。犬は飛び上がって歯を剥き、道の反対側へ駆けていった。あれが自転車やスケートボードをしている子供、現場に急行するパトロールカーや消防車であったとしても、不思議はない。いくら考えても、駄目なときは駄目なんだ、ざまあ見ろと、設計者をあざ笑いたくなった。

窓を開けて煙草に火をつけた。リディアにとっては初めて運転する地域だが、道に迷いもせずに住宅地を抜け、ワレンズタウンを出て、わたしの車が置いてあるグリーンメドウ・ホスピタルに向かった。

車内では、ふたりとも無言だった。病院の駐車場に乗り入れて初めて、リディアは口を利いた。「あれが、スコットがあなたを憎む理由だったのね」

わたしは彼女のほうを見た。ちょうど、わたしの車の横に停まったところだ。用心深く声を出した。自分の声に自信が持てなかったから。「理由？」

彼女はエンジンを切って、顔を振り向けた。「スコットの証言は、友人を刑務所送りにしかねなかった。そこで、彼は証言を撤回した」

「だけど、ぼくは撤回しなかったから？」

「そうよ」

彼女の澄んだ瞳がじっと見据えていた。目を逸らしたのは、わたしのほうだった。

「ぼくの場合は、実の父親相手だから、なお悪い。おまけに、彼は自分の見たものに自信がなかった」

「いいえ、あったのよ」

わたしは闇のなかにほの白く浮かぶ彼女の顔を見つめた。「そう思うのか？」

「ええ、間違いなく。ベス・ヴィクターを強姦したのは、アル・マクファーソンだったのよ。スコットがふたりを目撃したのは、事件が起こる直前だった。コーチがストーカー行為の噂を流し、匿名を条件に警察に密告した。話に真実味を持たせるために、変わり者という評判のジャレッドを選んだ。コーチにとっては、いてもいなくてもいい生徒だしね」

「だったら、ジャレッドはなぜ自殺したんだ？」答えはわかっていたが、あえて尋ねた。

「以前から仲間はずれにされていたのに、今度は変質者呼ばわりされるのよ。もともと地獄のような学校生活だった。そして今度は、刑務所か、以前にも増してひどい生活かの、どちらかを選択するしかなくなった」

「ほかに、逃げ道はなかったのかな」

「アル・マクファーソンを励ますために、父兄がろうそくを点して留置場の外に集結するような町なのよ」

わたしはジャンパーから煙草を出して弄んだ。

「スコットは常に自覚していたのよ」リディアは言った。「コーチの嘘と自分の沈黙が、ジャレッドを殺したことを。でも、それは友人を救うため、正義感から出た行為だったと、半生を通じて自分に言い聞かせてきた。卑怯者ではない、仲間の部員《ジョックス》やコーチが怖かったからでも、試合に出たかったからでもないと」

わたしは言った。「スコットはゲイリーを真の男に、彼の言うところの正義感の強い男にしようと、努力してきた」

救急車が一台、サイレンも非常灯も点けずに駐車場に入った。ゆっくり建物を半周して、救急出入口につける。規則に従ったのだろうが、助かる見込みのない患者を乗せているらしく、急ぐ様子はなかった。

「そして、彼はあなたを憎み、卑怯者呼ばわりした。なぜなら、あなたには彼ができなかった行為をする勇気があったから」

車内は暑く、息苦しかった。いたたまれなくなって、車を降りて風に当たった。リディアもやはり車を降り、傍《かたわ》らに来てわたしの手を握った。わたしはさまざまなことに思いを馳せた。スコット、怒りの炎、選択を余儀なくされ、その重みを一生背負っていく少年たち。ジャンパーも着ずに、助けもなく寒い街路をさまようゲイリー。さまざまなこと、さまざまな場所。そのあいだも、リディアの温かい手の存在を意識していた。

「なぜ彼は戻ってきたんだろう」

「スコットがワレンズタウンに？」

わたしはうなずいた。

「憶測でもいい？」

「うん」

「ゲイリーが、当時の自分の年に近づいてきたからよ。ワレンズタウンがスコットを〝真の男〟にした年齢に」

「それで、ゲイリーを連れてきた？」

「自分の行為の正当性を証明したかったのよ。恥ずべき点はないと証明したかった」

「誰に対して証明するんだい？」

言わずもがなの質問だったから、リディアは答えなかった。

「ゲイリーは知っているのかな」

「スコットのしたことを？　おそらく、友人のためを思って行動したとだけ、聞かされているのではないかしら」

「では、ゲイリーが計画し、スコットが誇りに思うような行為とは、それなんだろうか。ポールの味方をして、学校襲撃に手を貸すのが？」

「ポールが学校襲撃を計画しているかどうか、わからないのよ」

「ぼくらには、なにひとつわかっていない」

　リディアは頭を振って、地面に目を落とした。風に乱されて頬にかかった髪をかき上げる。

「わたしが誰を気の毒に思っているか、わかる？」

「しょんぼりしているぼくのほかに？」

　リディアはその言葉に驚いて、微笑んだ。目が合った。わたしはあらためて炎に、異なる類《たぐい》の炎に思いを馳せた。リディアの心の内は推し量る術《すべ》もないが、笑みが大きくなった。だが、目を逸らすとともに、笑みも消えた。「もうひとりの少年よ。友人が苦境に陥っても、なにもしてあげられなかったんですもの」

「必ず戻ってきて、みんなに後悔させてやる。少年はそう言った」

「ええ。実行したのかしら」

　風が向きを変えて駐車場を吹き抜け、襲いかかってきた。わたしは頭を振り、ジャレッド・ベルトランの顔を脳裏に描いた。将来の希望に燃え、晴れやかに微笑んでいる新聞写真の顔を。「なんてこった」突如寒気を覚えたのは、風のせいではない。「くそっ。なんてこった！　そうだったのか！」

リディアが眉を上げた。「なにか思い当たったの？」

「あの写真だ！　彼の顔を前に見たんだ！」

「どの写真？　彼って、誰？」

「車に乗ろう！　道々、話す」

「どっちの車？」

「あ、そうか。各自で行こう」

「どこへ？」

「ハムリンズだ」わたしは彼女の手を放して、車の鍵を探った。「ハムリンはデスクに写真を飾っていた」

「浜辺にいる、痩せっぽちのふたりの少年ね。野暮ったい髪型に眼鏡」

リディアはその写真は見たが、ワレンズタウン警察が保管していたファイルにあったほうは見ていない。

わたしはうなずいた。「そう、ダサい少年たち。左にいたのが、ジャレッド・ベルトランだ」

24

グリーンメドウからワレンズタウン、そして橋へと向かいながら、リディアと携帯電話で連絡を取り合った。だが、いま抱えている疑問については、ふたりとも答えを持ち合わせていない。道順は互いに問題ないので、ハムリンズの私道の入口で落ち合う約束をして、簡単に終わらせた。

そのあと、別の番号を入力した。ベレスは相手がわたしだと知ると、案の定「またかよ」とのたまったが、聞き流した。「おいおい、午前四時ってわけでもないのに、なにが不満だ、ルイージ」

「文句を垂れても、どうせ聞く耳持たないんだから、言わないよ。今度はなんだ？　十分で調べろってんだろ」

「トム・ハムリン」わたしは言った。「ハムリンズ・インスティチュート・オブ・アメリカンスポーツという施設を運営している。所在地はプレーンデール。ロングアイランドだよ」わたしはつけ加えた。ベレスの頭にあるニューヨーク州境はロングアイランドに達していない恐れがあった。「どんな些細な情報でもいい。そうそう、ルイージ、四十分で頼む」と、気前よく言った。

橋、クロスブロンクスエクスプレスウェイ、ロングアイランドエクスプレスウェイと運転していった。帰宅の車で道路は混雑し、進みはのろかったが、さいわい車列は動き続けた。暗くて判然としないものの、前になり、うしろになりしてともに進むリディアの存在を感じた。途中、三十分足らずでベレスが情報をもたらした。

「よう、住所と電話番号、免許証、信用等級を突き止めたぜ。信用等級は上々。あとは、このなんたらっていうインスティチュートのいろいろ」

「いろいろ――？」

「以前は陸軍の予備基地だった。それが廃止されて、草ぼうぼうになっているのを、十五年前にハムリンが購入した」

「儲かっているのか？」

「まああってとこだね。ハムリン自身に、複数のアシスタントコーチとトレーナー、看護師、雑用係の給料を賄うにはじゅうぶんだ」

「別途に収入は？　マネーロンダリングとかは？」

「そういうのを探りたいんなら、手間が省けるように、最初に言ってくれよ」ルイージはぼやいた。「だけど、その線はない。ハムリンもほかのコーチも、相応な給料は得ているけれど、がっぽり儲けてはいない」

「すまない、ルイージ。当てずっぽうで言ったんだ。どんな情報を求めているのか、自分でもわからないんだ」

「それは今回に限ったことじゃないだろう。でも、あんたが興味を引かれそうなことがある。追加料金はいらない。友だちのよしみだ」

「どんなことだい？」

「いいか、これまで話した情報は全部、目の前にぶら下がっていた。おれみたいな天才でなくても、誰でも探り出せる。なにひとつ秘密はありませんって、具合なんだ。だけど、あの男にはぜったいに秘密がある。間違いない」

「なぜ、そう思う」

「あの男の半生は、開いた本みたいなんだ。でも、二十年前までページを繰ったところで、止まっちまうんだよ」

「どういう意味だ？」

彼はため息をついた。「だから、ページが二十年分しかないんだってば。実験室で作られて、ひょいと町にほっぽり出されたみたいに」

「それ以前の記録がないということか。出生証明書、小中学校、高校の卒業記録も？」

「過去の運転免許証、居住地、医療記録、クレジットカード、大学、軍隊、まったくの白紙だ。今朝頼まれて、ぷっつりと消息を絶った男を調べただろう。こいつは、まるでその男のネガフィルムだな」

「うん、ルイージ、そのとおりだと思う」

わたしはリディアに電話をして、ベレスの情報を伝えた。ハイウェイを降りてプレーンデールの街路に出たとき、バックミラーにリディアの車が映った。合流して彼女の車をハムリンズの近くの道端に置き、わたしの車で長い私道を進んだ。

警備デスクにはまたしてもバルボーニがいて、意外そうに眉を寄せ、遺恨試合のチャンス到来とばかりに、陰険に顔を輝かせた。

「やめとけ」立ち上がったバルボーニに向かって、わたしは両手を高く掲げた。「きみのボスが会いたがっているんだ」

「嘘つけ」

「あいにくだな」わたしは名刺を出して、〝ニック・ダルトン〟と裏にしたためた。「ボスに渡してくれ」

バルボーニは名刺に目を走らせて逡巡した。破り捨てて殴りかかってくるような素振りを見せたが、リディアがウィンクすると、顔が真っ赤になった。リディアは微笑んで髪をかき上げ、さりげなくジャンパーの隙間からウエストに留めた銃を覗かせた。

バルボーニは渋面をこしらえ、「ここで待ってろ、なんにも触るんじゃないぞ!」ぶっきらぼうに告げて、背後のドアのなかに消えていった。

「あれは尻を振ったのと同じだよ」わたしはなんにも触らずに待つあいだ、リディアにささやいた。

「夢にも思わなかったでしょ」

再び姿を現したバルボーニは、無言でドアを開けた。むさぼるような目でリディアを見ながら、なかに入るわたしたちについてくる。

トム・ハムリンは奥の事務室で、デスクのうしろに立っていた。廊下側の部屋はこのあいだと同様、無人だ。名刺を目の前に掲げ、写真と実物を見比べるかのように、わたしに視線を移す。先日のフィールドやこの事務室でのときのように、激昂した、嫌味たっぷりのコーチを予想していた。しかし、ハムリンは笑みを浮かべ、けっこう愛想のいい口調で、「きみはいったい何者だね?」と訊いただけだった。

「こっちがそれを訊こうと思っていたところだ」わたしはいささか意表を衝かれたのちに、リディアの言葉を思い出した。〝まるでスイッチを切ったみたいにがらりと態度が変わったの〟

「トム・ハムリンさ」日焼けのしみついた顔に、じわじわと笑みが広がった。腕を大きく開き、数々の写真やトロフィーを示した。「真の男の育成者」

わたしはデスクの上の写真立てを取って、笑顔の少年ふたりを見つめた。左はジャレッド・ベルトラン。右側の少年は彼よりも背が高く、体格もいいが、やはり痩せている。カメラに向かって、いまのトム・ハムリンにそっくりな、しかしもっとおおらかな笑みを見せていた。

わたしは写真立てをリディアに渡した。「以前の名は、ニック・ダルトン。ニュージャージー州、ワレンズタウン出身」

ハムリンは名刺をデスクに放り出し、写真立てをリディアの手から奪い去った。自分に正面を向け、もとの場所に置く。「ニュージャージー州、ワレンズタウン。あそこは肥溜めだ」

「それについては反論しない」わたしは言った。「でも、町はここの上客だ。真の男を作ってもらうために、大金を払って十二年生《シニア》を一週間、合宿させている」

「秋のシニア合宿」ハムリンはうなずいた。「サマーキャンプ、週末教室。平日の夕方に三時間のプログラムがあるときは、あのバカ者めらは、一時間半かけて子供を送り届ける」

「町の人は、きみを何者だと思っているんだ」

彼は眉を上げた。「トム・ハムリン」

わたしは首を横に振った。「ニック・ダルトンには軍歴がある。軍に指紋の記録が残っている。ワレンズタウンには、きみの正体を知っている人がいるのか?」

ハムリンは肩をすくめて椅子に腰を下ろした。「いないだろう。もっとも、連中は知ったところで意に介さないさ。座りたまえ」と、背もたれにゆったり体を預けた。リディアはその正面の椅子に腰を下ろし、わたしはもう一脚を引き寄せて座った。

「なぜ、意に介さない」

「おれとワレンズタウンの縁は、とっくの昔に切れている。ワレンズタウンは、常に未来を見据える。過去は振り返らない。この先どうなるかだけが、重要なんだ。未来をひたすら見つめろ。終わりよければすべてよし。〝経過はともかく、試合に勝てばそれでよし〟がニュージャージー州ワレンズタウンのモットーさ」それから加えた。「ここハムリンズ・インスティチュートでも、それを座右の銘にしている」

「昔、なにが起きたかを知っている」

「へええ、たいしたもんだ。ほかに気にかけるやつなんて、まずいない。ワレンズタウンにとってだいじなのは、真の男だ。これまでに、数多くの男をあいつらのために作ってやった」

「十五年に亘って？」

「そうとも。どいつもこいつも、折り紙つきのを」重々しくうなずいた。「ニュージャージー州の史上最年少上院議員、シェーン・ファウラーを覚えているかい？　十六歳の少女とベッドに入っているところを捕まるまでは、華々しく活躍していたもんだ。ワレンズタウン出身の教え子のひとりさ」視線を宙に遊ばせ、甘い記憶に浸ってにんまりする。「三年前までハーバードの選手だったブランドン・ドイルもだ」

「ドイル？　ラインバッカーの？　たしか、カンニングをして、退学処分になったと記憶している。彼もワレンズタウン出身か？」

「正真正銘のね。それに去年の春、やはりワレンズタウン出身でニューハンプシャー大学の一年生ハーフバックは、大学社交クラブのパーティーでべろんべろんに酔っ払って、死んでいないのが不思議なくらいの血中アルコール濃度が検出された。いや、正確には彼の車が電柱から引き剝がされたときには死んだも同然という状態だった。まあ、完全には死ななかったが」

「まるで自慢しているような言い方だな」

「だって、みんな自慢の種なんだ、スミス、ほんとうに。あいつらは、真の男だ」

「さっぱり理解できない」

「おいおい、しっかりしろよ。こうしたガキたちは、世界は我がものだと思っている。ワレンズタウンがそう教え、おれもそう教えた。筋肉が裂け、骨が折れ、クソを漏らし、ゲロを吐いても、練習しろ。無敵のフットボール選手になれ。無敵の選手になって、世界を手中に収めろ。そうすれば、好き放題をしても誰も止めやしない。汚い言葉遣いで悪いね」と、リディアに謝った。「まあ、どうでもいいけど」

「ワレンズタウンはまさにそうだ」わたしは言った。

「そうとも。ハムリンズも」

「復讐ね」リディアが低く通る声で言った。「ニック・ダルトンは、必ず戻ってきてみんなに後悔させてやると言ったわ」

「あいつらの希望を叶えてやっているんだ」

「きみはワレンズタウンの少年を怪物に仕立て上げている」

「ワレンズタウンは、欲しいものをじゅうぶん承知だよ」

「ライダーコーチの練習方法、態度、言葉遣い。みな同じだから、ワレンズタウンはハムリンズに夢中になるんだな」

「鏡を見ているような気がするんだろうよ。いや、実際に見ているんだ。町がおれを作り出した。そして、おれは町の子供を真の男に作り上げる。だって」ハムリンは言った。「ジャレッドに頼まれたんだ。あいつは言った。〝ニッキー、助けてくれるかい？　ぼくに代わって、あいつらをやってくれ〟どういう意味だかよくわからなかったが、おれは〝いいよ〟と答えた。おれは言ったんだ。〝いいよ〟って」

「ジャレッド・ベルトランがきみに？　いつだ？」

ハムリンはデスクの上の写真に目をやった。「フットボールチームの連中は、ジャレッドが釈放されるとやってきた。逮捕される前と同じに、ジャレッドを殴ったり蹴ったりした。眼鏡を壊した。彼に無理矢理、何度も言わせた。〝ぼくはろくでなしの変質者です〟そして、犬の糞を食わせた」

「むごいな」

「彼は助けてくれと頼み、おれは〝いいよ〟と言った。それなのにあいつは自殺してしまった。しばらくは、なにもできなかった自分が情けなくてしかたなかった。そのうち、こう考えるようになった。助けることはできなかったが、復讐はできる。ジャレッドはそれを頼みたかったんだ。だったら、おれにもできる」

ハムリンは静かに顔を上げ、わたしと目を合わせた。ハムリンのオフィスは明るく照らされ、暖房が効いているが、彼の目がそれらを帳消しにした。永遠に温もることのない冷たさと、永遠に光の射さない闇がそこにはあった。

「きみはジャレッドのアリバイを証明した」

「あいつはおれといっしょにいた」ハムリンは肩をすくめた。「うちで『ナイト・オブ・ザ・リビングデッド』をテレビで見ていたんだ。帰っていったのは、彼女がパーティーを出た時刻よりずっとあとだった」

「マクファーソンが犯人だったのか」

「ああ、そうさ」投げやりな口調だった。「マクファーソンが彼女といる現場を見たやつもいたんだ。だが、そいつは証言を撤回した。そこで警察はマクファーソンを釈放したが、その後釜が必要だった。おれもジャレッドも負け犬だったが、おれの親父には金があった」

「きみもフットボールチームの連中とトラブルになったんだろうな。ジャレッドのアリバイを証言したために」

彼は口元をさすった。「ああ」

「ストーキングの噂を流した人物の正体を、知っていたのか？」

「いや、まったくわからなかった。わかったところで、大勢に影響はなかったろうよ。ワレンズタウンだから、あんなことになったんだ。くだらない根も葉もない噂を、誰もが真に受けたんだ」

大勢に影響はない――おそらく、そのとおりなのだろう。彼が真実を知っていたところで、状況が変化したとは考えられなかった。

「ほかの町のことは、どう考えているんだ」わたしは静かに訊いた。「たとえば、ウェストベリーは？」

「こっちが頼んで、子供たちをここに来させているわけではない」

「ハーメルンならぬ」リディアが口を挟んだ。「ハムリンの笛吹き男。子供たちを連れ去るのね」

トム・ハムリンは言った。「ついてきたがる子だけをね」

「童話では」リディアは言った。「全員だった。脚の不自由な子ひとりを除いて。その子はついていきたかったけれど、できなかった」

「笛吹き男は、子供たちを連れ去った」わたしも言った。「彼らの親が報酬を払わなかったから」

ハムリンは言った。「払っているよ、いまは」

わたしはハムリンの目を観察した。彼の右手は、コーチ用の笛をくるくるとまわしたり、裏返したりしていた。ハムリンはわたしを見て、にやっと笑った。「そして、きみは――」リディアのほうを向いた。「失礼――きみたちはおれの正体を見抜いた、初めてのボンクラ《キャンディアス》だ。ここを開設して以来ずっと、この写真をデスクに置いておいたのに、みんなどこに目玉をつけているんだろうな」

わたしは写真を手に取って、じっくり眺めた。「口元は変わっていない。鼻と耳が違う。整形したのか？」

「ああ、そうだ。あの頭の空っぽな連中が見たくないものを見ないですむ程度に、ほんの少しいじっただけだ。それよりも軍隊での三年と除隊後の五年で、筋肉をつけたために様変わりしたのさ。ここを開設すると、借金をして有名なコーチやプロの選手を雇い、あのゴキブリ連中を引き寄せた。初めのうちは、料金を抑えた。むろん、いまはいくらでもボレる。長男を貢ぐのもためらわないだろうよ。あ、そうか、実際に貢いでくれているんだ。だろ？」にっこりする。

「それでも、誰も気づかないのか？」

「きみは、あの連中や町を理解していない」ハムリンはおだやかに言い返した。単にわたしの理解を助けるためだけであって、話題そのものにはたいして関心がないような口ぶりだった。「あいつらは、気づきたくないんだ。ここを買ったとき、合宿の宣伝をするためにワレンズタウンを訪れた。高校を卒業して、たった八年後だ。それなのに、ライダーコーチはおろか、誰ひとりとして、〝あれっ、どこかで会わなかったっけ〟とも言わない。きみも実際に見ただろう。このあいだの晩のマクファーソンを。あいつと顔を合わせるのは、あれで十回目くらいだ。あの晩まで、彼にとっておれは大の親友だった。ワレンズタウンの少年たちのために、せっせと貢いでくれた。あれだけ怒らせても、あいつの金玉をひねり上げる理由がおれにあるとは、夢にも思っていない」

ハムリンの主張や行為は、彼の観点からすれば正当で、巧緻な計画でさえあるのだろう。わたしは自分自身の行為のいくつかや、ポール・ニーバーとゲイリー・ラッセルが現在しているであろう行為について考えた。

「どんな方法で筋肉をつけたんだい？」ひとまず話題を変えた。「ウェイトリフティング、身体調整《コンディショニング》、トレーニング？」

「除隊後、アップステート・ニューヨークのここと同様の施設で、五年間働いた。いやいや、ずいぶんたくさんのスポーツを学ばなければならなかったよ」

わたしは裏を見せている写真立てを、身振りで示した。「かなり痩せてもいた」

彼の顔を暗い翳《かげ》がよぎって、消えた。「大昔はね」

「筋肉をつけるためには、少々手助けが必要だったろうな」

「誰でも手助けは必要だ。その点、軍隊はすばらしい。喜んで手伝ってくれるやつが、わんさといる。苦痛や後遺症などという女々しい心配は、いっさいしない。〝まだ息があるなら起き上がれ、ダルトン!〟 おおいなる手助けだ」

「化学的な手助けも?」

「たとえば?」

「ステロイド」

「ああ、ステロイドか。こいつは細心の注意を払わないとな」と、真顔をこしらえる。その空空しさに、わたしは背筋が凍った。「自分のしていることを、きちんと自覚しないといけない。とりわけ、青少年の場合は」再びにやりとした。「将来を棒に振ってしまう恐れがある」

「しかし、きみは自分のしていることを自覚している」

「まあ、知識は豊富だからね」

「そして、その知識を少年たちに与える」

「彼らは学ぶために来ている」

「たとえば、ステロイドがどこで手に入るかも教える」

「教える必要などない。みんな知っている」

「なにを知っているんだ。ここで手に入るということを知っているという意味か?」

「ここで? おいおい、勘弁してくれよ。あるわけないだろ。ハムリンズでは違法行為はご法度だ。ビールをひと缶隠し持っていても、追い出す。トラブルを回避してここを続けていくことが、最大の目標なんだ。真の男を作るこの仕事が、大好きなんだよ」

無性に煙草を吸いたい気持ちをこらえた。彼がどんな類《たぐい》の綱を渡っているのかわからず、そのバランスを崩したくなかった。「いまここを調べても、薬物はいっさいないんだな」

「そりゃあ、無茶というもんだ。全員を裸にして調べるわけにはいかない。錠剤をいくつか財布に隠し持っている子もいるだろう。ビタミン剤だとか、あれこれを。だが、ここでは手に入れられない。そもそも、たいした問題ではないだろう？　あいつらは筋肉をつけたいんだ。死に物狂いで努力している。日に二度の練習とウェイトリフティング。真夜中まで体育館にいるから、朝の三時まで学校の宿題をやる。それに、すさまじいばかりの親の期待。近代科学に少少力添えしてもらったところで、なにが悪い」

「少年たちはどこで手に入れているんだ？」

「なにを？」

「ステロイド。どこで手に入れている？」

「さあ、知らないな。どこか、そこらだろ」

「どうしても知りたい」

「あいにくだが、役には立てないな」

「いまは緊急事態なんですよ」リディアが発言し、冷静かつ淡々とした口調でハムリンの注意を引きつけた。「少女がひとり死に、このままではもっと人が死ぬかもしれない。それを防ぐために明らかにしなければいけない疑問のひとつが、ワレンズタウンのステロイドの出どころなんです」

「死ぬかもしれないというのは」ハムリンは悪意に満ちた笑みを湛え、平然と訊いた。「ワレンズタウンの連中かい？」

フィールドにいるときのハムリンコーチは、癇癪《かんしゃく》持ちで容赦ない。オフィスにいるときのニック・ダルトン、通称トム・ハムリンは、おだやかで理性的だ。

いまの人格がどちらであるにしろ、とにかく試してみようと決心した。

わたしはハムリンに立ち上がる隙を与えず、デスクをまわった。彼を椅子から引きずり出し、ファイルキャビネットに叩きつけた。ハムリンの頭が金属の棚に激突し、てっぺんのトロフィーが揺れ、ひとつが落下した。

ハムリンはかっと目を見開いた。「なにをする！」と、つかみかかってくる。だが、筋肉をつけ、人生を変えたあげくになったのは、〝いじめっ子〟だった。〝いじめっ子〟は喧嘩が下手だ。わたしがすいとうしろに下がると、ハムリンの手は空をつかんだ。そこへ体当たりを食らわせた。今度はキャビネットの角にぶち当たり、ハムリンは悲鳴を上げた。肩をつかんで、デスクに頭を押しつけた。腕をうしろでねじ上げ、「どこだ？」と一喝した。大声と騒々しい物音を聞きつけたバルボーニが、飛んできた。

「おい！」と突進してきたところへ、リディアが声を上げ、足をさらう。バルボーニはもんどりうった。

「こん畜生！」ハムリンが声を振り絞った。「こん畜生。なんてことをするんだ」わたしは少し力を抜いたものの、彼の頭は押さえつけておいた。「ワレンズタウンに住んでいる子に訊けば、誰だって出どころを言う。なんで、おれに暴力を振るう？」

「彼らは知っているが、決して話さない。きみは話す」

「わかったよ。言えばいいんだろ」

わたしは手を放した。ハムリンは肩をさすりながら、立ち上がった。「教えてやるよ。別に損はないし、ここにも影響はなさそうだ。むろん、ここで聞き込んだときみが主張しても、おれは白を切る」

「どこだ？」

ハムリンはにやっとした。デスクの上の写真の晴々とした大きな笑みが、冷たく血の通わない笑みとなって、彼の顔に張りついていた。「よくよく考えると、笑えるよ。いまや、おれとあいつの違いは、そのくらいだな。真の男を作るおれたちの方法がいいことだと、あいつが信じているという点を除けば。あとは、ライダーはステロイドを売り、おれは売らないという違いだけさ」

25

ハムリンズの駐車場でリディアと冷たい風にさらされながら、携帯電話でサリバンに連絡した。錠を下ろした金網入りのガラスドアの向こうで、バルボーニがこちらを窺っている。

「スミスだ」

「いま忙しいんですよ」

「もっと忙しくなるぞ。フットボールチームにステロイドを売っていたのは、ライダーコーチだ。知っていたのか？」

沈黙。それから「知っていれば、黙って放っておいたりしませんよ」

「でも、ワレンズタウンだからね」

「まさか本気で――」

「むろん、違うよ。すまない。とにかく知らせた」

「ええ、でもいまは無理ですよ。銃を所持した少年ふたりを捜しているんだから」

「ちょっと抜け出して、コーチを逮捕すればいいじゃないか」

「根拠は？」

「ニック・ダルトンの証言」

「なんですって？」

「彼は十五年間、きみたちの間近にいた」わたしは、ハムリンとその施設、彼の言い分について語った。

「とても信じられない」サリバンは聞き終わって、言った。

「あとで確認を取ればいい。コーチを逮捕してくれ」

「容疑者の伯父が、常軌を逸した男の口から聞いた話を根拠にして？　いいですか、彼がダルトンだとは限らない。昔の事件を聞きつけた、頭のネジがゆるんだ男かもしれないし、軍隊でダルトンと知り合い、そして……」

「そして、ダルトンの復讐を代行するために、人生を捧げた？」

「もしくは、私立探偵の鼻面をつかんで引きまわすために、ひと晩を捧げた」

「バカバカしい。それに、たとえそうだとしても、ライダーの件はほんとうかもしれない。連行するんだ」

「できませんよ」

「どうして？　神聖にして冒すべからざるライダーコーチを連行したら、クビが吹っ飛ぶからか？　だらしないな。だったら、部員を連行すればいい。猪首のやつを。ランディ・マクファーソンはどうだ？　あるいは、モーガン・リード。きみはもう答えを知っている。すぐに観念して、その答えが正しいことを証明してくれるさ」

「いいですか、この件は必ず調査します。真実と判明すれば、証拠固めをしてライダーを逮捕する。だが、いまは――」

「サリバン、いまやるんだ。ステロイドとエクスタシーの出どころが同じなら、ライダーはトリー・ウェズリーの死についてなんらかの事情を知っているかもしれない。その場合は、ニーバーとゲイリーのいどころを知っている可能性がある」

「ステロイドとエクスタシー――それはあなたの憶測に過ぎない。以前も納得がいかなかったし、それがコーチときては、とうていうなずけない。ライダーとステロイドというのはわからなくもない。選手に筋肉をつけ、たくましくできる。だが、パーティードラッグは考えられない。ライダーは喫煙もコーヒーも禁じていて、それを破った選手は控えにまわしてしまうくらいだ」

「たしかに、的はずれなのかもしれない。だが、ニーバーとゲイリーを見つけ出す手がかりが、ほかにあるのか」

長い間ができた。寒風が吹きすさび、厚い雲が星も月も隠してしまった。「あしたは」サリバンが言った。「ハムリンズの試合です。十二年生《シニア》の大部分にとっては、フットボールをする最後の機会だ。町じゅうこぞってハムリンズに行き、今年のヒーローに別れを告げ、神聖にして冒すべからざるライダーコーチに率いられた来年の選手の戦いぶりを見ようと楽しみにしている。あなたは、信憑性に疑問のある伝聞証拠をもとにコーチを連行して尋問するように要求しているんですよ。彼を連行できるとしたら、子供の生き血を口から滴《したた》らせている場合だけだ」

「あいつのしていることは、まさにそれだと思う」

「〝思う〟なんでしょう」沈黙。それから「また連絡します」と言って、電話が切れた。

わたしは携帯電話をポケットにしまい、もういっぽうのポケットから煙草を出した。「どこへ行く？」リディアに訊いた。

「わたしに訊くの？　あなたの事件、あなたの車よ。だから、名案もあなたが出して。ところで、さっきはみごとだったわね」

「そうか」わたしはマッチを擦った。「では、褒美が欲しい」

リディアは長々とわたしを睨んだ。風に乱された髪を撫でつけて、言った。「帰りましょう」

「なんだって？」

「あなたは疲れているわ。わたしも同じ」とつけ加えて、わたしの反対を抑え込んだ。「どこかで夕食をして、あとは多少なりとも睡眠をとるのよ。警察が捜査しているんですもの。しばらくまかせておくのよ。あなたにこれといった名案が浮かばない――」

「もしくは、きみに浮かばないのなら。ぼくの事件だからといって、独占するつもりはない。きみの名案を歓迎する」

「ありがとう。だからこれが、わたしの名案。家に帰りましょう」

風に吹かれた前髪がリディアの額にかかり、今度はわたしがそれを撫でつけた。「もしもこれがきみの事件、きみの甥っ子で、ぼくが家に帰ろうと提案したら、きみはぼくの膝の皿を割る」

「ええ、間違いなく」

わたしは彼女の目を覗き込んだ。風がまたしても向きを変え、横殴りに吹きつけてくる。こんな冷たい風の吹くところではなく、暖かく甘い香りが漂い、空には無数の星が光る、そしてここのように広くて誰もいないところへ、リディアと行きたくなった。この冷たい風のなか、ありえないような気がするが、彼女が愛用しているフリージアの香水がふと匂い立った。必要はなかったが、もう一度、絹のようになめらかな彼女の髪を撫でつけた。

「よし、帰ろう」わたしは言った。

それぞれの車で来たので、当然帰りも別々に運転した。夜にマンハッタンに向かうとあって、先ほどラッシュアワーに通ったときとは異なり、ハイウェイは空いていた。リディアは運転中になにをしているのだろう。ラジオのニュース番組を聞いているのだろうか。地元の大学の局でも見つけて、アマチュアバンドが出した新しいCDを聞いているのだろうか。母親か兄、従兄弟の誰かに電話をして、内輪の会話を楽しみ、情報交換をしているのかもしれない。わたし自身はたいてい音楽をかける。しかし、いまはスピーカーは静まり返り、CDは座席と座席のあいだのケースに収まったままだ。窓を開け、雨の匂いのする冷たい風を入れた。努めて頭を空《から》にして運転に神経を集中し、ときおり一台、二台と追い越しはしたが、飛ばしている車が来ると――たいがい、若い男が運転していた――右車線に入って道を譲った。

あと少しでトンネルというあたりで、電話が鳴った。リディアだろうと予測した。「スミスだ」

「ライナス・ウォンです。あいつが戻ってきた」

「戻ってきた?」風の音がやかましい。ボタンを押して窓を閉めた。「誰が?」

「プレメイドアだよ。あいつの出入りしているチャットルームや掲示板をずっと監視していたんだ。もしかしたらと思って。そうしたら、たったいま、書き込みを見つけたんだ。きょうの書き込みを」

「きょうのいつだい?」

「わからない」

「内容は?」

「こんな感じ。〝よお、みんな、いいか、きみたちがぼくを最初に知った〟」

「最初に?」

「もうすぐ有名になるんだって。あちこちに名前が出ると言っている」

「いつ? いつ、有名になるんだ」

「それは言っていない。〝きみたちがぼくを最初に知った。ぼくが有名になったら、それを思い出してくれ〟これだけだ」

「なにをして有名になるのかは、言っていないんだね?」

「うん。どういうことだか、見当がつく?」

「ある程度は。ライナス、彼と接触できるかい?」

「掲示板に書き込みをしたけれど、まだ返事はない。彼の書き込みが何時間も前のものだったら、インターネットにはもう接続していないかもしれないよ」

「確認できないのか？　彼と会話はできないのか？」

「だって、掲示板だもの。チャットルームではなくて」

「どういう意味だい？」

「掲示板は同時性がないんだよ」あまりにも初歩的な質問だったせいか、ライナスは引っかけられるのを警戒するような口調で言った。「書き込みをすると、しばらく経ってから掲載されるんだ。その頃にはログオフしていたり、どこかよそにいたりすることもある」

「でも、ふつうに会話ができるところもあるんだろう？」

「うん。あいつが訪れるチャットルームがいくつかある。さっきからチェックしているけれど、いないんだ」

「彼が――ええと、書き込みだっけ――それをどこからしているのか、突き止める方法はあるかい？」

「要するに、あいつのいどころだね？」

「そう、いどころだ」

「できるときもある。でも、ルームを運営しているサーバーを通さないと無理だ。要するに、ぼくにはできないってこと」と、悔しそうに認めた。

「誰ならできる？」

もっと悔しそうな口ぶりで「警察」と答える。そこで、ライナスが学期中にこうした仕事に時間を割くことのできる理由を、思い出した。

「警察にどんな情報を与えればいいんだい？」

「あいつのスクリーンネームと掲示板のＵＲＬ。掲示板の管理人とサーバー、それからリメイラーを使っている場合は……」

「おいおい、ライナス、それはぼくにとっては中国語も同然だ。知り合いの警察官に連絡を取らせる。彼に説明してくれ」

「えーっ、だって――」

「大丈夫だよ、ライナス。ぼくに話すつもりだったことを、彼に言うんだ。プレメイドア、彼の訪れるウェブサイトなど、知っていることを全部。きみをトラブルに巻き込んだりはしない」

「でも――」

「きみもプレメイドアの計画を阻止したいんだろう。彼がもうすぐ有名になるとしたら、それはいいことをしたためではないと思う」

間が空いた。「うん、わかった。だけど、また警察沙汰になったら、母さんにちゃんと説明してよ」

「約束する。でも、心配するな。いざとなったらリディアのところへ転がり込めばいいさ」

「そんなあ！　勘弁してよ。あそこのお袋さんは、無茶苦茶なんだ！」

「うん、同感だ。でかしたな、ライナス」

「どういたしまして」

「引き続き、チェックを頼むよ。どこかに現れるかもしれない」

「わかってるって。あちこち調べているんだ」

わたしはサリバンに電話をした。

「まったくもう、何度言ったら――」

「サリバン、きみときたら、こっちが手を貸そうとしているのにまったく可愛くないな。コーチはもう連行したのかい？」

「スミス――」

「わかった、わかった。切らないでくれ。ニューアークのコンピューター専門家は？」

「ちょうど着いたところです」

「では彼に――」

「彼女です」

「なお、けっこう。プレメイドアがまたインターネットに接続したと伝えてもらいたい」

「いったいどういう――」

「さっき、彼の掲示板への書き込みを発見した少年と話をした」記憶を確かめながら伝えた。

「書き込みは、きょう。もうすぐ有名になると言っている」

「やばいな」

「まったくだ。これがその少年の電話番号だ」サリバンに電話番号を教えた。「この子が彼女に掲示板の見つけ方を教える。この子の考えでは、彼女なら書き込みをした場所、つまりプレメイドアのいどころを追跡できるそうだ」

「できるとしても、時間がかかりますよ。とっくに行方をくらましているかもしれない」

「ああ、でも万が一ということもある」

サリバンは手配すると請け合った。わたしはトンネルにさしかかっていた。マンハッタン側に出て街路を縫い始めるまで待って、リディアに電話をかけた。ライナスや書き込みの話をした。

「まあ、たいへん」彼女は低い声で言った。

「予想してなくはなかったが」

「ええ。でも、そうならないように祈っていた」

彼女とは打ち合わせどおりに、チャイナタウンの行きつけの上海レストランで落ち合い、燻製さかなの冷製、四種類の香辛料を使った豆腐料理、揚げシューマイの食事を取った。いつものようにうまく、いつもよりも空腹だったが、ビールを一杯飲んだあとでも焦燥感は収まらず、神経が張り詰めていた。背後でウェイターがグラスを落とすと、飛び上がって振り向いた。

「いやはや」わたしは向き直ってリディアに言った。

彼女は微笑んだ。「理解できるわ。わたしも同じ」

「同じ？　たまげたな。なにが同じなんだ？」

「ふたりとも控えにまわされるのが、大嫌い。あら、やだ。もしかして、これスポーツ用語？」

「お母さんにばれないように気をつけるんだな。再教育のために中国に送られる」わたしはウエイターに向かって、空のビール壜を指差した。「あまりにも自分が役立たずに思えて、腹が立つ。ゲイリーはぼくに助けを求めたんだ」

「ジャレッド・ベルトランもニック・ダルトンに助けを求めたわ」

わたしはあっけに取られた。「なにが言いたい」

「自分でもよくわからない。ただ、そんなに単純なことではないと思うの。最善を尽くしても、望みどおりの結果が出るとは限らないわ」

ウェイターがビールを運んできた。わたしはそれを一気に飲んだ。「言い換えれば、手を引けということかい？」

「いまの時点では、わたしたちにできることはないわ。まずい事態だと考えがちだけれど、そうとは限らないと思う」

「ベンチに引っ込んで、一軍選手にまかせておけってわけか」

「それがこの職業の現実なのよ、ビル。警察には人手も捜査する権利も、人材も備わっている。ときには、真剣に捜査をするように警察を仕向けて、わたしたちの仕事は終わるのよ。そして、こちらは退《しりぞ》き、あとはまかせる。いつまでも足を突っ込んでいると、かえって事態を悪くしてしまうわ」

「どこで、そんな与太話を仕入れてきたんだい？」

リディアは再び微笑んだ。「あなたが教えたのよ」

「才能豊かな新人は、知ったかぶりのベテランを無視したほうがいいときもある」

「あの頃、わたしは若くて素直だった。いまは、いつも無視しているわ」

「うん、気がついていた」わたしは勘定書きを持ってくるように合図した。「いいだろう。いい子にして、帰って寝る。だが、サリバンが朝までに連絡をしてこないようなら、ワレンズタウンに乗り込んで、ぼくがライダーを警察へ連れていく」

リディアはうなずいた。「わたしも行くわ」

わたしはリディアを家に送り届け、表玄関でキスをして、彼女が生まれてこの方住んでいる建物のなかに消えていくのを見送った。それから踵《きびす》を返し、歩き続けた。目的もなく、足まかせに街をさまよった。強風が土埃や新聞紙を巻き上げ、道路標識を揺らす。ソーホーの歩道では、洒落たバーを出てきたふたりの若い女が、うしろから吹いてきた風にコートを体に巻きつけられ、笑い声を上げた。イーストヴィレッジでは、幕間に煙草を吸いに出てきた観客が、待ち伏せしていた風にマッチを消されて悪態をついた。道路を突っ切ってサウスストリート・シーポートに入ったとき、雨がぱらぱらと落ちてきた。あちこちで開いた傘の花が強くなった風にあおられて、おちょこになった。バッテリ・パークで、ついに本降りになった。レイト・ストリートに着いたときには、わたしはずぶ濡れになっていた。

ショーティーズの前でいったん足を止め、通り過ぎて表玄関の前に立った。鍵をドアに差したところで気が変わり、あと戻りした。紫煙に満ちた店内は暖かく、ハンバーガーの匂いに濡れた衣服や革の臭いが交じっていた。おだやかな話し声と、音量を絞ったテレビから流れる大学フットボール試合の解説とが等分に聞こえてくる。戸口にたたずんで、カウンター上部に設置されたテレビの画面をしばらく眺めた。なぜかＥＳＰＮ（スポーツ専門のテレビ局）は下部リーグのマイナーな試合をこの金曜の夜の番組に選び、選手の大半にとっては最初で最後の、全国ネットに登場する機会を与えていた。第三クォーターの進行につれ、ホームチームがビジターに大差をつけていった。

カウンターに行って、空いているスツールを端に見つけた。いつものようにカウンターについていたショーティーが、こちらを向いた。わたしがうなずくと、メーカーズマークをロックにして持ってきた。

「あれまあ、濡れそぼってみじめなザマだ」ショーティーはグラスを置いて言った。

「いつものことさ」わたしはグラスを手に取った。「訊きたいことがある」

「いま起きていることについてかい？」

「なにかが起きているって、どうしてわかるんだい」

「このあいだ来たとき、かなり落ち込んでいただろう。そして、話すと言ったきり、さっぱり顔を見せなかった」ショーティーの声は、わたしの知る限り、いつもしわがれている。非難されているのではないかと耳をそばだて、怒っているのではないかと顔を見つめたが、そのどちらも察知できなかった。彼は単に事実を話していた。

「ぼくが十五のときにしたことだ」わたしは言った。

「それがどうかしたのか」

「あんたやデイヴ、それにほかの人たちも、ぼくの行為は正しいと言った」

「だから？」

「正しかったんだろうか」

「もちろん」

「ぼくは実の父親を刑務所に送った」

「おまえの親父は、まともじゃなかった。息子を殺すところだった」

「でも、父親であることに変わりはない」

「それはおまえの落ち度ではないさ」

「いい結果は生まなかった。妹は戻ってこなかった」

「それでも、正しい行為だった」

「結果がどうあろうと？」

「いつの世から、物事の是非が結果で判断されるようになったんだね？」

ショーティーが見つめていた。わたしはうなずいた。黙ってグラスを干し、店を出た。

26

自室に入ると、もう一杯バーボンを注いで、ESPNにチャンネルを合わせて先ほどの試合の終盤を観戦した。ビジターチームは劣勢を挽回できずに、二十点以上の差をつけられて敗北を喫した。つけっぱなしにしたテレビからコメントが流れてきたが、あまり内容のない試合だったので、すぐに終わった。酒を飲み、同じチャンネルをぼんやり見ているうちに、ニューハンプシャーのどこかで行なわれたエクストリーム・ゲームが録画中継された。数人の若い女性を交えた若者たちがマウンテンバイクで宙を飛び、ローラーブレードで車を飛び越える。スピードと危険を求める姿に、若い頃の自分が重なった。あの頃は、なにを危険にさらしているのかを理解していなかったから、快感を得るためにあえて危険を冒したものだ。複数の熱狂的なアナウンサーが、放送までもがエクストリーム・ゲームであるかのように競い合って声を張り上げ、口々にイベントを紹介していく。

ビールのコマーシャルに続いて、メインイベントが始まった。二基の巨大なコンクリートランプを、スケートボーダーが猛スピードで滑り降りては上り、フリップ、ツイスト、エアリアルを試みて点数を競い合う。三番手に登場した、現チャンピオンと紹介された少年は、ダブルサマーソルトを試みて着地に失敗し、ボードが宙を舞い、彼自身もそれと反対方向に吹っ飛んだ。コンクリートに叩きつけられて、ぴくりとも動かない。医療班や、ほかの競技者が駆け寄った。選手のひとりが、少年のボードを拾ってきて差し出した。ボードを目にすれば、少年が立ち上がると期待しているかのように。それとも、検討の結果くつがえされる誤審のように、時計が逆戻りして事故などなかったことになると期待しているのだろうか。「いやあ、こういう事故は嫌ですね」少年が滑り始めたときは、歓声を上げ〝よおし！　大技が出るぞ！〟と叫んでいたコメンテーターが、声をひそめて言った。そうかな、とわたしは思った。事故そのものが嫌なのだろうか、それともこうした事故——頸部を固定されて競技場から運び出されるフットボール選手、壁に激突して炎上するレーシングカー——を目の当たりにすることで、毎日を平穏に過ごすうちに忘れてしまっている限界や、じつはなにかを危険にさらしていることを思い知ることが嫌なのだろうか。限界を超して初めて、限界があったことに気づくときもある。ランプの最下部でぴくりとも動かないこの少年が、われわれの求めてやまない、危険と背中合わせのスリルの象徴なのだろうか。

少年が腕を動かし、目をぱちくりさせて体を起こそうとした。その様子をテレビカメラが事細かに映し出す。足をふらつかせ、虚ろに目を見開いている少年を、ふたりの医療関係者が支えて立ち上がらせ、ランプの外に連れ出した。「どうやら大丈夫なようですね」コメンテーターが言った。「よかった、よかった。さてランプが空いたところで、次の走者はラチャッペル」

わたしはテレビを消してベッドに入った。

安眠はできなかった。暑いようで寒く、また街を駆け抜けるサイレンの音が耳につき、目覚まし時計の夜光針が異常に明るく光って見える。不気味な影が夢のなかを横行し、寝ぼけ眼でそれをつかまえて正体を確かめようとすると、寸前にかき消えた。ぼんやりと眠りの訪れを待っていると、携帯電話が鳴った。

ベッドの横を探って耳に当てた。「スミスだ」ががら声を出したとたんに、咳き込んだ。煙草を取った。時計の針が七時半を指している。ライナス・ウォンの声が流れてきた。

「ねえ、見つけたよ！　いま、ここにいる」エコーが聞こえた。ライナスはスピーカーフォンを使っている。

「ん？」

「プレメイドアだってば！　同じチャットルームに入っているんだ。なんて言えばいい？」

「いま、彼と会話をしているのか？」

「うん。エリック＋ディラン・ドットコム。なんて言えばいいの？」

興奮で完璧に目が覚めた。足を下ろして上体を起こすと、昨夜飲んだバーボンがたたって、頭がずきずきと痛む。「エリックとディラン？　それは――」

「コロンバインの犯人だよ！　プレメイドアが訪れるサイトのひとつで、ずっとチェックしていたんだ。さあ、早く教えて」

「まずいな」わたしは言った。「よし、ライナス。彼はなんと言っている？」

「――わくわくして寝つけない」

「理由を訊いてみろ」

「それは、誰かがもう訊いた。もうすぐだから、なんだって」

「なにが、もうすぐなんだ？」

「きのうと同じで、教えてくれない」

「そうか」わたしは目をこすって、懸命に知恵を絞った。「そうか、ではこう言ってごらん。ぼくはインターネットできみをずっと捜していた。とても尊敬している。かっこよくて、最高だ。そんな感じで」

「うん、わかった」キーボードを叩く音。

「どうだい？」

沈黙。ベッドを出て居間に向かっていると、ライナスの返事があった。「ええと、ちょっと待って——これまでよりずっと派手にやってやる」

「では、こう書いてくれ——じっと待っているなんて、耐えられない。参加したい」

「マジで？」

「書くんだ！」

「オーケー」

わたしは煙草を出した。

「まだ返事はない。ほかの人も書き込みをしているんだ」

「きみはフィラデルフィアに住んでいることにしよう。参加したいけれど、間に合うように彼のところへ行くことができるだろうかと、訊いてごらん。それから、そうだな——ＡＫ‐４７

を持っている」

「なにを持ってるって？」

「ＡＫ－４７。セミオートマチックに改造してあるけど、射撃速度はぶったまげるほど速いし、強力だ。専用の弾も大量にある。そう伝えるんだ」

「わかった」再び、キーボードを叩く音。わたしはそれに耳を傾けながら、デスクの電話を使ってサリバンにかけた。

「サリバンです」と、右の耳に聞こえてきた。とっくの昔に起きていたらしく、微塵も眠気を感じさせない声だった。夜明け前に五マイルほど走ったのかもしれない。

「プレメイドアがインターネットに接続している」わたしは言った。

「なに？」と、ライナス。

「ふたりともよく聞いてくれ。ぼくは、いまふたつの電話に出ている。ライナス、きみはそのまま続けて、返事があったら教えてくれ。サリバン、プレメイドアはエリック・アンド・ディラン・ドットコムというウェブサイトに接続中で――」

「〝アンド〟じゃなくて、プラス記号だよ」ライナスが聞きつけて、注釈を入れた。「それから、スペースはなし」

「ありがとう。サリバン、スペースなしで、あいだにプラス記号だ。彼はチャットルームに入っている。ライナス、これでいいんだな？」

「うん」

「いま現在、実際に接続中だ」わたしはサリバンに言った。

「ただちにニューアークに連絡します」

「じゃあ、切るよ。きみのほうじゃないよ、ライナス。また、かける、サリバン」受話器を置いて、ライナスに話しかけた。「どんな返事が来た？　なんて言っている？」

「ちょうど返ってきたよ。ええと……ありがとう。でも、必要な武器は全部揃った」

「粘るんだ、ライナス。——そのときをプレメイドアと共有したい。プレメイドアとともに自分の名前を人々の記憶に残したい。彼のようになりたい」

「うん。来た、来た。——きみの気持ちはうれしい。でも、これは自分ひとりでやらなくてはならない」

「ひとりで？　ライナス、仲間がいるはずだ。ひとりではないと思う」

「オーケー、わかった。ええと……ひとりなんだって。仲間がいるんだろ、加えてもらえないかって訊いたんだけど、仲間なんかいない、プレメイドアはひとりで使命を果たすと言っている」

「そんなはずは——」

「——みんな注目していてくれ。これまでとは違う、もっと派手で、すごいぞ」

「じゃあ、こう言って——」

「あっ、やばい、ログオフしようとしている。あーあ」

「どうした？」

「ログオフしちゃった。最後にこう言っている。きみたち全員の幸運を祈る、炎を燃やし続けろ、エリックとディランに続け、ぼくに続け。そのときが来れば、ぼくだとわかるだろう。〝そのとき〟というのは、きょうなんだって」

午前も早い時刻だが、鉛色の雲が低く垂れ込めた、どんよりした空模様だった。土曜日とあって街を出て東に向かう車線は、街に入ってくる車線と同様に空いていて順調に流れていたが、必要とあればクラクションを鳴らし、急ブレーキも辞さずに、のんびり走る車を追い抜いた。助手席のリディアはお茶がこぼれないように、両手を伸ばしてカップを捧げ持っている。「きっと、警察がもう到着しているわよ」彼女は言った。わたしもそう確信していたが、速度を落としはしなかった。

先ほどライナスとの通話を切ると、わたしは再びサリバンに電話を入れた、どうやらニューアークの専門家と話をしているらしく、留守番電話になっていた。そこでメッセージを残してリディアにかけたのだが、こちらも留守番電話だった。メッセージを吹き込んで切ったちょうどそのとき、サリバンからかかってきた。

「彼女が接続したときには、プレメイドアはもうログオフしていましたよ」

「われわれは考え違いをしていたんだ、サリバン。標的は学校ではない。ハムリンズだ」

「なんですって?」

「きょうだ。彼はきょうと言っていた。これまでとは違う、もっと派手ですごい。それが彼の言葉だ。ハムリンズでのワレンズタウンの試合だ、サリバン。来年のチームと十二年生《シニア》の試合を狙っているんだ。間違いない」

「たいへんだ」

「試合を中止させるんだ」

沈黙。そして「署長に連絡します」

頭痛がいくらかでも軽くなるように、大急ぎで冷たいシャワーを浴びた。洋服を着て靴に手を伸ばしたとき、サリバンから電話が入った。「いまのところ、試合は行なわれる予定です」

「気はたしかなのか？」

「署長が市長と相談したんですがね。標的が試合だというのは、憶測に過ぎないという結論に達したんですよ」

「証拠が挙がるまで、待つつもりか？」

「たとえ試合が標的だとしても、中止すれば警察が嗅ぎつけたことを感づかれてしまう。再び行方をくらまし、予期せぬところに現れる可能性がある。そこで、署長は試合を餌にして、彼らをおびき出そうって腹なんです」

「〝彼ら〟ではない。プレメイドアはひとりだ。ライナスに、はっきりそう言った」

「母親にも、キャンプに行くとはっきり言いましたよ」

「正気の沙汰ではないよ、サリバン。試合の決行は、無謀だ」

「この試合は、プレーオフにつぐ町の最大関心事なんです」

「あきれたもんだ。おびき出すというのは、言い訳だ。要するにルトーノーは試合を中止させることができないんだろう？　たとえ、危険が迫っていても」

「ネット上の漠然とした書き込みしか、根拠がないんですよ。場所を特定したわけでも、ワレンズタウンに言及したわけでもない。試合にもハムリンズにも触れていない。ポール本人が書き込んだとも、断定できない」

「きょうだと言っていたんだ」

「市長は試合をしろと言っている。後援会も、アル・マクファーソンも」

「ハムリンの正体を教えたのか？」

間があって「ええ。そうしたら、情報の出どころを訊かれた」

「出どころを明かすと、彼らはたわ言だと切り捨てた。そうだろう？　いずれ、彼らはこの問題に直面しなければならないんだ」

「でも、試合の前にはしない」

「くそっ。プレーンデール署は？　あそこは管轄区域だ。封鎖すればいい」

「ハムリンズは多数の町民を雇っているうえに、高額の税金を納めている。さっき連絡したところ、探知犬を使って爆弾を探させるそうです」

「プレメイドアに気づかれてしまう」

「こんなに早くに現場には行かないでしょう。あそこには身を隠す場所がない」

「爆弾がなかったら？」

「例年どおり、バスが来るし、父兄も大挙して訪れる。あなたも行ったんだから、忍び込むのが容易でないことは承知でしょう。とりわけ、フットボールの競技場はね。プレーンデール署が安全確認をしたうえで、人目につかないように署員を配置して待機します」

「バスが到着したときに――」

「プレーンデール署が安全確認しますよ」サリバンは繰り返した。「それに、その時点で決行する心配はまずない。試合があるからという理由できょうを選んだのなら、バスから降りてくる選手たちを狙ったりはしない。彼は新聞の第一面にでかでかと取り上げられたいんだ。フットボールの試合で銃を乱射するなんて、前代未聞ですからね」

サリバンは彼らを彼と言い換えていた。わたしを懐柔する目的だろうが、効き目はなかった。

「あまりにもリスクが高いんじゃないか?」

「安全が確認されるまで、選手は競技場に出しません」

「どうやって安全を確認するんだ」

「彼としては警察に身柄を拘束されるか、接近できないかのどっちかしかないんですよ。競技場に潜入するためには、雑木林を抜けて裏口にまわるしかない。プレーンデール署もわれわれも、そこに人員を配備します」

「ワレンズタウンの警官を? 気がついて逃げてしまうだろう」

「こういう大きな試合のときは、いつも署の車がバスをエスコートしていますから」

「警察の車が、はるばるプレーンデールまで?」

「ここはワレンズタウンです」

「きみはどうなんだ、サリバン。きみ自身はどう考えている」

マッチを擦る音が聞こえてきた。「わたしは警官で、元海兵隊員だ。これが作戦だと言われれば、遂行する」

これまでとは違うと、プレメイドアは書き込んだ。もっと派手で、すごい。反論する材料はもうなかったし、反論したところで誰も耳を傾けないだろう。気に入らない作戦だが、わたしは警官ではない。甥の行方を追っている、なんら権限を持たない男だ。なにかだいじなことをするために家出をした十五歳の甥。甥がなんらかのつながりを持っていると思われる、精神の均衡を失ったもうひとりの少年。その少年は大量殺戮を計画し、ひとりだと主張している。

自宅を出てすぐ、リディアから電話があった。「ごめんなさい。道場の早朝稽古に出ていたの。なにかあったの？」

わたしは事情を話し、途中で彼女を拾った。わたしを待っているあいだに買っておいてくれたコーヒーが、ありがたかった。

「着いても、きっと近くには行かせてくれないわよ」傍《かたわ》らでリディアがお茶を飲んで言った。

わたしは時速七十五マイルに加速して、SUVを追い越した。「あきらめて家に帰れっていうのか？」

彼女は鋭い視線を向けた。「わたしたちが行く目的をしっかり認識してもらいたいの。向こうで警察に〝引っ込んでろ〟と命令されても、誰彼かまわず殴りかかったりしないで。どんな行動を取るべきかをあらかじめ考えておくべきよ」

「ゲイリーはどこにいるんだろう」

「わたしに訊いているの？」

「当たり前だろ？　プレメイドアは、自分ひとりだと言ったんだ」

リディアは再びお茶を飲んだ。「ねえ、聞いて。わたしたちは彼を恐れ、プレメイドアと呼ぶ。でも現実は、ロッカーに閉じ込められ、弱虫とあざけられる存在なのよ」

「いまの状況もまた、現実だ」

リディアは膝の上の紙袋からバターロールを二個出し、ひとつを差し出した。わたしはびっくりして彼女を見た。

「食べないと、もっと機嫌が悪くなるんじゃない？」

そこで、受け取った。

「プレメイドアといっしょでないとすれば、ゲイリーがどこでなにをしようとしているのかはともかく、襲撃には関係がないということになるわね」

「ただし、ゲイリーでないならば」

「どういう意味？」

「プレメイドアの正体。これはスクリーンネームだ。ポール・ニーバーはほんとうにベア・マウンテンでキャンプをしていて、ハムリンズ襲撃を計画しているのが、ゲイリーだとしたら？」

リディアは目を丸くした。「そんなことをする理由は？」

「誰にわかる？　こうした企てをする連中は、常識で量ることなんかできやしない」

「でも、彼らには彼らなりの理由があったわ。ゲイリーにはそれが見当たらない」

「トリー・ウェズリーの件は？」

リディアは眉間に皺を寄せて考え込んだ。「うーん、どうかな。ゲイリーではないと思う」

「根拠は？」

「だって……あなたやほかの人から聞いたゲイリーの性格を考えると、とても……いいえ、とくに根拠はないわ。単なる勘よ。でも、ぜったいに当たっているわ」

そのあとは沈黙のまま、ひたすらプレーンデールを目指した。


ハムリンズの長い私道の入口に着いたのは、午前九時半だった。重たげな灰色の空が、のっぺりと競技場の上に広がっている。運転しているあいだに、二度ばかりぱらぱらと雨が落ちてきた。いまは雨も風も止んでいるが、上空で雲が動き、荒れた天候を予感させた。

プレーンデールの警官がひとり、私道を二、三フィート入ったところにある〝ハムリンズは競技を通じて人格を形成し、真の男を育成する〟と謳う看板の横に立っていた。手振りで停車を命じられ、窓の開閉ボタンを力まかせに引っぱたくと、わたしが口を開く前にリディアが身を乗り出して、警官に微笑んだ。わたしの腕を押さえておいて、ワレンズタウンの試合を観戦しにきたと告げる。警官はうなずき、慣れた様子で駐車場所を指示した。土曜日にハムリンズで駐車の割り振りをするのが、まるで通常業務であるかのようだ。わたしは警官に礼を述べ、リディアにも目顔で感謝して、指示された位置に車を停めた。

車を降りて周囲を窺った。道路を隔てた食堂や車の修理工場、倉庫の屋上と同様、ハムリンズの建物の屋上にも複数の狙撃手が配備されていた。私道を進んで建物正面の狭いほうの駐車場に行くと、プレーンデール警察の車が停まっていた。傍らに、金線が入った制服を着用した、肩幅の広い警官が立っている。十五ポンドほど体重過剰な男は、愛想よくにっこりした。「ずいぶん早い到着だ」

「駐車する場所を確保したくてね。大きな試合だと駐車場が満杯になってしまう」

「ふうん。ミスター・スミスだね。きっと現れると、サリバンが言っていた」

わたしは肩をすくめた。「近代社会というのは、住みづらいもんだ。秘密なんか、ひとつも持てやしない」

「わたしはマクフォール署長。サリバンも間もなく到着する。彼によると、きみに失せろと言ったところで時間の無駄らしい。おとなしくしている限りは、逮捕する必要はないとも話していた。もっとも、先日、暴行の被害届けが出されている」

「マクファーソンか」わたしは言った。「すっかり忘れていた」

「どうやらそのようだね。いまはきみにかまけている暇はないが、安心してもらっては、困る」

「心しておく」

「頼みがある。サリバンが到着するまで、わたしの目の届く範囲にいてくれ」

ニュージャージーのナンバープレートのついた、無印のカプリスに乗ったサリバンが到着したのは、それから三十分後だった。待つあいだに空はいっそう暗くなり、断続的に雨が落ちた。タイミングや俊敏性を試して練習を切り上げ、本番に備えてスタミナを残しておく試合前の選手のようだ。リディアとわたしは署長から少し離れたところで待った。トランシーバーで、あるいは直接部下と話し合うあいだにも、配備について指示を仰ぐ部下が入れ替り立ち替り訪れ、署長はおおわらわだった。プレーンデール署員が小型金属探知機を用いて、合宿中の選手、用具、ハムリンズの職員、調度などを順に調べていく。探知犬――プレーンデール署は二頭を所有していた――はサリバンの到着前に連れてこられ、捜索に向かった。建物、運動場、観客席、野球場、フットボール競技場が捜索されたが、なにも発見されなかった。

「早かったな。よくぞネズミ捕りに引っかからなかったものだ」わたしは車を降りてきたサリバンに挨拶した。

「わたしは取り締まる側ですからね。この人がこのあいだ話していた相棒?」

「リディア・チン。リディア、こちらがサリバン刑事」

「たいしたお荷物を背負い込んだものだ」と、サリバンはわたしのほうに顎をしゃくった。

「でも、彼のおかげでとても興味深い人々に出会うことができるわ」リディアの言葉に、サリバンはかすかに笑い、彼女と握手を交わした。

それからプレーンデール署長のほうを向いた。「やあ、ジョー。すべて順調ですか?」

「ああ、なにからなにまで。きみがワレンズタウンの指揮を執るのか?」

「間もなく署長がバスに同乗して到着します。それまでは、わたしが責任者です。だが、うちの署はあくまでも補佐で、主導はそちらでお願いします」サリバンは銃を携帯していなかった。わたしはジャンパーの下につけているが、サリバンが気づいたのかどうか、その態度から窺い知ることはできなかった。「ハムリンの反応はどうでした？」

「くたばれ、とにかく邪魔をするな、このクソ野郎とのたまった。おっと、失礼」と、リディアに謝って署長は続けた。「今回の騒ぎに妙に興奮しているようだった。わたしなら、縮み上がる。ハムリンときたら、クソでも食ったみたいな薄気味悪いニタニタ笑いを浮かべていた。どうも、失礼」再びリディアに謝罪した。

「ハムリンの身体検査はしたんですか？」サリバンが意外な質問を放った。

「誰も彼も、どこもかしこも調べた。施設内にたとえ玩具の拳銃一丁でもあったとしたら、遠慮なくケツをどやしてくれ。どうも失礼」

「捜索中のふたりの痕跡は？　雑木林の捜索は終わったんですか？」

「犬を使って調べた。ありゃあ、林ではなく湿原だ。クソいまいましい、おっと失礼――」

「いちいち謝ってくれなくてけっこうです」リディアが口を挟んだ。

リディアとわたしは、サリバンについて裏手へまわり、フットボールの競技場へ向かった。会話はなかった。競技場でいったん立ち止まって、新しく引かれたばかりの白線や、いっそうどんよりとしてきた空を背景に白々とそびえるゴールポストを眺めた。

「雨が降っても試合を中止しないの？」リディアが訊いた。

「ワレンズタウンが？」と、サリバン。

トラックを半周して観客席に向かう。「トリー・ウェズリーの司法解剖の結果が出ましたよ」

「それで？」わたしは訊いた。

「びっくりしないでくださいよ。死因は脳卒中だった」

「なんだって？」

「クリスタルメスです。過剰に吸引すると、そうなる場合もあるんです」

「だが、あざが――」

「殴られたことは、間違いない。誰かが怒って殴ったのか、あるいはマクファーソン少年の言うように、激しいセックスによるものかもしれない。徹底的な検査を依頼したので、結果が出るのが遅くなったんですよ。とにかく、死因は脳卒中だった。つまり、他殺ではなかった」

「では……」わたしは呆然として言葉に詰まった。「ゲイリーは？　ポールは？」

サリバンは肩をすくめた。

見上げると、いまにも自身の重さで破れて滝のような雨を降らさんばかりの、ぶ厚い黒雲が空を覆っていた。太陽に照らされてもいないのに、なぜか競技場の白線がまぶしい。

観客席下の空間に入り、競技場と裏のじめついた林とを隔てるフェンスに沿って歩いた。

「あの林から近づいて、フェンスの隙間から撃つつもりかな？」わたしは質問した。

「ほかに襲撃できる場所はありませんからね」

林はほとんどの木が葉を落とし、藪がうっそうと茂っていた。黒雲が空を疾走し、一陣の湿った風が吹きつけた。そのとき、藪の奥でなにかが動いた。「サリバン、あそこだ」わたしは懐の三八口径に手を伸ばした。

サリバンは体はいっさい動かさずに、素早くわたしの手首を押さえた。「プレーンデール署員です」と、冷静に言う。「探知犬を連れた、私服警官ですよ。あの周辺で一日中、警備に当たります。ところで、ふたりとも許可を持っているんでしょうね」

リディアはすでに銃を手にしていた。人間と犬の輪郭が見えてきた。「持っている」わたしは言った。

「いいでしょう。でも、今度手にしたら、押収しますよ」

「きみの管轄外だ」

「プレーンデール署の代理執行許可を、ジョー・マクフォールにもらっています」

「どうやら、聞きそびれたらしい」

「ええ。聞きそびれたんですよ」

雲がますます低くなり、間断なく風が吹きつけてきたが、雨はまだ降り出さない。車が次々に到着して、まばらに草の生えた原っぱに駐車する。息子の試合を見ようと、はるばるワレンズタウンから駆けつけた父兄、よい席を求めて早めに訪れた地元のフットボールファン。土曜の試合は、部外者がハムリンズの敷地内に入ることが認められるわずかな機会のひとつでもあり、ことにワレンズタウンとの試合はどうやら伝説となっているようだ。サリバンによると、席が確保されているスカウト連はもっとあと、試合開始直前に到着するという。

ワレンズタウンの十二年生たちの父兄が下級生の父兄を揶揄すると、彼らも負けずに今年こそはワレンズタウン始まって以来初めて下級生が大差をつけて勝つだろうと応酬する。どちらのチームにも息子がいる父兄は、困ったような笑みを張りつけて周囲をうろついていた。チームではなく、ひとりひとりの子供を応援しなくてはならない彼らは、チームが唯一ぜったいであり、己のためではなくチームのために尽くすことを旨とするハムリンズ並びにワレンズタウンにとって、許しがたい存在なのだ。

駐車場では、コーヒーやサンドイッチ、それにSUVから持ち出された小型コンロで焼いたハンバーガーやソーセージをテーブルに並べて、パーティーが始まった。昼前だが、ビールの六缶パックやフラスクに入れたウィスキーがまわされる。バスの到着は十二時、試合開始は一時の予定だ。

十代の少年の親に絶大な人気を誇るハムリンズでは、私服警官が人込みに紛れてフェンスや道路に沿ってぶらつき、歓迎されざる客である、ふたりの少年の捜索に余念がない。サリバンによれば、町ではプレーンデール署員並びに州警察がポールとゲイリーの写真を持って聞き込みにまわり、〝派手ですごい〟ことが起きる前に捜し出そうと努めている。

わたしもまた、サリバンとマクフォールの許可を得て、リディアと敷地内を歩きまわった。「スミスなら、ゲイリー・ラッセルを識別できます」サリバンは言ったものだ。「それに、彼女がついていれば、スミスが闇雲に銃を撃とうとしても、止めてくれる」十一時近くになって、マクファーソンのメルセデスが私道を上ってきた。警官の誘導を無視して、私道に近い一番いい駐車スペースに停める。あとから来た車の邪魔になるが、彼自身はいつでも帰りたいときに車を出すことができる位置だ。車を動かすように指示する警官の大声を無視して、彼はすたすたとハムリンズの正面玄関へ向かった。

「マクファーソンはどこへ行ったんだろう？」再びサリバンに会ったとき、わたしは訊いた。

「建物に入っていったが」

「トレーナーの控え室に、コーヒーとドーナッツが用意されているんですよ。特別席の観客、つまりＶＩＰへのもてなしです」

「先日ここでマクファーソンに会ったときは、ハムリンを絞め殺しかねない剣幕だった」

「ハムリンが少年たちを合宿に戻して以来、仲直りしたんです」

「きみが連行した子たちを？」

「ハムリンとしては、背に腹は代えられなかったんですよ。彼らが欠けてしまうと、ウェストベリーから補充しても、シニアチームが負けそうだから」

数分後、今度は義弟が到着した。指示された位置に停めて車を降り、ドアを叩きつけるようにして閉めると、どこにも行こうとせずに、ただ立ち尽くしていた。

「どうして、彼は来たのかしら」リディアが言った。スコットとは混雑した駐車場を挟んで、百ヤードほど離れている。こちらに気づいた様子はなく、この先も見つからずにすみそうだ。

「ぼくが彼の立場なら、来る。ゲイリーはこの試合を楽しみにしていた」

「何事もなかったようにゲイリーが現れて、試合に出ると期待しているわけはないわよね？」

「ほかにすることを思いつかないから、来たのさ」

その後しばらく経って、サリバンが休みなく視線を動かして群衆を観察しながら一直線に歩いてきた。わたしは足を止めて、彼を待った。

「あなたが正しかったようですよ」サリバンは言った。

「証人の前だよ。大丈夫か？　なにが正しかったんだい？」

「ステロイド。たったいま、連絡が来たんです。ライダーのオフィスで、ジップロックに小分けしたクレンブテロール、プリムボラン、アナーバーが大量に発見された」

わたしは啞然とした。「ライダーを連行したのか？　試合の前に？」

「いいえ」サリバンはあっさり否定した。「バスは十時にワレンズタウンを出発したんです。捜索令状と人員を用意しておいて、ライダーがいなくなると、ただちに捜索に取りかかった」

「コーチのオフィスの家宅捜索令状を発行する判事が、ワレンズタウンにいるとはね」

「ライト判事には娘が三人いて、息子はいない」

「きみはたしか、ライダーには明日まで手を出すことができないと言っていた」

「いいや、確たる証拠がない限りは、ライダーを連行できないと言ったんですよ。調べると、言ったはずです」

目と目が合った。彼のまなざしは落ち着き払っていた。「すまなかった」わたしは謝った。

サリバンは駐車場を見渡した。「バスが到着したら、ライダーを連れ出して話を聞きます。断っておきますが、試合の監督をさせないわけにはいかないので、ここでは逮捕しません。あなたの立てた、エクスタシーについての推測を彼にぶつけて、反応を見てみます。そして今夜、彼がワレンズタウンに戻ったときに逮捕します。そのあと」唇の片隅を上げて、にやっとする。「退職しようかな」

ワレンズタウンのバスが群衆の歓声を浴びて、駐車場に入ってきた。一週間前からここにいる十二年生は、ハムリンズの規則により、父兄との面会は合宿終了後になる。彼らは現在、競技場に付属した屋内練習場でウォーミングアップやランニング、新しいフォーメーションや覚えたばかりのプレーの復習などに勤しんでいる最中だ。おそらく数人は、曇天の戸外に出ずに屋内に留まっていることをいぶかしんでいるだろうが、フットボール選手とはコーチの指示に忠実なものである。

ライダーコーチが真っ先にバスを降り、号令をかけた。真面目くさった厳しい面持ちの十年《ソフォ》生《モア》、十一年《ジュニア》生が整然と続く。父兄は拍手喝采を浴びせながらも規則をわきまえており、脇目も振らずに荷物入れから用具を取り出す息子に近づく人は、ひとりもいない。選手は一団となって、ハムリンズの正面玄関に吸い込まれていった。

彼らを眺めながら、リディアは言った。「ハムリンの考えは、当たっているのかしら。この人たちはハムリンの正体を知っても、息子をここに来させると思う?」

わたしは、昨夜コンクリートランプの下部に倒れていた少年を思い浮かべた。「うん、思う」

雨が落ちてきた。あちらこちらでレインコートやポンチョが取り出され、煙を上げるコンロの上に傘が差しかけられた。けたたましい声を上げて、サンドイッチを持った人が車に駆け込む。そして、パーティーは続いた。リディアとわたしは、ジャンパーのジッパーを上げた。彼女は赤い漢字が記されたグレーの野球帽を、ポケットから出してかぶった。

「なんて書いてあるんだい？」

「〝真実はひとつ、到達する途は数多〟。従妹のドリーンが作ってくれたの」

十二時きっかりに、ハムリンズのトレーナーが競技場の金網のゲートを開けた。観客がぞろぞろと列を作る。プレーンデール署員によるピクニックバスケット、クーラー、バックパックの検査が行なわれ、スタンドはゆっくり埋まっていった。観客は警官にジョークを飛ばし、目玉をくるりとまわして顔を見合わせて言い合った――最近はどこも警備がうるさいからね。ハムリンはとっつきにくい男だけれど、コーチとしてはたいしたもんだ。ようやくゲートを通って観客席に納まった父兄たちは、雨に濡れて光る傘やポンチョの下でそれぞれの息子の健闘を期待して待った。

そして、ついにポール・ニーバーが発見された。これまでの彼の人生を象徴するように、人人の関心の的からほど遠く、助けも退路も期待できない場所で。

27

ゲートが開いておよそ二十分後、リディアがそっと腕をつついた。「なにかあったみたいよ」

わたしは彼女の視線の先を追った。プレーンデール警察署長、ジョー・マクフォールの前に警官が三人集まっている。署長は無線で交信し、三人の警官に話しかけた。ひとりは署長のもとに留まり、あとのふたりがいよいよ激しくなった雨を突いて車に向かって走る。

「サリバン！」わたしは声を上げ、走っていく警官を指差した。ちょうど正面玄関から出てきた彼は、三十フィート先にいるマクフォールに大声で呼びかけた。署長の返事を聞いて手を上げ、すたすたとカプリスに向かう。プレーンデール署員に二言、三言話しかけてドアを開けた。

リディアとわたしはぬかるんだ駐車場を走ってカプリスに駆け寄った。

サリバンが車に乗り込み、エンジンをかける。わたしはドアを押さえた。彼は顔を上げ、一拍置いて言った。「ふたりとも見つかった。あなたになら、話すだろうか」

「なんだって？」

「ゲイリーとポール。行動をともにしているんです。ゲイリーはあなたになら、話をするでしょうか」

「するとも」

「乗ってください」

サイレンが咆哮し、プレーンデール警察の車に赤と青の回転灯が点った。サリバンはパトロールカーとマクフォールが乗った車両とのあいだにカプリスを割り込ませ、突っ走った。「二マイル先のモーテルです」

途中の道筋は雨にそぼ濡れ、とりわけ陰気くさかった。古ぼけたショッピングモール、職業訓練所、空き地に商品を山積みにした配管工事用品店、いつペンキを塗ったのかわからない木造家屋。サリバンに尋ねた。「ライダーコーチが情報を提供したのか?」

「ライダーが? いま吐いたのかという意味ですか? いいえ、失せろと言ったきり、あとは知らぬ存ぜぬですよ。ステロイドやエクスタシーのことも、ポールとゲイリーについても。わたしが揺さぶりをかけて、監督ができなくなるようにしていると思ったようで、十二年生《シニア》の勝利に賭けた金はドブに捨てたと思ってあきらめろときましたよ」

「そのどこまでが真実なんだろう」

サリバンがちらっとバックミラーを見た。「金は下級生チームに賭けました。配当がいいから」

着いたところは、ハーフムーン・モーテルという、界隈に似合いのモーテルで、アスファルトのひび割れた駐車場の三方を、二ダースほどのうらぶれた客室が囲んでいた。オフィスは平屋のコンクリート建築。でこぼこになった看板のピンクのネオンが、ジージーと低い音を立てている。先に到着したプレーンデール警察の車二台のうしろで、銃を持った警官が中腰になって待機していた。あと一台は横向きに駐車して、私道の出口を塞いでいる。民間人の車も三、四台見受けられ、いずれも番号を振った白いドアの前でコンクリートの車止めに寄せて停められていた。

サリバンは歩道に車を乗り上げ、プレーンデール警察の先導車の横に停めた。赤と青の光線を撒き散らすプレーンデール警察の車に加え、かなたからサイレンの音がいくつも近づいてくる。マクフォールは道端に車を置いて、降り立った。肌の浅黒い小柄な女が彼に走り寄った。紺の雨合羽の背中に、〝警察〟の白文字。

ふたりのところへ行くと、「六号室です、署長」と報告する彼女の声が聞こえた。帽子のつばから雨を滴《したた》らせ、向かいに並んだ客室のひとつを身振りで示す。「ニーバーは二晩宿泊しています。今朝早くに外出し、もうひとりの少年を伴って一時間ほど前に戻ったそうです」

「誰が見たのかね？」

「マネージャーです。スパーノがふたりの写真を持って聞き込みをしていました。あまり期待しないで寄ったところ、ニーバーの写真を見るなり、宿泊客だと認めたそうです」

「接触は？」

「していません。命令に従って、一帯を封鎖しました」

「ほかの宿泊客の避難は終わったのかね？」

婦人警官はかすかに微笑んだ。「たいした人数ではありませんでしたから」

「よくやった、ハイデン。ふたりは間違いなく室内にいるんだな？　部屋の明かりが点いていない」

「何者かが、先ほどからカーテンをわずかに動かしてはもとに戻しています」

マクフォールはピンクのコンクリート建築に視線を移した。「オフィスには誰がいる？」

「ガルディーノです。マネージャーは機器の使用法を説明して、避難しました」

マクフォールはうなずいた。リディアとわたしを見て、親指を上げて指し示し、サリバンに訊いた。「このふたりは、どうする？」

「彼は伯父です。ゲイリーはスミスになら、話をするかもしれません」

「父親がハムリンズに来ているのではなかったのか」

「いま捜しています。ここに連れてこさせます」

「ニーバーの家族は？」

「ワレンズタウンです。警官を迎えにやりました」

「必要とあれば、家族を電話に出すことはできるか？」

サリバンは肩をすくめた。「手配します」

「きみのところの署長は？」

「観客席にいました。こちらに向かっています」

わたしは顔の水滴を拭った。ハイデンが背後の道路を指差す。「技術班が到着しました」

なんの変哲もない青のエコノラインが、わたしたちの横に停まった。完全に止まりきらないうちに、うしろのドアが勢いよく開く。アロハシャツを着た金髪の青年が、電子機器を積んだ棚に囲まれて座っていた。電気コードがくもの巣のように数多の箱、スピーカー、モニターのあいだに張り巡らされ、ダイヤルやボタンの数字が赤い光を放っていた。

「やあ、署長」青年はにっこりしてマクフォールに挨拶した。「なにをすればいいんです?」

「電話の接続だ。あとは録音テープの用意。車内のスピーカーも頼む」

青年はコードを持って車から飛び降り、中腰になってパトロールカーの陰を伝ってオフィスに入った。やがて戻ってきたときは、全身から水を滴らせていたが、まったく無頓着な様子だ。車内に入って、ダイヤルやボタンをいじくって調整する。マクフォールが声をかけた。「おい、ハミルトン、そのアロハシャツを消すスイッチはないのか?」

「せめて服だけでも晴れやかにと思って着ているんですよ。さて、完了だ」と、ボタンを押す。

「ガルディーノ」と、エコーのかかった声が車内のスピーカーから流れた。

「マクフォールだ、ヴィンス」署長は、アロハシャツの青年が差し出したレシーバーを受け取って言った。「準備完了だ。六号室への接続は問題ないな?」

「はい」オフィスの窓で、手が振られた。

タイヤが水を切る音が聞こえた。回転灯を点した、ワレンズタウンとプレーンデールの警察車両が、猛スピードで近づいてくる。各ブロックの角にパトロールカーが一台ずつ置かれ、非常線を張っていた。非常線を隔てて、消防車と救急車が各一台。一番乗りしたテレビ局の中継車を降りたレポーターやカメラマン、音声係が、なだれを打って走り出し、非常線を越えた。

警官ふたりがマクフォールに命じられ、彼らを制止して道路の反対側の歩道へ導いた。

「プレーンデール警察は、前にも経験があるような対応ね」と、リディアが話しかけてきた。

それを小耳に挟んで、マクフォールが顔を向けた。「日頃から訓練しているんですよ。不意を衝かれたリトルトン警察の轍《てつ》を踏まないように」

狙撃手がひとり、新たに到着したプレーンデール警察の車を飛び出して、モーテルのオフィスめがけて中腰の姿勢で走っていく。もう一台の車から、運転手役のワレンズタウン警察の若い警察官と助手席にいたルトーノーが降り立った。そして、後部座席からは義弟とアル・マクファーソン。

「やあ、署長」マクフォールはルトーノーを迎えた。「この人たちは？」

「彼はゲイリー・ラッセルの父親」ルトーノーはスコットを指差した。それから肩をすくめて言った。「こっちは、アル・マクファーソン。われわれの町の重要人物さ」

マクフォールは眉間に皺を寄せた。マクファーソンは険しい顔をしたが、ルトーノーにひと睨みされて沈黙を守った。スコットが語気鋭く詰め寄った。「いったい、どうなってるんだ。息子はどこにいる」

「あのなかですよ」マクフォールが答えた。「そこの車の陰に入って、指示が出るまでじっとしていてください」

「おい、誰に向かって――」

「スコット」ルトーノーが声をかけた。スコットはむっつりして口を閉じた。雨に濡れたその顔は、怒りで赤く染まっていた。周囲を見まわし、わたしに目を留める。

「なんだって、こんなやつが――」

「スコット」ルトーノーが再度声をかける。「黙ってろ」

わたしはスコットの視線をとらえた。そこにきのうと同じ、燃え盛る炎を認めると、全身がかっと熱くなった。彼に背を向けて、冷たい雨が降りしきる駐車場を挟んだ、彼の息子がいる部屋の窓を凝視した。

「つい先ほど、電話回線の接続を終えた」マクフォールがルトーノーに告げた。「話してみますか?」

サリバンが言った。「わたしが話します。ふたりともわたしを知っている」

ルトーノーがうなずき、サリバンはレシーバーを取った。電話が空しく鳴り続ける。マクフォールが車に上半身を差し入れ、メガホンを取り出した。サリバンがそれを取って、「ポール、ゲイリー」と静かに呼びかけた。間断なく建物や街路を叩く雨のなかに声が響く。「サリバンだ。電話に出てくれ」彼は間を置いた。電話が鳴り続ける。「ゲイリー、お父さんと伯父さんが来ている。電話に出てくれ」

雨が小降りになった。電話の音は止まらない。サリバンは再びメガホンを手に取った。「プレメイドア、われわれと話をしないと、こちらから行くぞ」

六号室のドアの横のカーテンがわずかに動いて、すぐにもとに戻った。サリバン、マクフォール、ルトーノーが顔を見合わせる。マクフォールが巡査部長に話しかけようとした矢先に、電話の音が止んだ。誰もがヴァンを振り返るなか、サリバンひとりは顔を動かさず、部屋に視線を据えたまま受話器を上げた。若い声がヴァンの車内に響き渡った。「ポールだ、ポール・ニーバー」こんな状況であっても、誰にも認められないことを恐れているのか、繰り返す。「メキシコに行きたい」

サリバンの姿勢も表情も変化しなかった。「出てきなさい、ポール。話し合おう」

「嫌だ！　いますぐ手配しろ！　空港までのヘリコプター、メキシコへ行く飛行機を用意しろ」

「話し合おう、ポール」

「話し合う？　やなこった。ぼくがそんなバカだと思うのか？　車のうしろに何人も隠れているじゃないか。ちゃんとわかっているんだ。出ていったら、撃つんだろう」

「誤解だ。話し合いたいんだ。だから、出てきてくれ」

「でたらめだ！　みんな、嘘つきだ！　メキシコに行かせろ」

「ゲイリーはどうなんだ？」

「ゲイリー？」間が空いた。風向きが変わるとともに、雨が再び激しさを増す。「どうでもいいだろ。ああいうやつは、なんでも望みが叶う。ぼくみたいなのは、銃がなくてはなにも手に入らない。だけど、いまは銃がある。知ってるか、サリバン？　銃があるんだ」

「知っているよ、ポール」

あざけるような声が返ってきた。「〝知っているよ、ポール〟バカ野郎！」

銃声とガラスの割れる音が、雨音を圧した。全員が地面に伏せ、警官隊が銃を掲げる。マクフォールの大声が、メガホンを震わせた。「待て、撃つな！」

雨音だけが響く。プレーンデール警察の車のうしろでしゃがんでいたリディアとわたしは、顔を見合わせた。彼女がわたしの手を包んだ。警官隊が互いの無事を確認し合う。六号室から発射された銃弾は見当違いの方向へ飛び、誰にも命中していなかった。先ほどカーテンが動いていたあたりの窓が割れ、鋭い破片にピンクのネオンが反射していた。再び、ポールの声。

「わかったろ？　本気だって、わかったろ？　さっさと飛行機を用意しろよ、サリバン！」

サリバンは立ち上がり、六号室に話しかけた。「ゲイリーと話がしたい」

「ゲイリーを撃つぞ」

割れた部分から吹き込んだ風が、カーテンを翻《ひるがえ》す。わたしは凍りつき、動くことができなかった。

「ポール、そんなことをしてはいけない」サリバンは冷静に話しかけた。「まだ、誰も傷ついていない。話し合って解決しよう」

「傷ついていない？　トリーはどうなんだ？」ポールの声はうわずり、早口になった。「彼女は数に入らないのか？　フットボール部員《ジョックス》の取り巻きに入れなかった。きれいじゃなかった。だから数に入らないのか？」

「むろん、入るよ、ポール」

「入るわけないんだ！　彼女のことなんか、どうでもいいんだ。だけど、ぼくを疑っている。

そうだろ?」

「疑っていないよ、ポール」

「嘘つけ。ジャレッドと同じだ。みんながジャレッドのせいにした。彼はやってないって言ったのに、誰も信じなかった。だから自殺したんだ。そして今度は、ぼくを疑っている。そのくらい、わかっていた。わかっていたんだ」

「疑っていないよ、ポール」サリバンは繰り返した。

「嘘だ! もう、どうでもいいんだ、そんなこと。だけど、ぼくは自殺なんかしてやらない。バカ野郎。ゲイリーを殺す。みんな殺してやる」

「ポール、人殺しなどするな。誰もトリーを殺してはいない。彼女の死因は、薬物の過剰摂取だった」

沈黙が落ち、雨音だけが聞こえた。「嘘だ! そんなでたらめを信じるもんか! バカにするな!」スピーカーから血を凍りつかせるような、けたたましい笑い声が流れ出した。「みんな、クズだ――」

「ほんとうなんだ、ポール。出てきたくないのなら、そこにいなさい。わたしがそちらへ行く。部屋で話し合おう」

「やなこった! もし――」突然、声が途切れた。早口に口論する声が聞こえてきたが、具体的な言葉までは聞き取れなかった。それも止んだ。口論が続いているとしても、吹き荒れる雨と風に阻まれて、なにも聞こえなかった。

ポールが張り詰めた声で言った。「ゲイリーの伯父ならいい。ビル・スミスだ。そこにいるんだろう？」

「いるよ」

「彼なら、来てもいい」

「ゲイリーの父親も来ている」

スコットがサリバンの持っている電話を奪い取ろうとしたとき、ポールが言った。「駄目だ！　伯父だ」

サリバンは受話器を下げ、わたしを見た。

わたしはうなずいた。

マクフォールが言った。「いかん。警官の役目だ」

「引っ込んでろ」わたしは言って、一歩進み出た。マクフォールが手を伸ばす。リディアがマクフォールの前に身を滑り込ませた。サリバンが妨害したのであれば、マクフォールは彼を押しのけ、必要とあれば殴りもしただろうが、小柄な中国人女性とあって、一瞬ためらった。その隙をとらえて、わたしは車の陰を出た。マクフォールの手の届かないところまで行って、振り返る。追ってくることもできる距離だ。わたしは目で警告した。なにがあっても、止めさせはしないと。彼は唇をきつく結び、その場に留まった。わたしは駐車場を歩き始めた。

「銃は持ってくるな！」背後のヴァンのなかで、スピーカーががなった。「だますなよ！　ごまかされないからな！」

わたしは即座に足を止め、ジャンパーのジッパーを下げた。雨がシャツを濡らす。左手でジャンパーの前を大きく広げ、ショルダーホルスターに差してある三八口径を右手でゆっくり抜いて、アスファルトの上に置いた。ジャンパーを脱いで武器を隠していないことを示し、それも置く。両脇を開いて腕を伸ばし、冷たい雨に打たれながら、窓の割れた部屋へ向かった。

戸口に着くと、ドアが開いた。ドアを開けたのは、ゲイリーだった。車の陰で待機している警官隊や、オフィスの屋根に配備された狙撃手にも、その姿は一瞬見えただろう。わたしは室内に入り、薄暗いなかで目をしばたたかせた。照明は点っていない。割れた窓から吹き込む寒風をもってしても、カビとマクドナルドの臭いをじめついた空気から消すことは叶わなかった。

ゲイリーがわたしの背後でドアを閉めると、ポールが姿を現した。裾が切りっぱなしのカーゴパンツと薄汚れた黒のTシャツを身につけた痩せっぽちの少年は、ライフルをわたしに向けて、壁に立てかけたマットの陰から進み出た。

「ポール」わたしは言った。

「安心しな、ポール」と、ゲイリー。汗と埃で汚れた土気色の顔、過労を物語る両目のくま。見るも哀れな有様だ。四日前にわたしが与えたTシャツとジーンズを着ている。「ビルおじさんだよ。おじさんが、助けてくれるさ」

「ふん、おまえみたいに?」ポールは苦々しげに吐き捨て、ライフルを下ろさなかった。

「助けようとしたんだ。ごめん」

「いまさら後悔したって、遅いだろ。教えるんじゃなかった。試合に出て、あいつらといっしょに吹き飛ばされちまえばよかったんだ」目が血走り、乾ききった唇がひび割れている。銃を掲げたものの、手が震え、足がふらついていた。

ゲイリーは、家を遠く離れた、ひとりぼっちの子供のような目を、わたしに向けた。

「ポール、どういう事情があるのか知らないが、いまならまだあと戻りできる。銃を下ろしなさい」

「それだけ？　それが、助けるってこと？　メキシコに連れていってくれると思ったのに。出てけ！」

「きみはパーティーのあとで、トリーを発見した。そうだね？」わたしは淡々と言い、同情や懐柔と取られそうな口調を努めて避けた。「きみは車のなかで様子を見ていた。約束したクスリを用意できなかったと知ったら、フットボール部員にひどい目に遭わせられるのではないかと、心配したからだ。彼女を発見し、部員のひとりが殺したと、確信した」

「トリーはわかっていなかった」ポールは声を詰まらせ、地団太を踏んだ。「フットボール部員は彼女のアシッドを買った。だから、好かれていると思った。ロッカーに閉じ込めないし、便器に顔を突っ込んだりもしない。だから、友だちだと思った。そして、友だちだから殺したりしないと思っていた」

「ポール。部員は誰も彼女を殺していない。さっき、司法解剖の結果が出た。トリーはクリスタルメスの過剰吸引によって、脳卒中を起こしたんだ」

「脳卒中？　そんなわけあるか。それって、うちの祖父《じい》さんの死因だぜ。バカにするのも、い

「いい加減にしろ」

「バカになど、していない。きみはふたつの州の警察の追跡を何日もかわし、武器を調達した。計画を立て、いままでは成功していた」わたしはサリバンに倣っておだやかにゆっくり語りかけ、それによってポールが落ち着きを取り戻し、冷静になることを望んだ。「トリーや、あの晩のことを詳しく教えてくれないか。彼女はエクスタシーをどこで手に入れるつもりだ?」

突然、雨が吹き込み、あおられたカーテンが水滴を撥ね散らしてみすぼらしいカーペットを水浸しにした。ポールはびくっとして、そちらに目をやった。唇を噛み、堰を切ったように言い募った。「手に入らなかったんだよ! だから、あんなことになったんだ。わからないのか! 手に入らなかったんだ!」

「うん、それは承知している。でも、どこで手に入れるつもりだったんだ?」

ポールはゲイリーに視線を移し、唇をなめた。わたしは内心で祈った。動くな、ゲイリー。なにも言うな。まばたきひとつするな。ゲイリーはわたしに倣《なら》ったのか、あるいは本能に従ったのか、完璧に静止していた。ポールは言った。「どうせ、嘘つきだって言うに決まっている」

わたしは訊いた。「ライダーコーチだろう?」

ポールは目を丸くした。「知ってたのか? 知ってたのかよ」

「ステロイドの件が、さっき明らかになった」わたしは、口を開こうとしたゲイリーに目配せをした。ポールに質問した。「トリーは、どうやってステロイドのことを知ったんだい?」

「この間抜けが話したんだ」ポールが言うと、ゲイリーの目に苦悩の色が浮かんだ。「この脳たりんが、彼女に悩みを打ち明けたんだ」ポールはゲイリーの口真似をして、あざけった。「悩んでいたから、誰かに相談したかった。はっ。甘ったれのフットボール馬鹿が!」

「なにを悩んでいたんだ?」

「知るわけないだろ!」

わたしはゲイリーを見た。

「ぼく……ライダーコーチは、ぼくにステロイドを使わせようとしたんだ、ビルおじさん。コーチは……ぼくを脅した。シーズン前の練習で。それで、誰かに相談したかった」

「なぜ、両親に相談しなかった」

ゲイリーは首を横に振った。「そうしたら、コーチが……そんな問題を起こしたら、クビにされるんでしょう?」

わたしはゲイリーをしばし見つめたのち、ポールに話しかけた。「エクスタシーのほうは?」

「彼女はほんとに愚かだった」ポールは半泣きになった。「知っているとコーチに言えば、うまくいくと考えたのさ」

「脅迫したのか?」

ポールは唾を呑み込んで、うなずいた。「パーティー用のエクスタシーを手に入れてくれたら、あんたのしたことは誰にも言わない。コーチに、そう持ちかけたんだ。彼女がいつもアシッドを買っている男はエクスタシーを都合できなかったけど、コーチならもっといいツテを持っていると思って」

〝トリー・ウェズリーはなにを手に入れた？〟わたしは暴漢の言葉を考えた。「彼女はコーチに、なんて言ったんだ？　具体的にどんな言葉を使ったんだね」

「なんか、すごく思わせぶりだった。やましいところがある人には、知っていると言うだけで、じゅうぶんなんだ。どんなことを知っているかを言う必要はない。そのほうが、相手はもっと心配になる。そう話していた。つき合っている部員から、あんたのしたことを聞いたと、彼女はライダーに言った。そうすれば、あいつがびびると踏んだんだ。ライダーコーチみたいなやつが、野暮くさい女の言うことなんか、気にかけるわけないじゃないか」

ところが、彼は気にかけた。「ポール」わたしは慎重に言った。「きみがこの話をすれば、ライダーコーチの責任を追及することができる。ぼくといっしょに来てくれ。必ず、きみを助ける」

うまくいきそうだと、一瞬安堵した。ポールはもじもじさせていた足を止め、信頼するような表情を浮かべて、わたしと目を合わせた。その目をゲイリーに向ける。突如、目つきが変わり、なにかを不意に思い出したように、顔を曇らせる。「プレメイドア！」金切り声を上げ、ライフルを振りまわしてゲイリーに狙いをつけた。「なんで、あいつらがプレメイドアのことを知っている？　おまえがチクったんだ。それでも友だちか？　どうなんだよ、ゲイリー」

「違う」わたしは言った。ポールはわたしに目を向けたものの、銃は動かさなかった。「ゲイリーは誰にも話していない。きみの名前など、一度も出していない。ゲイリーの行方がわからないので、ぼくは捜索を始めた。そして、ゲイリーのコンピューターをハッカーに調べさせた」

ポールのコンピューターも調べさせたことは、伏せておいた。「きみのスクリーンネームを発見したハッカーは、その意味を知っていた。ぼくはきみの家を訪問し、きみの部屋を見せてもらった」

「へええ、そいつはすばらしい。あんたはゲイリーを捜し、ゲイリーはぼくを捜していたってわけか。恐れ入ったよ！」

わたしはゲイリーに目を走らせた。「なるほど、そういうことだったのか。おまえはポールを捜していたんだな」

ゲイリーはうなずいた。

「なんでだよ？」ポールは駄々をこねる幼児のように、叫んだ。「なんでふたりとも、ぼくを放っておかなかった！」

わたしはゲイリーに言った。「この計画に加わりたかったのか？」

「加わる？」ゲイリーは唖然とした。「違うよ。ポールを止めようとしたんだ」

「計画を知っていたのか？」

ゲイリーは首を横に振った。「予感がしたんだ。はっきりとはわからなかったけれど、なんとなく。日曜の夜、ポールは電話をしてきた。そして、ハムリンズの試合に出るなと言った」

「フットボール部員なんか、最低だ」ポールがかすれた声で罵った。「こいつも、その仲間入りをした」と、唇を歪めて笑う。「でも、最初はいいやつだった。ぼくにつき合ってくれた。知る前は」

「なにを知る前？」

「わからないのか、ど阿呆！」と、ひとしきり地団太を踏む。「誰も、ぼくとつき合わない。ぼくが鈍《どん》くさくて、かっこ悪いからだ。コートでは、みんながボールをぶつけるし、ランチルームではコーラを頭からぶっかける」

「おまえもやったのか？」わたしはゲイリーに訊いた。

ポールが答えた。「こいつはそんな意地悪はしなかった。だから、警告してやったんだ。越してきたばかりのときは、友だちだった。つき合っていた。だから、ゲイリーには話したんだ」

ゲイリーは無言だ。両手がしきりに動いて、彼の思いを代弁しようとしていた。

「スティング・レイのこともか？ それもゲイリーに話したのか？」

「なんだよ。なんで、あいつのことを知っている？」

「彼は先日、逮捕されて」逮捕は今回の件と無関係であるように、匂わせた。「プレメイドアと名乗る人物に銃を売ったと、供述したんだ」ゲイリーに向かって言った。「おまえが界隈で目撃されていた」

「ぼくはポールを捜していた。スティング・レイのところに行こうとしていたら……警察に捕まって、おじさんに迎えにきてもらったんだよ。でも、あのあたりというだけで、詳しい住所を知ってたわけじゃない。だから、結局あいつを見つけることはできなかった」ポールを見て言う。「きみと話し合いたかったんだ」

「前みたいに？　フットボールの練習が始まる前みたいに？　練習が始まって、つき合ってもいいやつといけないやつの区別がつくようになると、ぼくの電話番号なんか忘れたようなふりをしたくせに」

ゲイリーはうなだれ、それから顔を上げた。「だって、新入部員だったから」

「だけど、こいつは一度も意地悪をしなかった」ポールが言った。「スケートボードだって、取り返してくれた」目に浮かんだ涙を振り払う。「だから、思ったんだ。一回だけ、チャンスをやろうって。そしたら、どうだ。見ろよ、このザマを！」銃を左右に振って、室内や割れた窓、カーテンを赤と青に染める光線を指す。

わたしはゲイリーに言った。「どうして、話してくれなかったんだ。どうして、ポールを捜す手伝いをさせてくれなかったんだ」

「だって、おじさんや」ゲイリーは言った。「誰かに話したら、ポールがたいへんなことになってしまうもの。それに……ポールがこんなことを考えたのは、ぼくにも責任がある。でも、ポールを見つければ、説得できると思ったんだ。告げ口はしたくなかった。父さんは……告げ口は、最低だって。父さんはいつも言っていた。告げ口は最低だって」

ポールは、涙か、それともほかのなにかを振り払いたかったのだろうか、頭を左右に激しく振った。ゲイリーはポールに懇願するように語りかけた。「なあ、わかるだろ？　みんな、きみを待ち構えていたんだ。全部、ばれていたんだ。今朝、ぼくが見つけなかったら、撃たれていたんだよ」

「へえ？」ポールの顔は涙で濡れていた。もう涙をこらえようとはしなかった。「それで？いまはどうなんだ？　もう撃たないのか？」

「撃たない」わたしは言った。「いま出ていけば、撃たないよ」

「出まかせだ！」ポールは怒鳴った。「みんなあそこで――」

「ポール」わたしは語気を強めた。「ポール、銃を置きなさい。いっしょに行こう。警察に、出ていくと伝え、撃たないように言う。ぼくが先に出る。きみを撃ちたいと思っている人などいないよ、ポール。ほんとうだ」

ポールはわたし、ゲイリー、室内、カーテンの外で回転する光と視線を移していった。がりがりに痩せ、Tシャツの下にあばら骨が浮き、ライフルを掲げた両腕の肘がごつごつと突き出ていた。重いライフルを長時間持っていたために、腕がわずかに震えている。

「外には誰がいる？」ポールは言った。

「ジム・サリバン、ルトーノー署長。プレーンデール警察署長のジョー・マクフォールもいる。警官隊の大部分はプレーンデール署員だ」

「記者たちは？」

「何人か来ているよ。声明を出したいのか？」

彼はわたしを長々と見つめたあと、唾を呑んで、うなずいた。

「わかった」わたしは言った。「外に出て、最初に報道関係者に話をしなさい。それから、サリバンかルトーノー、あるいはきみが希望すれば、マクフォールでもかまわないから、事情を説明するんだ。ぼくが付き添う。最初から最後まで、いっしょにいる」

ポールは再びうなずいた。

「電話をしてもいいね？　こちらの計画を伝える」

「銃は持ったままでいる。記者と話をしたあとで渡す」

「ポール――」

「あとだ！」

「いいだろう」わたしはゆっくりとデスクに向かい、受話器を上げた。「サリバン？」

「はい」ただちに返答があった。「どんな具合です？」

「大丈夫だ。これから出ていく」受話器を通して、ヴァンのなかでエコーする自分の声が聞こえた。「ポールが報道陣に声明を出したがっている。そのあとで、警察に事情を説明する」

「裏はないんでしょうね？　それともポールを引っかける罠ですか？」

「裏はない。だが、ポールはライフルを所持していて、報道陣との話を終えるまでは、持ったままでいる」

「冗談じゃない。武器を持たずに、出てきてください」

「ゲイリーは丸腰だ。でも、ライフルに関して説得の余地はない」

間が空いた。「では、片手で持って銃口を下に向けるという条件で」

ポールに伝えると、彼はゆっくりうなずいて銃を下げた。

「用意ができた」サリバンに言った。「ぼくが先に出る。ふたりはあとに続く」

再び短い間。それから、サリバンは告げた。「いつでもけっこうですよ」

わたしは受話器を置いてドアを開けた。うしろを振り返った。一瞬、ふたりとも大きな犬か物音に怯えた子供のように、凍りついていた。ゲイリーが頭をひと振りして、わたしのほうへ歩き出す。ポールもそれに倣い、三人揃って激しい雨のなかに出た。

わたしはいまでも、そのあとに起きたことを振り返っては、ああすればよかったのだろうか、こうすればよかったのだろうかと、自分の犯した過ちを探すときがある。見逃したわけではない。警官隊の後方に立っていたアル・マクファーソンが、上着の下から拳銃を出したとき、赤と銀の光が閃くのを見た。銀は銃、赤はそれを頭上に掲げたときに反射した光の色だ。二発の銃声も聞こえた。わたしの反応が鈍かったわけでもない。ポールがあわてふためいてライフルを掲げた瞬間に、彼に飛びついた。ポールはバランスを失い、銃弾はアスファルト面を直撃した。〝撃つな〟と大声で叫びもした。だが、時すでに遅く、応戦する銃弾がうなりを上げ、雨を切り裂いた。あとのことはスローモーションのように、頭に焼きついている。驚くほどに美しい軌道を描いて、四方八方から飛んでくる銃弾。克明に耳に残る、銃声の一発、一発。狙いを定めて発砲する、中腰の姿勢を取った警官、オフィスの屋上に陣取った狙撃手のひとりひとり。マクファーソンは二度と引き金を引かずに、じっとたたずんでいた。ポールをつかもうとした手は空を切り、なかに残ったのは雨だった。彼は悠々とわたしをかわし、夢にも思わなかった力を発揮して、ゲイリーに体当たりした。優雅なダンスを踊るように、体をよじって倒れるゲイリー。ポールはよろけたものの、足を踏ん張った。

ポールをめがけて跳躍すると、飛行しているかのように、体はいつまでも宙に漂った。ポールを抱きしめ、ともに地表に落ちていった。放すまいとするわたしの手を振りほどき、ポールはライフルの台尻を振り上げ、わたしの頭に叩きつけた。

火花と激痛が意識を占領した。無理矢理に目の焦点を合わせると、スイッチを入れたように、時間の流れがもとに戻った。

ポールは横ざまに転がって、離れていった。そして狙撃手のようにアスファルト面に腹這い、矢継ぎ早に引き金を絞る。プレーンデール警察の車の窓が粉々に割れ、ガラス片がダイヤモンドのごとくに飛び散った。

わたしはポールに手を伸ばした。彼はライフルをわたしに投げつけ、立ち上がった。

「バカ野郎!」絶叫が、猛り狂う風に乗って流れる。「くそったれのバカ野郎! プレメイドアは不滅だ!」立て続けに鳴る銃声。ポールはよろめいたものの、立ち続けた。濡れそぼったカーゴパンツのポケットから、手榴弾を取り出す。手に入れていたのだ、何者かが売ったのだと驚嘆しながらも、飛びついた。わずかに及ばなかった。ポールは片膝をつき、歯でピンを抜くと、完璧な弧を描いて放り投げた。細い腕からは想像できないほど、遠くまで飛んでいく。警官隊があわてて伏せる。先ほど窓を撃ち抜かれた警察車両が、耳を聾さんばかりの爆音とともに炎上した。空に向かって、高々と火柱が上がる。熱く焼けた金属に落ちた雨が、蒸気となって渦巻いた。ポールはアスファルトの上にくずおれ、二度と動かなかった。

28

ますます降りしきる雨のなか、銃撃戦は終わった。右往左往する靴音、叫び声、サイレン。わたしは片肘をついて、上半身を起こした。「ゲイリー！　ゲイリー！」

「ここだよ」食いしばった歯のあいだから絞り出す、苦しそうな声が聞こえた。「ここだよ、ビルおじさん――」ゲイリーは手を伸ばせば届きそうなところに、右膝を抱え込んで倒れていた。

「大丈夫だよ、ゲイリー。もう大丈夫だ」

わたしは起き上がって、駆け寄った。赤とオレンジの炎が、駐車場一面を覆う雨水に反射する。ポール・ニーバーは数ヤード離れて仰向けに倒れ、そのぴくりとも動かない体を銃を持った警官隊に囲まれていた。両目と口をぽかりと開き、銃弾でぼろぼろに千切れたシャツの下に、引き裂かれた肉が覗いていた。篠突く雨が黒いアスファルト面を打ち、流れ出るそばから血を洗い流していく。

苦痛で顔を歪めるゲイリーの上にかがみ込み、降りかかる雨を防いだ。駐車場ではプレーンデール警察の車が燃えていた。炎がごうごうと音を立て、火の粉を散らし、オレンジの火柱を噴き出す。雨が炎を包んだ。雨をかいくぐった炎が、再び高く上がる。渦巻く黒煙に、白い蒸気が混じった。

救急隊が駆けつけた。リディアも。スコットはゲイリーの上にかがみ込み、手当てをしようとした若い救急隊員に命じられるまで、動こうとしなかった。わたしは傍《かたわ》らに来た救急隊員を押しのけた。

「立たないほうがいいですよ」救急隊員が言った。

「ほっといてくれ」ふらつく足を踏みしめて立ち上がった。サリバンが目の前にいた。「なんで撃った？」かすれた声を振り絞り、叩きつける雨のように言葉をぶつけた。「どうして撃ったりした？」

「ポールは警官隊に向けて発砲した」サリバンの口調は、先ほどと同じように、落ち着いていた。

「まだ、子供じゃないか！　心底怯えていた」

「でも、発砲した」

「マクファーソンが撃ったからだ！　彼は応戦したんだ！　いったい、どういうことだ！」

「マクファーソン？」

「最初の二発は、マクファーソンだ！」

サリバンは首を横に振った。わたしは彼を突き飛ばして、覚束ない足取りで前に出た。「ひどい傷だ」サリバンが腕をつかもうとする。「手当てを――」

「引っ込んでろ」わたしはその手を振り払い、歩き続けた。

リディアが肩を並べ、雨に打たれながらついてくる。「あなたは負傷しているのよ」

「ひとりにしてくれ」

リディアはそれを聞き流して、ついてきた。わたしは車のあいだを縫って駐車場を突っ切り、騒ぎから離れて技術班のヴァンの横に立っているマクファーソンのもとへ行った。

「発砲を誘ったな！」大声で詰め寄った。

「あっちへ行け」ウォリアーズの帽子がマクファーソンの顔を雨から守り、目を隠していた。

「ポールが応戦すれば、警官隊の一斉射撃が始まると予測したんだろう！ なぜだ、マクファーソン？ なぜだ？」

「頭がおかしくなったようだな。怪我のせいだろう。手当てをしてもらいたまえ」マクファーソンは、一歩あとずさった。

「この野郎――」

「スミス！」何者かが、邪険に腕をつかむ。ルトーノーだった。「やめろ。救急車が何台も来ている。傷を診てもらえ。あとで供述を取る。言いたいことがあれば、そのときにしろ」ルトーノーは、有無を言わせない目つきで睨んだ。マクファーソンの目が、勝ち誇ったように輝く。

わたしはふたりに背を向けて、その場を去った。

あとは夕方まで、プレーンデール総合病院で過ごした。傷が重かったためではない。三針縫って、頭の裂傷の治療はすんだ。だが、ゲイリーが手術を受けていた。

手術の結果を待つあいだ、マクフォールはカフェテリアの隅を臨時の取調室にして、民間人の供述を取った。対象はわたし、リディア、スコット、マクファーソン。なぜなら、わたしとリディア、スコットの三人は、ゲイリーの手術が終わるまで病院を出るつもりがなかったから。マクファーソンは、聴取の場として警察署ではなく病院を選択したためだ。ルトーノーとサリバンは、あとでプレーンデール署で陳述を行なう。署では、発砲した警官ひとりひとりが、発砲時の状況と結果を詳細に記述している最中だ。

ゲイリーの供述は明日まで待たなければならない。

わたしがマクフォールの前に座ったのは、ゲイリーが手術室に運び込まれた直後だった。ルトーノーとサリバンも、プレーンデール警察の好意を受けて同席した。わたしは質問に答えていったが、思いのほか努力を要した。警察の聴取を受けているんだぞ、スミス、と何度も自分に言い聞かせたが、カフェテリア内の見ず知らずの人々の動きに気を取られ、同じ質問を繰り返されることも再々あった。

もっとも、結局はすべて話し終えた。モーテルの薄暗い部屋、地団太を踏むポール、だいじなことをしようとしたゲイリー。

「ゲイリーはポールの計画を知っていたのかね?」マクフォールは質問し、プラスチックのテーブルに置いたテープレコーダーを確認した。

「知ってはいなかった。推測したんだ。彼を止めるために、捜していた」わたしは病院のコーヒーを飲んだ。予想に違わず、体はいっこうに温まらなかった。

「ゲイリーが加担していないと、どうしてわかる」

「本人がそう言った」わたしは顔を上げて、マクフォールと目を合わせた。自分の声が平板に聞こえた。しかし、そこに含まれたなにか、あるいは目に浮かんだなにかが、その件での質問を打ち切らせた。

「マクファーソンの話をしてください」サリバンが言った。

わたしはうなずいた。「彼が最初の二発を撃った。ぼくたちが出てきたときに、空に向けて」

サリバンが慎重に質問を放った。「理由は?」

「本人に訊いてくれ」

「彼は、ポールが発砲する前は撃っていないと主張している」

わたしの額は包帯の下で腫れ上がり、鈍い頭痛にも襲われていた。「なんでまた、彼はあそこにいたんだ、サリバン?　なぜ、彼は武装していた」

「マクファーソンは、ニューヨーク州の銃器携帯許可を持っている」マクフォールが言った。「確認したところ、許可は長年持っていて、問題を起こしたことはない。どうやら、以前に依頼人の妻に脅されたことが何度かあるようだ」

「スコットは息子が心配だから、あそこにいた。マクファーソンには、どんな理由があった?」誰も答えなかった。わたしはルトーノーを見た。彼は肩をすくめた。

ステイシーの声がよみがえった――町長だとかいろいろいるけれど、町を実際に動かしているのはランディの父親なの。

「マクファーソンが、あの二発を撃った」わたしは言った。

「彼は否定している」

「それは嘘だ」

「叩きつけるような雨だった」マクフォールが言った。「誰も彼もが緊張していた。きみも含めて。そうだろう、スミス。わたしの部下も意見が割れている。ポールが先に発砲したと主張する者もいれば、その前に銃声を聞いたと主張する者もいる。それに、警官だった可能性も否めない。もっと訓練しておけばよかった。警官かもしれない」

「警官ではなかった」

「雨が――」

「雨なんか、クソ食らえだ。ポールが反射的に撃ち返せばなにが起きるかを承知のうえで、マクファーソンは発砲した」

「なぜ、そんなことをする必要があった」マクフォールが訊いた。

わたしはルトーノー、サリバンと、順に視線を移した。ふたりとも無言だ。

「畜生っ」わたしは目をこすった。「ワレンズタウンのある少女が、ライダーコーチを脅迫した」疲労と寒さを覚えた。マクフォールが部屋の隅にいる警官に身振りをして、向き直る。

「彼女はライダーが違法薬物を売っていることを知り、エクスタシーを調達するように迫った」

マクフォールが鋭い目で、サリバンを見た。サリバンは肩をすくめた。

「だが、彼女は〝あんたのしたことを知っている〟とだけ言い、どんなことかは明らかにしなかった。賢い方法だと思ったんだ。そして、つき合っている部員《ジョック》が教えてくれたとも告げた」

若い警官がやってくると、コーヒーを前に置いた。わたしは驚いて警官を見た。マクフォールが警官にうなずく。淹れたばかりの熱いコーヒーだった。いっきに半分飲んで、わたしは続けた。

「彼女は、ライダーが薬物の件で――ステロイドだよ、マクフォール、少年たちに与えていたんだ――うしろめたいだろうから、エクスタシーを調達してくれると踏んだんだ。ところが、ライダーはうしろめたくもなんともなかった。彼は誰に知られようが、かまわなかった。ワレンズタウンでは、問題にする人などいやしない。ワレンズタウンではそんな記事が新聞の第一面に載ったら、みんなこぞって息子を大男にしてくれた礼を言いにくる」

わたしはコーヒーを飲んだ。無性に煙草が欲しかった。「だが、ライダーにうしろめたい思いがあったのは事実だ。ほかの件でね。何年も前にアル・マクファーソンが罪を犯したとき、ライダーは別の少年に濡れ衣を着せたんだ。たとえワレンズタウンであっても、こいつは看過してもらえないだろう」

ルトーノーが目を逸らした。サリバンは視線は動かさないものの、黙っていた。

わたしは言った。「ライダーは、彼女がつき合っている相手がゲイリー・ラッセルであることを突き止めた。マクファーソンを除けば、ゲイリーの父親は昔の事件の真相、つまり隠蔽工作や濡れ衣について知っている、ただひとりの人物だ。彼女の言った、〝あなたのしたこと〟とはそれを指している、ゲイリーがばらしたのだと、ライダーは誤解した。彼はマクファーソンに相談を持ちかけ、ぼくとポール、もうひとりの少女も真相を知ったと結論を下した。その少女は一昨日、何者かに襲われて重傷を負った。犯人は、なにを手に入れたのかと執拗に彼女に訊いた」

「ステイシー・フィリップスですね」サリバンが口を挟んだ。「マクファーソンかライダーのどちらかが、彼女を襲ったということですか」

「たぶんライダーだ。でも、きみには証明できない」わたしは言った。サリバンは唇をきつく結んだが、わたしは意に介さなかった。「マクファーソンには、部屋を出てきたぼくたち三人がクリスマスプレゼントのように見えただろう。彼は銃撃戦を誘発させるだけでよかった。あとはプレーンデール警察が始末をつけてくれる。だが、彼は知らなかった」わたしはマクフォールに話しかけた。「ここの警察が水も漏らさない作戦を実行することを。小さな町の警察がこうした事件に直面すると、たいていは弾倉が空《から》になるまで撃ちまくる。ゲイリーもぼくもいま頃は死んでいたはずだ。ところが、おたくの部下はよく訓練されていた。必要がなくなったと判断すると、即座に銃撃を中止した。それに、最初に発砲したのは、断じて警官ではない」

マクフォールはサリバンやルトーノーと顔を見合わせた。「もう一度、マクファーソンに話を聞こう」

「ええ、ぜひ。どうせなにも得られないだろうが、いくらか気は休まるさ」

「ちょっと待った」サリバンが言った。「要するに、ゲイリーがマクファーソンの標的だったということですか」

「三人全員だ。ゲイリーが一番の狙いだが、マクファーソンはぼくたち全員が彼の秘密を知ったと考えている」

「それが真実であれば、なぜ彼はまだ――」

「あいつは必ず、実行する。ゲイリーの病室に警護が必要だ」

サリバンは、署長ふたりに目をやった。「ゲイリーの入院中は、ジョーが手配してくれます。でも、ゲイリーはいつかは家に戻る」

「その前にマクファーソンを逮捕すればいい」

「なにを根拠に？」

サリバンはわたしの視線をとらえた。わたしは目を逸らし、コーヒーから立ち上る湯気を見つめた。

「二十三年前なんですよ」サリバンは言った。「被害者には事件の記憶がない。目撃者の証言はあやふやで、見たとしてもたかが口論だ。物的証拠はゼロ。おまけに、被疑者は自殺。マクファーソンのような有力者をそんな条件のもとで起訴する検事を探し出せ、とあなたは要求しているんですよ。どこを探せばいいんです？」

彼の言い分はもっともだ。強姦、濡れ衣を着せる、自殺に追い込む、それにきょうの発砲。それらのうちで、実際に犯罪とみなされるのは強姦のみだ。ニュージャージー州では強姦罪に時効は適用されない。従って、長い年月が流れていても強姦罪での起訴は法律上は可能だが、マクファーソンは起訴されないだろう。人命を犠牲にしてまで真相の発覚を阻止しようとしたのは、面子《メンツ》を失いたくなかったからであって、逮捕を恐れたためではない。逮捕はないと、彼は確信している。

「あなたはどうなんです?」サリバンが言った。「ゲイリーの病室に警護をつけるとしても、あなた自身は?」

「自分の面倒は自分で見る」

「彼に近づくな」ルトーノーが言った。

「なんだと?」

「証拠ひとつないんだ。トラブルに発展するのは、目に見えている」

「発展する——」

「マクファーソンに近づくな」

わたしは立ち上がった。「なるほどね。つまり、マクファーソンに近づけば、留置場にぶち込むというわけだ。さもないと、アル・マクファーソンが激昂する。それはワレンズタウンにおいては、悲劇的事態だものな」

さっさとカフェテリアを出ていくわたしを、誰も止めようとしなかった。外に出て、煙草を吸った。病院を一歩出ると、そのまま駐車場を抜け、道路に出て、郊外の町を目指して歩いていきたくなった。雨も風も気にならず、とにかく体を動かしていたかった。しかし、わたしは病院の入口付近に留まった。閉め出しを食った報道陣が駐車場の隅に固まり、多数の中継車や雨合羽に身を包んだレポーターで混み合っていた。ステイシー・フィリップスはあのなかのひとりになることを夢見ている。しかし、いまのわたしは、マイクロフォンを突きつけた最初のひとりを、殺しかねなかった。

一本吸い終えるとすぐに次の煙草に火をつけ、入口のひさしの下にたたずんだ。雨が車や舗道、背を丸めて避難場所を探して急ぐ人々に分け隔てなく降りかかり、街灯の光をにじませた。日は落ちていないが、あたりは薄暗い。のっぺりした鉛色の空は、奥行きも広がりもなく、この激しい嵐の終わることも予感させない。むろん、雨はいつかは――今夜か明日には――止む。そして、寒暖はともかく、晴天の日がしばらく続き、夜は星空になるだろう。それからまたいつか、嵐の日が訪れる。

花束とコウノトリの形をした風船を持って到着した男に、ハムリンズの試合について尋ねた。男はにっこりして、試合は終了し、予想どおり十二年生チームが勝利を収めたが、ワレンズタウンの下級生チームは監督の指揮のもと、度肝を抜くような新しい戦法を見せ、六点差に詰め寄るという快挙を成し遂げたと教えてくれた。かつてない僅差で、どっちのチームも勝ったようなもんだと、男は言った。わたしは礼を言い、出産祝いを述べた。「男の子なんだ」男は言った。「名前はライアン。十一ポンドと三オンス。大きな子で、元気があってね。もう、みごとなキックを見せてくれるんですよ」

「すばらしい」わたしは言って、病院内に入っていく男のうしろ姿を見送り、煙草と雨のもとに戻った。

29

その二時間後、外科医が待合室に入ってきた。救急車で運ばれたゲイリーが手術室に入ってから、四時間が経過していた。その間にポールの死亡が救急治療室で確認され、わたしのところには研修医が来て、安心させるように微笑みながら傷の治療を行なった。ゲイリーの手術を担当した外科医は、左腕は銃弾が貫通しているものの、深刻な問題はなく、心配はないと告げた。しかし、もう一発は膝蓋骨を粉砕して内部で跳ね返り、その下の骨に損傷を与えていた。そこで整形外科医である彼が招集され、チームを作って治療に努めた。「もっとも、おもに行なったのは、損傷箇所の固定です。再生には、専門家による治療が必要です。最近この分野では、すばらしい成果の出ている症例がいくつもあるんですよ。まったく、奇跡としか言いようがないくらいで」その頃にはヘレンも到着していた。彼女は言葉もかけずにじろじろとわたしを眺めて傍《かたわ》らを通り過ぎ、部屋の反対側に座っているスコットの隣に腰を下ろし、低い声で彼と話をしながら、待った。外科医は微笑んでふたりを励まし、奇跡的な腕を持つという専門家の名前を教え、ゲイリーの症例を問い合わせると約束した。ヘレンはスコットに肩を抱かれ、医者に礼を述べた。

わたしは、待合室を出ていく医者のあとを追った。午後じゅうずっと、わたしは待合室を出たり入ったりしていた。ヘレンが来てからも、またその前も、スコットと同じ部屋に長時間いることが耐えられなかったし、自分を抑えておく自信がなかったのだ。リディアもやはり、わたしの隣に腰を下ろしたり、うろうろ歩きまわったりを繰り返した。スコットの敵意に満ちた刺すような視線を、わたしは常に感じた。しかし、彼はひと言も口を利かなかった。だが、歩きまわるリディアに、午後遅くになってついに堪忍袋の緒を切らせ、じっと座っていられないのなら出ていけと、怒鳴りつけた。リディアは立ち止まって彼の視線を受け止め、くるりと背を向けて待合室を出ていった。わたしもあとを追った。さもないと、スコットを殴り倒してしまいそうだったから。

リディアとカフェテリアに入り、聴取を続けるマクフォールを見るともなく見ながら、それぞれ紅茶とコーヒーを飲み、上階に戻って手術の結果を待った。そしていま、再び待合室を出て医者のあとを追っている。廊下で彼をつかまえた。

「ぼくは伯父です」わたしが言うと、意外に若い痩せた外科医はうなずいて、黙って待った。

「両親は気休めを聞きたいのだろうが、ぼくは違う」

「先ほど説明したように、経過は良好で——」

「脚を失うんですか？」

「いやいや、そんな心配はありませんよ」

「歩けるようには？」

医者はわたしを見つめた。「彼はまだ若い。リハビリ医療は、最近飛躍的な発展を遂げています。五年前には不可能だったことが、現在は可能になっている。あと一、二年すれば──」

「運動が得意な子なんだ。フットボールに野球、トラック競技」

それに対して医者は答えなかった。わたしの目をじっと見てから踵《きびす》を返し、照明が煌々と照らす廊下を首を振りながら遠ざかっていった。

病院と道を隔てたリカバリールームという名のバーの窓で、ビールのネオンサインがまたたいていた。リディアとわたしは、ゲイリーが術後回復室に移って面会できるようになるまでの一時間を、そこで潰した。報道陣を避けてバーに行くためには、病院の裏口を出て大まわりをしなければならなかった。打ちつける冷たい雨のなかを歩きながら、リディアに言った。「きみまで待っていなくてもいいんだよ」

「わたしがいるのと、いないのとどっちが気分的に楽かしら」

どちらとも決めかねた。そこでリディアも残った。

わたしはバーボンを、リディアは紅茶を飲んだ。会話は弾まなかった。しばらくして、リディアはチーズトーストと、食べたくないと言うわたしを無視してハンバーガーを注文した。ところがいざ運ばれてくると、ハンバーガーの匂いが驚くほど食欲をそそった。店内にたむろする若い医師や看護師、職員、検査技師は、あたかも自分の職業がごく一般的で、一日の終わりにはきれいさっぱり忘れてしまえるもののようなふりを他人に対しても自分に対しても装い、酒を飲み、男女のたわむれを楽しんでいた。ハンバーガーを食べ終え、もう一杯バーボンを頼んだ。それもなくなると、リディアは病院に問い合わせた。携帯電話をしまって、「ゲイリーは二〇三号室よ」と告げた。

病院に戻って面会許可証をもらい、ゲイリーの病室へ向かった。病室の外に警官が座っていた。マクファーソンに対するわたしの糾弾をマクフォールが信じたためとは限らない。万が一の場合に非難を浴びないために、備えただけのことかもしれない。病室に近づくと、ドアは開いていて、ベッドの横に座っているスコットとヘレンが見えた。警官の求めに応じて身分証明書を示すと、彼は再び天井を見つめる仕事に戻った。

「外で待っているわ」リディアが低い声で言った。「ゲイリーにとって、わたしは見ず知らずの他人だもの」

わたしはその事実を、驚きをもって受け入れた。これほど苦労し、これほど時間を費やしたのに、リディアはゲイリーに会ったこともないのだ。

リディアを廊下に残して、ひとりで病室に入った。三人揃って顔を向ける。ゲイリーは疲れきった青い目を輝かせ、ヘレンはまばたきして、唇を震わせた。スコットがのそりと立ち上がった。

「とっとと出ていけ」と、かすれた声で食ってかかる。

わたしは言葉が出てこなかった。しかし、その場を動かなかった。

「父さん」ゲイリーがか細い声で言った。わたしはゲイリーを見た。スコットの視線はわたしから動かない。「父さん、ビルおじさんと少しだけ話をさせてよ」

「こんなやつにいてもらいたくないんだ」スコットは息子を見なかった。「あきれた男だ。酒の臭いをぷんぷんさせやがって」

わたしは沈黙を守り、ひたすら心のなかの熱く、張り詰めた箇所に神経を集中させ、そこに炎を閉じ込めておこうと努めた。

「一分だけ、お願い」ゲイリーが言った。

ヘレンが静かに立ち上がり、スコットの手を取って目を覗き込んだ。スコットの顔が赤くなった。彼もまた炎を抱えている。「よかろう」紙やすりをこするような声で、しまいに言った。「一分だぞ」と、脇に避けた。

「おじさんとふたりきりにしてくれない？」

「なんだと――？」声を荒らげたスコットの手を、ヘレンが再び握り締めた。この押し問答があとどのくらい続くのかも、自分がどんな行動に出るのかも予測がつかない。スコットの険しいまなざしのほかは、目にも耳にも入らなかった。

と、スコットが病室を出ていく。ヘレンも、わたしが思わず顔をそむけたほどの目つきで睨んで、スコットに続いた。

わたしはベッドの横の、ヘレンが空けたばかりの椅子に腰を下ろした。

「傷はどう？」ゲイリーはわたしの額の包帯に目をやって、尋ねた。

「なんともない」

「しくじっちゃったよ」

ゲイリーが幼く、そして体まで小さく見えた。

「いいや。おまえは正しいことをした。勇敢な行ないだった」

「おじさんに話せばよかった。なにをするつもりかを話せばよかった」

「きっと、結果は同じだったよ」

「ポールは死んでしまった」

「彼は死にたかったのさ」

「違う。死にたくなんて、なかったんだ」目を大きく開け、必死に訴える。「これまでみたいな状況を変えたかっただけなんだ」

わたしはうなずいた。しばらくのあいだ、沈黙を共有した。ゲイリーの左腕は、銃弾が貫通した肩付近が包帯で覆われていた。もう片方の腕には点滴の針。彼は、毛布の下のぶ厚いギプスに包まれた右足を身振りで示した。なにか言いかけて口を閉じ、唾を呑む。「ひどいんでしょう？」

「うん」

「母さんも父さんも、大丈夫だって言ったけれど、わかるんだ。大怪我だって」

「そのとおりなんだ、ゲイリー」

ゲイリーは微笑もうとした。「今シーズンはプレーできないんだね？」

わたしには答える勇気がなかった。

「ちぇっ」ゲイリーは顔をそむけた。「もっと悪いんだ」

「うん」わたしの声は、かすれて小さかった。

「脚を——脚を切られるの？」

「いいや」

「そうか」その声もやはり低く、かすれていた。「ふうん、ならいいや」

ゲイリーの目が濡れている。わたしに見られたことを知ると、あわてて涙を拭った。

わたしは上半身を傾けて、ゲイリーの肩に腕をまわした。ぎこちない抱擁だった。包帯やら点滴の針やらがあったから。ギプスがあったから。あまりにも多くの事情があったから。

ゲイリーはいつまでもめそめそしていなかった。彼が体を引くと同時に、わたしも腕を離した。濡れタオルを渡し、彼が涙を拭うと受け取った。

「もう帰るよ。おまえの母さんが……」

ゲイリーはうなずいた。「ビルおじさん」と、わたしの背中に早口で呼びかけた。

わたしは振り向いた。

「また会いにきてくれる？」

「おまえが望めばいつだって。なにがあっても」

わたしは廊下にいる妹とスコットを、言葉もかけずに無視して通り過ぎた。リディアは、少し離れた病室のドアにもたれて待っていた。歩くうちに、ふたりの足並みはいつしか揃っていた。エレベーターの前で、リディアはわたしの手を握った。どちらもなにも言わなかった。

リディアと再び裏口へまわって、外に出るなり煙草に火をつけた。雨のなかを、わたしの車へ向かう。風はいつの間にか止み、いまや雨は地面に対して垂直に落ちている。激しくはないが、さりとて上がる気配もなく、理由はさておきとにかく仕事をしているというふうに、ひたすら降っていた。

車の鍵をポケットから出したとき、名を呼ばれた。

「スミス！」

わたしは深呼吸をして振り向いた。スコットが雨を突いて、こちらへ駆けてくる。

「スミス！　息子になにを話した？」

わたしは冷静に答えた。「勇敢な行ないだった。気の毒だねと言った」

「嘘つけ！　あいつは泣いている。それに――」

「当たり前だろう、スコット！　彼は脚が不自由になり、友人は死んだ。どう感じろと言うんだ」

「まだあるだろう。例の荒唐無稽な――」

「まだあるが」わたしは深々と一服して、煙草を投げ捨てた。先端が雨のなかで赤く光り、やがて水との戦いに負けて消えた。顔から雨を滴《したた》らせたスコットが、目の前に突っ立った。目に見えない力に逆らうかのごとく、彼の全身の筋肉が盛り上がり、ぴくぴくと動いていた。「ゲイリーには伏せてある」

「なにがあると言うんだ」スコットは凄みのきいた低い声で詰め寄った。「おまえがでたらめな与太話をしたせいで、ゲイリーは――」

「そうではない、スコット」顔が火照り、いつしかこぶしを握っていた。「与太話ではない。ぼくはこの目で見たし、あんたも見たはずだ。さもなければ、ここにこうしているわけがない。だが、ゲイリーには伏せておいた」

スコットが一歩詰め寄った。「根性の腐った嘘つきめが――」

「なにを伏せておいたの？」と、リディアが口を挟んだ。気勢を殺ごうという意図だろう。

「なんでもない！」スコットが声を張り上げた。「出まかせだ。自分がドジを踏んだもんだから、ゲイリーに出まかせを言ったんだ。英雄になろうとして出しゃばった結果、あの少年は死に、ゲイリーは――ゲイリーは――」

背を向けて、なにもしないで立ち去る意志の力があればよかった。だが、長年抱えていた炎が燃え上がり、閉じ込めようとしておいた場所から噴出した。火は燃えることによって、その元を弱くする。「ゲイリーの脚が不自由になったのは、あんたの友人のマクファーソンがゲイリーの死を望んだためだ」

「なにをバカな――」

「どの銃弾もつぶさに見た」わたしは言った。「バスケットボールでゾーンのなかにいるときのように。なにもかもが鮮明で、スローモーションのようだった」いまもまた、同じ感覚を味わっていた。激怒で顔をこわばらせているスコット、静かにたたずむリディア、舗道を鋭く打つ雨音のどれもが、鮮明に目に、耳に入ってくる。言葉を選ぶ時間も、行動を起こす時間も、心の丈を吐き出す時間も存分にある。「あんたの友人のアル・マクファーソンが、最初の二発を撃った。それがどんな結果を引き起こすのかを、承知のうえで。三人全員が死亡すると考えたんだ。彼の望みどおりに」

「バカバカしい」スコットは無理矢理、言葉を押し出した。「バカバカしくて、話にならない」

わたしは首を横に振った。「あんたは二十三年前のアルの行為を隠蔽した。町の人からも、自分自身からも。今度も同じように隠蔽するのか？」

スコットは全身をわななかせ、返事をしなかった。もっとも、答えが返ってくるとは、もとより期待していない。だが、いったん口に出すと堰を切ったように言葉がほとばしり出た。

「あんな結果になったのは、ゲイリーに秘密を知られたとマクファーソンが誤解したためだ。あんたがゲイリーに昔の秘密を暴露したと、誤解したためだ。だが、ぼくはそれをゲイリーに告げなかった。なぜだか、わかるか？」

相変わらず、反応はない。ほんの少しでも動けばわたしが感情を爆発させると、スコットは察している。「事実を知ったら、ゲイリーは」わたしはゆっくり続けた。「マクファーソンを、やがてはあんたをも憎む。いまでも辛い思いを懸命にこらえているのに、そうなれば、さらに辛い思いをしなければならない。だから、話さなかった。不運だった、警官の撃った弾で脚に重傷を負った。ゲイリーはそう受け止めている。あんたを信頼できると思い、事実、信頼し、愛してもいる。そして、あんたはこの先一生、真実を胸に抱え、ゲイリーの不自由な姿を見て生きていかなければならない」

雨粒の音のひとつひとつが聞こえる。街灯や過ぎ行く車の尾灯のひとつひとつがくっきりと闇に光る。スコットがわたしと同じように聞き、見たのかはわからない。わたしの言葉がどれほど強く彼の心に響いたのかもわからない。わたしは待った。そして、そのときが来た。スコットは言葉にならない怒声を上げ、喉をめがけてつかみかかってきた。筋肉隆々たるたくましい体軀を怒りがあと押ししていたが、わたしには有り余る時間があった。

するりと体をかわし、手首をつかんで思い切り引いた。スコットが勢いあまってよろけ、車のボンネットに倒れかかる。その襟首をつかんで、顔面に渾身の一発を浴びせ、さらに心臓めがけて胸を殴りつけた。スコットは体をふたつに折ってうしろによろめき、間髪を容れずに反撃に出た。強烈な一発を顎に食らい、頭が横を向いた。

痛みは感じなかった。全身をなめて焼きつくす炎のほかは、なにも感じなかった。スコットの腕をつかんだ。ねじり上げ、引き寄せる。スコットがこぶしを振りまわしたが、空を切った。わたしは敵のゾーン深くに入っていた。攻撃も防御も思いのままだ。スコットの足首に足をからませて、すくった。

スコットが絶叫を上げて倒れた。苦痛で顔を歪ませ、左腕を抱える。わたしは傍らに突っ立った。スコットは目が合うと、憎悪――あいにく恐怖ではなかったようだ――とおぼしき感情を込めて大きく見開いた。腕を不自然に曲げて垂らし、もがきながら立ち上がりかけ、濡れた舗装に足を滑らせて、うめき声を上げて倒れる。わたしは飛びかかろうとした。しかし、リディアに突き飛ばされ、わたしもまた濡れたアスファルト面に倒れた。

まだ燃え盛る炎を抱え、飛び起きた。リディアが目の前に立ちはだかっていた。

た。

「きみには関係ない！　このろくでなしを殺してやる！」

　リディアはなにも言わず、その場を動こうともしなかった。雨の幕が、彼女とわたしを隔てた。

「嫌よ」

「邪魔をするな！」

「どかないわ」

「どけ！」

　スコットは腕を抱え、うめき声を上げて倒れていた。わたしを見つめるだけで、起き上がる気配はない。逆らうことなく炎に呑み込まれ、破局に突き進むのは、いとも容易だっただろう。

　だが、リディアが両手と両足を広げ、雨のなかで静かにびくともせずに立っていた。

「バカ野郎！」わたしは声の限りに怒鳴った。「きみにぼくを止めることができるのか？　ぼくを相手に戦うことができるのか？」

「いいえ。できないわ。でも、わたしを倒してからにして」

　炎がありとあらゆるところを這いずっていた。肌を、血管を、心臓を。その様子をリディアの目に見、火の粉を散らす音を激しくなった雨のなかに聞いた。心が揺さぶられ、引き裂かれた。リディアをまともに見ることができなかった。雨のこぶしを振り上げたが、なめらかな身のこなしも、タイミングも、体力も、煙のように消え失せていた。体を動かすことができなかった。一瞬、炎を抱えて立ち尽くし、身を翻《ひるがえ》して嵐のなかを歩み去った。

いつしか、プレーンデールの町を歩いていた。夜の闇に窓を黄色く光らせる民家。酒場のほかは閉店している商店街。重くのしかかる雨と闇に闘いを挑む街灯。わたしはよろけ、つまずき、歩き、走った。目についた酒場に寄っては、充満する煙にむせ、小さなジュークボックスから流れる、くどくて凡庸なリズムと冗長な歌詞に聞き入った。小学校の前を通り、公園を抜け、ハイウェイに沿って歩いた。足を止め、疾走する車を眺めた。幾度となく、白いヘッドライトが迫り、大きな車体が通過し、赤い尾灯が消えていく。セブン‐イレブンでビールの六缶パックを買った。ふと気がつくと、どこかの家の戸口に座っていた。ビールは片手にひと缶、ポケットにひと缶。あとはなくなっていた。しばらくして再び歩き始め、有刺鉄線のついた高い金網が延々と続く、ゴーストタウンのような地域に入った。金網の向こうには低層建築やトラック、なにやらうずたかく積まれた物体があるが、降りしきる雨のなかでは、しかとは見えなかった。やがて煙草の箱が空《から》になった。開いている店が見当たらず、買うこともできない。濡れ鼠になっていることも、寒さも感じなかった。空が白み始めた。いや、そんな気がしたのかもしれない。とにかく、その頃わたしは再びセブン‐イレブンにいた。十八かそこらの店員は、煙草は売ってくれたものの、ビールは〝すみません。日曜なもんですから〟と販売してくれなかった。わたしは吹き出した。若い店員は青ざめ、カウンターの下にそっと手を滑り込ませた。そのとき、わたしは彼の目に映る自分の姿を、鏡で見ているかのように自覚した。無精ひげを生やし、足元の覚束ない、雨に濡れた包帯姿を。一歩下がって〝ああ、いいよ。かまわない〟と言って、そそくさと店を出た。若い店員がカウンターの下の武器を取り出して、まだ知る必要のない自分の一面を学んでしまう前に。煙草をふかし、歩き、腰を下ろし、再び立ち上がって歩くうちに、空が灰色になった。雨が小降りになって、しまいに上がった。通りすがりのベーカリーで、真っ白なエプロンをつけた男がドアの鍵を開けていた。店が開くのを待ってコーヒーを買った。のちにドーナッツ店でもう一杯。角を曲がって病院の駐車場に入りかけたとき、遠くで教会の鐘が鳴り渡った。駐車場にはぽつぽつと車が停まっていたが、水たまりと黒ずんだアスファルトに囲まれたわたしの車の周辺には一台もない。街灯はすでに消えているが、病院の窓は厳しく叱責するかのように、冷たく青白い蛍光灯の光を放っていた。車のドアを開錠したそのとき、病院の玄関ドアが開いた。人影がこちらへ向かって歩いてくる。リディアだ。わたしはその場で彼女を待った。リディアの肌はつやを失い、目の下にはくまができていた。わたしの前に来ても彼女は口を開かず、わたしもまた無言だった。わたしが車に乗ると、彼女も乗り込んできた。

わたしはエンジンをかけ、ハンドルを切って駐車場を出た。車が水たまりに漣《さざなみ》を立てて次次に走っていく。クラクションが響き、信号が変わり、歩行者が歩いたり止まったりする。だが、それはすべて窓の外の出来事であって、車内には重苦しい沈黙が満ちていた。

「きみのしたことは」しばらくしてわたしは努めて自制しながら言った。「正気の沙汰ではない」日曜の朝の空いた道路を、車は市内に向かって順調に進んだ。それが車内で発した最初の言葉だった。

リディアは無言で、顔をこちらに向けた。

「ぼくはきみを倒していただろう。きみがいくら武道に長けていても、ぼくを止めることはできなかった」

「ええ」

「きみに大怪我をさせたかもしれない」

「そして、スコットを殺したでしょうね」

「社会の損失にはならないよ」

「そうね」

わたしは彼女に目をやった。「だったら、どうしてだ？」

「なにが？」

「あんな人間のクズのために、どうしてあんな危険を冒した」

「スコットのために？」理解しがたいかのような声を出す。「スコットのためにやったと思っているの？」

「ぼくに彼を殺させまいとした」

「スコットのために？」リディアはわたしの顔を眺め、唇を嚙みしめてそっぽを向き、窓の外を流れる車を見つめた。

わたしは煙草に火をつけた。リディアが窓を開ける。

「助けてくれと、きみに頼んだ覚えはない」

「わたしはあなたの相棒よ」

「いつからそれがぼくの良心と同義語になった?」

「あなただって、判断を誤るときはあるわ」

「きみもだ」

「でも昨夜は、わたしが正しかったわ」

かなり経ってから、リディアはこちらを見ないで言った。「スコットは肘を骨折していたわ」

「反省しろとでも?」

リディアは窓の外を見つめて言った。「スコットが治療を受けているあいだに、彼に言ったの。ゲイリーの身の安全は保障されない。マクファーソンが、秘密を知られたと思い込み、ゲイリーを亡き者にすれば秘密が保たれると考えているうちは、ゲイリーに危険がつきまとうと」

「話したからといって、どうなる——」

「わからない。でも、スコットに考えさせるきっかけになるかもしれない」こちらを向いた。「そうなれば、スコットは役に立つ存在になるわ。殺してしまったら、なんの役にも立たないけれど」

それきり会話は終わった。リディアをチャイナタウンのアパートへ送り届け、車を駐車場に入れて自宅に戻った。日曜の朝は、界隈はいつもひとけがなく、静まり返っているが、今朝のようにどんより曇って寒い日はことさらだ。凍えそうだ。いまさらのように実感しながら、表玄関を開けて階段を上った。

30

部屋に入るとすぐさまバーボンを引っかけ、濡れた衣服を脱ぎ捨てて毛布にくるまり、ソファで横になった。訪れた眠りは、深くもなければ安らかでもなかった。光や外の街路の音、ちくちくする毛布や頭痛が気になって、その都度目が覚めた。そして再び、うつらうつらすると、意識の奥深くに淀む恐怖と渇望に交じって、わけのわからない亡霊のような影がうごめいた。やがて、影が鮮明な形を取った。夢のなかではいつも生前と変わらない、娘のアニーがいる。霧に包まれた川べりの森の小道を、ゲイリーと並んで走っていく。ふたりとも生き生きとして力強い。笑い声を上げる姿は、じつに美しかった。わたしは川を隔てて、声をかけようとした。ところが、声が出てこない。せせらぎの音を打ち負かす声が出てこないのだ。ふたりは走り続ける。霧のなかにリディアが現れ、〝ここなら歩いて渡れるわよ〟と教えてくれたが、わたしは体を動かすことができなかった。流れが激しくなって、渦巻き、泡立つ。リディアはもう一度浅瀬を指差すと、向きを変えて歩き始めた。そしてアニーとゲイリーのあとを追い、みんな薄暗がりに消え去った。

汗びっしょりになって飛び起きると、心臓が早鐘のように打ち、口のなかが干上がっていた。

毛布を投げ捨て、よろよろと浴室に向かう。シャワーの下に立ち、熱い湯気を立てる本物の水で、渡ることのできなかった急流の記憶を洗い流した。

長いシャワーを終えて体を拭き、ひげを剃った。濡れて用をなさなくなった額の包帯を取り、ガーゼを絆創膏で留める。我ながら、手際がいい。被害を受けたあとの始末は、お手のものだ。

コーヒーを淹れ、表通りに面した窓の前に立って飲んだ。向かいの貨物集積場にトラックが一台駐車している。集積場のシャッターは下り、トラックの窓もドアも固く閉じていた。あたりには誰もいない。

コーヒーがなくなると、煙草を吸った。それからもう一本。しばらくのあいだ、窓に映るわたし自身と向き合い、人通りの絶えた道、薄暗い貨物集積場、無人のトラックをぼんやり眺めた。

デスクの電話が鳴ったので、振り向いた。五回鳴ったのち、留守番電話のスイッチが入った。また窓のほうを向いた。二度目に鳴ったときも同じように放っておいたが、三度目は受話器を取った。

「スミスだ」

「サリバンです。いやはや、ようやくつかまった。ぜんぜん連絡が取れなくて」

デスクの上に放り出してある携帯電話を確認すると、十一件のメッセージのうち四件が、サリバンだった。

「話をする気になれないんだ」

「では、聞いていてくれればけっこう。ライダーコーチが、今シーズン限りで引退します」

「どういうことだい?」

「取り引きをしたんです」

「誰と誰が?」

「ライダーと署長が。マクファーソンの仲立ちでね。ライダーは辞職して町を出る。交換条件として、起訴はしない」

「ステロイドの件で?」

「オフィスにあった薬物は故意に置かれたものだと、ライダーは主張しているんです。ほかに証拠はない。少年たちの誰かが、口を割らない限りは」

「そのためには、彼らに圧力をかける必要があるというわけだ」

「今朝、ランディ・マクファーソンを絞ってみたんですけどね」

「そんなことが許されたのかい? 腫れ物に触るように扱われていても、不思議はないのに」

意地の悪い言い方ではあったが、痛痒は感じなかった。「とりわけ、きのうのきょうだ。事件を聞いて、みんな心に傷を負ったんじゃないか? むろん、ポールは影の薄いダサい子だったし、ゲイリーは転入して間がない。それでもやはり、ということはあるだろう?」

「町はきょうと明日いっぱい、高校にカウンセラーを派遣します」サリバンは感情を表に出さなかった。

「ほう、そいつはすばらしい。頭のネジをきっちり締め直してやるといい。次のシーズンなんて、あっという間に来るんだから」

「ランディですが」サリバンはわたしの口調に気づかなかったかのように、おだやかに言った。「マクファーソンは聴取に反対しなかったんですよ。それで、こいつは裏があるなとぴんと来た。案の定、薬物摂取は認めた——うん、クレンブテロールを使っていたよ。でも、もう無理だろうな。だって、トリー・ウェズリーから手に入れていたんだ。こんな具合です」

「嘘八百だ」

「どの少年に訊いても、彼と同じ答えが返ってくるでしょう」

わたしは炎が燃え上がるのを待った。だが、空しさと冷え冷えとした感情しか湧かなかった。言葉にならないほど、疲れていた。「なるほど。わざわざ知らせてくれて、ありがとう。じゃあ、またいずれ」

「ちょっと待ってくださいよ」

「だって、もう決着がついたんだろう？　若者ふたりが死亡し、別のひとりは脚が不自由になっても、ワレンズタウンは町を挙げて、来シーズンの準備にいそいそと取りかかる。新しいコーチを探す羽目になったのは、気の毒だ。そうだ、もしかしてトム・ハムリンが引き受けてくれるんじゃないか？」

「ちょっとちょっと、そう簡単にあきらめないでくださいよ」

「ぼくはあきらめが悪いと、いつも非難されている」

「それは言えてる。とにかく、聞いてください。警察はこれ以上ライダーを追及できない。検視官はトリー・ウェズリーを事故死と診断した。たとえ、マクファーソンが最初に発砲したというあなたの糾弾が正しくても――」

「正しい」

「――たとえ正しくても、あれは犯罪ではない。おまけに、証言しているのは、あなたひとりだ」

「ゲイリーは？」

「わからないんだそうです。数多の銃声と、自分が撃たれたことしか覚えていない」

雨、パトロールカーの回転灯、濡れたアスファルトが、突如瞼《まぶた》の裏によみがえった。銃声と吹きすさぶ風の音が聞こえる。顔を上げて、現実に存在する椅子や本、ピアノを眺めた。

「スミス？」サリバンが言った。「聞いているんですか？」

「きみは、どうしたいんだ」わたしは訊いた。

「あなたは？」

なにもしたくない。したいことなど、なにもない。とっとと消え失せて、わたしを放っておいてくれ。だが、言葉が口を衝いて出た。「ライダーとマクファーソン」

「マクファーソンを起訴するに足る証拠は、ないんですよ」

「そいつはもう聞いたよ」

「ライダーは、薬物の件では署長と話がついている」

「ステイシー・フィリップスの件は？」

「襲撃ですか？　彼女が犯人の人相風体を確実に証言できない限りは、立件できない。あなた自身が、きのうそう言ったでしょう」

「なにを言いたいんだ、サリバン？　あいつらふたりにかまうなと念押ししたいのか？　ああ、わかったよ」

「彼らが恐れていたのは、警察ではない」サリバンはわたしの言葉が聞こえなかったかのように、言った。「法律でもなければ、ステロイドのことでもない。二十三年前に起きた、起訴さえ不可能な事件だ」

「だから？」

「なのに、アル・マクファーソンとライダーコーチは苦労して隠そうとした」

「それは、そうだろう。マクファーソンは町の超お偉方、ライダーは戦いの守護神として崇められている。そんなけっこうな地位を失いたいやつはいない。だが、昔の行為が表沙汰になれば――いくらワレンズタウンでも総スカンを食うと恐れたんだろう。しかし、それがどうした。署長がきのういみじくも指摘したように証拠はなにひとつない、すべて憶測に過ぎないんだ。ゲイリー・ラッセルの伯父の憶測なんて、カスみたいなものさ。町の人ひとりひとりに説明したところで、得るところはない。妹の家族が辛い思いをするだけだ」

「あなたは義弟に辛い思いをさせることに、生き甲斐を感じているんだと思っていましたよ」

「もうやめたんだ」

「ふうん、そうかな？　昨夜、あなたに骨折させられたあとで、あなたの相棒がスコットになにを耳打ちしたのか知らないが、パンツを濡らすんじゃないかと思いました」

「スコットが？　怯えていた？」

「ええ、たぶん」

彼に考えさせるきっかけになるかもしれない——リディアの声が脳裏でささやいた——役に立つ存在になる。

突如、むくむくと湧き上がる雲のように、疲労が押し寄せてきた。コーヒーカップを取ったが、空《から》だった。会話を打ち切って受話器を置き、孤独と静謐のなかでひとりきりになりたいという思いでいっぱいだった。

「だから？」

「なにが、だからなんです？」

「いままでの話だよ。それで事情が変わったとでも言うのか？」

「さあねえ。でも、ステイシー・フィリップスを巻き込んだのは、あなただ」

「ステイシー？」

「あなたはここらの出身ではないから知らないだろうが、トライタウン・ガゼットはワレンズタウンではなく、グリーンメドウで発行されているんです」

「そのくらい、知っているよ」

「だったら、ほかになにを知る必要があるんです？」

受話器を置くと、もう一度コーヒーを淹れ、室内を歩きまわった。リディアと同じだとふと気づき、足を止めた。ソファに腰を下ろし、プレーンデール総合病院の待合室でのスコットや、ウォリアーズの帽子をかぶったマクファーソンの目を思い浮かべた。斜めに長く伸びた秋の陽射しを浴びてフットボールをする少年たちや、深夜に真っ暗なハドソン川をさかのぼるタグボートのことも。

　なにが闘争ボート《タグ》だ、いまいましい。

　デスクへ行って受話器を取り、ライナス・ウォンにかけた。

「やあ、なんだい？」

「ライナス、ビル・スミスだ」

「あれ、何度も電話したんだよ」

「ああ、携帯電話の着信履歴に残っていた。すまない。返事が遅くなって――」

「ねえ、すごかったね。昨夜、テレビのニュースで見たんだ。あれ、あいつだろ？」

「そうだ」

「なにを狙っていたの？」

「フットボールの試合だ。彼の高校の十二年生《シニア》チーム対下級生チームの試合」

「うわーっ」ライナスは驚嘆して、しばし言葉を失った。「〝派手ですごい〟って、それだったんだ。たまげたな」またしばらく沈黙した。「でもさ、テレビに映っていたのは、モーテルかなんかだった。試合については、なにも触れていなかったよ」

「プレメイドアは、試合場に近づくこともできなかったんだ。きみが襲撃を阻止したのさ、ライナス。きみと、もうひとりの十五歳の少年のおかげだ。礼を言いたかったんだ」

「そんな、お礼なんていいよ。あいつは不気味だったよね。誰かが止める必要があったんだ。ただ……」

「ただ？」

「いや、なんでもない。みんな、テレビに映っていた。あいつが撃たれたところも。なんだか、あいつと実際に話をしたような気がするんだ。前から知っていたみたいな」

「理解できるよ、ライナス。ところで、小切手は郵送する」

「あ、それね。いらないや」

「そうはいかない。きみを雇ったんだから」

「いらないってば。なんか……お金をもらいたくないんだ」

「そうか、わかった。ちょっと質問してもいいかい？　若い子の意見を聞きたいんだ」

「うん、いいよ。なに？」

「ぼくに頼まれた仕事をしたら、きみはトラブルに巻き込まれたかもしれない。それでも、きみはやってくれた」

「うん」

「トラブルになっても、ぼくが解決すると考えたから？」

「そういうわけでもないよ」

「危険を冒してもかまわないくらいに重要なことだったから？」

「まあ、そんなところかな」

「ほかに理由は?」

「そうだな。これがぼくにできることだから、かな」

「そうか、ライナス。ありがとう」

「ありがとうって、なにが? 質問て、なに?」

「もう質問したし、きみの答えも聞いた。じゃあ、また、ライナス」それから言い足した。「そうそう、トラブルを起こさないように気をつけるんだよ。いいね?」

「もちろんさ」笑顔が目に浮かぶような声だ。彼の笑顔がどんなものなのか、わたしは知らない。ライナスに会ったこともないのだから、むろん笑顔を見たこともない。「じゃあね」彼は言った。

受話器を戻し、煙草を吸い、最後に一ヶ所電話をした。

「ステイシー・フィリップスです」

「もしもし、とは言わないのかい?」

「冗談でしょう? 情報源だったら、どうするの? あるいは、その年の十大ニュースになるような事件の関係者が、特ダネを教えてくれるつもりだったとしたら」

「具合はどう?」

「そんなこと、どうでもいいわ。四回も電話したんですよ。あそこでなにが起きたんです? さあ、早く教えて。あ、ちょっと待って。いまメモ帳を用意します」

「きみの容態が気になるが、そんなに張り切っているのなら、だいぶ元気になったようだな」

「こんな大ニュースだもの。全身にギプスを嵌めていても、ぜったいに書く」

わたしは一服吸って、話し始めた。「きみに顚末の一部始終を話す。特ダネ間違いなしだ。ほかの報道機関にはひと言も話さない」

「最高！」

「せめてこのくらいはしなくてはね」

「ええ、ほんと。全部、教えてください」

「その前にきみに訊きたいことがある」

「あとにして！」

「いや、前だ。一等航海士がへべれけに酔った話を聞いたことがあるかい？」

「古くさい冗談なら」と、ステイシーはうさんくさげに言った。「パパに話して」

「いや、きみに話したい。いいかい、よく聞くんだよ。一等航海士がへべれけに酔った。船長は航海日誌にこう書いた。〝本日、一等航海士が泥酔した〟。それでは将来に傷がつく、その部分を削除してくださいと、一等航海士は船長に頼んだ。しかし船長は、通常とは異なる興味深い事実はすべて記入しなければならないと言って、応じなかった。さて、翌日は航海士が日誌を書く番だった。彼はこう書いた。〝本日、船長はしらふだった〟」

「それは記者仲間の内輪の冗談？」

「たとえ話さ。真実の有効利用についての」

一時間かけて、知っている限りの事実とわたしの考えを詳しく伝えた。すべての推理、すべての事実を話し、そのふたつの違いを入念に指摘した。

「コーチだったの？　わたしを殴ったのは、コーチ？」ステイシーはその部分を聞くと、声を張り上げた。

「おやおや、電話が融けてしまった」

「あいつを破滅させてやる！　パパがやってくれる！　ぜったいに——」

「できないんだよ、ステイシー、そこが肝心なんだ。きみにはできない。事件当時もいまも、犯人の人相風体を述べることができないんだから。ライダーは否定し、ホルモン異常で情緒不安定になった女子高生のたわ言だとあしらう」

「ホルモン異常？　なんでホルモンが関係してくるんです？」

「いや、別になんでもない。ただ、どうなるかを説明しただけだ。きみにできるのは——誰であるにしろ、できるのは——、ただひとつ、こうしていまやっていることだけなんだ」

「嘘でしょう？　あいつは罪を逃れちゃうの？」

「罪を逃れる人は大勢いる」

「おとなになるって、そういうこと？」

「その人次第だね」

「どういう意味？」

「きみは新聞記者だ」

わたしはすべて語り終えて、尋ねた。「この場合、ぼくが一等航海士だということは呑み込めた？」

「酔っ払っているんですか？」

「その点は措くとして、ぼくを記事に登場させるという意味だ。実名を出すかどうかは、きみにまかせる。そして、証拠はなく、噂が真実であるとは証明できないと断り書きを入れるんだ。トム・ハムリンにインタビューをして、彼の発言を一言一句違わず載せる。彼の正体は陸軍が証明してくれる。ルトーノー署長にもインタビューするんだ。たぶん応じるだろうが、不興を買うだろうな。まずいかい？」

「ぜんぜん。でも、駐車違反をしないように、パパに注意しておくわ」

「うん、そこらへんは覚悟しておかないとね。きみの家族は、ほかの子の親に嫌がらせをされるかもしれないよ」

「両親は、わたしがピュリッツァー賞を受賞して親を養えるようになったら、引退してタヒチに住むつもりなの。こんな特ダネを逃したら、それができなくなっちゃうわ」

「タヒチか。あそこはすてきなところだ」

「行ったことがあるの？」

「おいしい朝食を出してくれるレストランを紹介しよう」

「パパもママも待ちきれないだろうな」

「ステイシー？　ぼくの義弟の話も聞かなくてはいけないよ」

「話してくれるかしら」

「彼は、ただひとりのほんとうの証人だ」

「これだけ長く沈黙を守っていたんですよ」

「あいつも、もうよくわかっただろう」わたしはゆっくり言った。「マクファーソンから息子を守るには、マクファーソンの秘密を守るのをやめるしかないと」それを理解させるために、おまえはなにひとつしなかった、スミス、とわたしは自分自身に語りかけた。おまえはあいつを殺すことしか考えていなかった。そうすれば妹は未亡人に、ゲイリーは殺人犯の甥になっていた。理解させてくれたのは、リディアだ。スコットの恐怖と愛情——認めたくなくても、彼は家族を愛している——を家族のために利用する術《すべ》を、彼女は見出した。いっぽうで、おまえは憎悪ですべてを破壊することばかりを考えていた。

「もしもし？」と、耳元で声がした。「名探偵さん、目を覚まして。しっかりして」

「すまない。なにか言った？」

「ゲティズバーグの演説（リンカーン大統領が南北戦争中に行なった演説）。電話の充電が切れたんですか？」

「いや、ぼくの充電が切れたんだ」

「ふうん。で、充電が終わったのね。ゲイリーと話ができるかしらって、訊いたんです」

「そいつは……きみにまかせる」

「そう」ステイシーは言い、しばらくふたりとも押し黙った。

「さっきの続きだが」わたしは言った。「きみはマクファーソンにインタビューして、彼に一部始終を否定させ、その談話を記事にする」

「マクファーソンの仕返しが怖くないんですか?」心配そうな声音になった。「あなたがひどい目に遭わされるかもしれない」

「やらせておくさ。でも、新聞社を訴える恐れがあるから、記事の表現には細心の注意を払うこと。きみもスチュアートも」

「スチュアート?」

「たしかそういう名前だと思ったが? ガゼットのきみの競争相手」

「スチュアート・アーリー? 彼にこんな特ダネを教えるわけにはいかないわ」

「教えるしかないんだ。大部分を。そして、彼が望めば、彼の署名記事にしてもらう」

「えーっ?」

「きみは襲撃事件の被害者だ。復讐心に凝り固まって書かれた記事だと受け取られてはならない。長年ささやかれていた噂を否定する機会を与えて、ライダーとマクファーソンを助けようとしているという印象を与えるんだ」

「わたしの特ダネなのに!」ステイシーは嘆いた。

「正義のためだよ」

「そうかしら。記事によって、ふたりは体面を失う。だから? それでは、不足だわ」

「どんな結果が出るかは、わからないよ。ライダーがきみを襲い、マクファーソンが銃撃戦の端緒を作ったと信じる人が増えれば、彼らは社会的に葬られる。それに、当時のことでなにかを思い出す人や、なにも知らないと自分自身を偽るのをやめる人が出てこないとも限らない。そうなれば、きみの町も変わる」

「それがわたしたちの求めること？」

「少なくとも、ぼくにとっては」

「でも、やっぱり不十分だわ。どうして、それが正義になるの？」

「そこが正義の難点なんだ。正義なんて、ありはしないのさ」

もうしばらく話し合って、事実や時刻、年月日を再確認し、ステイシーは記事を書くために電話を切った。

わたしは椅子に体を預けて目をつぶり、煙草をふかした。数分後、体を起こして煙草を消し、留守番電話をチェックした。サリバン、ライナス、ステイシーがそれぞれ残したメッセージに聞き入り、すべて消去した。

リディアもひとつ残していた。「電話をちょうだい」

電話を見つめ、ピアノの前に行って蓋を上げた。鍵盤に指を滑らせ、和音をいくつか軽く鳴らす。ろくに力を入れずに、撫でるように触れた程度だが、とげとげしい音が耳を刺し、偽りのハーモニーを奏でて、はかなく消えていった。

蓋を下ろし、長年住み慣れた部屋を見まわした。外では、男が誰かに大声で呼びかけている。貨物集積場のシャッターがガラガラと上がり、新しい一日が始まった。

わたしはジャンパーを取り、川べりの道を目指して部屋をあとにした。

解説

山崎まどか

ニューヨークのチャイナタウンで育った年若い中国系アメリカ人のリディア・チンと、アイルランド系の中年男性、ビル・スミス。二人の私立探偵が交互に主役をつとめ、互いに助け合いながら事件を解決していくこのユニークなシリーズも、これで八作目。この『冬そして夜』は二〇〇三年度MWA（アメリカ探偵作家クラブ）最優秀長編賞を受賞し、リディア&ビルシリーズの記念碑的な作品になった。

ビルが語り部の今回は、彼の甥がニューヨークの警察に捕まったことから事件が始まる。ビルの妹、ヘレンの息子であるゲイリーはまだ十五歳。アメリカン・フットボール部に所属する体育会系の真面目な少年だが、引っ越したばかりの土地で何かトラブルがあり、家出をしてきたらしい。くわしい事情を聞き出せないまま、ビルは一度は保護したゲイリーに逃げられてしまう。彼を捜し出すヒントを見つけるために、ビルは疎遠になっている妹を訪ねにニュージャージー州の高級住宅街、ワレンズタウンに出かけるのだが……。そこで彼はティーンエイジャーの死体を見つけ、地元の高校の歪んだヒエラルキーやいじめを知ることとなる。果たして、この事件と甥の家出は関係があるのだろうか？

舞台となるニュージャージーは、マンハッタンから見るとハドソン川を挟んで対岸にある。隣接しているにもかかわらず、ビルとリディアの主戦場であるニューヨークとはまるで雰囲気が違うのに驚く読者もいるだろう。ニュージャージーは非常に保守的な郊外文化が息づく地域だ。すぐそばに自由で風通しのいいニューヨーク、様々な人種やパーソナリティを受け入れる大都市があるのに、いや、だからこそ、余計に息苦しく感じる。ビルも調査の過程で、余所者を排除するワレンズタウンの閉鎖性に手を焼くことになる。

ワレンズタウンは地元のハイスクールのアメフト部を街の誇りとしている。たかが高校の部活に、そんな風に思い入れるなんて異様だと思われるかもしれないが、これも地方の郊外都市にはありがちなことだ。いかつい防具や激しいタックルを特徴とするアメリカン・フットボールは、「男らしさ」にこだわるアメリカ人にとって、国技のようなスポーツである。アメフトのプロ・リーグといえばNFLだが、そこに辿り着ける者はごくわずか。地方では自分たちの地元のハイスクールのアメフト部こそが頂点であり、ヒーローなのだ。金曜日の夜は、街の人人がこぞってハイスクールの試合を見に行き、負ければ街の面子《メンツ》をつぶしたと、コーチや教師たちがなじられる。日本の甲子園の比ではない、こうした地方のコミュニティとアメフト部の関係は、よく映画の題材にもなる。ピュリッツァー賞に輝くライター、H・G・ビッシンガーによるノンフィクションを映画化した、『プライド／栄光への絆』（二〇〇四）を見れば、スモール・タウンがアメフト部にかける過大な期待がよく分かる。コミュニティ・ラジオはアメフト部の話題ばかり、コーチは街の有力者たちに招かれて采配に口を出され、警官さえアメフト部員たちの素行に目をつぶる。

このような体質は街の結束を深め、子供たちが通うハイスクールに歪んだヒエラルキーをもたらす。ハイスクールを舞台としたアメリカの青春映画やドラマ、小説にはかならずといっていいほど、悪役としてアメフト部員が出てくる。彼らは肉体的に強いばかりか、街の大人たちに保護されている学園のキングであり、その権力は絶対なのだ。弱い者いじめや、軽犯罪に手を染めても、誰もとがめる者はいない。

アメリカのハイスクールではアメフト部を中心とする体育会系の生徒、通称「ジョックス」が人気者の頂点であり、他の子供たちは、勉強が出来ても、別の分野で優れていても、学内やコミュニティで認められることはない。個性的な文化会系の生徒たちは頭でっかち《ブレイアニクス》と呼ばれ、オタク《ギークス》と呼ばれ、変人《フリークス》と蔑まれる。

軍人の父親について海外で暮らし、早くにドロップアウトしたビルには、当初、そんなハイスクールの過酷さが理解できない。しかし、新聞部員のステイシーというインサイダーを得て、少しずつハイスクールの特殊なルールを理解していくようになる。

ジョックスのいじめから逃れるには、彼らの仲間入りをして、学校で人気者の地位を得なければいけない。転校生であった甥のゲイリーは当初、ワレンズタウンの高校の勢力図を把握できずに、「かっこ悪い」子供たちと友だちになったのである。それが思わぬ悲劇を呼ぶ。

ハイスクール、そして閉鎖的なワレンズタウンにおける「人気者」の条件は、一元的な価値観が生み出したものだ。もちろん、学校から、そして地域から出て社会に踏み出せば、こうした価値観はガラリと変わる。しかし、バスでニューヨークに行くことすら想像できない田舎町の子供たちにとっては、その価値観が絶対的な意味を持っているかのように見えて、絶望を生む。実際、ワレンズタウンでは二十三年前にも、ビルが遭遇したのと似たような事件があったことが判明する。変わらぬ街の体質は子供たちに抑圧となってのしかかり、そのことに対する絶望が更なる事件を呼ぶのである。

本書『冬そして夜』が発表される三年前の一九九九年、コロラド州の小さな街リトルトンのコロンバイン高校で、ひとつの事件が起きた。日頃からジョックスの生徒たちにひどいいじめを受けていた二人の生徒、エリック・ハリスとディラン・クレボールドが爆弾と銃を持って登校し、十三人もの生徒・教師を銃殺した後に、自殺したのである。

コロンバイン高校事件は全米を震撼させ、それを題材としたドキュメンタリー映画『ボウリング・フォー・コロンバイン』（二〇〇二）も大ヒットを記録した。ただ、監督のマイケル・ムーアが銃規制法をテーマの中心としたため、ジョックスによる支配といじめ、それを助長する地方コミュニティの在り方という事件の本質は薄められた感がある。

コロンバイン高校の事件以降、ハイスクールにおけるいじめと、学内で生徒が銃を乱射する「スクール・シューティング」を題材とする小説や映画が数多く生まれた。本書もコロンバイン高校事件に触発されたミステリのひとつだといえるだろう。しかし、スキャンダルを利用したと思われるような、浮ついた煽情的なトーンは一切ない。むしろ、深い悲しみを感じさせる静かなムードが印象的である。

巻を重ねるにつれて、少しずつ明かされていく登場人物たちのバックグラウンドを知ることは、シリーズもののミステリのファンにとって醍醐味でもある。今回は、今まで知られていなかったビルの家族との関係に焦点が当てられている。ワレンズタウンの過去の事件を探る内に、ビルは若かった頃の自分と両親の間に起こった悲劇、妹との断絶、更には妹の夫が自分に抱く憎しみと複雑な感情に立ち向かい、深く考えざるをえなくなる。

ビルと家族の個人的な苦悩の歴史が開示されることによって、ハイスクールでのいじめという普遍的な題材も、コロンバイン高校の銃撃犯二人組、通称「トレンチ・コート・マフィア」を思わせるタイムリーな展開も、他人事ではない切実さをもって、読む人の胸にせまってくるのだ。

事件は一応終結するものの、様々な問題と消せない傷、新たな断絶が生まれるラストは、かならずしもすっきりとしたハッピー・エンドとはいえない。そこに問題の大きさと向き合おうとするS・J・ローザンの誠実さを感じる。コロンバイン高校事件以降も、学校におけるいじめの問題は解決せず、トレンチ・コート・マフィアを真似たスクール・シューティングの事件は続発している。問題の根は深い。冬の空のもとに踏み出していくビルの姿に、これからどうやって子供たちを守っていこうかと考える真摯な姿勢が見てとれて、小さな救いを感じた。

《ビル・スミス&リディア・チン長編リスト》

1 China Trade（1994）『チャイナタウン』創元推理文庫
2 Concourse（1995）『ピアノ・ソナタ』創元推理文庫
3 Mandarin Plaid（1996）『新生の街』創元推理文庫
4 No Colder Place（1997）『どこよりも冷たいところ』創元推理文庫
5 A Bitter Feast（1998）『苦い祝宴』創元推理文庫
6 Stone Quarry（1999）『春を待つ谷間で』創元推理文庫
7 Reflecting the Sky（2001）『天を映す早瀬』創元推理文庫
8 Winter and Night（2002）本書
9 The Shanghai Moon（2009）『シャンハイ・ムーン』創元推理文庫
10 On the Line（2010）『この声が届く先』創元推理文庫
11 Ghost Hero（2011）『ゴースト・ヒーロー』創元推理文庫
12 Paper Son（2019）『南の子供たち』創元推理文庫
13 The Art of Violence（2020）
14 Family Business（2021）

訳者紹介　東京生まれ。お茶の水女子大学理学部卒業。英米文学翻訳家。主な訳書，ローザン「チャイナタウン」「ピアノ・ソナタ」、フレムリン「泣き声は聞こえない」、テイ「ロウソクのために一シリングを」など。

検　印
廃　止

冬そして夜

2008年6月27日　初版
2022年9月9日　6版

著　者　S・J・ローザン

訳　者　直《なお》　良《ら》　和《かず》　美《み》

発行所　(株)東京創元社
代表者　渋谷健太郎

162-0814/東京都新宿区新小川町1-5
電　話　03・3268・8231-営業部
03・3268・8204-編集部
URL　http://www.tsogen.co.jp
フォレスト・本間製本

乱丁・落丁本は、ご面倒ですが小社までご送付ください。送料小社負担にてお取替えいたします。

ISBN978-4-488-15309-0　C0197

2022年復刊フェア

◆ミステリ◆

『事件当夜は雨』（新カバー）
ヒラリー・ウォー／吉田誠一訳
雨夜の殺人を捜査するフェローズ署長。警察小説の雄の代表作。

『スターヴェルの悲劇』（新カバー）
F・W・クロフツ／大庭忠男訳
荒野の屋敷で起きた焼死事件に挑むフレンチ警部。初期の傑作。

『五匹の赤い鯡《にしん》』（新カバー）
ドロシー・L・セイヤーズ／浅羽莢子訳
ピーター卿が六人の容疑者から犯人を推理する傑作謎解き長編。

『アブナー伯父の事件簿』
M・D・ポースト／菊池光訳
アメリカ開拓時代を舞台に名探偵アブナーの活躍を描く全14編。

『冬そして夜』
S・J・ローザン／直良和美訳
私立探偵ビル&リディア最高傑作とも称されるMWA賞受賞作。

『鈍い球音』（新カバー）
天藤真
野球監督の消失事件に端を発する『大誘拐』著者の傑作長編。

◆ファンタジイ◆

『茨《いばら》文字の魔法』
パトリシア・A・マキリップ／原島文世訳
王立図書館で働く少女が王国の危機と闘う魔法と伝説の物語。

『怪奇クラブ』（新カバー）
アーサー・マッケン／平井呈一訳
妖しき戦慄と陶酔に満ちた怪奇の数々を、名翻訳家の筆で贈る。

◆SF◆

『SF ベスト・オブ・ザ・ベスト』上下
ジュディス・メリル編／浅倉久志他訳
『年刊SF傑作選』の未訳分5巻から厳選した傑作中の傑作集。